全新譯校 經典新版世界名著 10

Don Quixote de la Mancha

唐吉訶德

〈下〉

〔西班牙〕塞萬提斯 著
魏曉亮 譯

經典新版　世界名著

閱讀經典名著確實是不一樣的宴饗。人們對於經典名著，不會只說「我讀過」，而是說「我又讀了」。事實上，我每次去讀它，都會讀出新的東西，新的精神。

——當代義大利名作家、後設小說大師卡爾維諾（Italo Calvino）

真正的光明，絕不是永遠沒有黑暗的時候，只是永不被黑暗掩沒罷了。真正的英雄，絕不是永遠沒有卑下的情欲，只是永不被卑下的情欲所征服罷了。閱讀經典名著，永遠可以使人自我昇華，不陷於猥瑣。

——法國名作家、諾貝爾文學獎得主羅曼羅蘭（Romain Rolland）

閱讀文學經典、世界名著，能夠滋潤現代人的心靈，使人對世事、愛情與人性重新有一番體悟。

——美國現代名作家、諾貝爾文學獎得主海明威（Ernest Hemingway）

台灣曾出版的世界名著與文學經典可謂汗牛充棟，然而，細察譯文品質與內容，大多是三十至五十年代大陸譯者的手筆，其行文用語的方式與風格，早已與當代讀者的閱讀習慣、閱讀趣味脱節，以致不再能喚起讀者的關注。這一套「經典新版　世界名著」是全新譯本，行文清晰、流暢、優雅，用語力求充分符合當代人的品味。故而，是「後真相時代」中尋求心靈滋養者最適切的選擇。

目錄
Contents

chapter 下部

chapter 17 前無古人的膽大包天

桑丘聽到主人高聲索要頭盔的時候，正在向牧人購買乳酪。他聽主人喊得急，慌了手腳，不曉得拿什麼裝乳酪好。既然已經付了錢，捨不得扔下乳酪，他忽然想到主人的頭盔裡可以盛東西，就把乳酪放進了老爺的頭盔裡。就這樣，他拎著裝有乳酪的頭盔回去瞧主人有何吩咐。唐吉訶德一見到他就說道：「快，老弟，快把那頭盔給我。馬上要出事了，我得武裝起來。如果我沒料準，我就不是個冒險的行家。」

綠衣人聽他這麼一講，就放眼四望，只見前邊有一輛大車迎面向他們行來，車上插著兩三面小旗，[1]可能是給皇家送錢糧的車。他把自己的想法告訴給了唐吉訶德。可是唐吉訶德不

1. 有人認為塞萬提斯行文草率，上一章說買羊奶，這裡又說買乳酪；上一章說「車上插滿了旗子」，這裡卻說「車上插著兩三面小旗。」但賣羊奶處也有賣乳酪；「車上插滿了旗子」是唐吉訶德眼裡看到的，而穿綠衣的紳士只見兩三面小旗。

信，在他的心目中，凡事均是奇遇和冒險，因此就對紳士說道：

「『胸有成算，獲勝已半』[2]。早做準備沒有任何壞處，經驗告訴我，一直有人明裡暗裡地和我作對，只是不知道他們會在什麼時候、什麼地方、利用什麼機會、變成什麼模樣來攻擊我。」

唐吉訶德說著就轉身找桑丘要頭盔。由於無處可放那些乳酪，桑丘只能將頭盔連著乳酪一塊遞了過去。唐吉訶德接過頭盔，沒有注意裡面裝著東西，立刻就扣到了頭上。那乳酪受到擠壓，漿汁沿著唐吉訶德的臉和鬍子直淌下來。他大吃一驚，便對桑丘說道：

「桑丘，這是怎麼回事？我覺得我這個腦袋爛了，或是腦子溶化了，或是汗從腳底直冒到頭上來了。如果是冒汗，絕對不是因爲害怕。毫無異議，眼前的事情絕對非常嚴重。快找點兒東西來讓我擦一擦，這汗水已經迷住了我的眼睛。」

桑丘一聲不吭，遞給他一塊手巾，心裡暗自爲主子沒有看破底細而感謝上帝。唐吉訶德用布擦了一把臉，之後把頭盔拿下來，看裡面究竟是什麼東西把他的腦袋弄得涼颼颼的。一看是些爛糟糟的白塊兒，就端到鼻子底下聞了聞，然後說道：

「我憑杜爾西內婭小姐的生命發誓，這裡盛的是乳酪。用我的頭盔裝乳酪，你這個混蛋！你這個放肆無禮的侍從！」

2. 西班牙諺語。

桑丘裝作癡呆，慢條斯理地回答道：

「如果是乳酪，老爺您就快給我吧，我把它吃了。可是，還是讓魔鬼吃吧，一定是魔鬼放在裡面的。我怎麼敢弄髒您老人家的頭盔呢？您真是抓到那個膽大的傢伙了！我猜測，作爲大人您的隨從和助手，那些魔法師也在和我搗蛋呢，肯定是他們把那髒東西放在那裡，激您發火，讓您跟往常一樣揍我。可是們這回打錯了主意，我認爲老爺您是個明白人，一定清楚我既沒有奶，也沒有酪，或者別的類似的東西，如果有的話，我肯定會塞進肚子，而不會放在頭盔裡。」

「倒也是。」唐吉訶德說。

紳士目睹了這一切，頗爲詫異。特別是這時候的唐吉訶德，他擦了擦腦袋、臉頰、鬍鬚和頭盔，重新把頭盔戴在了頭上。他穩了穩身體，一手握劍、一手持槍說道：

「現在就等著瞧吧。哪怕是頭號魔鬼親自登場，我也有這膽量。」這時，那輛插著旗子的車已經來到跟前，只見一個車夫騎在騾子上，另外還有一個人坐在車的前部。唐吉訶德把他們當頭攔住，問道：

「二位兄弟，你們這是上哪兒去啊？這是什麼車、拉著的是什麼東西、那又是什麼旗號？」

車夫回答說：

「車是我的，拉著的是兩頭關在籠子裡的大獅子，是奧蘭總督運去京城送給國王的禮物。旗號是咱們國王的，以顯示這是他的東西。」

「獅子很大嗎?」唐吉訶德問。

「大得很,」坐在車門邊的人答道,「非洲運來的獅子裡,最大的都比不過這兩頭。我是管獅子的,以前運過幾頭了。但是像這次這樣的,我還從未見過。是一公一母,前面籠子裡是公的,後面籠裡是母的。這會兒都餓了,今天還沒餵過呢。因此老爺,您儘快讓開,我們得趕快找個地方餵一餵啦。」

唐吉訶德聽了冷笑道:

「想拿小獅子嚇唬我?已經晚了!我向上帝發誓,我會叫這兩位運送獅子的大人看看,我究竟是不是那種怕獅子的人!我的好先生,請您下車吧,既然您是管獅子的,那就懇請您打開籠子把獅子轟出來,我要在那塊野地裡讓牠們見識一下唐吉訶德是個什麼人,氣死那些把獅子弄來嚇我的魔法師們。」

「得了,」紳士插進來說道,「咱們這位了不得的騎士已經現了原形了。毫無異議,是給乳酪泡軟了腦袋,腦子發酵了。」

桑丘這時候湊到紳士的跟前對他說道:

「看在上帝的份上,您大人千萬設法別讓我的主人唐吉訶德去招惹這兩頭獅子,若是招惹上了,獅子非把咱們就地撕碎不可。」

「您擔心您那東家會去招惹那凶猛的獅子嗎?他竟瘋到這個地步了嗎?」

「不是瘋,」桑丘反駁說,「是勇敢。」

「我去勸他。」紳士說。

唐吉訶德正在催促管獅子的人打開籠子，紳士趕到他面前，說道：

「騎士先生，遊俠騎士應當從事那些有望成功的冒險，而不是從事那些根本不可能成功的事情。勇敢過了頭是魯莽，那樣的人就算不得勇士，只是瘋子。更何況這兩隻獅子並不是衝著您來的，是送給陛下的禮物，不該延誤他們的行程，阻止他們繼續趕路。」

「紳士先生，」唐吉訶德說，「您還是照顧您那馴良的竹雞和凶猛的白鼠狼去吧。讓別人去盡自己的本分吧。這是我的事情，我知道獅子先生和獅子夫人是不是衝著我來的。」

然後他又轉身對管獅子的人說道：

「我發誓，你這個混蛋，要是你不儘快打開籠子，我就要用這支長槍把你插在這輛車上。」

車夫見那個全副武裝的怪人真的是鐵了心了，就對他說道：

「我的老爺，求您開恩讓我把騾子卸下來，牽到安全的地方去，之後再把獅子放出來。若是這牲口被獅子弄死，我這一輩子就算完了。這車和這騾子可是我的所有家當啊！」

「你真是個沒有信心的！」唐吉訶德說，「那就馬上下來卸吧。你馬上就會知道純粹是白費工夫，完全能夠省了這個麻煩。」

車夫儘快下來卸了騾子，管獅子的人大聲說道：

「在場的諸位能夠作證，我是被迫違心地打開籠子，放出獅子的。並且，我還要向這位大人聲明，這兩隻畜生造成的各種損失都由他負責，並且還得賠償我的工錢和損失。在我打開籠子以前，請各位先藏好。我是不怕的，獅子不會咬我。」

紳士再次勸說唐吉訶德不要幹這種喪心病狂的事去討上帝的罰。唐吉訶德卻說自己心裡有數。紳士說他一定是誤會了，勸他仔細考慮。

「先生，」唐吉訶德說，「既然您認定這是一場悲劇，要是您不想當觀眾，那就求您驅馬躲到安全的地方去。」

聽他這麼一講，桑丘就淚眼婆娑地懇求他打消那個念頭，跟這件事情比起來，大戰風車呀，捶布機之險呀，還有他這輩子遭遇的樁樁件件都不過是小菜一碟。

「您看明白，」桑丘說，「這回可沒有魔術的障眼法，我已經從籠子的縫隙裡發現了真的獅子的爪子。從爪子來看，能有那麼大的爪子的獅子絕對像一座山。」

「你這是被嚇的，」唐吉訶德說，「你心上害怕，就覺得獅子比半個世界還大。躲遠點兒吧，不要管我。我如果死在這裡，你一定會記得咱們的約定：去找杜爾西內婭。」

唐吉訶德又說了一些別的話，打消了人們讓他改變主意的想法。

綠衣人原想強行加以阻止，但是自知不是他的對手，也認爲跟一個瘋子較勁，實在不值得。

唐吉訶德再次催促管獅子的人，連聲恫嚇。當時那位紳士、桑丘和趕車的只好趁獅子還沒放出來，各各催動自己的牲口，趕緊逃得越遠越好。

桑丘爲主子的必死而痛哭流涕，他堅信東家這次肯定要葬身於獅子的爪下。他抱怨命運不濟，埋怨自己由於一時糊塗才會想到再出門給他當差。但是哭歸哭、怨歸怨，他並沒有由此就忘記催逼胯下的毛驢趕快逃離那輛大車。

看到眾人都走遠了，那管獅子的人重申了自己的要求和警告，唐吉訶德回答說全部知道了，沒有必要枉費唇舌，說什麼都沒有用，還是儘快行動吧。

趁管獅子的人去打開頭籠子的工夫，唐吉訶德就在盤算和獅子步戰還是馬戰，由於擔心駑騂難得見到獅子說不定會受驚，他最後決定步戰。

於是他跳下馬，把長槍扔在一旁，拿起盾牌，拔出劍，以非凡的膽量和超常的勇氣一步步走到車前，心中誠心誠意地祈求上帝保佑自己，之後又懇請他的夫人杜爾西內婭保佑自己。

需要說明的是，寫到這裡時，這部真實傳記的作者讚歎道：「噢，堅強而又尤其豪壯的唐吉訶德啊，你真不愧爲天下勇士的楷模、西班牙的騎士引以爲榮的堂馬奴艾爾・台・雷翁[3]的轉世再生！我應該用什麼樣的語彙來描述這駭人聽聞的壯舉？我應該用什麼樣的說辭才能讓後世深信不疑？我竭力盡致的讚揚，也不會過分呀。你徒步直趨，你孤身一人；你無所畏懼，你氣貫長虹，手裡只一把劍，還不是鐫著小狗的利劍[4]；你的盾牌也不是百煉精鋼打成的；你卻在迎候著兩頭非洲叢林孕育出來的最爲凶猛的獅子！勇敢的曼卻人啊！讓你本人的業績成爲你的頌歌吧！」

---

3. 這位騎士走入獅檻拾取手套。
4. 托雷都和薩拉果薩的鑄劍名手胡良・台爾・瑞鑄造的寶劍上鐫著一隻小狗作為標誌。

作者的感慨到此爲止。現在言歸正傳：

管獅子的人發現唐吉訶德已經擺好了架勢，如果再不把那頭公獅子放出來，一定要遭這位火氣十足、膽大包天的騎士的毒手。因此他就把第一個籠子的門大大地打了開來。

裡面的那頭獅子個頭出奇的大，模樣醜得嚇人。那原本趴在籠子裡的獅子先是翻了個身，然後是舒展開爪子伸了一個懶腰，之後張開嘴巴懶洋洋地打了個哈欠，又伸出足足有兩柞長的舌頭舔了舔眼睛、淨了淨臉。最終把頭伸到籠子外面，瞪著火炭似的眼睛，用足以讓膽子最大的人也會心顫的神態四下張望了一下。

唐吉訶德目不轉睛地瞪著牠，希望牠能跳下車來，被他砍成肉丁。

唐吉訶德的癲狂此時達到了空前的頂峰。然而那豁達大度的獅子謙恭有加，毫無狂傲之氣，牠對胡鬧無禮的冒犯滿不在乎，東張張西望望之後，又掉轉身子把屁股對準了唐吉訶德，隨後就若無其事地重新趴在了籠子裡。看到這種情景，唐吉訶德吩咐那管獅子的人打牠幾棍，叫牠跑出來。

「這種事情我可不幹，」管獅子的人說，「要是我去激牠，牠會首先把我撕成碎片的。騎士先生，您大人就到此爲止吧。這就已經算是膽大了，別再去招惹牠了。那籠子開著，出不出來全在於牠；既然這會兒都沒有出來，今天一整天都不會出來了。您老人家膽子之大已經得到了充分證明。據我所知，勇敢的武士有勇氣挑戰，有勇氣出場等待交手，就是很勇敢了，對手不來，是他沒種，勝利的桂冠自然該歸挑戰者所有。」

「說得對，」唐吉訶德說，「那就把門關上吧。不過請您一定要證明親眼看到的一切：你打開籠子後，我等了半天，牠都不肯出來，我就再等，牠還是不願意出來，最終竟然趴下了。我問心無愧，魔法失靈了，希望上帝維護正義，維護真理，維護真正的騎士！關上門吧，我去把那些逃走的人叫回來，讓他們聽你講一講這件事情的始末。」

管獅子的人把籠子關上，唐吉訶德把剛才用來擦臉上乳酪的白布繫在長槍的鐵頭上，朝著那些還在奔逃的人們揮舞了起來。那些人以紳士押後，一邊跑還一邊回頭張望。桑丘看見了那白毛巾的信號，於是說道：

「我的主人正召喚咱們呢。他一定把獅子打敗了。要是不是這樣，就讓我天誅地滅！」

人們停了下來，看出發信號的人正是唐吉訶德。他們的恐懼漸漸消除了一些，也清晰地聽到了唐吉訶德的喊聲，因此就小心翼翼地朝他走了過去，最後又都回到了車邊。他們一到，唐吉訶德就跟車夫說道：

「重新套上你的騾子，兄弟，繼續趕你的路吧。桑丘，你拿兩塊金艾斯古多給那車夫和管獅子的人，就當作是由於我耽誤了路程而給的補償吧。」

「那錢我是很願意給的，」桑丘說，「可是獅子怎麼樣了？是死是活？」

因此那管獅子的人就一五一十地講述了對陣的結果。他極力誇讚唐吉訶德的豪氣。他說獅子一看到那位騎士就害怕了，雖然那籠門有很長一段時間都是敞開的，但是獅子卻不願意、也沒有膽量從籠子裡走出來。那位騎士原本想強行激牠出來，他告訴騎士強逼就是違背上帝的意願，那位騎士才很不情願地讓他把籠子關了起來。

「桑丘，你認爲怎麼樣？」唐吉訶德說，「魔術家敵得過真正的勇士嗎？魔法師們可以奪掉我的運氣，可是卻奈何不了我的力氣和膽量。」

桑丘掏出了金艾斯古多，車夫套好了騾子，管獅子的人親吻了唐吉訶德的雙手，以表達對所受恩惠的謝意，並說到了京城以後，絕對要把這一壯舉稟報給國王本人。

「要是陛下問這是誰的英雄事蹟，你就告訴他是『獅子騎士』，因爲我計畫從今往後就把原來的『哭喪著臉的騎士』的名號改換成這個稱謂了。我這也是沿襲遊俠騎士的成規：只要願意或者遇上適當時機，他們總是能夠更改名號的。」

那輛車自奔前程，唐吉訶德、桑丘和綠衣人也照舊趕路。

在此期間，堂狄艾果一聲未吭，只是細心地觀察和留意著唐吉訶德的一言一行，覺得這個人說他高明卻很瘋傻，說他瘋傻又很高明。

這位鄉紳還沒有見過唐吉訶德傳記的第一部分，如果讀過的話，也就不會對那些言行感到奇怪了，也就瞭解了那是一種什麼類型的瘋癲。正是由於沒有讀過，他才會一會兒覺得這個人明白，一會兒又覺得他瘋癲。因爲唐吉訶德的言談在理、談吐文雅；而行爲卻莽撞胡鬧，荒謬絕倫。

紳士暗想：「把盛有乳酪的頭盔扣到腦門上，卻以爲是魔法師破壞了他的腦殼，還有比這更瘋的人嗎？竟然想起來要跟獅子搏鬥，還有比這更魯莽、更荒唐的事情嗎？」唐吉訶德打斷了他的思索與疑惑，對他說道：

「堂狄艾果先生，您肯定是把我看成言談舉止都十分荒唐的瘋子了吧？這也算不了什麼，我的所作所為也的確像個瘋子。但是雖然如此，我還是要提醒您，事實上我並不像您認為的那麼瘋、那麼傻。我很清楚，怯懦和魯莽都是過失；勇敢的美德是這兩個極端的折中。勇者寧可勇敢過頭而魯莽，也別勇敢不足而怯懦。就如揮霍比吝嗇更接近於慷慨的美德，魯莽要比怯懦更接近於真正的勇敢。堂狄艾果先生，請您相信我，在艱難險阻面前，同樣是輸，少打一張牌不如多打一張。因為『某某騎士魯莽冒失』聽起來要比『某某騎士怯懦膽小』順耳得多。」

「唐吉訶德先生，」堂狄艾果說，「我承認您的言行舉動全都合情合理。我認為那已經失傳了的遊俠騎士行當的規矩和章程，完好地保存在您那如同寶匣智庫一般的心胸和頭腦中。不過咱們還是快點趕路吧，天色已經不早了。請您到村中的寒舍休息一下。您也夠累的啦，即使體力還好，精神上肯定會有不小的消耗，勞神常常也會傷身的。」

「堂狄艾果先生，您的盛情邀請讓我感到不勝榮幸。」唐吉訶德說。

他們說著就揚鞭催馬，在午後兩點左右，到達了這時已被唐吉訶德稱之為「綠衣騎士」的堂狄艾果所在村子的家裡。

chapter 18 綠衣騎士父子

唐吉訶德發現堂狄艾果的府邸大得就像一個村莊，臨街的大門上方有家徽，雖然那是用粗石做的。院子裡有酒窖，門廊處有地窖[5]。許許多多的產於托波索的酒罈子使他想起了那中了魔法、變了模樣的杜爾西內婭，因此他長歎一聲，不顧身邊有沒有人，逕自吟詠了起來：

曾使我賞心悅目的東西，
如今看了只能追憶傷心[6]！
噢，托波索的酒罈啊，你們讓我想起了那令我肝腸寸斷的心愛之人！

5. 曼仰地方的房子一般都是這種構造。
6. 引用西班牙詩人加爾西拉索十四行詩集裡第十首一二行。

堂狄艾果的妻子和兒子一起出來迎接，那個大學生兼詩人的兒子剛巧聽到了唐吉訶德的感歎。那母子二人一看到他那古怪的模樣，立馬就驚呆了。唐吉訶德翻身下馬，畢恭畢敬地走上前去請求親吻那位夫人的雙手。堂狄艾果說道：

「夫人，快以你的古道熱腸來歡迎面前的遊俠騎士唐吉訶德先生吧，他可是當今天下最英勇、最機智的遊俠騎士啊。」

那位夫人，堂娜克利斯蒂娜，非常熱情、禮貌地對唐吉訶德表示歡迎，唐吉訶德對答合禮，照樣又和那大學生應酬一番。那大學生聽了他的談吐，覺得唐吉訶德通達人情，頭腦清楚。

原作者介紹了堂狄艾果的宅院，把鄉間富戶的東西一件件敘述了一遍。譯者覺得這些脫離了傳記的主旨，故而把它們略去了。

唐吉訶德被領到一間屋子裡，桑丘幫他卸下盔甲。他的身上只穿著短褲子、羊皮坎肩，襯衣是學生式的大翻領，[7] 既沒有上漿，也沒有鑲花邊，棗紅的短襪配著蠟色的皮鞋。他把佩劍掛到了海豹皮的劍帶上，原因是據說他多年來一直患有腰病，[8] 外邊又披上了件灰色細呢斗篷。當然在這之前，他先用五六桶水洗了頭和臉，直到最後那水還都是奶清色。

這都怪桑丘貪嘴，私下買了那些乳酪，導致主子滿腦袋的奶渣。

---

7. 這種翻領和大腿褲都是西班牙沿用的窩龍服裝。

8. 免得掛在腰帶上腰裡吃重。

唐吉訶德如此打扮停當之後，瀟灑而威武地走進了另一個房間。那位大學生正等在那裡，準備陪他消磨開飯以前的那點兒時光，因爲貴賓的到來，堂娜克利斯蒂娜太太很想表現一下她家的氣派，正忙著備飯。

趁唐吉訶德卸甲換裝的時間，堂洛倫索——也就是堂狄艾果的兒子——對他的父親說道：

「父親大人，您帶到咱們家來的這個人是做什麼的？他的名字，他的裝扮，還有他說自己是遊俠騎士，讓我和母親都感到很奇怪。」

「孩子，我也不清楚該怎麼跟你說，」堂狄艾果說，「我只能跟你說，我目睹他幹出了只有天底下頭號瘋子才幹得出來的事情，又親耳聽到他說話清清楚楚，和那行爲截然不同。你跟他聊聊，看看他到底是怎樣一個人。你很聰明，判斷一下他究竟是高明呢還是瘋傻。但是說實話，我倒是認爲他更像瘋子，而不是個正常人。」

就這樣，堂洛倫索陪著唐吉訶德閒聊了起來。聊著聊著，唐吉訶德對堂洛倫索說道：

「令尊大人堂狄艾果先生向我提起了閣下那卓爾不群的聰明與才華，尤其說到您是位了不起的詩人。」

「就算是吧，」堂洛倫索說，「說到『了不起』嘛，我從來不敢奢望。本人的確喜歡詩歌，也愛讀傑出詩人的作品。可是我絕對不敢自認爲已經到了家父所說的『了不起』的程度。」

「我覺得你這麼謙虛很是不錯，」唐吉訶德說，「因爲沒有哪個詩人不狂傲，沒都自命爲天字第一號的大詩人。」

「凡事都有例外，」堂洛倫索說，「總會有一兩個不那麼狂傲、不那麼自以爲是的詩人的。」

「那是少有的，」唐吉訶德說，「聽令尊說您正在苦苦構思新作，做的是一首什麼樣的詩？要是逐句鋪張詩，本人對這一體倒是略知一二，很希望能夠先睹爲快。要是想參加賽詩會，您應該力爭第二名。第一名憑的是當事者的背景和身分，第二名才是靠真本事，第三名實際上是第二名。這麼算下來，第一名就應該是第三名了，跟大學裡授學位一個樣[9]。但是不管怎樣，『第一』的名聲終究十分顯赫。」

「到現在爲止，」堂洛倫索心裡想道，「我還不能斷定他是個瘋子，還得再看看。」

因此他對唐吉訶德說道：

「您彷彿是學有專攻的人。您是研究什麼學問的？」

「遊俠騎士學，」唐吉訶德說，「跟詩學一樣迷人，甚至還略勝一籌呢。」

「我不清楚那是一種什麼學問，」堂洛倫索說，「至今還從未聽說過。」

「這門學問包羅萬象，世界上所有的學問差不多都在裡面，」唐吉訶德說，「因爲涉足者該是法學家，懂得賞罰分明、公平交易的原則。宗教和倫理所規定的道德[10]，遊俠騎士都該具有。投身這一行當的人，所要掌握的這門學問難道是一門小玩意兒？難道不能跟競技場上或

9. 塞萬提斯在《琉璃學士》那篇故事裡也申說了這番理論。
10. 宗教道德是信仰、希望、仁愛；倫理道德是公正、謹慎、節制、堅韌；通稱七德。

學堂裡面傳授的最爲高深的學問相提並論？」

「可是，」堂洛倫索說，「具有這麼多才能的遊俠騎士過去有嗎？現在還有嗎？我不大相信呢。」

「這個問題我已經講過多次了，現在我又得重複，」唐吉訶德說，「世人大多以爲天底下壓根兒就不曾有過遊俠騎士。不過我認爲，要讓他們知道遊俠騎士是古今都存在的行當，只能讓上帝顯神靈，開了他們的心竅不可。」

「這回我們這位客人可露餡了，」堂洛倫索這時候心裡想道，「不過說到底，他是一個品德高尚的瘋子。要是不承認這一點，我也就太愚蠢了。」

他們的談話到此告一段落，原因是已經可以上桌就餐了。堂狄艾果問他的兒子對客人的神智有什麼印象，堂洛倫索回答道：

「天底下所有的醫生和高人全部都湊在一起，也除不掉他的瘋根。他是個陣發型的瘋子，有時糊塗，有時清醒，清醒的時候居多。」

大家一起上了餐桌。果真就像堂狄艾果在路上說的那樣，他用來款待客人的飲食確實清爽、豐盛而又可口。不過最令唐吉訶德滿意的是籠罩著整個宅院的那出奇的靜謐，簡直就像是身處隱修僧的寺院一樣。撤去杯盤、謝過上帝、洗過手之後，唐吉訶德極力懇請堂洛倫索把準備拿去參加比賽的詩作給大家讀一讀。那年輕人回答道：

「有的詩人心癢癢，愛把自己的詩念給大家聽，可是人家請他念呢，他們又拿腔不肯。

爲了不讓你們以爲我也是那種人，我就念念我的逐句鋪張詩吧。但是，我並沒有指望它得了什麼獎，不過是個練習罷了。」

「我的一位十分聰明的朋友，」唐吉訶德說，「認爲不該費心費力地去寫逐句鋪張詩。他的理由是，這種詩從來扣不緊原詩，往往脫離原作的意圖與主旨。另外格律太嚴：不能用問句，不許用『他說過』、『我要說』等詞，不允許化動詞爲名詞，不可以改變原詩的意義，還有許多別的限制與約束。完全束縛了作者的手腳，您一定是很清楚的。」

「確實如此，唐吉訶德先生，」堂洛倫索說，「我存心想找出您的破綻，但是沒找到，您像一條鱔魚那樣滑溜得抓不住。」

「我不清楚，」唐吉訶德說，「什麼滑溜得抓不住？」

「過一會兒我再解釋，」堂洛倫索說，「現在還是請閣下注意聽原詩和鋪張的詩[11]，分別是這樣的。」

原詩

如能把我的過去轉為現在，

而時光從此就靜止不變，

11. 這是西班牙十六七世紀盛行的詩體。

或者未來馬上在目前出現，
那可望而不可及的未來！……

逐句鋪張詩
命運對我還算是比較不錯，
曾經讓我一度品嘗了幸福，
世事萬變，幸福瞬間化雲煙，
從那後，再未受到過眷顧，
即使點點滴滴的慰藉獎賞。
命運啊，你心裡該清楚，
我始終都在對你虔誠膜拜，
盼你可以再賞我一次機會，
我整個身心均會感到幸福，
「如能把我的過去轉為現在」。
不再祈求新的享受和榮耀，
不再期待新的榮譽和名號，

不再追求新的成功和業績，
我只想找回那昔日的快樂，
擺脫掉這回味無窮的煩惱。
命運哪，如果可以讓我開懷，
胸中的烈焰就會平靜下來，
從此後，無心無求泰然自處，
若是這願望可以馬上實現，
「而時光從此就靜止不變」。

要求那已經消逝了的時光
重又回來復現往昔的閃亮，
這原本就是不可能的事情，
世間還從沒有過什麼奇蹟
可以顯示出那麼大的能力。
光陰似箭，飛一般倏忽轉換，
只剩向前的衝力，永不回轉，
期待時光逆返本身就不對，

歲月要不就是成為了過去，
「或者未來馬上在目前出現」。

心懷忐忑地苦苦存活世間，
或憂心忡忡或又空懷願望，
貌似比死亡還要痛苦難熬，
倒不如真就以一死換百了，
把心中的那苦楚永久埋葬。
曾認為了結性命會很痛快，
實際上，這並不是關鍵所在，
經過仔細思量，最終卻發現
自己活著恰好是因為擔心
「那可望而不可及的未來」。

堂洛倫索讀完之後，唐吉訶德馬上站了起來，拉起他的右手，吼叫一般地大聲喊道：
「至高無上的蒼天啊，出類拔萃的小夥子，您是世界上最偉大的詩人。您應當得到桂冠，爲您加冕的賽普雷或加埃塔[12]，有位詩人說在這兩個地方，他被授予了桂冠。如果雅典的那些學院今天還在的話，或者是由今天的確還在的巴黎大學、波洛尼亞大學和薩拉曼加大學！如果那些評委們不把頭獎給您，就請上帝讓太陽神將他們用箭射死！或是讓文藝女神繆斯永遠都不要跨進他們的家門！若肯賜教，請您再讀一首長行的詩，我很想全面領教一下閣下的非凡才華。」

據說，堂洛倫索雖然以爲唐吉訶德是瘋子，聽了他的讚揚還是十分高興。阿諛的力量啊，你是多麼神奇，你的魅力又是多麼讓人沉迷！堂洛倫索證實了這一真理，由於他答應了唐吉訶德的要求、滿足了他的願望。爲唐吉訶德朗誦了下面這首以比若莫和蒂斯貝的愛情爲背景的詩作。

十四行詩

聞進比若莫高貴心靈的漂亮女子
最終鑿穿了那堵分隔著他們的院牆，
雖然管道很小卻很有用，
引得愛神維納斯特地趕來觀看。

12. 指塞萬提斯同代的詩人李釀·台·李阿薩。他在自己的作品中說過曾經得到過賽普雷和加埃塔的嘉獎。

一片寂靜，聽不見即便是一點兒聲響，
所有話語都不敢闖入那狹窄的縫隙，
不過，兩廂情願，緊密相通又緊緊相連，
愛情足以衝決人世間所有的阻力。

可是造物弄人，偏偏陰差陽錯，
這魯莽的女子沒能如願以償，
自尋死路成了愛情的犧牲。

一把劍、一座墳，再加一段美麗的傳說，
讓他們兩個人同時死去、埋葬和復活，
啊，這樣的巧合確實是再奇妙也不過。

「感謝上帝，」唐吉訶德聽完堂洛倫索的朗誦以後說道，「在當今的無數蹩腳詩人中間，我總算看到了一位完美的詩人，這就是閣下您，我的先生。這首詩的精緻就是證明。」

唐吉訶德在堂狄艾果家裡舒舒服服地住了四天，受到了極其隆重的款待。到了第四天，他向主人提出要走，並對所受的關照與款待表達了真誠的謝意，聲稱作爲遊俠騎士，過多地享受安逸就不適合了。他還要去履行他的任務，征服險惡，由於聽說那一帶事情很多。之後在那裡盤桓一段時間，等到薩拉果薩大比武的日子一到，就直奔前往。

在這以前，他決心進到蒙德西諾斯地穴裡面看看，有關它的流傳實在是太多，並且又那麼離奇，順道也可以探尋一下人稱「七湖」的如伊台拉湖的真正源流。

堂狄艾果和他的兒子稱讚了他的良好願望，並且對他說，凡是家裡的東西，如果他喜歡，都可以拿去，他們竭誠爲他效力。以他的品德和光榮事業而論，他們認爲應該爲他做點事情。

出發的日子終於到了。唐吉訶德滿心歡喜，可是桑丘卻滿臉懊喪，他覺得待在堂狄艾果家裡有吃有喝非常舒服，不想再到荒山野嶺去忍饑挨餓，只靠那乾癟的褡褳袋裡的那點乾糧度日。不過他也沒辦法，只好揀那些認爲必需的東西往褡褳袋裡塞往，直到裝滿爲止。臨行的時候，唐吉訶德對堂洛倫索說道：

「不記得是否有對閣下說過：如果說過，不妨再說一遍。閣下若是想找到通向高不可攀的榮耀殿堂之巔的捷徑，其實並不難。只要捨棄那已經十分狹窄的詩歌之路，改走更爲崎嶇的遊俠騎士之路，您轉眼之間就能夠君臨天下。」

唐吉訶德原本已經可以用這些話來昭示自己是個十足的瘋子了，可他又補充說道：

「天知道可不可以讓我帶上堂洛倫索先生，以便教教他該怎樣寬恕弱小，鎭壓強暴，這是從事我們這行的人必不可少的品質。不過鑒於閣下尚且年幼，並且大好的學業也難割捨，我就只好提醒閣下：作爲詩人，您如果虛心採納別人的勸告，就能享大名，因爲沒有會覺得自己的孩子不好的父母，作者對自己頭腦裡產生的孩子尤其溺愛。」

那父子二人不免又一次深感震驚。他們驚的是唐吉訶德那時而精闢、時而荒謬的言談見解；他們驚的是他念念不忘全力投身於那被他視作最大追求、最高理想的尋奇獵險。賓主再次相互客套了一番，女主人也親自出來送客。唐吉訶德和桑丘分別騎著駑騂難得和灰驢，一起動身走了。

chapter 19

癡情牧人的遭遇

唐吉訶德離開堂狄艾果的村莊之後沒有多遠，就遇上兩個教士或者學生模樣的人[13]，還有兩個農夫，四個人都騎著驢。一看到唐吉訶德，跟所有初次見到他的人一樣，全部都覺得十分奇怪。他們很想知道這個與眾不同的人物的來歷。

唐吉訶德向他們問好，得知他們與自己同路，便表示願與他們為伴，還請他們放慢驢子，免得自己的馬跟不上。他不等人家問，就簡單地作了自我介紹，告訴他們自己的身分是周遊天下建功立業的遊俠騎士，原先的名字是唐吉訶德，諢號「獅子騎士」。

對那兩個農夫來說，這些話聽起來就跟外國話或黑話似的；但是那兩位學生倒是立刻就看出他的腦子有點問題。即便這樣，他們還是不無詫異、不失尊重地望著他，其中的一位說道：

13. 教士是大學畢業生當的，和大學生服裝相同，都穿長袍。

「騎士先生，您就跟我們一塊走吧，這樣您就會看到拉．曼卻乃至周圍很多里之內迄今爲止最盛大、最豪華的一次婚禮，我們是去吃喜酒的，您不妨去開開眼界。」

唐吉訶德聽他說那婚禮那麼了不起，就問是不是什麼皇親國戚要結婚。

「不是的，」那學生說，「只是一個農夫和一個村姑：男的富甲一方，女的美冠古今。婚禮的陣勢不同一般，因爲要在新娘所住的村邊草地上舉行。那新娘人稱『季德麗亞美人』，新郎是『財主卡麻丘』；女的十八，男的二十二，真是天生的一對。但是有些記得別人家譜的好事之徒卻說：若論門第，美麗的季德麗亞要高於卡麻丘。不過傷心的巴西琉的表現，才會是能讓這次婚禮成爲人們議論的話題。巴西琉那個小夥子跟季德麗亞住在同一個村子裡，從小就愛上了季德麗亞。

「說實話，巴西琉是我們所知道的最出色的小夥子。他擲棒是能手，角鬥水準很高，玩球也玩得不錯；他跑如雄鹿，跳似山羊，玩滾球遊戲簡直玩神了；他有百靈鳥一般的歌喉，彈起吉他來如歌如訴，尤其是鬥起劍來最靈敏。」

「要是彼此有情就可以結婚，」唐吉訶德說，「父母也就失去了給子女選親擇吉的權利了。如果放手讓女孩子自己去挑選丈夫的話，指不定有的會看上父親的奴僕，有的會看上市井無賴，只要她認爲英俊順眼。關於這個話題，還有很多可以談的，只是巴西琉的故事還沒聽完，我想聽碩士先生繼續講下去。」

那位被唐吉訶德稱之爲碩士的學生回答道：

「其實也沒多少可講的了。自從巴西琉知道了美麗的季德麗亞要嫁給財主卡麻丘以後，人們就再也沒看過他的一個笑臉。我們這些瞭解他的人都很擔心，明天美麗的季德麗亞的那一聲『願意』，就將是他的死刑判決。」

「『上帝會有更好的安排』，」桑丘說道，「你們要是認爲季德麗亞真心誠意地喜歡巴西琉，我就『奉送鼓鼓一口袋好運氣』。愛情這東西總是讓人眼睛發昏，『情人眼裡能把赤銅看成黃金、能把窮鬼看成富翁、能把眼屎看成珍珠』。」

「桑丘，你還有完沒完？」唐吉訶德說，「一說起老話就非得等猶大出來把你帶走才能收手。」

「您別跟我生氣，」桑丘說，「我既沒有長在宮裡，也沒有進過薩拉曼加的學堂，怎麼可能會咬文嚼字呢。上帝保佑！原本就不應該指望薩亞戈人講話跟托雷都人[14]一樣，就算同是托雷都人吧，也還有嘴笨舌拙的呢。」

「在談吐的雅俗問題上，的確如此，」那位學士說道，「在硝石廠、菜市等地區滚大的人講話，自然不可能跟整天在教堂迴廊裡閒情踱步的人一樣，雖然他們都生長在托雷都。純正、道地、典雅、明晰的話語出自機智的朝臣，即便這朝臣的祖籍是馬哈拉洪達[15]。」

---

14. 薩亞弋是西班牙薩莫拉和葡萄牙交界處的地區。一般人認為薩亞弋的西班牙語不純，而托雷都人說的是標準的西班牙語。
15. 馬德里西北的小鎮。

「你不是自詡舞弄身邊帶著的那兩把劍勝過搖唇鼓舌嗎？」另一位學生說道，「你要是在擊劍術上少下點功夫，你絕對會高居碩士榜首，而不是像現在這樣敬陪末座了。」

「你聽著，學士，」碩士說，「你認爲劍術沒有用處，那可是大錯特錯了。」

「這是事實，」戈丘威羅回答道，「要是你想試試，反正你帶著劍呢，便利得很。我有手勁，有力氣，並且膽量也不小，馬上能讓你知道我沒說錯。你下來，使出你的步伐、弧圈、角度和理論來吧，我就用我的外行技術，準能把你打得眼冒金星。我相信除了上帝之外，可以讓我退縮的人還沒有生出來呢。這世界上就沒有我打不贏的人。」

「你退縮不退縮我管不著，」那位懂得劍術的說，「指不定你落腳的地方就是你的墳坑，你會立即喪命於那被你看不起的劍術之下。」

「那就試試看吧！」

戈丘威羅說著就靈巧地跳下了毛驢，氣哼哼地從碩士的驢背上抽出了一把訓練用劍。

「不能這麼就動手啊，」唐吉訶德插言道，「我願意主持這場比劍，判決勝負。」

唐吉訶德說著就下了駑騂難得，手持長槍站到了大路的中間。這時候碩士已經開始用優美的姿勢、輕盈的步伐迎戰，戈丘威羅瞪著火星四濺的眼睛向他衝過去。

戈丘威羅接連不斷地刺撥砍劈，猛如急雨，密似冰雹，就像是一頭暴怒的雄獅。不過神父卻用劍頭的皮套當面給了他一擊，不僅阻止了他的攻勢，而且還讓他親了一下那劍套，就像那是吻一件聖物一樣，當然他沒有像親吻聖物一樣虔誠罷了。

碩士趁機用劍尖逐一劃開了他身上的那短式學生裝的扣子，還把那衣服的下擺劃成了條條，之後又兩次挑落他的帽子，直弄得他連氣帶急地緊握著劍柄，凶狠地把那劍朝著空中撇了出去。

兩個農夫中的一位原先是法院公證人，他跑過去想把劍撿回來，事後聽他說，那劍足足飛出去四分之三哩瓦。由此可見，蠻力抵不過技巧。

戈丘威羅氣喘咻咻地坐到了地上，桑丘湊到他的跟前說道：

「依我看，學士先生，閣下如果願意聽我的，從今以後您別再去跟人家比劍。」

「我太不懂事，」戈丘威羅說，「親身體驗到了自己過去實在是無知，我很服氣。」

戈丘威羅說完就站起身來，抱住了碩士，兩個人的關係更深了一層。

那個跑去撿劍的公證人遲遲沒有回來。他們不想再等，因此就接著趕路。他們計畫早點兒趕到季德麗亞所在的村子裡去，事實上他們也都是那個村子裡的人。

在之後的路途裡，碩士講了劍術的奧妙。他廣引博徵，連比畫帶資料，讓大家全都信服那確實是一門學問，戈丘威羅也不再固執己見了。

天色已經暗了下來，他們還沒有趕到村子，就覺得前面的村子裡好像有無數星光在閃爍。到了跟前之後，他們看到村口樹林的枝頭上掛滿了點亮著的燈籠。

當時恰好無風，連樹都幾乎紋絲不動，因此那燈火也就分外明亮。唐吉訶德不願意進村，婉言拒絕了農夫和學士的盛情邀請。

他認爲理由十分充分：遊俠騎士的規矩是在曠野與山林，而不是在村鎮裡面過夜，他就走下了大路。不過桑丘卻滿肚子不高興，心裡又想起了在堂狄艾果的城堡或莊園裡受到過的熱情款待。

chapter 20 財主卡麻丘的婚禮

曙光初照，太陽神還沒來得及以熾熱的光芒揩乾黎明女神金髮上的露珠，唐吉訶德就已經擺脫了慵懶的四肢站了起來，原本想呼喚侍從桑丘，可是見他仍在打鼾，便沒有急著將他叫醒，而是意味深長地對他說道：

「噢，你可真是全天下難得的有福之人啊。你心緒平靜，不用嫉妒別人，也沒有人嫉妒你；魔法師不跟你搗亂，魔法也不找你的麻煩！」

始終還在睡覺的桑丘對此毫無反應，如果不是唐吉訶德用槍捅了又捅他，看樣子一時半會兒他還醒不了呢。他醒來覺得又睏又懶，對四周東張西望了一番之後，說道：

「要是我沒有弄錯的話，從喜棚那邊飄過來的茅草乾柴氣味裡，混有烤肉條的香味兒，喜事一開始就透著這種香味，我估摸著，肯定十分豐盛。」

「夠了，饞嘴！別多說了，」唐吉訶德說，「走吧，咱們不妨到那婚禮上去看一眼倒楣的巴西琉有什麼反應。」

「要是您老人家記性還好，」桑丘說道，「應該還記得，咱們這次出來之前有個約定，其中一條就是讓我有話就說，只要我不攻擊別人，不冒犯您的尊嚴。至少到現在為止，我認為自己還沒做過什麼出格的事呢。」

「桑丘，我怎麼不記得有那一條，」唐吉訶德說，「即使有，我現在也要你閉上嘴巴趕快走。你難道沒有聽到，昨天夜裡響起的樂聲又在四處迴盪起來了，我想他們一定是想趁著早上涼快就把婚禮辦了，而不是拖到中午天熱的時候。」

桑丘遵照主人的吩咐，分別為駑騂難得和灰驢備好了鞍子，主僕二人跨上坐騎，慢慢朝著彩棚走去。首先映入桑丘眼簾的，是在一棵當作烤肉叉用的榆樹上正烤著的整隻公牛，用來烤肉的木柴堆起來足足有半座小山高，除此之外，還有不計其數的各色山禽野味晾在樹杈枝頭。這裡的男女廚師至少有五十多個，人人乾淨、人人勤快、人人滿臉喜氣。總之，這婚禮儘管土氣，但卻豐盛，足以招待一支軍隊。

桑丘實在忍不住了，但卻沒有別的辦法，只好湊到一個忙忙碌碌的廚子跟前，客客氣氣地對他說自己餓了，希望那人能准許他把麵包在湯鍋裡蘸一下。因此那廚師對他說道：

「兄弟，感謝財主卡麻丘，今天可不是一個讓人挨餓的日子。你過來，找找看有沒有大勺子，先撈一兩隻雞，好好吃一頓吧。」

說完，他抓起一口鍋，從一個大罈子裡舀出三隻雞和兩隻鵝，之後對桑丘說道：

「吃吧，朋友，你就先用這些東西當點心吧，等到了晌午再好好吃一頓。」

正當桑丘爲嘴忙活的時候，唐吉訶德卻把注意力集中到了從喜棚的另一側進來的十二個村民的身上。十二匹駿馬都配著鮮豔華麗的馬具，胸帶上掛著鈴鐺。他們個個身著節日盛裝，座下那清一色的漂亮騍馬鞍韉華美，胸帶上也都綴滿了鈴鐺。他們並轡齊驅，沒有疾馳而過，而是在場子內兜了好些圈兒，一邊跑一邊狂呼高喊：

「卡麻丘是大財主，季德麗亞是天下第一大美人，郎才女貌，祝他們白頭偕老！」

很快又有各色各樣的舞隊從四面八方走進了涼棚，其中一撥跳劍舞的竟有二十四位英俊瀟灑的青年，他們個個身著輕便的白布衫，頭裹彩色的薄紗巾，領頭的是一位矯健的小夥子。一個騎馬的人問他隊伍裡有沒有人受傷[16]。

「感謝上帝，到現在爲止還沒人受傷，大家全都好好的。」

他馬上又混入隊裡，靈巧地轉著圈。唐吉訶德見慣了這類舞蹈，卻覺得從沒這麼出色的。表演結束後，唐吉訶德向一位仙女打聽這個舞劇是誰編排的，仙女回答說是村裡的一位受俸神父，他很有才情。擅長寫這種歌劇。

「我敢打賭，」唐吉訶德說，「這位學士或教士偏向的是卡麻丘，而不是巴西琉，他不專心向上帝禱告，卻愛做這匯總遊戲詩文。這舞蹈表現出了巴西琉的才智和卡麻丘的富有。」

---

16. 劍舞很危險，非常容易互相刺傷。

聽他如此一說，桑丘插嘴道：

「『勝者爲王』，我向著卡麻丘。」

「說到底，」唐吉訶德說，「我認爲，桑丘，你太世俗了，肯定是那種見風使舵的人。」

「其實我也不清楚自己是什麼人，」桑丘說，「但是，我很清楚地知道，肯定不可能從巴西琉的鍋裡撈到像我剛剛從卡麻丘的鍋裡撈出來的好東西。」

他說完，揚了揚手裡那裝滿鵝和雞的鍋子，之後跟著就抓起一隻，津津有味地吃了起來。看他吃得那麼香，引得唐吉訶德也跟著直咽口水，他很想湊過去幫忙，不過他被別的事情岔開了。究竟發生了什麼事情，接下來一章會講。

chapter 21

婚禮的意外插曲

唐吉訶德和桑丘正說著話的時候，突然聽到了喧鬧的聲音。原來是馬隊在奔馳吶喊，迎接新郎新娘。

兩位新人，在各種樂隊和儀仗隊的簇擁下，由神父、盛裝打扮的雙方親屬、鄰村的體面人物陪伴著，款款走了過來。

跟所有的新娘一樣，可能是由於準備第二天的婚禮而沒有睡好的緣故，美麗的季德麗亞臉色有點蒼白。

他們來到了草地旁邊一座鋪滿了地毯和鮮花的看臺，婚禮和舞蹈演出均會在那裡舉行。他們剛到那裡，突然聽到背後傳來了喊叫的聲音：

「二位請留步，你們真是只顧自己，這麼著急！」

聽到這喊聲之後，人們回過頭，看見講話的是一個身披黑底紅條外套的人。那人頭上戴著作爲服喪標誌的柏枝花冠（後來得到驗證），手裡握著一根粗大的拐杖。等他走近之後，人們認出了這位是漂亮的巴西琉，於是不禁一驚，很想知道他說那話是什麼意思，人們提心吊膽，不知他這番話有何下文。

他疲憊不堪、上氣不接下氣地走到兩位新人面前，把那根頭上帶有鋼釺的手杖插進了地裡，之後，眼睛盯著季德麗亞，聲音顫抖而嘶啞地說道：

「負心的季德麗亞啊，你很清楚地知道，憑藉咱們信奉的神聖的教規，只要我還活著，你就不能嫁給別人。但願有錢的卡麻丘和無情無義的季德麗亞百年好合，讓那被貧困斬斷了飛向幸福的翅膀的窮鬼巴西琉去死吧！」

說完之後，他便伸手去拔那根插在地上的拐杖，露出了一把藏在裡面、仍舊劍柄朝下立在地上的利劍。

只見他坦然而果斷地撲到了那劍上面，血淋淋的劍尖頃刻間穿透的脊背，露出了好長一截，而他本人則可憐地趴臥在自己的兵刃造成的血泊中間。

他的朋友們馬上圍上來救他，對他的不幸感到十分悲痛。他的朋友們被他的慘狀和不幸深深打動，立即衝上去準備救護。

唐吉訶德也丟下駑騂難得，湊過去幫忙，將他抱起後，發覺他還沒有斷氣。這時候，巴西琉稍稍清醒了一點兒，因此便有氣無力地說道：

「狠心的季德麗亞啊，在這臨死前的最後時分，你要是能同意做我的妻子，我依舊會認為自己的武斷冒失還算值得，因為最後我還是成了你的丈夫。」

聽到當事者的這一要求後，唐吉訶德大聲明確了自己的態度，認為巴西琉的要求合情合理，並且也很容易辦到，對卡麻丘來說，迎娶勇敢的巴西琉的未亡人也不是什麼丟面子的事情，跟直接把她從其父母身邊娶走沒有多大分別。

「不過是開口說聲『願意』而已，並沒有其他的後果，原因是這位新郎的洞房就是他的墳墓。」

美麗的季德麗亞，好像很激動，也好像傷心悔恨的樣子；她默默地朝著巴西琉走了過去。這時候，巴西琉兩眼翻白、氣咽聲絲地念叨著季德麗亞的名字，一副眼看就要像個異教徒那樣帶罪而死的樣子。

季德麗亞終於走到他的跟前跪了下去，沒有開口，只做手勢讓他伸手。季德麗亞真誠而羞怯地用自己的右手抓起他的手說道：

「任何力量都不能改變我的心意，我絕對是真心實意地答應你的請求，我願意做你的合法妻子。不過我希望你的抉擇也是出於真誠，而不是在一時衝動釀成的惡果下的倉促而糊塗的行為。」

「絕對是真誠的，」巴西琉說，「既不倉促，也不糊塗，反而是比任何時候都清醒：我願意做你的丈夫。」

「我願意做你的妻子，」季德麗亞說，「不管你是否長命百歲，還是馬上就被人從我的懷裡奪走送往墳墓。」

「這個小夥子傷成了這副模樣，」桑丘插言道，「也說得太多了。儘快叫他別再兒女情長啦，也該是時候關照一下自己的靈魂了。」

就這樣，神父滿含熱淚，動情地祝福了手拉著手的巴西琉和季德麗亞，祈求上天讓新郎的靈魂得以安息。

一得到神父的祝福，巴西琉就輕巧地一躍而起，並敏捷地隨手拔掉了插在自己的身上利劍。人們立馬就驚呆了，其中有幾個沒心眼的人竟然連聲狂呼：

「奇蹟!奇蹟！」

不過，巴西琉卻說道：

「別喊『奇蹟、奇蹟』，該喊『妙計、妙計』。」

神父頓時傻了眼，急忙伸出雙手去摸他的傷口，結果卻發現那劍根本就沒有傷著他的皮肉，只不過是穿過了他藏在胸前的一截鐵管，而這鐵管裡面灌滿了血。

後來得知，那些血經過處理，不會凝固。

卡麻丘及其親朋好友惱羞成怒，想要報仇，許多人立馬拔出劍來朝向巴西琉衝了過去。與此同時，幫巴西琉的人也不示弱，立即仗劍相迎。

見此情形，唐吉訶德一馬當先，握槍持盾，衝到了人群中間，厲聲喝道：

「先生們，住手吧，你們不能因爲情場的失意而進行報復。季德麗亞屬於巴西琉，巴西琉屬於季德麗亞，他們的結合是天意。卡麻丘有的是錢，可以隨時、隨地、隨心所欲地買到自己喜歡的東西。巴西琉只有這一隻小羔羊[17]，任何人，不管有多大的權勢，都不能剝奪。誰想拆開他們倆，先要問問我手中的槍。」

他說著就使勁把長槍揮舞起來，其嫻熟的架勢嚇壞了所有那些並不知道他的底細的人。卡麻丘對季德麗亞讓自己當眾受到羞辱耿耿於懷，一下子失去了對她的好感。

在這樣的情形下，精明而善良的神父的規勸有了作用，卡麻丘及其一夥也就平息了心中的怒氣。因此，明晃晃的刀劍又都重新插進鞘裡。

人們不再嫉恨巴西琉的詭計，只怪季德麗亞那麼依順他。卡麻丘心裡想道：季德麗亞婚前就愛著巴西琉，婚後絕對也是舊情難斷，應當為沒有娶她而感謝上天才對。

就這樣，卡麻丘及其同伴們心平氣和了，巴西琉這邊自然更是無話可說。為了表明自己並沒有把那個玩笑放在心上，財主卡麻丘決定讓喜慶繼續下去，權當自己還在舉行婚禮。但是，巴西琉和他的妻子，還有他的朋友們卻不想湊那個熱鬧，逕自回村去了。

富翁自然有人逢迎巴結，有品有德的窮漢照樣不乏追隨、尊重和維護之人。

巴西琉的一夥認為唐吉訶德是條敢作敢為的漢子，把他也一起帶走了。可是，桑丘卻因為錯失了卡麻丘那場一直鬧到天黑的酒宴而滿肚子的不樂意，他沒精打采，跟他主人隨同

17. 引用《舊約全書．撒母耳記下》十二章三節裡的話。

巴西琉離開了埃及的肉鍋[18]。鍋裡所剩不多的美味，時時都會使他想起那失去的盛宴該會有多麼鮮美與豐饒。

就這樣，他騎著灰驢，跟著駑騂難得，雖然肚子不餓，卻還是鬱鬱寡歡，心事重重。

18. 這是引用《舊約全書．出埃及記》十六章三節的話。

chapter 22

蒙德西諾斯洞穴的偉大探險

這對新婚夫婦非常感謝唐吉訶德鼎力相助，用勇敢幫助了他們，因此熱情而周到地招待了唐吉訶德。他們認爲他稱得上是智勇雙全，武藝比得上熙德，口才比得上西塞羅。

憨厚的桑丘也托那對新人之福，美美地享受了三天。巴西琉告訴他們，假裝自戕並不是跟美麗的季德麗亞一起策劃的計謀，完全是他一個人的主意，不過他預料她會照他的打算跟他結婚。不過，他也承認之前對幾位朋友講過自己的想法，目的是讓他們在必要的時候幫他一把，以確保騙局可以成功。

「爲達到正當目的所採取的手段，不能夠、也不應該說成騙局，」唐吉訶德說，「而有情人終成眷屬本來就是一件快意的事情。」但是，他提醒說，愛情的大忌是饑寒。

唐吉訶德這話的用意在於勉勵巴西琉先生不要不務正業，他應當正正經經地把心思放在發家致富上面。

總之，他們在那對新人家住了三天，被人家像國王一樣款待和侍候著。唐吉訶德一再的請求那位精於擊劍的碩士幫他找一個嚮導，帶他去蒙德西諾斯洞穴，因爲他想進去親眼看看裡面是不是真像傳說中的那麼奇妙。

碩士答應將自己的一個表親介紹給他，那是一個騎士小說的忠實讀者，他絕對十分樂意送他去到洞口。

那位表親果然來了，他牽著一頭懷駒的草驢，鞍子上鋪著一塊黃色的小毯子或麻袋片。三個人一起禱告過上帝，辭別了主人，然後就開始了通向著名的蒙德西諾斯洞穴的行程。

一路上，唐吉訶德問起那個小夥子的職業和專長。那個表親說：「我是研究古希臘拉丁文學的，以著書爲職業；出版的書都很風行，也很賺錢。這其中的一部題名爲《禮服寶典》，這本書介紹了七百零三種禮服的標記、顏色、徽章、紋飾，可以作爲宮廷武士們節慶著裝的參照，從而使他們不必再去請教人，也不必浪費精力、自出心裁。

「我也爲有猜疑心的人、被鄙視的人、被遺忘的人和離家出門的人設計了適合他們的服裝，他們穿起來肯定很合適。我還有一本奇書，準備定名爲《變形記》或《西班牙的奧維德》[19]，構思新穎而奇特，仿照奧維德那部名著，集娛樂、知識與教育爲一體。另外的一本，我稱之爲《爲維吉爾．波利多羅[20]補遺》，書中廣徵博引，凡是沒有被波利多羅提及的重要專

19. 古羅馬詩人，《變形記》是他的故事詩集。
20. 是十五世紀義大利學者，以拉丁文著作。

案，我都作了研究，並以優美的文筆記錄了下來。」

他們就這樣興高采烈地談著說著走了一整天，並在一個小村莊裡過了夜。

表親告訴唐吉訶德，從那兒到蒙德西諾斯洞穴還有不到兩里地的路程；他還說，要是真想下去，就得準備繩子，方便綁在身上往下順。

唐吉訶德表示，就算是直通地獄，他也要到底下去看看。因此，他們買了足足有百尺長的繩子，在第二天下午兩點鐘左右到達了洞口。

從外面看那洞口十分寬敞，但幾乎全被密密麻麻的枸杞、無花果樹叢，以及雜草和荊棘給堵住和封死了。他們一到洞口就下了牲口，表親和桑丘立即把繩子牢牢地拴在了唐吉訶德的身上。桑丘一邊纏繞著繩索，一邊對他說道：

「我的老爺，您幹什麼事得仔細啊，千萬別把自個兒活埋了，當然也別把自個兒當成井裡的酒瓶那樣懸掛在裡面。其實，這地洞比摩爾人的地窖還可怕，進去探索不是您的事。」

「你拴吧，閉上你的嘴，」唐吉訶德說，「桑丘，我的朋友，這件事是非由我來幹不可的。」

這時候，嚮導說道：

「唐吉訶德先生，我真誠地求您務必多加小心，並且帶著一百隻眼睛，認真看看裡面都有些什麼，因為指不定會有一些值得我寫進《變形記》裡的事情呢。」

「那您這可算是找對行家啦。」桑丘說。

說話的功夫，繩子已經捆好了，沒有捆在鎧甲外面，而是紮在裡面穿著的緊身衣服上，唐吉訶德便說道：

「咱們忘了準備一個小鈴鐺了。如果有個鈴鐺拴到繩子上，你們聽到聲音，就能瞭解我還在往下走，並且我還活著。可是，現在說也白搭了，一切聽天由命吧。」

他說完就朝洞口走去，一看卻沒法下去，除非撥開荊棘或砍出一條路來，就根本沒法進洞，因此他就抽出佩劍，衝著堵住洞口的蒿草蒺藜一通亂砍。

響聲一起，無數隻碩大烏鴉和蝙蝠蜂擁飛出，撞得他一個跟頭栽在了地上。他站起身，看到不再有烏鴉以及蝙蝠之類的禽鳥飛出，就讓表親和桑丘扯著繩子墜入了那驚人的洞穴。

唐吉訶德進入了洞中，嘴裡不停地大聲催促著放繩、再放繩，直到再也聽不見從洞裡傳出的喊叫聲時，在外面留守的兩個人已經把那五六十丈繩子全都放完了。他們看到已經沒有繩子可放了，便想著把他拉上來。

但是，他們還是等了半個來鐘頭才開始往回收繩。最初的時候，十分省勁，拉著一點兒分量都沒有，他們還以爲唐吉訶德留在了下面。這麼一想，桑丘痛哭著急急把繩子往上收，希望儘快知道究竟。

不過，當他們收回四五十丈以後，又重新感覺到了分量。因此，他們不由得欣喜若狂。到了還剩十尺的時候，他們就清楚地看到了唐吉訶德。

桑丘立馬衝他大聲喊道：

「我的老爺啊，您大人總算是完好地回來了。我們還以爲您要留在下面傳宗接代呢。」

唐吉訶德要求給他些吃的，他很餓。

他們將表親的鞍墊鋪到了草地上，從褡褳袋裡取出乾糧，三個人親親熱熱地坐到一起，把午點和晚飯合成一頓吃了。吃完之後收拾鞍墊的時候，唐吉訶德說道：

「夥計們，全都坐在這兒別動，聽我給你們講一下在洞裡的奇聞。」

chapter 23

離奇與荒誕

當時是下午四點鐘左右，太陽隱在雲後，天光暗淡。唐吉訶德趁這涼爽宜人的時刻，向兩位絕頂聰明的聽眾講起了在蒙德西諾斯洞穴裡面的見聞。他說道：

「下到這個黑洞裡大約八九丈深的地方，右手邊出現了一個可以容得下一輛大騾車的空場。有一線微光從地面射進。我當時由於被吊在繩子上，不知下去的路怎麼樣，居然糊裡糊塗地睡死了過去。後來，又莫名其妙地醒過來了，並且還發覺自己到了一片草地，那美麗的風景，地面上從來沒有，世界上心思最巧妙的人也想像不出。

「之後，一座富麗堂皇的宮殿或者說城堡就出現在我的面前，一位令人肅然起敬的老者從裡邊向我走過來。他走到我的跟前，緊緊擁抱了我，接著說道：『勇敢的騎士，請跟我來吧，我就是這個洞穴賴以得名的蒙德西諾斯。』一聽說他就是蒙德西諾斯，我立馬就問他是否真的像外面世界所傳說的那樣：用一把小小的匕首剖開他的好友杜朗達爾德的胸膛，挖出了他的心臟，並依照其死前的囑託送給了貝雷爾瑪夫人。他跟我說，這所有的一切都是真的，只是在匕首的問題上稍有偏差。因為，那個利器既非匕首，也不是很小，而是一柄比錐子還要尖利的短刀。」

「說不定，」桑丘插嘴道，「還是塞維利亞刀王拉蒙．台．奧賽斯[21]打造的呢。」

「那就不清楚了，」唐吉訶德接著說道，「但是，決不會是那位短刀匠造的，刀王拉蒙才去世不久，發生在隆塞斯巴列斯的這幕慘劇是好多年以前的事情了[22]。不過，這些都無關緊要，不影響故事的真實，當然也就改變不了它的情節。」

「就是嘛，」表親說，「唐吉訶德先生，我看您還是接著往下講吧，我正聽得來勁呢。」

「我講著也覺得有趣呢，」唐吉訶德說，「那我就接著講下去了。可敬的蒙德西諾斯領我走進了那座水晶宮殿，裡面有一個精心雕琢的靈柩，上面平躺著一位騎士。那位騎士的右手——毛茸茸的，並且暴著青筋，這些表明他的主人肯定剛健有力——放在心臟的位置。不等我開口講話，蒙德西諾斯就說道：『這位就是我的好友杜朗達爾德，他是那個時代多情而勇敢的騎士的楷模與精英。我所奇怪的是，杜朗達爾德死在了我的懷裡，可是他到現在還跟活著似的，時不時呻吟、歎氣，真不知是怎麼回事？』他剛說到這兒，可憐的杜朗達爾德就大聲地說道：

21. 鑄劍名手，和塞萬提斯同時代而年輩略長。
22. 杜朗達爾德是查理曼大帝手下的武士，死於隆塞斯巴列斯之役。貝雷爾瑪是杜朗達爾德的情人。

蒙德西諾斯啊，我的好表哥，
我瞭解自己到了最後時刻，
等到那生命真正結束之後，
靈魂當然也會拋棄這軀殼，
懇請你別忘記把我的心臟，
送交給貝雷爾瑪處置，
至於開胸時用短刀或是匕首，
任憑你視情況臨時決定。

聽到這囑託，可敬的老人蒙德西諾斯馬上跪到了那位身受重傷的騎士跟前，滿含熱淚地說道：「『杜朗達爾德先生，我最親愛的表弟，我非常尊貴的兄弟，我已經在我們遭受失敗的當天依照你的吩咐做了。我完好無損地取出了你的心臟，用一塊花邊手絹擦得乾乾淨淨的。我先將你埋進地裡，然後就帶上你的心臟朝著法蘭西的方向直奔而去。

「親愛的表弟啊，還有一個細節，出了隆塞斯巴列斯進了第一個村子以後，我在你的心臟上面撒了些鹽，爲的就是不讓它產生異味，雖然這個措施不能保持新鮮，不過至少也可以將你那醃製過了的心臟完好地呈獻到貝雷爾瑪夫人的面前。現在我要對你講點兒新鮮的事情，巫師梅爾林早就預見到那位偉大的騎士就在你的面前，當你睜開眼睛就會看到的，他就是唐吉訶德。有了他的幫助，那囚禁著咱們的魔法應該會得以破解。』『萬一不行，』重傷在身的杜朗達爾德有氣無力地說，『表哥啊，我只能勸你：請你耐心等待，洗過牌[23]後重新再來。』他說完就轉過身去，又沉默不語了。

「這時突然傳來哭喊聲，還伴隨著深深的歎息聲和痛苦的抽泣聲。我回過頭去，透過水晶牆壁看到另一間大廳裡出現了兩隊美豔絕倫的少女。佇列末尾的女人神態莊重，手上捧著一個薄麻布包，裡面隱約可看到一塊乾癟的東西，想必就是那顆已經乾化了的心臟。蒙德西諾斯告訴我，佇列裡的少女都是杜朗達爾德和貝雷爾瑪的僕人和丫鬟，走在最後的那位手捧白紗裹著的心臟的那位就是貝雷爾瑪夫人，她每個星期裡都有四天要帶著那些侍女列隊唱歌，準確地說，是爲杜朗達爾德的遺骸殘骸和破碎的心臟哭泣感歎。」

這時候，那位表親插嘴道：

「唐吉訶德先生，我不瞭解，您在底下只待了那麼一會兒的時間，怎麼可能經歷了那麼多事兒、講了那麼多話呢。」

「我在下面待了多久？」唐吉訶德問。

「大約也就一個鐘頭多一點兒吧。」桑丘說。

23.這是西班牙賭徒的口頭禪。

「不會吧，」唐吉訶德說，「我在那裡天黑又天亮，天亮又天黑，一共三次。因此，按照我的計算，我在那個咱們的視線看不到、搆不著的洞裡總共過了三天。」

「我認爲，」桑丘說，「您在那邊地底下和一大群著魔的人在一起，肯定是那位梅爾林，或者對那夥人施了魔法的巫師，把您講的這套故事安裝在你心裡了。」

「那是完全有可能的，桑丘，」唐吉訶德說，「不過，我剛才說的那些都是我親眼見到、親手摸到的。蒙德西諾斯還讓我見識了很多稀奇古怪的事情，這會兒不是講的時候，等將來路上無聊的時候我再慢慢說給你聽吧。現在，我只講一件：那就是他讓我看見了三個村婦，她們跟山羊一樣在那片清靜的草地上又蹦又跳。我一看到她們，立即就認出了她們，她們是咱們在托波索城邊遇到的那位舉世無雙的杜爾西內婭小姐，以及那兩個跟她在一起的村姑。」

聽到主子說起這件事，桑丘差點兒笑暈過去。因爲他自己原本就是製造杜爾西內婭中魔騙局的巫師和證人，他本身瞭解真相，因此毫不懷疑東家已經神志不清，完全瘋了，所以他就說道：

「我尊敬的老爺啊，您下地洞真是交了壞運，又逢季節不利，日子不好；又千不該萬不該地見到了蒙德西諾斯，結果卻讓他把您弄成這個樣子打發回來了。您大人之前在上面的時候好好的，腦袋一清二楚，說話精闢、誨人勸世，但是現在呢，滿嘴胡說八道，簡直讓人都無法想像。」

「桑丘，由於我瞭解你，」唐吉訶德說，「因此，我不會把你的話當真。」

「噢，神聖的上帝啊！」桑丘聽到這裡大聲叫道，「世界上真有如此魔力的魔法師和魔法，竟把我原本很聰明的主人變得如此瘋癲？啊，老爺啊，看在上帝的份上，您老人家也應當想想自己、想想自己的名聲，快別相信那些根本沒影的事了，您已經讓這些東西弄得稀里糊塗、神志不清啦。」

「桑丘，你這麼說也是爲了我好，」唐吉訶德說，「但是，你涉世太淺，所有那些多少有點兒費解的事情，在你看來都是不可能的。不過，我剛才跟你提過，等我將來把我在那邊見到的其他事情講些給你聽，你就會相信我講的這些事都是千真萬確的，沒什麼可爭辯的。

chapter 24 看似荒誕

這部偉大傳記的譯者說過，當他譯到有關蒙德西諾斯洞穴探險那一章的時候，發現原作者熙德・阿默德在手稿邊緣上親筆寫下了這樣一段話：

「我沒法理解也沒法相信英勇的唐吉訶德真的遇上了前一章裡記述的那些事情。他以前遭遇的奇事都可能，也像是真的，地洞裡的這番卻出於情理之外，沒一點真實的影子。但是，唐吉訶德是他那個時代最爲耿直的紳士，也是最爲高尚的騎士，我認爲他不可能胡說八道。實際上，就算是亂箭穿身逼他說謊，他也絕對不會那麼幹的。

「另一方面，他又講得如此細緻逼真、繪聲繪色，只用一眨眼的工夫就編造那麼一大堆不著邊際的瞎話，恐怕也是不太可能的。如果這段經歷是杜撰的，不能怪我。因爲我不管它的真假，只是有聞必錄。讀者明鑒，我不該也不能擅自置喙、妄自揣度。可是，聽說他在臨終前的彌留之際，確曾反悔，承認那些都是自己的杜撰，因爲認爲只有那樣方能貼近和符合他從騎士小說中看到的情節。」阿默德插了這幾句後言歸正傳：

表親對桑丘的放肆和主子的寬容都感到很意外，並把唐吉訶德的大度歸因於他見到了杜爾西內婭——儘管是中了邪魔——之後的好心情，不然的話，桑丘對主子發表的那番著實有些過分的言辭和議論絕對會招致一頓暴打。因此，他就對唐吉訶德說道：「唐吉訶德先生，我本人覺得陪伴閣下到此一行非常值得，對我正在寫作的《西班牙的奧維德》大有裨益；我瞭解紙牌存在已久，至少是早在查理曼大帝的時代就已經有了，證據是，閣下提到，聽了蒙德西諾斯的長篇大論之後，杜朗達爾德忽然醒來說道：『耐心等待，洗過牌後重新再來。』這種表述和說法表明不會是他中了邪魔之後學到的。」

「閣下所言極是，」唐吉訶德說，「可是，您這些書是否能批准出版，還拿不定吧？要是上帝開恩讓您的大作獲准能夠出版，您準備題贈給哪些人？」

「你清楚，西班牙是不乏可以題贈的達官貴人的。」表親說。

「我認爲不是很多，」唐吉訶德說，「倒不是說他們不配，而是由於他們不願意接受。他們覺得作者的努力和敬意該有報酬，他們不肯承擔這一義務。不過我認識一位可以彌補這個不足的貴人，他慷慨豪爽，我一旦說出來，可能會引起很多胸懷坦蕩之士的嫉妒之情[24]。但是，這個事情留著待以後再從容商議，現在咱們還是去找個過夜的地方吧。」

24. 指塞萬提斯的保護人雷莫斯伯爵。

「離這裡不遠有一座寺廟，」表親說，「裡面住著一位修士，據說，此人當過兵，是個好基督徒，很有見識，待人也很厚道。廟旁有座房子，是他自己出錢建造的，總之，儘管小了一點兒，倒也還可以接待賓客。」

「那位修士是不是也養了雞[25]了？」桑丘問道。

「很少有修士不養雞的，」唐吉訶德說，「現在已經不流行埃及沙漠裡的那種穿樹葉、吃草根類型的修士了。別以爲我說那時候的修士的好話，就是說當今的不好，我只是想說，當今的修士不像從前的那麼清苦。但是，並不因此就以爲現在的都不好，至少是我認爲他們還是不錯的。在世事混沌的情況下，假裝善人的僞君子總歸要比公開作惡的壞蛋強嘛。」

這時候，有個人徒步而來，用棍子打著一頭馱著長槍長戟的騾子急急趕路。那人到了他們面前後，只是打了個招呼就揚長而去，不過，唐吉訶德卻對他說道：

「喂，夥計，歇歇吧，你走得太急了，只怕你的騾子吃不消呢。」

「我不敢休息啊，先生，」那人回答說，「我運的這些軍械明天要用，因此不能停下來，再見吧。可是，要是你們想要知道這些東西是幹什麼用的，前邊的寺廟那邊有一家客棧，我計畫在那裡歇腳，要是你們也走這條路的話，可以在那裡找到我，我會跟你們說一些新鮮事兒的。再說一次：回頭見啦。」

25. 見作者《致一位隱居山野的修士》一詩中形容的一個人。

說著那人就趕著騾子走了。唐吉訶德根本沒來得及問清楚那新鮮事兒到底是什麼。他原本就是個愛管閒事之人，一向喜歡打聽奇聞逸事，因此就決定立即上路，不去光顧表親說的修士了。

這麼決定之後，三個人就跨上坐騎直奔客棧而去，趕在天黑之前到達了那裡。此外，表親建議唐吉訶德到寺廟裡去找些喝的。一聽這話，桑丘馬上就轟著毛驢朝那邊急馳過去，唐吉訶德和表親也就跟了過去。桑丘似乎運氣不佳，恰好趕上修士沒在廟裡，這是跟隨修士修道的女人說的。他們提出要點兒高價的酒[26]，她說主人沒有高價的酒，但要是他們希望喝點兒無須花錢的水嘛，她倒是十分樂意提供。

「要是想喝水的話，」桑丘說，「這一路上有的是井，我們早就喝夠了。噢，卡麻丘的婚宴和堂狄艾果家的美餐啊，我肯定會一次次地思念你們！」

他們只能離開寺廟朝著客棧走去。沒過多遠，就看到前邊有一個年輕小夥子，他並不急著趕路，所以他們很快就趕上了他。那小夥子肩上駕著一把劍，劍上挑著一個包袱，包袱裡邊裹著的像是內褲、外褲、斗篷、襯衣之類的衣物。他身上穿著絲絨短外套，有的地方已經磨得發亮了，襯衣也露在了外面，腳上穿著絲襪和京城流行的方頭鞋[27]。他看上去也就十八九歲，滿臉高興，身體看來很矯健。他邊走邊哼著小曲解悶。他們趕上那小夥子的時候，他剛

26. 塞萬提斯時代，馬德里有兩種酒店：一種只供應便宜的酒，一種兼供高價的酒。
27. 賴爾瑪公爵因足繭喜穿方頭鞋，京城就流行這種式樣。

好唱完了一支，表親記得那歌詞是：

由於家窮我才去打仗，

如果有錢怎會上戰場。

唐吉訶德首先開口說道：

「好小夥子啊，你倒是滿輕裝的嘛，你這是上哪兒去呀？要是你不介意的話，我們很想知道。」

那年輕人答道：

「輕裝上陣，一是由於天熱，二是由於家窮。至於去哪兒嘛，我是去打仗。」

唐吉訶德說：「由於天熱不消說得；因爲窮是什麼道理呢？」

「先生，」小夥子說，「包袱裡倒是有一條絲絨褲子，跟這件褂子是配套的。如果路上穿破了，到了城裡就沒有得穿啦，我又沒有錢買新的。因此，既是爲了這個緣故，也是爲了圖個風涼，我就這身打扮趕往離這兒不到十二哩瓦地的一個步兵營地。我要到那兒去參軍，從那兒上船有車輛，據說船在咖太基。我寧願替國王效力、爲他去打仗，而不願意留在京城侍候窮鬼。」

「你難道就沒有什麼賞賜嗎？」表親問。

「如果是我伺候一位西班牙的大人物，或者什麼王公貴人，」年輕人說，「肯定會有賞賜。這全靠投奔的主子好。闊人家的傭人常能升做旗手、上尉，或弄到好飯碗。可是，我不走運，遇到的不是幫閒打雜的，就是自身難保的主兒，他們自己的薪俸都可憐兮兮的，漿一次衣領就用去了工錢的一半[28]。打個零工，東家幹了到西家，會交什麼好運才怪呢。」

「那就說說你的經歷吧，朋友，」唐吉訶德說，「你當了這麼多年差，難道連身制服都沒混上？」

「人家倒是給過我兩套，」那人回答道，「可是，就好像新教士一樣，沒正式入會，出院得交還道袍，換上自己的衣裝。我的那些顧主們在京城一辦完事，就立刻打道回府，他們自然要收回原本，也就是爲了裝飾門面而發下的制服，我也就只能再穿自己的衣裳嘍。」

「真是義大利人所謂『精明刻薄』了，」唐吉訶德說，「不過，您已經離開了京城，壯志滿懷，應當算是大可慶幸的。人世間沒有什麼能比以下這兩件事情更爲榮耀了，一是爲上帝效力，二是爲國王效力，特別是入伍從軍。此刻我也不想再跟你多說了，趕緊上馬吧，坐在我的背後，咱們一塊去客棧。到了那裡之後，跟我一塊兒吃點兒東西，明天再繼續你的行程。希望上帝保佑你一路平安，你的善良理所應當得到這樣的獎勵。」

但是那個小夥子拒絕了上馬的邀請，但接受了到客棧後共進晚餐的盛情。傳說，這時

28. 一六〇一年在瓦利亞多利德漿洗一條領子的價錢是十四到二六文。

候桑丘心裡嘀咕道：「上帝保佑我這個老爺吧！一個像他這樣剛才講了那麼多合情合理的話的人，怎麼會硬說在蒙德西諾斯洞穴裡見到了那些肯定不可能有的荒唐事兒呢？算了，隨他去吧。」

他們最終在天黑的時候到達了客棧。令桑丘倍感欣慰的是，這一次，他的東家沒再像以前那樣把客店當成城堡，而是承認那兒只是一家名副其實的客店。剛一跨進客棧的大門，唐吉訶德就問店主有沒有見到那位押運刀槍劍戟武器的人。店主跟他說，那人正在牲口棚裡安頓自己的騾子呢。表親和桑丘也把自己的毛驢牽進了牲口棚，但是，卻把最好的槽頭和最好的地方留給了駑騂難得。

chapter 25

算命猴子的絕妙神通

唐吉訶德就像一隻熱鍋上的螞蟻，一心想要知道那個馱運軍械的人到底會說些什麼新鮮事兒。因此，他自己就到馬棚去找他，見到之後，立即讓他把在路上答應要講的事情說出來。那人回答道：

「過一會兒再說吧，您也不能站在這裡聽我講啊。熱情的先生，您先讓我把牲口餵了，之後再給您講那些肯定會讓您大感意外的事情。」

「那就別再為這個耽誤時間了，」唐吉訶德說，「我來幫你。」

他說到做到，又是篩大麥，又是清料槽，那人瞧他這麼不拿身分，也就願意依他的要求講給他聽。

那人在一條石凳上坐了下來，唐吉訶德坐到了他的身邊，那位表親、那個小廝、桑丘和店主都圍在旁邊，那人開口講道：

「各位大概聽說過，離這家客棧四個半哩瓦的地方有一個市鎮，市政府市政委員的一個委員丟了一頭毛驢。

「據說，大約是在事過半個月以後，另一位市政委員在街上遇見了丟驢的市政委員，於是就對他說道：『夥計，你就感謝我吧，你的毛驢有下落了，在樹林裡，不過鞍子、籠頭全沒了。』

「兩位市政委員一起走到樹林裡去找那頭驢子。到了大約是看到過毛驢的地方之後，他們卻沒有發現牠的蹤影。面對這種情形，那位報信的市政委員說道：『我說，夥計，我剛才想到了一個主意。我很會學驢叫，你如果多少也會一點兒，事情就好辦了。你和我呢，都要走幾步學幾聲驢叫，如果牠在山上，那驢聽到後就會和咱們搭腔。』

「因此兩人分頭行事。結果兩人幾乎是同時學驢叫，彼此又都被對方的叫聲欺騙了，還以爲是他們要找的驢出現了，便循聲趕去。等到再次相遇之後，驢主說道：『夥計，難道剛才叫的不是我的毛驢嗎？』『是我在學毛驢叫。』對方回答說。

「說完兩個人又分頭行動，重又學起驢叫來，結果又是相互上當，重新會合在一起。最後只能定下暗號：爲了知曉是對方在叫，而不是毛驢，他們每次都連著叫兩聲。就這樣，他們不停地叫著，把一座樹林繞遍，可是他們還是沒能得到那丟失的毛驢的任何一點回應。

「那可憐而倒楣的東西怎麼可能會有回應呢？實際上，他們後來在一個背旮旯裡發現牠的殘骸，已經被狼吃掉了。兩個人白忙活一場，啞著嗓子回鎮了。他們對所有的朋友、鄰裡和熟人講了講找驢的經過，並且互相吹捧了一番對方學驢叫的本事。

「這件事兒很快就四處傳播開來。別的村子裡的人一看到我們村的人就學驢叫，藉以嘲笑我們的市政委員曾經學過驢叫這件事情。那些年輕人樂此不疲，就跟著了魔似的，很快村村寨寨就都響起了一片驢叫之聲，害得我們鎮上的人就像白人裡的黑人一樣惹眼。

「這場揶揄的悲劇愈演愈烈，我們幾次拿了兵器，結隊和嘲笑我們的人打架。誰也勸不住，就連平時怕事的也一齊動手。最欺負我們的是兩哩瓦以外的一個鎮。我猜測明後天我們學驢叫的鎮上的人就會跟那個鎮上的人打起來。為了讓他們裝備得好一些，我買了這些你們已經看到的刀槍劍戟。這就是我答應要講給諸位聽的新鮮事兒。要是諸位覺得不新鮮，我也就沒什麼好說的了。」

那人說到這裡就講完了。恰在這時，一個身穿麂皮上衣、褲子和長筒襪的人跨進客棧的大門高聲說道：

「店家先生，還有鋪位嗎？算命猴子和梅麗珊德拉脫險的戲就要來開演了。」

「天啊！」店主說，「是貝德羅師傅大人來了，估計今天晚上會有熱鬧看啦。」

上文忘了交代了：那位貝德羅師傅的左眼以及小半邊臉臉上貼著一塊綠色的膏藥，好像那半個臉上有什麼毛病。店主接著說道：

「歡迎閣下光臨，貝德羅師傅大人。算命猴子和戲箱在哪兒，我怎麼沒有看到？」

「他們隨後就到，」穿著麂皮裝的人說，「我只是先來看看還有沒有鋪位。」

「即便是把阿爾巴[29]公爵轟走，也得給貝德羅師傅大人騰出鋪位來呀，」店主回答說，「那就快把那猴子和戲箱運來吧，今天晚上店裡估計會有人爲看戲和領教猴子的本事出錢的了。」

「那太好了，」臉上貼著膏藥的人說，「我一定減價，只要不虧本就是好交易。那我去催催拉著猴子和戲箱的車。」

他說完就轉身走出了客棧。

唐吉訶德立馬向店家打聽那個貝德羅師傅是什麼人、那戲箱和猴子又是怎麼回事。店主回答說：

「他是演傀儡戲的名手，一直都在曼卻．台．阿拉貢[30]這一帶四處演出《鼎鼎大名的堂蓋斐羅斯解救梅麗珊德拉》。他還隨身帶著一隻猴子，那猴子有一種特殊的本事：要是有人問牠什麼事情，牠先是老老實實地聽著，之後就會蹦到主人的肩上，湊到他的耳朵跟前，跟他說應該怎麼回答，再由貝德羅師傅當眾說出來。可是，牠講的多半是過去的事，不大講未來。儘管說不是回回都準吧，可是大多時候都八九不離十。」

這時候，貝德羅師傅回來了，背後的車上拉著戲箱和那隻猴子。那是一隻沒有尾巴的大猴子，儘管屁股光禿禿的，但是臉倒還不算難看。唐吉訶德一看到就立即問道：

29. 他是西班牙的大將軍，曾征服葡萄牙，是赫赫有名的人物。
30. 這是拉．曼卻東部近阿拉貢山的地區；山那邊就是阿拉貢。

「算命先生，請您大人跟我說：我們的運氣如何？會落得一個什麼後果？您瞧，這是兩個瑞爾。」

他說著就吩咐桑丘把錢遞給貝德羅師傅。可是，貝德羅師傅代替猴子說道：

「先生，這牲口不會去管未來的事情，只能對過去略知一二，也就能說說眼前。」

「真是！」桑丘說，「我才不會爲了讓別人告訴我自己都經過了什麼事情，而花半個大子呢。有誰能比我本人更瞭解我的過去呢？花錢讓人跟我說本來就知道的事情，那也太傻了。可是，您既然說牠能說眼前，這是兩個瑞爾，猴哥先生，請您跟我說：我老婆泰瑞薩這會兒在忙什麼呢？」

貝德羅師傅沒有接錢，而是說道：

「我可不能無功不受祿啊。」

他說完就用右手拍了兩下自己的左肩，只見那猴子騰地跳了上去，然後將嘴巴湊到他的耳邊，牙對牙切切地響，過了一會兒，那猴子又一下子跳回到了地上。緊接著，貝德羅師傅急匆匆地跪在了唐吉訶德的面前，並摟住他的雙腿說道：

「我摟著的這雙腿就跟赫拉克利斯的兩根柱子[31]一樣，噢，你就是那已經被人遺忘了的遊俠騎士行當的偉大振興者啊！噢，你就是永遠都最值得歌頌的騎士，唐吉訶德，懦弱的人靠

31. 指地中海入口處分別位於西班牙的直布羅陀和摩洛哥的塞卜泰（休達）兩座石峰，據說，兩峰原本是一座山，後被赫拉克利斯劈開，故而得名。

您壯膽，要跌倒的人靠您支持，躺下的人靠您扶起來，一切不幸的人靠您幫助和安慰！」

「還有你，啊，耿直的桑丘！你是這世上最傑出的騎士的最傑出的侍從啊，你就放心好了，你那賢慧的妻子泰瑞薩泰然安康，此刻正在梳麻，除此以外，左手邊還放著一個缺口壺，裡邊裝有不少好酒，一邊忙活一邊喝。」

貝德羅師傅從唐吉訶德的腳邊站了起來，接著說道：

「可以爲在場的唐吉訶德先生效勞，本人寧可捨棄一切塵世利益。我要去佈置我的戲臺了，因爲我已經答應請大家看白戲，借此爲唐吉訶德先生解悶消遣。」

店主聽了這話大喜過望，給他指點了搭架的地方，一眨眼的工夫，戲臺就支了起來。

唐吉訶德對猴子算命心存芥蒂，他總是認爲一隻猴子是絕對不會知道未來和過去的，因此，趁貝德羅師傅搗鼓戲箱的工夫，把桑丘拉到馬棚的旮旯裡，背著別人說道：

「聽我說，桑丘，我認真琢磨過這隻猴子的奇特本事，認爲牠的主人，那個貝德羅師傅一定是跟魔鬼定了約：或是默契，或有明文。」

「既然是魔氣（「默契」的訛誤），還跟魔鬼扯上了關係，」桑丘說，「那就絕對不會是好事嘍，不過，那個貝德羅師傅要那魔氣又有什麼用處呢？」

「你沒聽清楚，桑丘。我是說他可能是跟魔鬼串通好了，讓魔鬼使猴子有了那種本事，並以此賺錢混飯吃，等到發了財之後，他就將把自己的靈魂交給魔鬼，這個與全人類爲敵的魔鬼專要人的靈魂。我之所以會這麼想，主要是因爲那猴子只能瞭解過去和現在的事，然而魔鬼所知道的不也是這點事嗎?他並不能預知未來，最多是胡亂瞎猜，也猜不大準。只有上帝不論過去、現在、未來，無所不知。所以，那個猴子明顯是在以魔鬼的口吻說話。」

「雖然如此，」桑丘說，「我還是希望老爺您能去求求貝德羅師傅，讓他問一下那隻猴子，您在蒙德西諾斯洞穴裡見到的到底是不是真的。我覺得，您老人家不要介意，那都是沒影的事兒，最多不過是場夢罷了。」

「有這個可能性，」唐吉訶德說，「我聽你的，說實話我心裡也有那麼一絲說不出來的疑惑。」

兩個人就這麼說著，貝德羅前來對唐吉訶德說，傀儡戲台已經準備好了，請他去看，那齣戲值得一看。唐吉訶德對他講了自己的心思，希望求他馬上去問問那猴子，讓牠給自己斷斷在蒙德西諾斯洞穴裡見到的某些情節到底是夢是真，由於他本人也分不清。貝德羅師傅聽後一聲不吭，過去把猴子牽到了唐吉訶德和桑丘的面前，說道：

「您聽著，猴子先生，這位騎士在一個叫作蒙德西諾斯的洞穴裡見到了一些事情，他很想瞭解那些事情是真的還是假的。」

他說完之後，照舊拍了拍自己的左肩，猴子躥了上去，像是對他耳語了一番，然後，他就說道：

「您大人在那個洞裡見到的和經歷過的事情，有一半是假的，一半是真的。牠只說了這麼多，別的就不清楚了。要是您老人家還有什麼別的事情要問，那就只能等到下星期五了，到那時一定有求必應。據牠說，牠的靈氣已經耗盡，要到下個星期五才能復原呢。」

「本來嘛，」桑丘說，「我的老爺，我怎麼都沒法相信您講的在洞裡見到的事情會全是真的，連一半都信不過，我不是早就說過了嗎？」

「等著讓事實來說話吧，桑丘，」唐吉訶德說，「什麼事都有個水落石出，哪怕埋在地底裡的，到時候也會露出來。這事我們就暫且擱在一邊，咱們還是來看看這位好心的貝德羅師傅的傀儡戲吧，我總認為應該會有點兒新鮮玩意兒。」

「怎麼可能會是一點兒呢？」貝德羅師傅說，「我這齣戲裡的新鮮玩意兒足有六萬種。我的唐吉訶德先生，告訴您大人吧，我那齣戲是全世界最有趣的，『你們縱然不信我，也要相信這件事[32]』。我得演戲去了，天不早了，戲裡要表演和講解的情節多著呢。」

唐吉訶德和桑丘沒再說什麼，他們朝著戲臺所在的地方走去。

那戲臺已經支好、打開了，周圍點起了許多蠟燭，屋裡被照得燈火通明。貝德羅師傅因為要擺佈那些偶人，因此一到那兒就立即鑽進了帷幕；有個男孩是他的徒弟，站在帷幕外面，手裡拿著根可以用來指點出場人物的小木棍兒，負責介紹和講解劇情。

客棧裡的人傾巢而出，有坐著的，也有站著的。唐吉訶德、桑丘、小廝侍童、表親則在最佳位置上就坐。講解員開始講了起來。人們都耳濡目染了什麼，留待下面一章再來詳述。

32.這裡引用《新約全書·約翰福音》第十章三八節的話。

chapter 26

傀儡戲風波

「泰雅人和特洛伊人全都寂然無聲[33]」，我是說，看戲的人們都專心等著聽講解，只聽一陣銅鼓和喇叭響，接著是一陣炮聲。隨後，那小夥子提高嗓門說道：

「現在要為諸位演繹的真實故事，完全是按照法蘭西歷史和西班牙民歌編的。這個故事講的是堂蓋斐羅斯老爺如何解救了被摩爾人囚禁在西班牙的桑蘇威尼亞[34]──也就是今天的薩拉果薩──城中的妻子梅麗珊德拉。諸位請看，堂蓋斐羅斯正在那兒下棋，就跟民謠裡唱的一樣：

堂蓋斐羅斯下棋著了迷，

33. 古羅馬的維吉爾《伊尼德》史詩第二卷第一行。
34. 桑蘇威尼亞是摩爾人的城，騎士小說裡常提到，但這位講解員的話並無根據。

把梅麗珊德拉拋在腦後。

「現在出場的這個頭戴皇冠、手持權杖的人是梅麗珊德拉的義父查理曼大帝。他對女婿的疏懶與漫不經心很不滿，於是就出來訓斥。請看，他是多麼凶狠和激憤，看起來就像是要掄起權杖狠敲女婿的腦殼一樣。但是有人說他真的打了，並且還打得挺重。據說，他把女婿教訓了一番，說如果不設法救出自己的妻子，就丟盡了臉。他說：

該說的都說了，你就認真想想吧。

「請看，皇帝轉身而去，丟下了在那發脾氣的堂蓋斐羅斯。諸位看到了，他很憤怒地掀了棋盤、摔了棋子，連聲讓人準備鎧甲兵器。他要借用表親堂羅爾丹的寶劍杜林達納。堂羅爾丹不借，卻表示願意陪他一起去完成那一艱難的使命。

「可是這位賭氣的英雄卻斷然拒絕了，他說，即便是妻子被幽閉在深深的地底，他一個人也可以把她解救出來，說著他就開始披掛準備上路。諸位請看那邊的那座塔樓，那應該就是薩拉果薩城堡的塔樓之一，如今叫作阿爾哈斐利亞。陽臺上的那位摩爾裝束的女人就是那舉世無雙的梅麗珊德拉。

「她經常站在那裡，眺望著通向法蘭西的道路，心想著巴黎和丈夫，藉以慰藉囚禁之苦。快看，這會兒出了一件意外的事。看到梅麗珊德拉背後那個指頭壓著嘴唇、躡手躡腳地走過去的摩爾人了嗎？快看，他在她的嘴唇上親了一下，她忙不迭地吐了一口，又用雪白的襯衣袖擦嘴，她大哭大鬧，傷心地揪扯自己的秀髮，就彷彿這一切都是那頭髮招惹的是非似的。請看迴廊裡的那個威嚴的摩爾人，那是桑蘇威尼亞國王瑪西琉。他看到了那個摩爾人的無禮行為，雖然那個摩爾人是他的親屬和寵臣，他還是下令把那個摩爾人抓起來，抽了兩百鞭，並牽出去遊街示眾：

前邊有人吵吵嚷嚷開路，
後邊有人揮著棍棒督促。

「諸位已經看到，這傢伙犯罪還沒得逞，已經判罪處刑。摩爾人跟咱們不同，不用『起訴』，不用『還押聽審』，說辦就辦了。」

「小夥子，小夥子，」唐吉訶德大聲嚷道，「接著講你的故事吧，別繞彎兒，也別打岔兒；任何一個結論都得經過反覆論證。」

貝德羅師傅也從帷幕裡面說道：

「孩子，你就別耍貧嘴了，就照那位先生說的辦，他說得不錯。平鋪直敘，不要妄加評論了，那樣會由於站不住腳而露餡的。」

「我照辦就是了，」那年輕人說完就接著講了下去，「那邊一人騎馬跑來，身披法國式斗篷；他不是別人，正是堂蓋斐羅斯。癡心妄想的摩爾人已經受到了懲罰，她站在陽臺上，臉上的神情顯得更加平靜，錯把自己的丈夫當成了過客，如同歌謠裡唱的那樣，跟他說道：

騎士啊，要是你能夠去到法蘭西，
請訪問一下蓋斐羅斯。

「他們都說了些什麼，我就不一一重複了，囉唆總會令人生厭。只要看看堂蓋斐羅斯摘下面罩之後梅麗珊德拉的歡喜表情，就能瞭解她已經認出了自己的丈夫。之後，我們看見她從陽臺上墜了下來，準備要坐到自己心愛丈夫的背後。不過，唉，真倒楣！陽臺的鐵柵鉤住了她的裙邊，讓這會兒正懸在半空上下不得。

「但是，請看，在這最爲緊急的關頭，慈悲的上帝伸出了救援的手臂。堂蓋斐羅斯走上前去，顧不了是否會撕破她那華麗的裙子，強行將她拽了下來，接著又輕輕一拉，把她放到了自己的背後，讓她跟男人似的叉著雙腿騎坐到了馬屁股上。

「他讓她坐穩、還讓她用手摟住他的腰身，以免跌落，因爲，他瞭解自己的妻子並不習慣這種騎馬的姿勢。請看，那匹馬在嘶鳴，很明顯是爲可以同時馱著自己那勇敢的男主人和美麗的女主人而得意。快看，他們掉轉馬頭，出了城門，欣欣喜喜地踏上了前往巴黎的旅途。噢，走吧，你們這對天下無雙的情侶啊，希望你們能夠一帆風順、平平安安地轉回家鄉，親朋團聚，終身享福，長命百歲。」

貝德羅師傅又一次大聲喝道：

「平鋪直敘，孩子，不要堆砌，『凡是矯揉造作都討厭』。」

那解說員沒有吭聲，接著講道：

「哪兒都有好管閒事的人，什麼都逃不過他們的眼睛。有人看到了梅麗珊德拉脫離牢籠，馬上去報告給了瑪西琉國王。國王立刻下令發出警報。你們看，多麼迅速，城裡一座座堡壘的一個個塔裡都響起了報警的鐘聲。」

「這不對，」唐吉訶德插嘴道，「貝德羅敲起鐘來可就不合常理了，摩爾人不敲鐘，只敲銅鼓，又吹一種喇叭似的號筒。在桑蘇威尼亞敲鐘，太荒謬了。」

貝德羅師傅聽了以後，立即停止了敲鐘，並且，說道：

「您不要吹毛求疵，不要眼睛盯著那些無關緊要的小地方，不能太較真，那樣可不行。荒謬百出的戲不知有多少呢，不是都照樣在演嗎？並且那些滑稽戲常演不衰，不僅可以博得觀眾的掌聲，還能引起轟動呢。接著講下去，小夥子，別理會他們怎麼說。儘管戲裡的不當之處比陽光裡的浮塵還要多，我只要塞滿自己的錢袋就行。」

「這倒也是。」唐吉訶德說。

那小夥子繼續說道：

「請看，有多少精銳騎兵在緊追那兩個真心相愛的人啊，吹響了多少喇叭、多少號筒啊！我只怕他們兩個被人逮住，拴到馬尾巴上拖回去，那可就太慘啦。」

看到那麼多的摩爾人，聽到那麼大的喧囂聲，唐吉訶德認爲自己應該爲那兩個逃跑的人助上一臂之力，因此他站起來大聲喝道：

「只要我還活著，我就不能准許有人當著我的面凌辱像堂蓋斐羅斯那樣著名的騎士、多情的英雄。站住，你們這些該死的混蛋，不許再追啦，不然，先得跟我打一仗！」

他說到做到，立即抽出佩劍，飛身一躍，站到了戲臺跟前，然後就迅速地以從未有過的怒火對木偶摩爾大軍狂劈亂砍起來。那些偶人有的被掀翻，有的掉了腦袋，有的缺胳膊少腿，有的已經屍分數段。他一時興起，竟然高高地舉起劍狠狠地劈了下去，幸好貝德羅師傅及時曲身弓背蹲到了地上，否則的話，腦袋一定會像那些偶人一般應聲落地。貝德羅師傅連忙大喊：

「快住手，您老人家快住手吧，唐吉訶德先生，請您認真看看，您這會砍殺的不是真的摩爾人，只是硬紙做的傀儡啊！我真是自作自受啊！我的東西全毀了，我的家產全完了！」

不過，唐吉訶德並沒有因此而停止了那雨點一般的劈、砍、戳、砸。不到念兩遍《我信經》的時間，他就把整個戲箱推在了地上，箱子碎了，提線和偶人也都斷的斷、爛的爛：瑪西琉國王身傷體殘、查理曼大帝連腦袋帶皇冠被一劈兩半。觀眾全亂了套，猴子蹦上窗簷逃之夭夭，表親驚恐失色，小廝侍童心慌意亂，就連桑丘本人也都感到駭然，原因是，他事後賭咒發誓，說從來沒有見過主子無緣無故發那麼大的火。戲箱徹底毀了以後，唐吉訶德的氣也消了一些，因此說道：

「我想讓所有那些不相信或者不願意相信的人都來看看，遊俠騎士對於世界是多麼有益。讓他們看看，如果不是我在這兒，忠誠的堂蓋斐羅斯和美麗的梅麗珊德拉該會落到個什麼下場，那幫狗東西這會兒絕對已經追上了他們、傷害了他們。總之，希望遊俠騎士行當比世上的任何事物都可以長存久傳！」

「好，騎士道永遠流傳下去，」貝德羅師傅有氣無力地說，「讓我死了吧，我真倒楣，就像堂羅德利戈[35]國王說的一樣：

昨天我還是那西班牙的主宰，
不過今天卻已經輝煌不再，
沒有一個城垛還會替我守寨。

「半個鐘頭之前，甚至就是剛才，我手裡還掌管著一批國王和皇帝、騾馬成群、箱子和口袋裡裝滿了各類華麗衣裝，這會兒卻已經傾家蕩產、一貧如洗，成了個窮要飯的；而且

35. 西哥特人在西班牙建立的王國的末代君主。

猴子也跑了，我得連牙齒出了汗[36]才捉得牠回來。全怪這位騎士先生冒然動怒，還說他扶孤助弱、除暴安良、樂善好施呢，可是對我卻一點仁慈心都沒有，但願高高在上的蒼天能夠給我作主。真是，哭喪著臉的騎士害得我也哭喪了臉。」

桑丘被貝德羅師傅講得心裡發酸，於是說道：

「別難過了，貝德羅師傅，別再哭了，搞得我心裡也挺不好受的。跟你說吧，我家老爺唐吉訶德篤信天主，是個虔誠的教徒，只要他清楚是他害了你，絕對會加倍賠償的。」

「要是你的主人可以對他給我造成的損失賠償一部分的話，我就知足了，那麼他也能心安理得。如果誰損壞了別人的東西又不賠償，就上不了天堂。」

「這話不錯，」唐吉訶德說，「不過，直到現在我還不知道自己損壞了你什麼東西呢。」

「怎麼會不知道？」貝德羅師傅說，「地上這殘缺的屍體是誰打下來的？不是您這位強有力的鐵臂嗎？這些東西，難道不是我的，而是您的嗎？我難道不是全靠這些東西來活命的嗎？」

「現在我才瞭解，類似的情況已經有很多次了，」唐吉訶德說，「那些總是跟我作對的魔法師們首先把那些偶人原樣展示在我的面前，之後再將它們幻化成他們想要的模樣。眼前的諸位先生們，我老實跟你們講吧，剛剛的一切在我的眼裡跟真事完全一樣：梅麗珊德拉就是

36. 又一說：「連尾巴尖兒上都出了汗。」

真的梅麗珊德拉，堂蓋斐羅斯就是真的堂蓋斐羅斯，瑪西琉就是真的瑪西琉，查理曼就是真的查理曼，因此我才會怒不可遏，爲了履行遊俠騎士的天職，一心想著要爲逃難的人助上一臂之力，恰好是出於這個善良的動機，才幹出了各位已經看到的事情，結果卻是事與願違，這並不是我的過錯，要怪的話，只能怪那些與我爲敵的壞蛋。無論怎麼說吧，儘管不是成心爲惡，我還是希望對自己的失誤承擔賠償的責任。貝德羅師傅，您就爲這些損壞了的偶人開個價吧，我保證立馬用卡斯底利亞現行的貨幣照數賠償。」

貝德羅師傅鞠了一躬，說道：

「我沒想到，所有困頓窘迫之人的真正救星、勇敢的唐吉訶德的罕見慈悲心腸果然不出所料，會壞的傀儡值多少錢，現在就請店家先生和好心的桑丘給咱們公斷吧。」

店主和桑丘都表示十分樂意從命，貝德羅師傅立即從地上撿起了已經掉了腦袋的薩拉果薩國王瑪西琉說道：

「這位國王顯然是無法恢復原貌了，斷送了我這個國王，得賠我四個半瑞爾，你們覺得怎麼樣？」

「接著往下估吧。」唐吉訶德說。

「這個嘛，從上到下被您一劈兩半，」貝德羅師傅拿起了遭到分屍命運的查理曼大帝說，「我要五又四分之一瑞爾應該不算過分。」

「可不少。」桑丘說。

「不算多了，」店家說，「乾脆湊個整數，就算五個瑞爾吧。」

「就按他說的五又四分之一個瑞爾來賠，」唐吉訶德說，「這一重大損失的價值不在於多給還是少給四分之一瑞爾。貝德羅師傅，請您快一點兒，到了用膳的時候了，我好像覺得有點兒餓了。」

「這個嘛，」貝德羅說，「沒了鼻子，還少了一隻眼睛，這可是美麗的梅麗珊德拉啊，我想要，說個公道價吧，兩個瑞爾零十二文銅錢[37]。」

「即便這樣也就有點兒離譜了，」唐吉訶德說，「梅麗珊德拉跟她丈夫這會兒最少也應該到了法蘭西邊境，因為他們騎的那匹快馬不是在跑，簡直是在飛。因此，你不能把貓當兔子賣給我，把個沒鼻子的偶人說成是梅麗珊德拉。貝德羅師傅啊，上帝只會給每個人應該得到的那一份，大家都得實際一點，把心擺正。繼續吧。」

一看唐吉訶德頭腦顛倒，又把剛才演的故事當真了，貝德羅怕唐吉訶德瘋了賴帳，於是就說道：

「這個可能不是梅麗珊德拉，而是她身邊的某個丫鬟，因此，算六十文吧，我也就心滿意足了。」

就這樣，兩人又一一討論了其他破損木偶的價錢，再由兩個公斷人裁決，雙方達成協

37. 一瑞爾兌換三十四文銅錢。

議，一共十瑞爾零七十五文。桑丘如數付清之後，貝德羅師傅又想爲尋找猴子再多要兩個瑞爾。

「給他吧，桑丘，」唐吉訶德說，「那不是爲了找猴子，是爲了潤喉嚨[38]。要是有誰可以明確地告訴我，梅麗珊德拉夫人和堂蓋斐羅斯先生這會兒是否已經回到了法蘭西和親友團聚，我倒是願意賞他兩百瑞爾。」

「除了我的猴子，別人沒有那個本事，」貝德羅師傅說，「但是，這會兒是沒人能夠逮得住牠的。不過，我預測，根據牠對我的依戀，今天晚上，等到牠餓了的時候，一定就會回來找我。『天無絕人之路，明天再瞧吧』。」

傀儡戲的一場風波終於平息，大家一起和和氣氣地吃晚飯，唐吉訶德也顯得格外慷慨，支付了晚餐的全部費用。

天沒亮，押運刀槍劍戟的人就離開了。天亮以後，表親和小廝侍童都來向唐吉訶德告別：表親回家鄉，小廝則是繼續自己的征程。唐吉訶德還給了那位年輕人十二個瑞爾，算是對他的支持。

貝德羅師傅這一下十分瞭解唐吉訶德的脾性，不想再跟他有任何瓜葛，因此也就趕在天亮之前收拾好破爛的戲箱、帶著猴子繼續去流浪了。店主不清楚唐吉訶德的底細，對他的瘋

38. 原文指母猴子，也指醉鬼。

狂舉動和慷慨大度深感驚異。桑丘照主人的吩咐從寬報酬了店主。早上八點左右，主僕二人告別店家離開客棧，重新踏上了旅途。咱們還是任由他們去吧，趁這個工夫講幾件有助於理解這部知名傳記的事情。

chapter 27

貝德羅師傅及其猴子的來歷

這部歷史巨著的作者熙德說：在第一部裡，唐吉訶德在黑山釋放了一群囚徒，那群爲非作歹的罪犯不知感恩，反而恩將仇報，其中一名叫希內斯的尤其壞，桑丘的灰驢就是他偷的。但這故事的第一部付印時，印刷所疏忽，漏掉了他偷驢的細節，因此讓讀者莫名其妙，不知是印刷所的脫漏，只埋怨作者疏失。其實希內斯是乘桑丘打瞌睡時，把那頭驢偷了。

桑丘怎樣重獲毛驢，上文已經講過。那個希內斯作惡多端、罪行累累，自己還把那些壞事匯總起來寫了厚厚的一本書。因爲正被當局通緝，擔心被抓，才去了阿拉貢[39]王國，蒙起了左眼，幹起了專演傀儡戲的藝人。演傀儡戲和變戲法，他倒是頗爲在行。

39. 塞萬提斯把拉近阿拉貢山的拉·曼卻地區誤以為在阿拉貢境內。犯罪的人往往逃到阿拉貢去，那裡的刑法寬鬆。

隨後，他從幾個剛剛獲釋後從土耳其回國的基督徒手裡買下了那隻猴子，經過訓練，教會牠一看手勢就跳上他的肩頭對他唧唧咕咕，或者說做出類似耳語的樣子。訓練好了以後，他就開始帶著戲箱和猴子走鄉串鎭，每到一個地方之前，總要先在附近的村子裡或者找個知情的人，打聽清楚那裡都發生了些什麼特別的事情，以及這些事情又和哪些人物有關，如此一來心裡就有了底。進村後，先演傀儡戲，或者這齣，或者那齣，反正全都是歡快的、喜幸的、人們熟悉的。

戲演完後，他就開始展示猴子的本領。他跟人們說，那猴子可以知道過去和剛剛發生了的事情，不過卻不太擅長預知未來，每回答一個問題，收取兩個瑞爾。

他捉摸著問話的人是貧是富，有時候也肯減價。要是他知道某家出過什麼事，他到了那家去，就算人家由於不想掏錢而不理睬他，他也照樣會讓那猴子表演一通，之後，他就一五一十地把那件事情原原本本地詳述一遍。

就這樣，他博得了人們的信任，從而有了觀眾。他這個人很聰明，答話很圓滑，往往恰說在筋節上。因爲沒人尋根問柢要他講出猴子究竟爲什麼會算命，他也就把大傢伙當猴耍了，塞滿了自己的錢袋。

那次，他一走進客棧，就認出了唐吉訶德和桑丘，憑藉他對他們的瞭解，很輕易地就弄得他們兩個以及所有在場的人目瞪口呆。但是，唐吉訶德在砍掉瑪西琉國王的腦袋、橫掃他的騎兵隊伍的時候，就跟前一章裡已經說過的一樣，要是下手再稍微重一點，他要付出的代價可就大得多了。

關於貝德羅師傅和他的猴子，就說這麼多了。現在再回過頭來講講唐吉訶德吧。離開客店以後，他決定先到艾布羅河[40]兩岸附近觀光一番，然後再去薩拉果薩，因爲擂臺比武的時間尚遠，他還有的是時間四處遊逛。主意一定，他就朝著那個方向進發了，一連走了兩天都沒有遇見什麼值得一說的事情。

直到第三天，在攀登一座小山的時候，他忽然聽見了鼓號伴著火槍射擊的聲音。開始他以爲是有軍隊開過，就想過去看一下，便立即催促駑騂難得爬上了山頂。居高望去，看到山腳下聚集有兩百多人，個個手持武器，矛、弩、戟、鉞和梭鏢，無所不用，外加一些火槍和無數盾牌。

他直下山坡近前走了一段，逐漸又看到了很多旗幡，可以辨清上面的顏色和標誌，最醒目的是白緞子上面的一頭小毛驢，仰著頭、張著嘴、伸著舌頭，像是在放聲大叫，身旁還用大字寫著兩句詩：

兩個村長學驢叫，
力氣並沒白費掉。

40. 發源於西班牙西北的康它布利加山嶺，向工業區流入地中海，薩拉果薩在阿拉貢境內的艾布羅河邊。

唐吉訶德據此推斷他們都是驢叫村的村民，就把自己的想法跟桑丘說了一下，還解釋了旗上的詩。他還說，跟他們說這件事的人肯定是搞錯了，原來學驢叫的不是兩個市政委員，從白緞的詩句上來看，應該是兩位村長。桑丘回答他說：

「老爺，那也沒什麼。很可能他們在學驢叫的時候是市政委員，後來又當上了村長，因此兩種說法都對。再說了，他們終歸是叫過了，原因是，無論是村長還是市政委員，說到底，學驢叫還真是件丟人的事情。」

乾脆說吧，主僕二人知道這是受嘲笑的鎮；鄰鎮的人把他們嘲笑得不像話，實在是不能和睦相處了，他們就集合起來找鄰鎮的人算帳。

唐吉訶德朝著人群走了過去，桑丘對此不太高興，因為他從來都不想摻和這類麻煩。村裡的人認為他是前來助陣的，就讓他走進了隊伍中間。

唐吉訶德落落大方地掀開了面罩，一直走到畫有毛驢的綾幅前面。那夥人當中的幾個領頭人都圍過來看他，並且跟所有初次見他的人一樣覺得驚訝，都圍上來看他。唐吉訶德發覺人們呆呆地望著自己，沒人說話，也沒人打探自己的來歷，就趁這個無聲的當兒，開口大聲說道：

「善良的先生們，在下誠懇地懇請諸位能夠聽我說上幾句，希望各位別打斷我，除非是諸位認為我的話實在是很不中聽。要是這樣，只須略有表示，我立刻就會閉起嘴巴，鎖住舌頭。」

眾人回答說，有話請講，他們願意洗耳恭聽。得到認可之後，唐吉訶德接著說道：

「先生們，本人是遊俠騎士，以武爲業，視扶弱濟貧爲本分。早在幾天之前，我聽說了你們那件沒趣的事，也知道你們爲什麼向人動武，爭回自己的面子。在反覆考慮過你們的情況以後，竊認爲，依照決鬥的規則，諸位無需那麼吃力，原因是，除非是在找不著該受懲罰的禍首的情況下，才視公眾爲合謀犯罪，任何個人都不會玷污整整一個村鎮。所以，先生們，天理人情都要求諸位能夠靜下心來。」

唐吉訶德停下來歇了一口氣，看到人們仍然悶不作聲，就還想接著講下去。不過，當他正要開口的時候，桑丘突然自作聰明地插了進去，他見主人打住了話頭，立即接口說道：

「我家老爺唐吉訶德，原來叫作哭喪著臉的騎士，現在改稱獅子騎士了。他是個非常了不起的鄉紳，對那些與決鬥有關的規矩和章程熟得不得了。再說了，聽到一聲驢叫就認爲是在羞辱自己，那也太愚蠢了。我清楚地記得，我本人年輕的時候，一高興就學驢叫，讓你們聽一下就知道了。」

他說完馬上就用手捏住鼻子，猛著勁兒地喔哇喔哇叫了起來，那叫聲震徹了附近所有的山谷。不過，站在他身邊的一個村裡人認爲這是一種揶揄，拿起手中的棍子就給了他一下。桑丘吃不住，從驢背上栽了下來。

唐吉訶德一看到桑丘遭打的淒慘下場，馬上就端拿起手中的長槍朝著那個打他的人衝了過去。因為他們中間隔了很多人，唐吉訶德還是沒能替桑丘報那一棍之仇，不但如此，雨點一般的石頭子兒正飛向自己，無數的弓弩和火槍也都端了起來瞄著自己，因此他不得不驅動駑騂難得掉轉方向，並且盡其所能地衝出了人群，他邊跑邊誠心地祈求上帝保佑他能夠安然脫險，時時刻刻擔心背後飛來一顆子彈，把身上打個窟窿。

可是，那夥人見他跑了也就算了，並沒有衝他射箭開槍。他們只是把還沒有完全甦醒的桑丘抬上驢背，讓他隨著主人跑。桑丘昏頭昏腦，管不了自己的驢；可是他那灰驢和駑騂難得是寸步不離的，自然會跟上去。跑出去很長一段路程之後，唐吉訶德回頭看到桑丘跟了上來，後面也沒人追趕，這才停了下來等著跟他會合。

那夥人始終在原地等到天黑，沒見對手前來應戰，便高高興興地回自己的鎮子去了。要是他們知道古希臘人的習慣，絕對會在那個地方建立一座勝利紀念碑。

chapter 28

認真閱讀本章

勇士逃跑，總因爲發覺了敵人的毒計，聰明人寧可留著性命，更待良機。這一真理在唐吉訶德的身上得到了充分的驗證：他一看見村民惱羞成怒，意有不善，掉頭就跑，完全不顧把桑丘棄之於水深火熱之中，逕自逃離到自認爲安全的地方才止步。

如前所訴，桑丘趴在驢背上緊隨其後，追上之後，也已經醒了過來，一到跟前，馬上就跌落到了駑騂難得的蹄邊，他渾身疼痛，狼狽不堪。

唐吉訶德下馬查看他的傷勢，發覺他從頭到腳毫髮未損，頓時火起，呵斥道：

「桑丘，你學驢叫也不看看時候！在吊死鬼家裡提繩子，還能有個好嗎？你就感謝上帝吧，他們不過是打了你一棍子，還沒有用刀在你臉上留下個十字記號呢[41]。」

「我現在沒心思跟您爭辯，」桑丘說，「咱們還是騎上牲口儘快離開這裡吧，我這輩子再

41. 十六七世紀西班牙流氓打架，往往在對方臉上切上一個十字。

也不學驢叫了。但是，有句話，我不得不說，有的遊俠騎士把忠實的侍從丟給敵人搗成泥，自己卻逃走了。」

「不是逃跑，是撤退，」唐吉訶德說，「桑丘，我想你應該清楚，有勇無謀是魯莽，莽夫的成功多半是靠運氣，不靠勇氣。因此，我承認自己是退卻，而不是逃命。在這一點上，我不過是借鑒了很多保存實力、以待時機的勇士的實例罷了。這種例子，史書上到處皆是，這會兒我就不跟你講了，對你沒用，當然，我也沒那個心思。」

這說話的時間，唐吉訶德先是幫著桑丘爬上驢背，自己也騎上了駑騂難得，然後就緩慢地朝著四分之一哩瓦外的一片楊樹林走去。

桑丘倒抽著氣，一聲聲「哎呦」、「哎呦」叫痛。

唐吉訶德聽到了就問他怎麼回事。

他回答說，從尾巴根直到後腦勺全都疼得不得了。

「我想你那麼疼，可能是因爲，」唐吉訶德說，「那棍子是從上到下順著脊樑打的，凡是挨著的地方都疼，挨得越重，也就越疼。」

「上帝啊，」桑丘說，「您可幫我解釋清了一個大問題，並且講得這麼精闢！天哪！疼痛的原因難道真的就是這麼神秘，還非得讓您來跟我說只要是棍子打著了的地方就會疼嗎？當然了，要是腳脖子腕子疼，我倒是還得研究研究是怎麼回事；但是，我想著挨過打的地方疼，不需要多大的思量。

「實話說，我的東家老爺，『別人的痛苦，一根頭髮絲都掛得住[42]』。我越來越清楚地知道，跟著您老人家恐怕是不會有多大的指望了。要是說這回您是眼看著我挨打，下一回、下一百回，那還不是得照樣眼睜睜地看著我再讓人家用毯子兜著拋來拋去，或者受別的捉弄。而且，我也瞭解，若論講話和料事，您大人可能比魔鬼還機智靈。」

「我敢跟你打個賭，桑丘，」唐吉訶德說，「看你現在講話滔滔不絕的樣子，肯定是身上不疼了。你儘管說吧，老弟，隨便你想說什麼就說什麼吧，只要你能因此減輕身上的疼痛，我聽了你這混話生氣也情願。你既然那麼想回家去找老婆和孩子，那好啊，恐怕上帝也不容我再加挽留。我的錢都在你的手裡，先算算咱們這第三次離開家多久了，再算算你一個月應該拿多少工錢，自己先把賬結了吧，我們這就分道揚鑣。」

「我曾經侍候過多梅．加爾拉斯果，」桑丘說，「就是您認得的那個參孫學士的父親，那時候，我每個月掙兩個杜加[43]，並且還不算吃飯。給老爺您當差，我說不好能拿多少，可是，我只知道給遊俠騎士當侍從絕對要比做幫工辛苦得多。

「說到底，給農戶幹活，白天再勞累辛勞、再不濟，每到了晚上總有好吃好喝、有床可睡。不過跟了您之後，除去在堂狄艾果家過的那短短的幾天、從卡麻丘的湯鍋裡舀到的美味和在巴西琉家吃、喝、住的那些日子，我可就壓根兒沒在床上睡過一個覺啊，我總是睡在硬

42. 西班牙諺語。意思是說把別人的痛苦看得很輕。
43. 一杜加合十一瑞爾。

梆梆的泥地上，受盡大熱大冷、風吹雨打的種種苦頭，吃的是硬乳酪、乾麵包，喝的就是從遇到的任何河溝、泉眼裡舀來的水。」

「我瞭解，」唐吉訶德說，「桑丘，你說的這些全都是真的。你看我應該比多梅・加爾拉斯果多給多少？」

「我看嘛，」桑丘說，「老爺您每個月只要能多加兩個瑞爾，我就滿足了。這只是工錢。但是，若按照您答應的給我一個小島掌管的話，折合成錢，您老人家應該再加六個瑞爾，總共是三十。」

「好吧，」唐吉訶德說，「那我們就照你說的辦。咱們估計是二十五天前從村裡出來的。桑丘，你就折合一下吧，之後，照我剛才說的，自己把賬結清。」

「噢，天啊！」桑丘說，「老爺，您算的不對。有關那個海島的諾言，我認爲得從您許下的那天起一直算到現在。」

「那麼，桑丘，從我許諾你到現在有多久了？」唐吉訶德問道。

「大概是二十年零三天吧，要是我沒記錯的話，」桑丘說。

唐吉訶德用力拍了一下自己的腦門，開心地大笑起來，他笑著說道：

「其實包括在黑山的那一段日子在內，把咱們每次出來的時間全加一塊，也不過兩個月罷了。桑丘，你說我在二十年前就許諾給你海島了？我現在終於明白了，原來你是想把我所有的錢都轉成你的工資啊。要是真是這樣，只要你願意，我現在就把我全部的錢都給你，希望它能對你有用。

「我正想不管怎樣也要讓你當上天下最好的海島總督呢，可偏偏在這個時候，你要一走了之？這就應了你自己常說的話『蜜不是餵驢的』。你現在就是一頭驢，將來也是一頭驢，到死還免不了是一頭驢。我算看透了，即使到死，你也都不會真正明白自己是個冥頑不靈的畜生！」

桑丘瞪著兩眼，聽他主人訓斥，懊悔得眼淚奪眶而出，他放低嗓子囁嚅道：

「我的主人，您說的不錯，我是驢子欠一條尾巴。若是您老人家想給我安上一條的話，我真是覺得再好不過了。我情願一直到死都給您當驢使喚。您大人就原諒我吧，請您體諒我太沒見識，您想想，我知道什麼呢？我只是糊塗，並沒有安壞心。您知道，『有錯知改，上帝不怪』。」

「桑丘啊，你要說話不加成語才怪呢。好了，我不想跟你計較，不過得要改，而且，從今以後，希望你不要再那麼貪財好利，把心放寬兒，打起精神、耐著性子等著我兌現自己的諾言，雖然可能會拖上一些日子，但不會不兌現。」

桑丘回答說他儘管沒勁，也要硬聽著主人的話鼓起勁來。

他們就這麼說著走進了樹林裡。

唐吉訶德在一棵榆樹底下安頓了下來，桑丘找了棵山毛櫸樹當作棲身之地。

桑丘苦挨了一宿，原因是，夜露使得棍傷更加疼痛；唐吉訶德呢，還是繼續著他的浮想聯翩。不過，兩個人最後還是酣然入夢了。

天亮之後，他們就又繼續朝著那著名的艾布羅河的方向走去了。他們在那裡的遭遇留到下一章再講。

chapter 29

著名的魔船趣事

唐吉訶德和桑丘晝行夜宿，離開樹林後兩天，最後到達了艾布羅河邊。看到那名山大川，唐吉訶德欣喜若狂。岸邊一片秀麗景色，河流平緩，河水清清，跟水晶一般源源不斷。放眼望去，映入眼簾的秀麗兩岸、粼粼河面、緩緩波濤和沛然水流在他的心中喚起了無窮甜美遐想，尤其是那在蒙德西諾斯洞穴裡看到過的種種景象。

雖然貝德羅師傅的猴子說那裡有真有假，他寧願信其爲真而不相信其爲假的，跟斷定那全是一派胡言的桑丘剛好相反。

唐吉訶德走著走著，忽然看到一只無槳無械的小船拴在岸邊的一棵樹上。但是他舉目望去，卻沒有看到一個人影，因此，便毫不猶豫地下了駑騂難得，另外吩咐桑丘也趕快下驢，並迅速把兩頭牲口一起拴到了那兒的一棵楊樹或柳樹上。桑丘問爲什麼這麼急著下馬拴驢，他回答說：

「告訴你吧，桑丘，很明顯這兒的一條船，肯定是來接我的，並且讓我乘著去救助某位一定是陷入了重大困境的騎士或者是別的什麼落難要人的。這種情況在騎士小說裡也經常可以見到，並且也是那些書中的巫師們所慣用的伎倆：一旦某位騎士遇上了麻煩，沒有另一位騎士幫忙就解決不了似的，而剛好這兩位騎士又可能會距離兩三千里甚至更遠；每當這個時候，巫師們就會用一片祥雲或一隻小船把另外一位騎士接走，或凌空飛騰或漂洋過海，只是一眨眼的工夫，就將他送到了想送或需要他出力的地方。

「因此，桑丘啊！這只小船肯定就是爲了完成使命而停留在這。這事絕對不會錯的，就像這會兒是白天一樣，這事情也用不著懷疑。但是在上船之前，你要先把馬和驢拴在一起。我必須按照上帝的指引上船去，不管是誰想要阻攔我都是沒有用的。趁這會兒天還沒黑，你要趕快把毛驢和駑騂難得拴好，咱們必須聽從上帝的召喚，就算是赤腳修士也阻止不了我登船的。」

「又是這個樣子，」桑丘說，「老爺您動不動就來這一套，有些時候你真的就是在胡說八道，可是我卻又不得不俯首聽命，就像老話說的：『只有聽從主人吆喝，才能上得主人餐桌。』不過，即使是這樣，爲了不讓自己內心不安，我還是想提醒您老人家，我看這只船不像是著了魔法，反倒像是哪個漁夫的，您也知道，在這條河裡可是能捕得著世界上最好的鯡魚的啊。」

於是扔下了兩頭牲口，讓牠們聽天由命，桑丘邊說邊把兩頭牲口拴了起來，雖然心裡非常難過，但還是不得不將牠們交給巫師們去照料。唐吉訶德讓他不用擔憂沒有人照顧那兩頭牲畜，那位千里迢迢來接他們的巫師肯定會記著給牠們草料的。

「我不懂你說的什麼『條條』，」桑丘說，「我一輩子都沒有聽到過這個詞兒。」

「是『迢迢』，」唐吉訶德說，「意思就是說非常遠，這你不懂也不稀奇。你也沒必要非要斯文才行，不像有些人自以為挺斯文的，其實根本就不是那麼回事兒。」

「牲口拴好了，」桑丘說，「接下來我們要幹什麼？」

「幹什麼呢？」唐吉訶德說，「求上帝保佑，現在就馬上起錨。我是想說，馬上登上船去，然後割斷拴船的繩子。」

唐吉訶德說完之後就縱身躍上了船，桑丘也跟著跳了上去，並且砍斷了纜繩，於是小船也慢慢離開了河岸。不等那船向河心漂出兩瓦拉，桑丘就由於害怕翻船而打起了哆嗦，實際上，更令他揪心的應該是聽到了毛驢的叫聲和看見了駑騂難得想要掙脫韁繩的樣子。他對東家說道：

「咱們離開了牠們，也難怪牠們會感到難過，駑騂難得也想跟著咱們跳下河來。噢，親愛的朋友們啊，你們還是老實地待著吧，等到把咱們分開的瘋勁兒過去了，我們就會回來找你們的。」

他說著說著竟然也號啕大哭起來，唐吉訶德黑著臉呵斥道：

「你這個膽小如鼠的傢伙，這有什麼可擔心的？沒出息的東西，有什麼可哭的啊？你這個連隻老鼠都不如的窩囊廢，現在是有人在威逼你，還是有人在追殺你呀？你這個身在福中不知福的傢伙，缺了你什麼、少了你什麼了嗎？難道你就不能像一位大公爵似的乘坐小船風平浪靜地穿過這段迷人的河流，馬上就要到達遼闊的大海了嗎？難道是逼你赤腳攀登里黎斐阿斯山[44]嗎？咱們現在絕對已經走出來七八百里了，如果手頭上有一個星盤可以測出北極的高度的話，那我就能告訴你咱們到底走了多遠啦。要是我沒有搞錯的話，咱們現在就是快要穿越距南北兩極同樣遠的赤道線了。」

「到了老爺您說的那條線，」桑丘說，「咱們就走出多遠了？」

「可以說已經非常遠了，」唐吉訶德說，「根據已知的最偉大的天文學家多羅美的推算，地球上的水域和陸地被分成了三百六十度，只要到了我說的那條線，那麼咱們就已經走了一半。」

「我的天啊，」桑丘說，「老爺您給我請來的這位證人真是了不起呀，有家、有煤，還要外帶一堆蒜什麼的。」

聽了桑丘對「天文學家多羅美的推算[45]」的理解，唐吉訶德忍不住地笑了起來，隨後說道：

「你應該知道，桑丘，西班牙人和一切從加的斯登船去東印度的人，他們都有一種斷定是否過了我說的赤道線的方法，那就是當身上的蝨子一個一個的全部死光，哪怕是想用

44. 古時指歐亞大陸接壤處的山脈。
45. 多羅美，古希臘宇宙學家，生於第二世紀，創天動論，認為地球是宇宙的中心，天動地不動。

金子來換，在船上也不會再找到一隻的。所以，桑丘，你現在可以伸手到大腿上去摸一摸：要是你摸到了活物的話，那麼咱們的疑團也就解開了；倘若是摸不著，那麼咱們就是已經過了赤道線。」

「我才不相信你說的呢，」桑丘說，「不過即使這樣，我還是會按照你說做的，儘管我不知道爲什麼非得做這種實驗。我的眼睛看得既清清楚楚又真真切切的，咱們剛剛離開河岸不過五瓦拉，跟拴牲口的地方相差至多兩瓦拉，駑騂難得和小灰還在原處。要我估算的話，我敢說咱們行進的速度還沒有螞蟻爬得快呢。」

「桑丘，我要你照我說的去做，你就做，不要管別的啦。你根本就不知道什麼是分至圈、經緯線、黃道宮、黃道帶、南北極、二至點、二分點、星體、星標、方位、計算單位等等這些跟天球還有地球有關的東西。要是你全都明白，哪怕是只懂一點兒的話，你也就會知道咱們已經跨越了多少個緯度、見過了哪些星象、我們已經遇到和即將遇到什麼變幻。我再說一遍，你快伸手去摸摸看，我敢說，恐怕現在你身上比一張光潔的白紙還要乾淨呢。」

桑丘果真摸了起來。他用手輕輕地伸向了左膝窩，之後抬起頭來望著他的主子說道：

「要不是經驗不靈，那就是咱們還沒有到達您大人說的那個地方，並且恐怕還差得很遠。」

「出什麼事了？」唐吉訶德問，「你摸到什麼了嗎？」

「還有很多呢。」桑丘說。

桑丘說完就撚了撚指頭，又把整隻手放進水裡洗了洗。小船正平平穩穩地在河中飄，根本不像是有什麼神秘的力量，或者是什麼隱形的巫師在驅動，它只是隨著緩緩的水流向前滑行而已。然而就在這時候，河中心出現了幾台巨大的水磨[46]。唐吉訶德剛一看到這些，就立馬對桑丘大聲說道：

「你看見了嗎，朋友？前面出現了一座城市、城堡或者要塞，那個受困的騎士或者落難的女王、公主或王妃，絕對就在那裡，我就是爲了解救他們才被召喚到此的。」

「哪裡有什麼您說的鬼城市、炮臺和堡壘呀？」桑丘說，「您難道沒看見那是磨麵的水磨嗎？」

「快不要再說了，桑丘，」唐吉訶德說，「那個只是形狀有點像是水磨罷了，其實並不是水磨。我已經跟你說過了，魔法會使一切都改變了原來的面貌的。不是說真的將一種東西變成了另外一種東西，只是看著像罷了，我那唯一的希望杜爾西內婭的巨變就是例證。」

這時已經到了河心的小船也不再像之前那樣慢慢悠悠的了。看到了那條小船順流而下，並且馬上就要被捲進水輪裡了，於是許多磨坊的工人都急忙跑出來操起竿子、棍子進行救援。由於身上和臉上全都沾滿了麵粉，他們一個個的樣子都非常古怪。只聽見他們喊道：

「活見鬼！你們去哪兒啊？你們是不想活了？你們想幹什麼？你們是不是想掉進河裡淹死，然後再被打成碎片呀？」

46. 艾布羅河裡有很多浮泊水面、利用水力的磨坊。

「桑丘，我告訴過你了吧？」唐吉訶德說，「咱們已經到了足以顯示我到底有多大臂力的地方了。你看，那幫出來準備迎戰的傢伙的無賴相！你看，有多少青面獠牙的東西在衝著咱們張牙舞爪啊！好啊，你們這群混蛋，你們等著瞧吧！」

他說著就在船上站了起來，恐嚇似的地對磨坊工人們吼道：

「你們這些沒安好心、打錯了主意的混蛋，無論你們的炮臺或是牢獄裡關押的人的地位高低、身分尊卑，我勸你們還是趕快把他們放了，還其自由身。本人唐吉訶德，又名獅子騎士，是上天專門派來結束這樁案子的。」

他一邊說一邊抽出佩劍，衝著那些磨坊工人又是刺又是砍的。那些工人根本就聽不懂他的一派胡言，只顧著用竿子撐開就快滑進水輪的湍流和槽道之中的小船。這時候，桑丘跪在船上，虔誠地向上天祈求把他從這場近在咫尺的危難中解救出來。

工人們憑藉智慧和力量，立即用棍棒頂住了小船，但是卻沒能阻止那船翻了個個兒，並一下子把唐吉訶德和桑丘扣到了水裡。唐吉訶德倒不是怕這個，之前雖然兩次被沉重的鎧甲墜入河底，但是他最終還是能夠像隻大鵝似的浮在水面上。要是不是那些磨坊工人跳下河去將他們兩個撈出來，恐怕那兒可就真的成了他們的特洛亞[47]了。

兩個人如同灌了一肚子水的落湯雞似的被拖到了岸上。桑丘跪在地上，雙手合併，兩眼

47. 指遭到覆滅的命運，典故出自特洛亞城被希臘人毀滅的故事。

朝天，虔誠地祈求了好半天，祈求上帝保佑他從此擺脫主人的胡思亂想和膽大妄爲。也就在這時候，打魚的船主趕了過去，當他看到自己的小船已經讓水輪給打得粉碎的時候，立即衝過去要剝桑丘的衣服，並讓唐吉訶德賠錢。

唐吉訶德表現就跟與自己無關似的，心平氣和地對磨坊工人和船主說自己十分願意賠償那艘小船，但是他們必須無條件地釋放囚禁在那座城堡裡的人才行，無論是一個還是幾個。

「你這人純粹是瘋了，」一位工人說道，「這裡哪兒有你說的什麼城堡和什麼人不人的啊？難道你想抓走前來磨麵的人不成？」

「我還是不要說了吧，」唐吉訶德心裡想道，「看來，要說服這些強盜做件好事就好比是對牛彈琴。在這件事情上，一定是與兩個法力無邊的巫師較上勁了：一個派船接我，一個又把船給毀掉。那就聽天由命吧，反正這個世界上到處都是針鋒相對的陰謀詭計。我算是無能爲力了。」

於是他提高嗓門衝著磨坊說道：

「被關押在這座牢獄中的朋友們啊，不管你們是什麼人，現在我也只好請求你們原諒啦。我實在是無能爲力，也算是諸位的不幸，我是沒有那個本事來拯救你們脫離苦海了。這一使命或許只有等另一位騎士前來完成了。」

說完以後，唐吉訶德又跟漁夫們達成了協定，爲那只損壞了的船賠了五十個瑞爾。付錢的時候，桑丘極不情願地說道：

「要是再遇上兩回這種事情，那還不如把咱們的家底全扔到河裡算了。」

漁夫和工人們見他們兩人與別的人不一樣，也聽不懂唐吉訶德那些話的意思，感到十分詫異。認定那是兩個瘋子以後，他們就不再理睬他倆了，該回磨坊的回磨坊了、該回家的也回家了。

唐吉訶德和桑丘重又回到了牲口的跟前。與此同時，他們自己也變得和牲口差不多了。魔船的奇遇到此也就結束了。

chapter
30 唐吉訶德遭遇狩獵美人

騎士和侍從滿心不悅、臉色陰沉地回到了兩頭牲口所在的地方。尤其是桑丘，顯得是更為痛苦不已，每逢掏錢，他都痛徹心扉，認為就彷彿是在剜自個兒的眼珠子似的。

兩個人靜靜地騎上了牲口離開了那條著名的大河。唐吉訶德接著沉浸在對情人的思念之中；而桑丘還在回味著發家的夢想，只是覺得現在離那目標是越來越遠了。他儘管不聰明，但是他看得很清楚，主人的所有行動或者可以說大部分行動都是瘋瘋癲癲的，因此他就盤算著找個機會，不讓主子發覺也沒必要跟他辭行，自己一走了之，溜回家去。不過，造化弄人，事情的發展跟他的預想卻截然不同。

第二天，太陽剛落山，他們就走出了樹林。唐吉訶德向四周望了望，只見碧野的遠處彷佛有人影似的，上前一看，原來是逐鷹打獵的人群。走得更近了一點之後，他看到人群中有一位騎了匹綠轡銀鞍的純白駿馬的標緻婦人。那婦人一身綠裝，雍容華貴，簡直就成了瀟灑俏麗的化身。唐吉訶德一見到她左手架著蒼鷹，便知道她一定是位貴婦，並且還是那群獵手的主人（事實果然如其所料），因此，就對桑丘說道：

「桑丘老弟，你快跑過去跟那位騎馬架鷹的夫人說，就說，我，獅子騎士，想要親吻她的雙手，如蒙恩准，我定將前往拜謁，並願意竭盡全力爲她效命。喂，桑丘，你可要想好了說辭，記住，萬萬不可隨口瞎摻和你的那套俗語老話。」

「您什麼時間見我瞎摻和來著，」桑丘說，「不用再提醒我這些了！再說了，我這輩子又不是第一次替老爺您給高貴夫人捎信傳話了。」

「你就只是給杜爾西內婭小姐傳過一回話而已，」唐吉訶德說，「跟了我之後，我真的不知道你還給別的什麼人捎過什麼信呢，至少是在跟了我以後，我就再也沒見過了。」

「這倒不假，」桑丘說，「但是，還得起債的人自然也不會在乎抵押的輕重，家裡有糧就不愁做不出飯來，我的意思是說，你用不著左叮嚀右囑咐，儘管我知道的不是很多，但是我還是什麼都知道一點兒的。」

「桑丘，那就拜託了，」唐吉訶德說，「快去吧，希望上帝保佑你。」

桑丘驅趕著毛驢急奔而去，一到那位漂亮的女獵手跟前就立馬翻身下地跪著說道：

「美麗的夫人啊，那邊有一位名號是獅子騎士的先生是我的主人，我是他的侍從，在家的時候人稱桑丘。這位不久前還叫哭喪著臉的騎士的獅子騎士，他派我來跟您說，請您賞光准許他心甘情願地實現他的小小願望。他所說的，這個願望不是別的，就是想爲您這位高貴美麗的夫人效勞，如蒙慨允，他將會受寵若驚，感到不勝榮幸和歡欣的。」

「稱職的侍從啊，」那位夫人回答道，「您確實未辱使命，禮數周全並且精到，言辭也恰如其分，儘快請起吧。哭喪著臉的騎士的大名如雷貫耳，我怎麼會讓這麼偉大的騎士侍從跪在地上呢。快請起來吧，我的朋友，快去跟您的主人說，我本人和我的公爵丈夫都會十分歡迎他能光臨我們在這裡的別墅的。」

桑丘爬了起來，他對這位夫人的美貌和氣質修養深感驚訝。但是更令他驚奇的是，她聽說過自己的主人哭喪著臉的騎士。她之所以沒有稱他為獅子騎士，肯定是因為這是他新近才取的名字的緣故。公爵夫人（她當時還不知道他的這個頭銜）之後又問道：

「告訴我，侍從兄弟，您的主人可就是一本題名為《奇情異想的紳士唐吉訶德傳》的書中講的，整天朝思暮想的意中人是什麼杜爾西內婭的那位？」

「夫人說的很對，」桑丘說，「要是沒有給我改了身世的話，我的意思是說，要是印成書的時候沒有給我改名的話，那本書裡也肯定或應該會提到的，名字就叫作桑丘的侍從就是我本人。」

「您的話實在是太讓我高興啦，」公爵夫人說，「快去吧，桑丘兄弟，去跟你的主人講，說我們非常歡迎他到我們這裡來，再沒有任何事能比這件事更令我高興了。」

桑丘喜不自勝地帶著這麼令人興奮的回答回到了主子的身邊，給東家講述了那位了不起的夫人說過的每一句話，還用他特有的粗俗言辭，把她那驚人的容貌和難得的風度以及謙和描述得天花亂墜。

唐吉訶德坐在鞍子上挺直身體、蹬穩馬鐙、正了正臉罩，之後就驅策駑騂難得，精神抖擻地前去親吻公爵夫人的雙手。趁唐吉訶德還沒有到來的時候，公爵夫人已經讓人叫來了自己的丈夫公爵，並對他講述了她的意圖。

公爵夫婦都已讀過這本傳記的第一部分，因而很清楚唐吉訶德的荒唐癖性，因此也非常願意結識他本人，並決定順著他的脾氣，滿足他的一切要求，將他當作一個真正的遊俠騎士那樣，讓他跟自己過上一些日子，以他們從自己喜愛的騎士小說中看來的全部禮儀來招待他。

這時，唐吉訶德已經來到了他們的面前。他掀起護眼罩，看樣子是想下馬，於是桑丘立即奔了過去，準備爲他扶好馬鐙。不過，倒也湊巧，桑丘在下驢的時候偏偏有一隻腳被鞍繩絆住，怎麼也抽不出來，結果就被頭朝下吊在了驢背上來了一個嘴啃泥。

而唐吉訶德呢，一直都是沒人給扶住腳鐙就下不了馬的，他也一心認爲桑丘已經給他扶好了馬鐙，猛地一側身，連帶著一定沒有紮緊肚帶的鞍子一起從駑騂難得的背上栽落在地。當時他的羞憤之情真是可想而知了，可也只好在心裡連聲暗罵一隻腳仍被鞍繩纏著的倒楣鬼桑丘。

這個時候，公爵馬上吩咐手下的獵手過去幫助那主僕二人。被摔得不輕的唐吉訶德從地上爬起來之後，一瘸一拐地好不容易走到兩位貴人面前剛要下跪，但是公爵堅決沒讓，立馬下馬摟住他說道：

「哭喪著臉的騎士先生，很是遺憾，您第一次到我這裡來就發生了這麼不幸的事情。但是，侍從的粗心經常會釀成比這還糟糕得多的後果呢。」

「尊貴的王爺啊，」唐吉訶德說，「即便是一個跟頭摔進深淵，但是因爲能夠得以認識殿下也必定會讓我逢凶化吉的，由於見到您是我的榮幸，這會讓我一躍而起、安然脫險的。我的這個該遭上帝詛咒的侍從對鼓唇搖舌、信口雌黃倒是頗爲在行，卻沒能很好地爲我備馬固鞍。不過，不管他怎麼樣，或伏或立，或步或馬，都將是一介走卒，隨侍殿下，以及美豔絕倫、謙恭蓋世的公爵夫人。」

「不要慌張，我的唐吉訶德先生，」公爵說，「如果有尊貴的托波索的堂娜杜爾西內婭小姐在，世間恐怕也就不會再有值得稱讚的佳麗了。」

在這個時候，已經擺脫了羈絆束縛，而且侍立在一旁的桑丘搶在主人前面說道：

「毋庸置疑，可以說我家的杜爾西內婭小姐確實很美，但是，能人遇到高手，我聽說這就叫自然規律。這就跟一個陶器工匠做出一隻精美的陶杯一樣，也就能夠做出兩隻、三隻、上百隻精美的陶杯一樣。我這麼說，是由於，我敢說，尊敬的公爵夫人肯定不在我那女主人杜爾西內婭小姐之下。」

唐吉訶德轉向公爵夫人說道：「夫人或許無法想像，世上哪個遊俠騎士會跟我一樣有這麼一個饒舌而又有趣的侍從呢。要是夫人可以留我在身邊侍奉一些時日的話，他絕對會驗證這話絕非虛妄的。」

「其實也正是由於善良的桑丘有趣，我才尤其器重他的，我相信這就是聰明的表現。唐吉訶德先生，閣下應當知道，乖巧與風趣，不是笨頭笨腦的人所能具備的特長。善良的桑丘既乖巧又風趣，因此我斷定他必定也是聰明伶俐的。」

「確實是這樣子的，但是廢話卻很多。」唐吉訶德補充說。

「這才好呢，」公爵說，「寡言少語可表現不出太多的詼諧。好了，咱們還是別把時間浪費在說話上吧，有請偉大的哭喪著臉的騎士……」

「殿下應該稱獅子騎士，」桑丘糾正說，「現如今已經不是苦相了，而應該是獅子相啦。」

公爵接著說道：「我是說，有請先生光臨鄙人的城堡，剛好離這兒也不是太遠，以便讓一向歡迎遊俠騎士蒞臨的鄙人和公爵夫人得享款待貴客的榮幸。」

趁說話的時候，桑丘已經爲駑騂難得整好了鞍子、勒緊了肚帶。唐吉訶德爬上了坐騎，公爵也跟著騎上了自己的駿馬，二人分別置身於公爵夫人的兩側，之後就朝城堡走去。

公爵夫人由於十分喜歡桑丘的妙語趣談，因此就叫他跟在自己的身邊。桑丘也毫不客氣，馬上就插到了他們三個人的中間，並且也參與了他們的談話，逗得公爵夫人和公爵本人大笑不止。他們由衷地慶幸可以在自己的城堡中接待這樣的遊俠騎士和這樣的侍從。

chapter 31 許多重大事件

桑丘由於認爲自己備受公爵夫人的寵愛而得意非凡。他這個人一向貪圖安逸，心裡盤算著，在公爵的城堡裡邊，肯定又會像在堂狄艾果和巴西琉家裡那樣應有盡有的，因此準備不失時機地儘快享受一番。

據這部傳記記載，公爵趕在大隊人馬到達之前回到了別墅或城堡，並就對於接待唐吉訶德的方式對一切男傭女僕做了安排。唐吉訶德跟著公爵夫人一到城堡門口，立刻就從裡面走出兩名身穿長及腳面的高級紅緞晨衣的僕役或馬弁馬夫迎了上來，一邊扶他下馬，一邊趁沒人注意的時候悄悄對他說道：

「閣下快去把我家女主人公爵夫人抱下馬來吧。」

唐吉訶德果真聽話。接著，一個要抱、一個卻堅決推辭，賓主之間著實僵持了好一陣子，最後還是公爵夫人占了上風，因爲她堅持要由公爵抱下，說是不該給這麼了不得的騎士增添這種無謂的麻煩，結果公爵只好上前抱她下馬。之後，他們來到了一個大院場院，兩個漂亮的侍女走上前去把一件貴重的猩紅色斗篷披在了唐吉訶德的肩上，瞬間院子的迴廊裡[48]全都已經站滿了公爵夫婦的僕役丫鬟，他們齊聲高喊道：

「熱烈歡迎遊俠騎士的精英光臨！」

即便不是所有的人，可能也是大多數人，都在朝著唐吉訶德和公爵夫婦噴灑著香水。唐吉訶德是又驚又喜，這是他首次切切實實地體驗到自己的的確確是個遊俠騎士了，這並非幻覺，他親身體驗到了之前只有在書裡才能見到的遊俠騎士所享受的待遇。桑丘丟下了毛驢，也緊跟著公爵夫人走進了城堡。正當他爲牲口沒有人照料的時候，遇到了跟其他侍女一起出來迎接公爵夫人的一位傅姆[49]模樣的莊重老婦，於是，就悄聲對她說道：

「您是貢薩雷斯太太吧，如果我沒有弄錯的話。」

「我是堂娜羅德利蓋斯，」那婦人說，「兄弟，請問你有什麼吩咐？」

桑丘回答道：

「我想求您出城堡門一趟，我的灰驢還在外面呢。勞煩您找人或者您本人把牠帶到馬廄裡去吧。我那可憐的驢膽小，牠還從來沒這樣單獨待過呢。」

「要是那主子也跟這下人一樣機靈的話，」婦人說，「那咱們可就有得折騰了。我看你還

48.西班牙住宅的大院四周，往往有一層或二層遊廊。
49.西班牙舊時代貴夫人和小姐的女伴。

是自個兒去吧，碰上你和帶你來的那傢伙算是倒了楣啦，依我看你還是自己去照看你那毛驢吧，我們家的女人都沒幹過那種事情。」

「但是，說真的，」桑丘說，「我的東家通古博今，我聽他說過朗沙洛特的故事：

他從大不列顛來到該地方，
名門貴婦為他牽腸又掛肚，
傅姆成了他那瘦馬的伴娘。

「說起我那毛驢，可比朗沙洛特先生的瘦馬強多啦。」

「兄弟，你真是有意思。要是你是唱曲的，」婦人說，「留著你的本事去找賞識你、能給你賞錢的人吧。我是連個屁都不會給你的。」

「其實我看給個屁也挺好的，」桑丘說，「並且一定很響才行，因爲憑夫人您的年齡你絕對可以幹得了的。」

「婊子養的！」婦人罵道，她已經氣得滿臉通紅，「老還是不老，我自己會向上帝交代的，跟你說不通的，你這個滿嘴蒜臭的混蛋。」

那婦人說話的聲音很大，以至於公爵夫人也聽到了，公爵夫人聽到之後，回過頭去看她滿臉怒氣沖沖、眼冒凶光的，就問她在衝誰發火。

「跟眼前的這個傢伙唄，」那婦人說，「他懇求我去把他留在城堡門口的毛驢牽到牲口棚，他還跟我說過，不記得是在什麼地方，幾個貴婦就曾經照顧過一個叫什麼朗沙洛特的，還有傅姆爲他看馬什麼的。最要緊的是，到了最後，他竟然說我是個老太婆。」

「你這話可就太傷人啦，」公爵夫人說，「這可比別的什麼話更傷人。」

她接著轉身對桑丘說道：

「桑丘，我的朋友，跟您說吧，堂娜羅德利蓋斯還很年輕，由於身分和習慣的緣故，她才帶著頭巾，而絕對不是由於年紀。」

「我如果是有那個意思，就讓我餘生不得安寧！」桑丘說，「我那麼說只是由於我對那毛驢太寶貝，覺得只有託付給像堂娜羅德利蓋斯太太這麼好心腸人才能放心。」

在旁邊聽著的唐吉訶德插言道：

「桑丘，在這裡，你到底是在說什麼呀？」

「老爺，」桑丘說，「不管是在什麼地方，每個人都應該講自己想要講的話呀。我在這兒想起了自己的毛驢，所以也就在這兒講起了牠；如果是在馬棚裡想起來的，我也會在馬棚裡講。」

公爵評論道：

「桑丘說得很對，他沒做錯什麼，我們一點兒都不能怪他。那毛驢肯定會有足夠的草料，您就放心吧，桑丘，跟您本人一樣，牠會受到最好的照顧的。」

經這麼一說，除了唐吉訶德之外，大家都很高興。這時，他們已經到了樓上，大家領唐吉訶德走進了一間掛滿極其華麗的金色錦緞簾幔的客廳。六位侍女幫他卸下了盔甲、對他百般的照應，由於她們事先已經得到公爵夫婦的關照與指點，知道必須讓他確實覺得並且也感受得到自己受到了遊俠騎士的待遇。

卸掉盔甲之後，只穿著貼身套褲和緊身麂皮上衣的唐吉訶德看上去乾瘦乾瘦的、甚至有點瘦弱不堪，兩邊的腮幫子就像在嘴裡黏到了一起一樣。就看他這副模樣，如果不是主人事先囑託的幾點注意事項裡有一項是必須忍住笑，這些服侍他的侍女們若不是強忍著（這是主人特意囑咐過了的）的話，那副樣子絕對會讓她們笑破肚皮的。

接著侍女們請求他允許她們幫他把衣服全脫掉，換件襯衫。他卻是死也不同意，還說遊俠騎士需要勇武也知曉廉恥。最後，他讓她們把襯衫交給桑丘，之後就跟桑丘一起躲進了一個擺有一張十分考究的床鋪的房間，脫掉原來的衣服，換上了襯衫。他看旁邊沒有外人，就對桑丘說道：

「告訴我，你這個新惡棍、老壞蛋，冒犯和羞辱一位那麼莊重而又可敬的傅姆，你認為像話嗎？你認為那是談論毛驢的時候嗎？這裡的主人待你我如上賓，難道還會虧待得了咱們的牲口嗎？看在上帝的份上，桑丘，你以後說話可得注意點兒，別露了餡，讓人看出你是個鄉巴佬。聽著，你這個不成器的東西，僕人越體面，越有教養，主人也就越長臉。知道嗎，王公貴胄比一般人最為優越的地方，就是他們所用的僕人也跟他們本人一樣卓爾不群。如果你不爭氣，我也會跟著倒楣的。

「如果別人認爲你是個粗俗的鄉巴佬，或者是個供人耍笑的笨蛋的話，人家就會以爲我是個騙子或者是冒牌騎士。難道你還不明白這個道理嗎？這可不行呀，桑丘，我的朋友，你必須改掉這些毛病。愛多嘴又愛出洋相的人若稍有閃失，就會被人看成是令人厭惡的騙子的。你還是管好自己的舌頭吧，講話的時候，考慮好之後再開口。一定要記住：咱們是靠上帝保佑和依靠我的臂膀的力量才來到這裡的，等到離開這裡的時候，我們的名望不僅會大爲增加，而且一定還會得到許多實惠的。」

桑丘真心實意地跟他保證，他一定會遵照主人的吩咐，管好自己的嘴巴，藏好自己的舌頭，若不經過深思熟慮之後是絕對不會開口說話的。如果不聽主人的吩咐而再講出不合時宜和欠缺考慮的話來的話，就把嘴巴縫上、把舌頭咬掉，這才讓唐吉訶德儘管放心，他一定不會因爲自己的過失而讓人家看穿他們的老底。

唐吉訶德也穿好了衣服，紮好了劍帶，披起了猩紅披風，戴上了侍女們遞給他的一頂綠緞帽。打扮妥當以後，他就走到了大客廳，手持盥洗用具、兩列而立的侍女們畢恭畢敬、鄭重其事地給他洗了雙手。之後，餐廳領班帶著十二個侍者前來請他入席，說是公爵夫婦已經在等候了。

他們把他簇擁在中間，莊嚴而又隆重地步入另外一間大廳。在大廳中間又是一張很有氣派的桌子，桌子上邊只擺放了四套餐具。公爵和他的夫人起身走到門邊表示歡迎，和他們在一起的還有一位神情嚴肅的教士。這類教士通常代爲王公貴冑料理家政，他們並不是出身豪門，其實也沒有能力指點王公貴冑們怎樣才能像個王公貴冑；他們始終用自己的狹窄心胸影響著達官貴人們，使之以此來制約其寬大的襟懷；他們本想讓受教者學會節儉，結果反而把他們一個個培養成了慳吝貪鄙的小人。和公爵夫婦一起上前迎接唐吉訶德的那位一本正經的教士，我猜，他肯定就是這類人物。

他們十分客氣地寒暄一番，又左右相伴地陪同著他，對他很是客套了一番，最後簇擁著唐吉訶德來到了桌邊。公爵請唐吉訶德在主位就座，經過再三的謙讓，他最終拗不過主人的盛情，也就只好在主位坐下去了。教士坐在了唐吉訶德的對面，公爵夫婦陪在左右。

桑丘看到了這一切，對主子受到那些大人物如此這般的禮遇頗爲不解和驚異。看到公爵和唐吉訶德因爲誰坐主位而沒完沒了地推推讓讓，所以他就插言道：

「各位大人如若不介意，我想講一個跟座位有關的故事，是發生在我們村裡的真實事件。」

桑丘剛一開口，唐吉訶德心裡就一哆嗦，拿定他要說傻話呀。桑丘望了他一眼，瞭解了他的意思，因此接著說道：

「我的老爺，您大人不用擔心，我不會說溜了嘴也不會說話不應景的，您老人家剛剛就講多講少、該講不該講給我的那些教訓，我心裡全都記著呢。」

「我幾時教訓你了，桑丘，」唐吉訶德說，「你愛說什麼就說什麼好啦，只是要快點兒。」

「我要說的那件事啊，」桑丘說，「是千真萬確的，我家老爺唐吉訶德就在這兒，我可不能胡說。」

「不要提到我，」唐吉訶德說，「桑丘，你願意胡說就胡說好啦，我和你沒關係，你自己掂量著說吧。」

「我早就掂量再三了，心裡有數的，等一會兒你就知道我說的話沒有錯了。」

「各位大人，」唐吉訶德說，「我想最好還是叫人把這個傻瓜從這裡轟走吧，以免他胡說八道。」

「看著公爵的面子，」公爵夫人說，「我不會讓桑丘離開我一步的，我十分喜歡他，而且我也知道他很聰明。」

「希望夫人永遠這麼聖明，」桑丘說，「雖然明明知道自己不配，我還是要感謝夫人的器重。我要說的事是這樣的：我們村裡的一位十分闊綽而又顯赫的鄉紳請客。這位鄉紳是阿拉莫斯家族的後人，娶的堂拉曼西亞是堂阿隆索的女兒。這位堂阿隆索是聖地牙哥騎士團的成員，後來淹死在了艾拉都拉，好多年前我們村裡就曾爲此人打過一架，記得我家老爺唐吉訶德當時也在場，鐵匠巴爾巴斯特羅的兒子搗蛋鬼小湯瑪斯就是在那次打架的時候受的傷……我的主人呀，這些全都是真的吧？請您做個證明，以免這些大人會以爲我在胡謅八扯。」

「聽到這裡，」教士說，「我倒沒有認爲你是在胡謅，就是太囉唆了。不清楚再往下會怎麼樣。」

「你舉了這麼多例證，又說了這麼多情況，還提到了那麼多人名、事件，桑丘，我只能說你講的都是事實。繼續講吧，簡單一點，照這麼講下去，恐怕兩天兩夜也講不完。」

「完全不用爲了討我高興而求簡短，」公爵夫人說，「你想怎麼講就怎麼講，即便講上六天六夜也沒關係。如果真能講那麼長，那這六天六夜可就成了我這輩子過得最痛快的日子了。」

「諸位大人，那麼我就繼續講下去了，」桑丘繼續說道，「這位鄉紳嘛，我對他十分瞭解，我們兩家住的距離僅是一牆之隔。這位鄉紳請的是一個農夫，那人很窮，卻很老實。」

「儘快講下去，夥計，」教士催促說，「看樣子，你這故事得講上一輩子了。」

「如果上帝保佑，不到半輩子就能講完，」桑丘說，「我接著說。那農夫去到了之前提到的那位請客的鄉紳家裡。這位鄉紳已經去世了，希望他的靈魂安息，大家都說他死的時候像個天使，我沒注意，那陣子剛好到壇布雷克去收割麥子了……」

「行啦，夥計，請你趕快從壇布雷克回來吧，用不著去爲那位鄉紳下葬，要是你不打算還爲別人辦喪事的話，就快把你的故事講完吧。」

「事情是這樣的，」桑丘說，「兩個人正準備坐下，此時，好像他們就在我的眼前……」

公爵夫婦看著這位討厭的教士因爲桑丘一會兒跑題一會兒打岔而極不耐煩的樣子，覺得十分開心，與此同時，唐吉訶德卻是又氣又急如坐針氈。

「我是說，」桑丘說，「那兩個人，就像剛才所講，正準備入座。農夫一定要貴族坐在首席，貴族則堅持讓農夫坐到首席，說在他家裡就得聽他的。但是，那農夫自以爲懂規矩、有教養，因此就堅決不肯，直鬧得那鄉紳發火了，雙手搭到他的肩膀上硬是把他摁到了座位上，之後說道：『你就坐下吧，你這傻瓜。無論坐在什麼地方，我永遠都在你的上頭。』這就是我要講的故事，說實在的，我拿定這是很應景的。」

唐吉訶德的臉上青一陣白一陣，雖然面皮黝黑，但還是顯而易見。見桑丘話裡有話，他也已經聽明白了，有點羞愧難當。公爵和公爵夫人只能強忍著笑。公爵夫婦領會了桑丘的用心，不想令唐吉訶德感到難堪，而強忍著沒有笑出聲來。爲了防止桑丘再講什麼渾話，於是忙調轉話頭，公爵夫人就問唐吉訶德是否有關於杜爾西內婭小姐的最新消息、最近是否又差遣什麼巨人或惡棍前去拜謁了，因爲，被他降伏了的這類人物一定不會少。唐吉訶德回答道：

「尊敬的夫人，我的厄運只有開頭，沒個完了。我的確戰勝過巨人、打發過無賴和惡棍前去朝拜，但是，她現在中了魔法，變成了醜陋得難以想像的村婦了，叫他們到哪兒去找她呢？」

「我也不知道是怎麼回事，」桑丘說，「我看見她明明就是位絕代佳人。至少，在靈活與跳躍方面，我敢說，絕不亞於翻跟頭的演員。告訴您吧，公爵夫人，她能像隻貓似的原地一躥就躍上驢背，很是利索。」

「桑丘，你看到她著魔了？」公爵問道。

「什麼看到沒看到！」桑丘說，「還是我第一個發現她著了邪魔暗算的呢！她中了魔法，這倒是千真萬確的。」

聽到巨人、惡棍和魔法之類的說法之後，教士終於明白那人肯定就是唐吉訶德嘍，公爵經常翻閱其傳記。他曾經多次責怪公爵，說閱讀這種胡說八道的東西本身就很無聊。可現在，他懷疑的事竟變成了現實。他就怒氣衝天地對公爵說道：

「我尊敬的先生，這位先生幹的事兒，上帝要記在你賬上的。這位唐吉訶德或者蠢貨，無論是叫什麼名字吧，我想還不至於像閣下想像的那樣傻，您就別攛掇他犯傻和發瘋了。」

然後他又轉向唐吉訶德說：

「還有你，這個沒腦子的蠢蛋，誰跟你說，你是遊俠騎士，還戰勝了巨人，抓住了壞蛋了？我看你還是趁早走人吧！聽一句規勸：趕緊回家去吧，如果有兒女，就好好地養兒育女；如果沒有兒女，也得管好家業。就別再滿世界地瞎逛了。自己風餐露宿不說，還要招來那些認識或不認識你的人的恥笑，真是莫名其妙！你說，從古至今，哪裡有過什麼遊俠騎士啊？西班牙哪裡有什麼巨人？拉．曼卻哪兒有什麼歹徒惡棍？哪裡有什麼中了邪魔的杜爾西內婭？哪裡有關於你的那一套胡說八道啊？」

唐吉訶德悉心靜聽，等這位道貌岸然的先生講完，他顧不上對主人的失禮，怒容滿面，霍地站起身來說道……他說了些什麼，留在下一章講述。

chapter 32

唐吉訶德駁斥對自己的責難

唐吉訶德站在那裡，像水銀中毒患者一樣渾身上下直哆嗦，慷慨激昂地說道：

「此地此時我雖然滿腔義憤，卻還是盡力控制。原以爲閣下會不吝賜教與人向善的金玉良言，沒想到聽到的竟然是傷人惡語。因爲剛才所說的原因，同時，也因爲眾所周知，穿道袍的人跟女人一樣，唯一的武器只能是舌頭，所以，本人希望跟您展開一場對等的舌戰，廝殺一場。

「善意的責備最好是和顏悅色，而不是疾言厲色的，並且，更不應該在還沒弄明白自己指責的對象到底有沒有錯的時候，就無緣無故地指責人家是蠢貨、笨蛋。不然，就請閣下跟我說：您這麼說我、罵我，到底是看到我做了什麼蠢事、傻事？您還讓我回去管家和養妻、教子，您知道我是否有家業、妻子和兒女嗎？有些人自己分明是在窮酸的孤兒院裡長大的，看過的世面不就是方圓二三十里的地界，卻竟敢擅自闖入別人家裡對其主人指手畫腳、卻竟然不知天高地厚地對遊俠騎士的功過妄加評論？不求享樂，只爲經歷磨難之後最終修成正果、名垂千秋而闖蕩世界，難道會是虛妄之舉、空耗光陰嗎？要是豪紳、要人、名流、貴冑，把我看成傻瓜，那我只能當作是不雪之辱；至於從沒涉足騎士行當這個坎坷之途的學究夫子說我是笨蛋，這些對我卻不會有毫髮的損失。

「蒼天在上，厚土在下，本人現在是騎士，並且至死都是騎士。有人選擇宏圖大略的康莊大道；有人選擇阿諛奉承的卑污階梯；有人慣以虛僞奸詐作爲晉升之本；也有人獻身弘揚教義的偉大事業；至於我本人，命中註定要馳騁於遊俠騎士這條崎嶇的小路上，我可以爲此拋棄家業，但卻不容名譽受損。我曾經救助困厄、剷除強暴、懲治邪惡、戰勝巨人、降伏妖魔，我對此情有獨鍾，只是由於這是遊俠騎士的慣例。

「我始終保持著我的美好追求，既善待大家，又不惡對一人。本人一直以善爲本，只圖造福、無意害人。這麼想、這麼做、這麼說的人應不應該被當作傻瓜，尊貴的公爵和公爵夫人，請二位大人說說吧。」

「天啊，說得真是好啊！」桑丘說，「您不用再辯解了，我的東家老爺，因爲，凡是說得出、想得到和辯得了的，您全都說了、想了、也辯了。至於像這位先生所做的那樣，全盤否認天底下有過並且今天依舊有遊俠騎士，那就怪不得他胡說八道了？」

「老兄，難道說，」教士說，「你就是那個據說曾被主子許諾賞給一個海島的桑丘？」

「就是我呀，」桑丘回答道，「不管跟誰比，本人也完全有資格得到那份獎賞。本人正是那種近朱者赤、『跟了好人而自然成了好人』的人，恰是那種『不能看爹娘而要看跟誰結幫』的人，正是那種『背靠大樹好乘涼』的人。我找了個好主人，幾個月來始終跟隨著他，如果上帝同意，我想我最後也會成爲和他一樣的人。如果他活著、我也活著，他肯定能當上大國皇帝的，而我也會成爲海島總督的。」

「那是自然的，桑丘，我的朋友，」公爵插言道，「我這裡正好有一個不錯的海島，沒人打理，現在我就代表唐吉訶德大人，把它分配給你吧。」

「趕緊跪下，桑丘，」唐吉訶德說，「馬上親吻大人的雙腳謝恩吧。」

桑丘果真跪下去親吻了公爵的雙腳。一看到這個場景，教士立即氣呼呼地從桌邊站起來說道：

「我憑自己的道袍發誓，我不得不說閣下跟這兩個俗物一樣也是頭腦發昏了。有頭腦的人明明就是跟著起哄，瘋子怎能不瘋呢！那麼就請閣下與他們爲伍好啦，有他們在這裡，我看我還是回自己的家裡去好了。既然無力改變，也省得我再費口舌來勸你！」

教士沒再多說，沒吃完飯就已經走了，根本沒有理會公爵夫婦的挽留。其實，公爵覺得教士那麼生氣大可不必，笑得連話也說不出了，實在也就沒什麼挽留的。笑完之後，公爵對唐吉訶德說道：

「獅子騎士先生，您駁斥得理直氣壯，可是給自己掙足了面子。雖然他覺得這是對他的冒犯，其實完全不是。您很清楚，這就跟婦女不冒犯別人一樣，教士也從不冒犯別人。您的辯駁十分有力，已經淋漓盡致。你對這種事還是最在行的。」

「是呀，」唐吉訶德說，「不會受到冒犯的人自然也就不會冒犯別人。女人、孩子和教士，雖然遭到冒犯但是無力自衛，因此也就談不上蒙羞受辱了。閣下很清楚，冒犯和羞辱是有分別的。羞辱來自於能夠羞辱、實施羞辱並刻意堅持羞辱別人的人，而冒犯可能來自於任何人，夠不上羞辱。

「例如，有人毫無防備地走在街上，忽然遭到十個手持棍棒的人的毆打，他立即準備拔劍回擊，不過對方人多勢眾，讓他沒能得以報仇。此人遭到了冒犯，但是沒有受到侮辱。

「還可以再舉一個例子：有人站在那兒，另一個人從背後走過去，在背後打了他幾棍子之後，不等他反應過來撒腿就跑，挨打的人掉頭去追卻沒能追上。這樣，挨打的人受到了冒犯，但是也沒有受到羞辱，原因是羞辱必須刻意堅持。

「如果，那個打人的人，雖然是偷著下手的，打完之後卻依然悍然自若，並不逃跑，待在那裡注視著對手，那麼那個挨了打的人既遭到了冒犯又蒙受了羞辱。遭到冒犯，是因為遭到了暗算；蒙受羞辱，則是因爲暗算他的人刻意堅持自己的所爲，沒有轉身逃跑，而是依舊留在那裡。因此，依照這個決鬥的規則，我可能自以爲受到了冒犯，不過卻沒有蒙羞受辱。孩子們不懂事，婦女們同樣逃跑不了，並且他們也沒有能力堅持對抗，因爲，孩子不懂事，女人跑不動又無須挑釁，神聖教會的執事人員同樣如此。這三類人員既沒有攻擊的武器，也沒有自衛能力，即使是有權自衛，也不具備傷害別人的能力。

「我剛才說過可以自認爲是受到了冒犯，但是現在卻要說，有時甚至連這也算不上，不會受到羞辱的人自然就更不會羞辱別人了。因此，我不會對那位好心的先生說過的話耿耿於懷，並且也已經確實用不著再介意了。我只想找個機會，讓他明白不該以爲天底下真的沒有遊俠騎士。這話若是讓阿馬狄斯或其無數子孫中的什麼人聽到的話，我敢說，那個大人可就難堪嘍。」

「我也是這樣想的，」桑丘說，「不把他像個石榴或熟透了的香瓜似的從頭到腳一劈爲二才怪呢。他們才不會容忍這種閒言碎語到處流傳呢！我認爲，如果瑞那爾多斯·台·蒙答爾班聽到了那傢伙說過的話，估計得把他的嘴巴封起來，讓他三年也開不了口的。要是不信的話，您可以讓他試試，看他能不能逃出他們的手掌心！」

聽了桑丘的話，公爵夫人笑得要死。在她的眼裡，他比他的主子還要風趣、還要瘋癲。其實，當時很多人跟她想的一樣。

唐吉訶德終於心平氣和了。宴請結束，撤去臺布之後，又來了四個侍女：一個端著銀盆，一個提著銀壺，一個肩上搭著兩塊潔白漂亮的毛巾，一個半捲著衣袖、白皙的（定然是白皙的）手中拿著一塊圓形的拿坡黎斯肥皂[50]。端盆子的那個侍女優雅而麻利地把盆子拿到了唐吉訶德的下巴底下。

50. 這是當時最名貴的潤膚香皂，一般人家用不起。

唐吉訶德對這一禮儀頗感意外，但是也沒有吭氣，認爲當地的習俗不是洗手，而是洗鬍子，因此就使勁地朝前探了探自己的下巴。就在這個時候，立即就有水從提壺裡淋了下來，而手拿肥皂的侍女緊接著就飛快地揉搓起他的鬍鬚來了，雪團似的泡沫瞬間而起，那些東西不只是糊住了鬍鬚，這位乖乖聽話的騎士的整個臉頓時都變成了白花花的一片，促使他不得不緊緊地閉上了雙眼。

公爵夫婦事之前對此毫不知情，此時此刻也樂此不疲的靜觀這一奇特的洗禮到底是怎樣收場的。擦肥皂的侍女把那泡沫弄到了足有一柞厚的時候裝作沒水了，因此就打發提壺的侍女去灌水，讓唐吉訶德先生一直先等著。唐吉訶德只能等在那裡，當時他那可笑的樣子真的是有趣極了。

當時在場的人很多，大家全都看著唐吉訶德：他那將黑黝黝的脖子伸出去足有半瓦拉長，他的眼睛緊閉著，鬍子上面全是肥皂泡沫的樣子。大家竟然能忍住不笑，真可謂是一大奇蹟，同時也的確可以難爲那些人了。

參與這場惡作劇的侍女們個個都低著腦袋，都不敢用正眼去瞧自己的主子；公爵夫婦呢，認爲既可氣又可笑，真的是不知應該怎樣才好：要麼懲罰侍女們的放肆，要麼爲唐吉訶德的那副模樣給大家帶來的歡樂而犒賞她們。

提壺灌水的侍女最後回來了，在給唐吉訶德沖去了肥皂泡沫之後，那個拿著毛巾的侍女給他擦淨了臉，又不慌不忙地弄乾了鬍鬚。然後，四個人一起深深地鞠了一躬就準備走了。

但是，爲了不讓唐吉訶德以爲那是一個玩笑，公爵便叫住了端著盆子的侍女，對她說道：

「你們過來，也給我也洗一下。不過可要留點心哪，別再半路上又沒水了。」

那丫頭十分聰明伶俐，立馬就走了過去，照剛剛對待唐吉訶德的樣子，把水盆擺在了公爵的胸前。這幾個人手腳麻利地替他沖水、打肥皂，洗淨、擦乾之後，鞠了個躬就走了。後來聽說，公爵事前說過，要是不照著對待唐吉訶德的樣子給他洗一遍的話，侍女們絕對會因爲她們的惡作劇而受到懲罰的。他肯定會教訓那幾個放肆的侍女的。她們總算是乖巧，最後因同樣也用肥皂給他洗過而躲過了一劫。

桑丘始終關注著這套禮儀，之後自言自語地說道：

「上帝啊！這地方怎麼流行給騎士洗鬍鬚呀？真的不知道也應該能替他們的侍從也洗一洗呀？上帝知道，說心裡話，我還真的需要呢，要是能再用刀子刮刮就更好啦。」

「桑丘，你在那兒嘟囔什麼呢？」公爵夫人問。

「夫人，我是說，」桑丘回答說，「我聽說在別的王宮貴府裡吃完飯的時候是要洗手的，但從沒聽說過要洗鬍子的，因此，我覺得爲了長見識，就該活長點兒。可是，也有人說，多活就得多受罪。但是，照這個樣子讓人洗一回，我覺得是享受，絕對不是受罪。」

「不要著急，桑丘，我的朋友，」公爵夫人說，「我也讓丫頭們也給你洗一洗。假如你覺得有必要的話，把你連人都洗一下也沒問題。」

「洗洗鬍子就可以了，」桑丘說，「至少現在這樣就行了。至於以後嘛，天知道會怎麼樣。」

「領班，這就是老實的桑丘的要求，聽到了吧。」公爵夫人說，「完全依照他的意思去辦吧。」

領班回答說十分樂意為桑丘先生效勞，之後就退下去吃飯了，而且也帶走了桑丘。客廳裡只剩下公爵夫婦和唐吉訶德，天南海北地聊天，但是，都沒離開習武或遊俠騎士的話題。公爵夫人希望唐吉訶德可以給她形容和描述一下杜爾西內婭小姐的姿色與容貌，相信他肯定會清楚地記得。夫人還說，根據跟那位小姐的美麗相關的傳聞，想必是整個拉·曼卻乃至是天下的第一大美人了[51]。

聽完公爵夫人的話之後，唐吉訶德長歎一聲說道：

「如果我能把我的心掏出來，放在您面前這張桌子上的一個盤子裡的話，您就會真的很清楚地看到她的靚影的，也就用不著我再費口舌描述她那很難形容的美貌了。不過，細緻入微地勾勒和描摹舉世無雙的杜爾西內婭的美色本該是巴拉修[52]、悌芒得斯[53]、阿波雷斯[54]的畫筆和李西玻[55]的刻刀的使命，把它描繪於木板和鐫刻於青銅及大理石之上，再用西塞羅尼亞納和德

51. 公爵夫人故意把拉·曼卻說成比全世界還大。
52. 古希臘最偉大的畫家之一。
53. 巴拉修同時代的希臘畫家。
54. 希臘化時代早期畫家。
55. 希臘雕刻家。

模斯提納的辭藻來加以謳歌，我的肩膀哪裡能承擔得了這樣的重任？」

「唐吉訶德先生，『德模斯提納』是什麼意思啊？」公爵夫人問道，「我這輩子還從未聽說過這個詞呢。」

「『德模斯提納』，」唐吉訶德回答說，「是指『德模斯提內式[56]的辭藻』，就跟『西塞羅尼亞納』是指『西塞羅式』的一樣。他們二位都是世界頂尖的演說家。」

「就是這麼回事，」公爵說道，「我認為你是犯了糊塗才會提出這種問題的。但是，雖然如此，還是希望唐吉訶德先生可以給我們描述一下，哪怕只是個大略輪廓，她也絕對會讓世上最美的美人豔羨不已的。」

「她前不久遭了一場大難，」唐吉訶德說，「我其實完全是可以說一說的，但是，現如今只有傷心的份了，哪裡還講得出來。還是實話告訴二位吧，前些日子，我拜望她，打算請她贊同、恩准我的第三次出馬，並且能給我一個祝福，結果卻發覺她已經變得和我想像的完全不同了。她中了魔道，從公主變為村姑、從天使變為惡魔、從光明變為黑暗，從美人變為醜婦、從噴香變為奇臭、從嫻靜變為輕佻、從儒雅變為粗俗了，總之，從杜爾西內婭變成為了薩亞戈[57]的鄉下女人了。」

「我的天啊！」公爵大聲喊道，「是誰如此踐踏這個世界呀？是誰剝奪了給世界增色的

56. 古希臘最偉大的演說家。
57. 葡萄牙接境處的鄉僻地區。

嬌豔、給世界添彩的雅趣、給世界爭光的貞潔呀？」

「誰？」唐吉訶德說，「除了某個出於嫉妒而跟我過不去的惡毒魔法師之外，還會有誰呢？除了那些由於嫉恨而和我作對的陰險巫師，還會有誰呢？這些該死的東西來到這人世間就是爲了遏制和抹殺我們這些好人的善舉、鼓勵和張揚壞人的惡行。過去、現在和將來他們一直都這樣，和我不共戴天，他們非要將我本人連同我的赫赫俠舉打入讓人忘卻的深淵不可，他們專挑最能對我造成傷害的痛處施行打擊：這其中，奪去遊俠騎士的意中人就跟奪去他用於觀看的眼睛、藉以照明的陽光和賴以生存的食物一樣。我曾經不止一次地說過，現在還得再說一遍：沒有意中人的遊俠騎士就像是無葉之樹、無基之房、無形之影。」

「說得實在是太好了，這是不言而喻的，」公爵夫人說，「雖然如此，我們還是不能相信唐吉訶德先生的傳記。這本書剛剛面世不久，受到了很多人的歡迎。從那部傳記來看，要是我沒有記錯的話，閣下好像壓根兒就沒見過杜爾西內婭小姐，而且這位小姐也不是真的存在，她其實就是假想的美人，是閣下憑藉想像孕育和分娩出來之後，又賦予她您期望她具有的品質和姿色的。」

「至於這個嘛，那可就說來話長了，」唐吉訶德說，「只有上帝才知道世上究竟有沒有杜爾西內婭這個人，還知道她究竟是不是假想出來的，其實這些都是無須深究的事情。我沒有孕育和分娩自己的意中人，只是認爲她本身應該具備足以使她譽滿天下的一切品格：美麗無瑕，莊重不傲，多情而又自重，有教養並且賢淑，因賢淑而又可愛，最後，其高貴是與生俱來的。原因是，大家閨秀的靚麗較之小家碧玉的俏麗更爲完美。」

「這是一定的，」公爵說，「但是，一定得請唐吉訶德先生原諒才行，你應該不會介意我讀過那部傳記吧。讀過那部有關您的業績的傳記之後，我不得不說：就算是在托波索或者別的什麼地方確確實實有這麼一個杜爾西內婭，並且她也確實如閣下所說嬌豔無比的話。根據那本書，我知道她的出身並不高貴，不能跟奧莉安娜、阿拉斯特拉哈瑞婭、瑪達西瑪相媲美，當然還有以及充斥著閣下非常熟悉的那些小說的其他類似女人同日而語了。」

「對此，我只好說，」唐吉訶德回答道，「杜爾西內婭就屬於因行得名的類型。她的品德行爲體現了她的血統。一位道德高尙的平民比一位品行低下的貴人更應當受到重視才行，更何況杜爾西內婭還具有那種完全足以戴冠持杖的王者風範。漂亮而端莊的女人的前途是無法估量的，只不過並不是肯定會有大富大貴的運氣罷了。」

「唐吉訶德先生，」公爵夫人說，「閣下所說的一切簡直對極了，就跟平常所說的一樣，真能稱得上是字字珠璣了。從今往後，我不但會自己相信，而且還要讓所有家裡人全都相信，當然要是必要的話，也包括我的丈夫公爵在內。我是說，相信托波索真的有個杜爾西內婭，她現在活得好好的，容貌漂亮、出身高貴，不愧爲令像唐吉訶德那樣的騎士心甘情願地爲之效勞的美人。這可是我能夠想出來的最好稱讚了。但是，我還有一個疑問，同時也對桑丘有點說不上來的反感。我的疑問是：前面提到的那部傳記中說，那個桑丘受閣下之托，去給那位杜爾西內婭小姐送信的時候，恰好趕上她在篩麥子，還特別指名是蕎麥。我覺得這件事對她的身分來說，也會有一定的影響的。」

唐吉訶德回答道：

「尊貴的夫人啊，您該清楚，或者是由於深不可測的命運的主使，或者是因爲有某個心懷妒忌的魔法師在惡意搗鬼，我遇到的一切事情或大多事情都跟別的遊俠騎士不一樣。

「大家都知道，大多數知名的遊俠騎士或是具有不受魔法蠱惑的能力，或是皮肉能夠不爲刀劍所傷，就譬如法蘭西十二騎士之一、大名鼎鼎羅爾丹吧。據傳說，他身上的任何地方都不會受傷，但是除了左腳掌之外，而且還非得是用錐子去扎不可，使用別的武器也沒用，所以，克爾匹沃的貝那爾都見他刀槍不入，才在隆塞斯巴列斯把他舉在半空之中，用赫拉克利斯扼殺那位可怕的地神之子安泰的辦法將之置於死地。

「我這些話的意思是說，我也可能在這些方面有某些才能，不過肯定不是刀槍不入的本領，由於我的經歷已經多次證明，我皮薄肉嫩，絕非刀槍不入。並且，我也無力抵制魔法，原因是我曾經被關進過籠子裡。要是不是通過魔法，我想那是根本不可能的事情，但是，最後我還是把那魔法破解了，並且還相信再也不會有什麼魔法可以傷害我了。

「如此一來，那些魔法師們發覺自己的詭計無法在我的身上得逞了，所以他們就轉而去禍害我的意中人，想要利用整治我的命根子杜爾西內婭來折磨我。因此，我認爲，那次我的侍從替我傳信的時候，他們就立馬把她變成了村婦，並且還在幹著篩麥子之類極不體面的勞動營生。但是，我也已經說過，那麥子既不會是蕎麥，也不會是小麥，肯定是東方的珍珠。

「作爲對這件事情的證明，我還要跟二位大人講，不久之前我去過托波索，但卻怎麼也沒能找到杜爾西內婭的宮殿。第二天，我的侍從桑丘看到了她的本相，然而她確實是人間第一美人；不過，她在我的眼裡，原本聰慧絕頂，卻一下子變得蠻不講理，變成了粗野、醜陋的村婦。我沒有中邪，依照常理也不可能中邪，是她中了魔法、著了邪道、失了真形、換了相貌、變了模樣。我的那些對手們利用她對我進行報復，只要她不復原，我就得一直沉浸在淚水之中。

「我這麼說是想讓大家別去理會桑丘講的什麼杜爾西內婭在篩呀簸的，在她中了人家的法術的時候，桑丘看到的她就是另一副模樣，這一點兒都不奇怪。杜爾西內婭是名門閨秀，托波索有許多那樣的望族世家，可以肯定的是，那個地方將來絕對會由於舉世無雙的杜爾西內婭而名揚天下，就像特洛亞因爲有了海倫、西班牙因爲有了加娃一樣，只不過是盛名美譽罷了。

「另外，我還想告訴二位大人，桑丘是個任何遊俠騎士都未曾遇到過的最有意思的侍從。而且有些時候，都不知道他是傻呢還是聰明呢，讓人也想不出來他是傻的時候更有趣呢，還是聰明的時候更有趣呢。有的時候他機靈起來，簡直就是個滑頭；但是糊塗起來呢，卻又像個笨蛋。他對任何事情都是半信半疑的。正當我就要斷定他是個傻瓜的時候，他卻露出了令人羡慕的精明。不管怎麼樣，我是不會捨棄了他而另找侍從的，即使因此而能得到一座城池，我也不會這麼做的。

「也是由於這個原因，我正在猶豫是否能夠派他去接手大人您慷慨賞賜的領地，雖然我認爲他還有那麼一點當官的本事，當然，要是腦袋瓜子再靈活一些的話，我看他當什麼官都會遊刃有餘的。

「再者說，當官本來就用不了多大的本事，也不了多少學問，這種例子，咱們見得多了，有多少甚至大字不識的人還不是照樣發號施令嘛。其中的關鍵就在於，如果他們有良好的意圖，又願意把事情做好，就會有人給他們出主意，告訴他們應該怎樣做才是最好的。我將要囑咐他的是『不該得的，別想；該得的，也別讓』，還有一些亂七八糟的事情，也都要做到心中有數了。到時候就會知道，這既是爲桑丘著想也爲他將要治理的海島著想。」

剛剛說到這裡，公爵、公爵夫人和唐吉訶德就聽見了院子裡響起了喧鬧的聲音，之後胸前圍著一塊濾布[58]的桑丘就惶恐不安地衝進了客廳，背後還跟著一大群僕役，其實都是廚房夥計及一些下人，其中一個的手裡端著個木盆，從顏色和髒樣上一眼就看出裡邊裝的是涮過抹布的髒水。那人對桑丘緊追不捨，並一個勁兒地想把木盆杵到他的胸前，另外一個人就擺出了要給他洗鬍子的陣勢。

「僕人們，這是怎麼一回事兒？」公爵夫人問道，「這是什麼意思啊？你們想對這個善良的人做什麼？你們怎麼不動動腦子好好想想，他已經被定爲總督了嗎？」那個想要給他洗

58. 古時候用草木灰水洗滌衣物，洗前用粗布把衣物包裹起來，以過濾灰渣。包裹衣物所用的粗布就是濾布。

鬍子的下人回答說：

「這位先生實在是不願意按照規矩，也跟我家公爵老爺和他家老爺那樣也洗一下鬍子。」

「我當然願意洗了，」桑丘氣哼哼地說，「就是我想用乾淨點兒的毛巾，更清一點的水，他們的手也不要那麼髒。我和我的主人之間不應該有這麼大的差距，讓侍女用香水給他洗，卻讓這些見鬼的傢伙用髒水幫我洗。侯門爵府這種地方的規矩也得讓人不覺得難受才算好呀，但是這裡的洗面規矩簡直讓人覺得比苦行贖罪還要難受。我的鬍子很乾淨，我不需要這套洗法。誰要是敢來給我洗，我的意思是說，敢碰我一根鬍子的話，說得客氣一點，我一拳頭掄過去，非把拳頭砸進他的腦殼裡去不行。這套搓洗的方式更像是耍弄好人的，而不是款待貴賓的。」

桑丘的暴跳如雷和說辭逗得公爵夫人笑得死去活來的。不過，唐吉訶德見桑丘這副裝扮，身上圍著斑紋圍裙，周圍還有一群廚房的雜役，也有點不高興。於是，他好像請求准其講話似的，先對公爵夫婦深深鞠了一躬，然後心平氣和地對那群嬉鬧的人說道：

「喂，紳士先生們，請諸位饒了這位可憐的人吧，請你們哪裡來就回哪裡，或者想去哪裡就去哪裡吧，我知道我的侍從和別人一樣乾淨。對於他來說，那木盆就好像是令人難受的細頸小口酒瓶。請諸位能聽我的勸告，放了他吧，因為，他和我一樣都不喜歡被人戲耍。」

桑丘立即接過話說道：

「那是自然的了。我看你們還是去找傻瓜開這種玩笑吧。想讓我吃你們這套啊，除非是太陽從西邊出來。你們去找把篦子或者別的什麼物件來篦篦我這鬍子來看看，如果可以篦出任何表明不潔的東西來的話，儘管用你們的剪子剪光我的鬍子好了。」

依舊在大笑不止的公爵夫人這時開口了：

「桑丘說得也很有道理，他真是說什麼事兒都有道理。就像他說的，他現在挺乾淨的，沒有必要洗，既然他不習慣我們這裡的習慣，那就請他自便吧。再者說了，你們這些專事保潔的人也太粗心、太大意了吧，簡直可以說是放肆，對這樣的人物和這樣的鬍鬚，原本應該用純金的水盆、水壺和德意志毛巾，怎麼可以用木盆、木桶和抹布呢。總而言之，你們就是太壞、太沒教養了，居心不良，必定對遊俠騎士的侍從有所歧視。」

那些策劃了這個鬧劇的人，甚至包括跟他們一起來了的餐廳領班在內，全都還認為公爵夫人的話是認真的，於是他們立即取下了桑丘胸前的濾布，然後就急急忙忙、面帶愧色地走開了。桑丘一看自己已經擺脫了那場原以為難逃的災禍了，於是馬上就跪到公爵夫人面前說道：

「人貴自然量大，夫人的大恩大德我終生難忘，只願希望能夠被受封為騎士，然後在有生之年都為夫人效力。鄙人一介農夫，名叫桑丘，家有妻子兒女，現為侍從。夫人如果有用得著的地方的話，只要吩咐一聲，無不從命。」

「桑丘啊，」公爵夫人說，「看來你已經在禮貌中學會了禮貌。我是說，你真不愧是受過唐吉訶德先生的薰陶的，我想他肯定是熟知諸般禮數、精通各種儀式的，或者如你所說的各種『異式』了。總之，你們真的是一對極其般配的主僕：一個是遊俠騎士的北斗，一個是忠實侍從的亮星。快起來吧，桑丘，我的朋友，爲了回報你對我的一片心意，我一定會督促我的公爵丈夫兌現諾言，儘快讓你當上總督的。」

談話到此告一段落。之後，唐吉訶德就去睡午覺了。公爵夫人對桑丘說，要是他不想睡覺的話，就請他跟著自己和丫鬟們一起找個涼快一點兒的客廳去打發消磨時光。桑丘回答說，雖然夏天他一般都要睡上四五個鐘頭的午覺，可是那一天他準備硬撐著，一個鐘頭一分鐘也不睡啦，任憑她的安排，說完就跟著她走了。公爵再次吩咐家人一定要依照傳說中對待遊俠騎士的禮數，把唐吉訶德當作是遊俠騎士來接待，不准出現一點差錯。

chapter 33 公爵夫人及其侍女們

據說桑丘那天沒有睡午覺，因爲他已經有言在先了，所以吃完飯就去找公爵夫人了。公爵夫人由於喜歡聽他講話，所以就讓他坐在自己身邊的一把矮腳椅子上。桑丘則完全出於禮貌而堅持不願落座，可是，公爵夫人卻命他以總督的身分就座，並且以侍從的身分講話，說是二者合而爲一，就連勇士熙德・儒伊・狄亞斯[59]的座位也是坐得的。桑丘表示恭敬不如從命，於是就坐了下去，公爵夫人的侍女們和傅姆們悄悄地圍坐在了他的身邊等著他開口。公爵夫人率先提起了話頭：

「趁現在沒有外人在場聽咱們說話，我想請總督大人解釋一下世間流傳的偉大的唐吉訶德的傳記中的某些疑點。其中之一是：忠心耿耿的桑丘從沒見過杜爾西內婭，我想說，那個杜爾西內婭小姐，也就是說根本就沒有把唐吉訶德先生的信交在她手裡。由於那信留在黑山

59. 指西班牙民族英雄熙德・羅德里果・台・比巴爾的象牙椅子。

裡的那個筆記本上，他怎麼膽敢編造了回信，還胡亂說看見了她在篩麥子？這可純粹是沒影兒的胡說八道呀，嚴重損害了舉世無雙的杜爾西內婭的大好名聲，這麼做也太不符合一個侍從的身分和忠誠的呀。」

聽了這話，桑丘一句話也沒說，站起身來，彎著腰，把手指放到嘴唇上，輕手輕腳沿著整個客廳走了一圈，又把所有窗簾都掀起來看了看，之後回到座位上坐了下去，這才說道：

「尊貴的夫人，我偵查了一下，除了在座的，的確沒人偷聽，那就用不著這麼擔驚受怕了，我願意如實回答您剛才提的問題，以及告訴您其他任何您想知道的事情。首先我想說的是，我把我的東家唐吉訶德先生當成了一個無藥可救的瘋子，有的時候，他講的話，不光是我，相信任何人聽了都會覺得精到、在理，就連魔頭撒旦也不可能說得更為精闢了。

「即使這樣，我還是可以坦率地說，他確實是個瘋子。對此，我心裡就像明鏡似的，因此才敢拿那些沒頭沒腦的事情去糊弄他。當然，那封回信就是其中之一。再就是六天或者可能是八天前的那件事情，我還沒來得及寫進傳記中去呢，我可以跟您說，就是關於我那女主人堂娜杜爾西內婭中了邪魔的經過，是我令他相信她著了魔法的，事實上，那根本就是沒影兒的事兒。」

因此，公爵夫人就讓他講講那著魔的騙局究竟是怎麼回事。於是桑丘一五一十地敘說了一遍，大家聽得也十分開心。公爵夫人接著說道：

「聽忠厚的桑丘這麼一說，我心裡倒是又有了一個疑問，彷彿聽到耳邊有人在悄悄地對我說：『既然唐吉訶德是瘋子、笨蛋和傻瓜，那麼他的侍從桑丘明明知道卻還要侍奉他、跟隨他、相信他的空口許諾。那麼不用說，這個桑丘一定比起主子還瘋、還蠢。如果這要是真的話，公爵夫人啊，把海島交給那麼一個桑丘去治理可就算是完蛋了，一個連自己都管不好的人，又怎麼可以管好別人呢？』」

「天哪，夫人，」桑丘說，「您這個疑慮來得可真突然，不過這在外人看來也是可以理解的。請您告訴耳邊的那個聲音盡可以明說、想怎麼說就怎麼說，我承認它說得都對。我要是有點兒心計的話，說不定早就離開這個東家了。不過，這也是我的命，我的晦氣，我只好跟隨他。我們是同一個地方的人，我伺候過他，我也知道他是一個知恩圖報的人，把他的幾頭驢駒贈給了我。最重要的是，我這個人又講義氣，看來，不到揮鍬掄鎬挖墳坑的那天，我們總算是分不開了。

「當然，要是夫人不想讓我去當那個已許諾給我的總督的話，我倒是知道肯定是因爲我天生就不是那塊料，說不定我自己還會感到心裡不安的。儘管我是笨了點兒，但還是明白那句老話的：『螞蟻長翅膀，是禍不是福。[60]』或許侍從桑丘比總督桑丘更有可能進天堂呢。這裡的麵包跟法蘭西的一樣香。夜色底下的貓全都是黑色的。到了午後兩點還沒吃早飯，那才真叫倒楣呢。沒有誰的肚皮會比別人的大一柞。常言說得好：麥秸和乾草都能把

60. 西班牙諺語，因為飛在空中就給小鳥吃了。

肚子塡飽；田野裡的小鳥靠上帝來養活；四瓦拉昆卡厚呢要比四瓦拉賽果比亞薄呢更加保暖；到了閉眼入土的時候，王子走的路跟雇工的一般窄，當然教皇也不會由於位尊而就比教堂管事多占一些地方。一旦進了墳墓，大家都是縮頭蜷腿，不同意也不行，然後就都是暗無天日地待著吧。

「我再重申一次，要是您覺得我笨，不想把島嶼交給我的話，我也會識相的而不硬討的。因爲我聽別人說過：十字架後邊有魔鬼，並非閃光的都是金子。要是古代歌謠的唱詞兒沒有瞎唱的話，擺弄耕牛、犁杖和軛具的農夫萬巴成了西班牙的國王，錦衣華服、驕奢淫逸的羅德里果卻落得個被蛇吞噬的下場。」

「怎麼會是瞎說呢！」當時也在場的傅姆堂娜羅德利蓋斯插言道，「有一支歌謠說，人們把羅德里果國王活活地塞進了一座滿是癩蛤蟆、毒蛇和蜥蜴的墳裡，兩天之後從那墳裡傳出來了國王低沉哀怨的聲音：

牠們把我撕扯齧咬、撕扯齧咬，
並且專門尋找造孽最多的地方。

「照這樣看，這位先生說得也有理，寧肯當農夫也別當國王，以免被蛇蠍吃掉。」

公爵夫人讓自己的傅姆的蠢話逗得忍不住笑了起來。但是，她對桑丘的說道和套話更感意外，因此就對他說道：

「老實的桑丘啊，你應該知道，作爲紳士，一言既出，即便豁上性命也得兌現。我的東家和丈夫公爵大人儘管不是遊俠，可是並不能由此就說他不是個紳士。因此，既然說好給你海島就肯定會給的，讓世人妒忌和眼紅去吧。桑丘，不要氣餒，指不定什麼時候你就能坐到你那海島、你那領地的交椅上面開始發號施令了。除非將來有更好的美差，你千萬不要放棄。我想囑託你的就是要善待你的子民，要知道，他們可都是忠厚而又恭順的啊。」

「這個你不用說我也知道一定要善待子民才對，」桑丘回答說，「無須囑咐，我天生心軟、憐貧。人家自己和麵烤出來的麵包，不該去偷拿。實話跟你說吧，休想跟我玩花招：我可是條老狗，能分辨得出各式各樣的喚聲，我也清楚地知道什麼時候該警醒，決不容許跟我來什麼障眼法，因爲自己的鞋子大小只有自己知道。我這麼講是想說：在我這兒，好人怎麼都好說，壞人休想討到任何便宜。我認爲，當官這種事情，關鍵還在於開頭，很可能過不了十天半個月，就會以爲當總督比起從小幹慣了的農活還會順手的，有的時候說不定還會爲沒事可做而發愁呢。」

「你說得很對，桑丘，」公爵夫人說，「誰都不是生來就會做事的。主教也來自人間，而不是石頭造就的。但是，再回到剛才講的關於杜爾西內婭小姐中魔的話題。桑丘，你本想糊弄矇騙你的主人，讓他把那個村姑當成杜爾西內婭小姐，由於他沒有見過她，就會認爲她中了邪魔。事實上，我知道並且也核查過了，那都是某個跟唐吉訶德先生過不去的魔法師從中作梗。原因是，我有確鑿的消息，那個就地一躍就蹦上了驢背的村婦確實就是杜爾西內婭，那時候是，現在依舊是。

「忠實的桑丘啊，你以爲自己在騙人，實際上是自己受了騙。這是千真萬確的，你也用不著懷疑，有些事情咱們是看不見的。桑丘先生，你該知道，也有對咱們好的魔法師，他們會把世上發生的事情原原本本地告訴給咱們的，既不轉彎抹角也不會弄虛作假的。你就相信我吧，桑丘，那個村婦那時候是、現在依舊是杜爾西內婭，她確實中了邪魔，絕對不會錯的。說不定什麼時候咱們就會見到她的本相，到那個時候，桑丘你就會恍然大悟，才知道自己當時也中計了。」

「這也不是完全沒可能的，」桑丘說，「如果真是那樣的話，現在我願意相信我家老爺在蒙德西諾斯洞穴裡見到的事情了，他說在那兒見到了杜爾西內婭小姐，當時的穿著打扮跟我一時心血來潮讓她中魔那會兒看見的一模一樣。可是若照夫人您所說，這一切都應該是相反的。我知道自己智慧低下，既不會也不應該一下子編出那麼完整的謊話來。其實我也不願意相信我那東家會瘋到如此地步，聽我那麼隨意一說，就相信了那麼多離譜的事情。

「可是，夫人啊，您可千萬別由此就認爲我是個壞人了，像我這樣的笨蛋是不會看透最爲險惡的魔法師的心思和詭計的。我編那些謊話是爲了免遭我家老爺唐吉訶德的責罵，並不是成心要騙他的。到頭來，事情卻調了個個兒，真是人在做，天在看啊。」

「確實是這樣的，」公爵夫人說，「可是，請你告訴我，桑丘，你說的那蒙德西諾斯洞穴是怎麼回事，我很想知道。」

因此，桑丘就原原本本地把那件事情講了一遍。公爵夫人聽完之後說道：

「不容置疑，從這件事情上能夠看出，偉大的唐吉訶德在洞裡見過的、桑丘你在托波索城門口見到過的是同一個人，她就是杜爾西內婭。並且，在這個事情上，那些魔法師做得十分聰明，而又特別巧妙。」

「我也是這麼覺得的，」桑丘說，「我家女主人杜爾西內婭小姐中了邪魔，那是她倒楣。我也犯不著去同我主人的冤家對頭打架，他們人數很多，並且又很惡毒。我當時看到的確實是個村姑，因此就把她當成了村姑。不過要是碰巧她就是杜爾西內婭，那就怪不著我了，這些也都不是我的過錯，去她的吧。用不著這麼跟我沒完沒了的了，動不動就說：『是桑丘說的，是桑丘幹的，桑丘這麼了，桑丘那麼了。』就好像桑丘是一個隨便的什麼人似的，而早已不是那個已經寫進書裡名揚四海的桑丘，這可是參孫告訴我的，他至少也是薩拉曼加出來的學士啊，這種人是不會胡說八道的，除非是故意或者有某種需要的。

「因此，誰也沒必要跟我過不去，我已經名聲在外了。我家老爺也說了，好名聲勝過家財萬貫啊。你們儘管放心地把那海島交給我吧，就等著瞧好了，當得好侍從就絕對能當得好總督。」

「忠實的桑丘的這席話，」公爵夫人說，「簡直句句都是加圖式的至理名言，至少也像是出自英年早逝的米蓋爾之口。總之，按照你的說法，正是：真人不露相，露相非真人呀。」

「實話講，夫人，」桑丘說，「我從來都是實實在在的，想喝就喝，不想喝的時候，要是有人請我喝，爲了不讓人以爲我假惺惺或者是沒規矩，那麼我也會喝的。朋友要你跟他喝一杯，怎麼說我也不能狠下心來拒絕他吧？不過，儘管我喝但是我從來不貪杯。再者說，我們這些給遊俠騎士當侍從的平時喝的幾乎都是水，因爲總是在曠野、草原、樹林、荒山、石灘之類的地方轉悠，即便是剜出眼珠子來也難得換到一滴酒呀。」

「我相信你說的話，」公爵夫人說，「桑丘啊，我想現在你也該去歇一會兒了，咱們以後有的是時間聊，我們會儘快安排你去上任的。」

桑丘再次親吻了公爵夫人的雙手，並且一再地懇求她費心讓人照看好他的小灰，因爲那小灰就跟他的眼珠子一樣重要。

「這小灰到底是什麼呀？」公爵夫人問道。

「我的毛驢啊，」桑丘說，「我不喜歡總是驢長驢短的叫喚牠，所以就叫牠小灰。剛進城堡的時候，我曾經請求這位傅姆予以關照的，可是最後卻搞得她大爲冒火，就好像我說了她又醜又老似的。其實，傅姆們倒是更應該管管驢呀馬呀什麼的，而不只是做一些點綴客廳的活兒。上帝保佑，我們村裡的紳士可是容不得這種女人！」

「那準是個鄉巴佬，」堂娜羅德利蓋斯說，「如果是個紳士並且還有教養的話，肯定會把她們高高地供起來的。」

「好啦，」公爵夫人說，「不要吵了，堂娜羅德利蓋斯快住嘴吧，桑丘先生也消消氣。小灰的事兒嘛，就交給我啦。既然是桑丘的寶貝兒，那我絕對會放在心坎上的。」

「讓牠待在馬廄裡就行了，」桑丘說，「至於夫人的心坎嘛，怎麼能是牠該待的地方呢，即便是一分一秒也不行，如果是讓夫人費那麼大的心，那我就該受到千刀萬剮了。我家老爺說過，在禮節上，寧可失之於過分而不能失之於不足。說到驢馬嘛，那可就得手裡拿把尺子，得有個分寸了。」

「桑丘，要不然你去上任的時候也帶上牠吧，」公爵夫人說，「到了那兒，你想怎麼伺候牠都行，甚至讓牠什麼不幹都可以。」

「公爵夫人，您也不要覺得這有什麼不可以的，」桑丘說，「我還見過有人帶兩頭驢上任的呢，我如果帶上自己的小灰那也算不得新鮮。」

公爵夫人聽了桑丘這話，又高興地大笑了一陣。她差遣桑丘去休息了之後，自己則把剛才發生的事情全都告訴了公爵。於是，兩個人準備為唐吉訶德策劃安排一場符合騎士小說風格的大玩笑。在那場玩笑中，發生了很多這部偉大傳記裡面最為精彩的事情，這些事情既特別又有趣。

chapter 34

解除魔法的秘訣

公爵和公爵夫人從和唐吉訶德及桑丘的談話中獲得了極大的樂趣。於是他們決定進一步拿他們開心，打定了要拿那主僕二人開點兒類似冒險奇遇之類的玩笑的主意之後，就決定將唐吉訶德所講在蒙德西諾斯洞穴裡的見聞大肆演繹一番。

但是，公爵夫人感到最驚異的還是桑丘的憨傻，杜爾西內婭的著魔明明是他搗的鬼、編的謊，可是到了最後他自己竟然相信了的確是有這事的。就這樣，他們吩咐手下人如何如何行事，準備六天之後帶唐吉訶德去打獵，安排下的扈從及獵手隊伍簡直就跟國王出獵一樣。

他們分別給唐吉訶德和桑丘備下了綠色細呢獵裝。但是，唐吉訶德不是很情願穿那套獵裝，說他第二天還得重新投入艱苦的戎馬生涯中，不可能帶什麼衣櫃或者食品櫃；桑丘倒是收下了，他下定主意一有機會就把它拿去賣掉。

期待很久的日子終於到了。那天，唐吉訶德披甲戴盔，桑丘身著獵裝。但是，桑丘拒不接受人家為他準備的駿馬，卻依舊騎著他的毛驢混跡於獵手們的隊伍中間。

公爵夫人英姿颯爽，不顧公爵的阻攔，唐吉訶德彬彬有禮地替她攬著坐騎的韁繩。他們來到了兩座高山中間的一片樹林裡，然後大家分散開來，分別找好自己的位置和藏身處。獵手們分散開來，相互之間也只能聽見狗吠和號角的聲音。一場圍獵就這麼在喧嘩與叫喊聲中轟轟烈烈地展開了。

公爵夫人從馬上下來，手持鋒利的標槍選定了一個早已清楚常有野豬出沒的地方。公爵和唐吉訶德也跟著下馬，並分別守在了公爵夫人的兩側。

桑丘躲在了他們的背後，卻仍舊坐在驢背上，因為他擔心那牲口會有意外而不敢丟下不管。可是剛剛站穩腳跟，還沒有等眾多的僕役向兩邊散開的時候，就看見一頭巨大的野豬齜牙咧嘴、口吐白沫地朝他們奔來，後邊有一群獵人和獵犬在追趕。

見此情景，唐吉訶德立即挽盾拔劍相迎，公爵也端起長槍舉步向前。不過，要不是被公爵擋住了的話，衝在最前面的本應該是公爵夫人。只有桑丘，一看到那頭凶猛的野豬，就馬上丟下毛驢，撒腿就跑，他原先想要爬到一棵高大的聖櫟樹的頂上去，可是卻怎麼也爬不上去，於是只能抓住一根樹枝，但是也未能如願，爬到半截，伸手抓住一個樹枝，用勁一蹬，真是活該走揹運，樹枝杈斷了，跌下去的時候恰好又被另一個樹枝掛住了，結果就懸在空中落不了地了。

身處這種情境，綠色獵裝破了倒也算了，不過一想到如果那頭可怕的野豬衝到跟前的話，自己可就完了。因此，他就扯起嗓門大呼救命，如果只聞其聲而未見其人的話，大家絕對會認爲他已經落入野獸之口了呢。最後，長有獠牙的野豬終於死在了無數梭鏢和投槍的鋒刃之下。

唐吉訶德早已經從聲音裡知道了是桑丘在喊救命，回頭一看，果真見他頭朝下倒掛在樹上，在這樣的危難時刻，他的毛驢並沒有棄他而去，而是始終守在他的身旁。希德．阿默德說，他很難得有看見桑丘而沒看見那頭毛驢，或者看見到那頭毛驢而沒看見桑丘的機會，由此可見，那人和那驢之間的情義已經到了什麼份上。唐吉訶德走過去把桑丘從樹上解救下來了。最後桑丘終於落地脫了身，可是看到自己的獵裝被撕破了，心疼得要命，因爲他本來還把那看作是一宗家產呢。

這個工夫，人們已經把那頭大野豬抬到了騾子的背上，上面還敷上了很多迷迭香和愛神木的枝葉，像抬著戰利品一樣運到了搭在樹林中間的幾個大帳篷的前面。那裡已經擺好了桌椅和食物，場面之盛大足以顯示主辦者的富有與氣派。桑丘指著衣服上的破洞對公爵夫人說道：

「如果咱們打的只是兔子或小鳥的話，我的衣服絕對不會弄成這個樣子的。我真不理解在那兒等著一頭獠牙足以要人性命的野獸有什麼好玩的。我記得以前聽到過一首古代歌謠，是這麼說的：

希望你成為狗熊的食物，
就跟知名的法維拉一般。

「那個法維拉是哥斯族的國王[61]，」唐吉訶德說，「在一次圍獵的時候被狗熊吃了。」

「我想說的就是這個意思，」桑丘說，「我真不希望王公大員們冒這麼大的危險就是爲了得到這麼一點兒稱不上樂趣的樂趣，因爲在我看來，這不過是殘殺一隻什麼過錯也沒有的活物罷了。」

「這回你說得可不對呀，桑丘，」公爵說道，「圍獵是王宮貴族最適宜而又最不可或缺的一個活動。圍獵這種活動對王公大員們來說比什麼都有益，也有必要。打獵猶如用兵打仗，其中包含了既能保護自己又能克敵制勝的韜略、戰術和決策，裡邊有嚴寒和酷暑的考驗，要經受犧牲空閒和睡眠的煎熬，只有這樣才能增強體力，才能活動腿腳，總之，是一件無害於任何人卻又能令很多人開心的事情。

「尤其是，圍獵並不同於很多別的打獵的方式，不是人人都能幹的，圍獵跟鷹獵一樣，都是王公大員們的專利。因此，桑丘啊，你就真的應該換換你的腦筋吧，等你當了總督之後，也出來打打獵，或許到那時候，你就能領略到它的妙趣了。」

61. 法維拉是貝拉由國王兒子和繼位者，七三九年出獵被熊殺死。

「那不見得吧，我才不要呢，」桑丘說，「好的總督應該是像斷了腿的人一樣待在家裡的[62]。別人有事風風火火地去找他，但是他卻在山上尋歡作樂，那將成什麼體統！衙門裡面還不是要亂套了嗎！依我看，主人，打獵和消遣都是遊手好閒之徒的事，而不該是總督的事。我想要的娛樂就是復活節時打打牌，或者是星期日或節日時打打球，什麼打獵、放鷹呀，我既不喜歡，並且也不忍心那麼做。」

「上帝保佑，桑丘，希望會是這樣的，因爲，說起來容易，做起來難啊。」

「什麼難不難的，」桑丘說，「還得起債的人是不會在乎抵押物的輕重的。要是上帝願意幫忙，那麼不用半夜就起床。肚子吃飽了腳才會有力氣，不是有腳就能吃飽肚子的。我的意思就是說，要是上帝幫忙，並且再加上我竭盡全力的話，我相信我肯定能把領地管得井井有條的。如果不相信的話，請把手指頭伸到我的嘴裡來，看我敢咬不敢咬。」

「該死的桑丘，希望你遭到上帝及其身邊所有聖徒的詛咒！」唐吉訶德說道，「我已經警告你好多幾次了，你什麼時候能夠明明白白地把事說明白呀！要等到哪一天我才能看到你不再摻和這些套話諺語而順順溜溜、規規矩矩地講話呢？尊貴的大人，請您二位別理會那個笨蛋，你們會被他的諺語煩死的，而且絕對不是三兩條，而是三兩千條，只要他有力氣說或者是我想聽的話，他簡直是張口就來。」

62. 桑丘改了諺語：「好女人是斷了腿的，她不出家門。」

「桑丘的諺語，」公爵夫人說，「的確是比希臘院長[63]的還多，然而不能因爲這樣就說這些諺語都是言簡意賅的。反正我是很喜歡的，雖然別人用得可能會更貼切、更對景。」

他們就這樣說說笑笑地走出帳篷進了樹林，看了幾處埋伏地點以後，很快天就黑了。雖然正值仲夏，但是那天的夜色倒不像平常那樣明亮和寧靜，不過，那一絲幽幽的昏暗恰好更有利於公爵夫婦實現自己的陰謀。

也就在晚霞剛落、夜幕初張的時刻，整個樹林的四面八方好像忽然之間變成了一片火的海洋，之後又聽到號角和隆隆戰鼓的聲音此起彼伏、接連不斷，真的好似千軍萬馬開了進來一樣。

火光和喧聲把在場的以及樹林裡所有的人全都弄得眼花繚亂的。之後，便是摩爾人打仗時呼喊的「雷裡裡」聲，喇叭、號角和戰鼓聲混在一起，相信無論是誰聽了都會張惶失措的。公爵驚愕，夫人惶恐，唐吉訶德精神亢奮，桑丘渾身發抖，就連那些深知內情的人們也都啞然失措。

正在人們驚魂未定的時候，一切聲響又戛然而止，這個時候，一個魔鬼裝扮的信使出現在了他們面前。那信使吹著一把空心牛角的大號，聲音低沉又陰森。

「喂，信使兄弟，」公爵說道，「請問你是誰？要到哪兒去？好像有軍隊從此地路過似

63. 艾爾南·奴聶斯·台·古斯曼，希臘學家，所著《卡斯底利亞語諺語與格言》收錄西班牙諺語和格言達三千條之多。

的，那都是些什麼人哪？」

那信使以恐怖的嗓音漫不經心地回答道：

「我是魔鬼，我要去找唐吉訶德。開往這裡的是六支魔法師的大軍，他們用一輛華麗的戰車載來了舉世無雙的杜爾西內婭。她中了邪魔，由英勇的法蘭西騎士蒙德西諾斯陪著，前來向唐吉訶德傳授給那位小姐解除魔法的秘訣。」

「你如果真的像嘴上說的和模樣顯示的那樣是魔鬼的話，想必也早就該認出唐吉訶德了，因爲，他就在你的眼前。」

「憑上帝和良心起誓，」魔鬼說，「我還真的沒有注意。因爲我腦袋裡光想著那些開心的事情了，倒把要辦的正事真的給忘了。」

「我們也不用懷疑了，」桑丘說，「這個魔鬼或許是個好人和好基督徒。要不然的話，他絕對不會憑上帝和良心起誓的。就這次，我算是明白了，就連地獄裡面也是會有好人的。」

不過魔鬼並沒有下馬，只是眼睛望著唐吉訶德說道：

「獅子騎士啊（但願我能看到你落到獅子的爪子之下），儘管落了難卻不失爲勇敢的騎士的蒙德西諾斯打發我來找你，讓我跟你說，請你在我遇到你的地方等他，原因是他帶來了這位人稱杜爾西內婭的小姐，把這位小姐奉命要將爲她解除魔法的秘訣傳授於你。我的使命也就完成了，所以我現在也不用再耽擱了。希望和我一樣的魔鬼都可以爲你助陣，讓善良的天使們來保佑各位先生吧。」

說完以後，魔鬼重又吹起那碩大的號角，掉轉馬頭，沒等回答就走了。所有人這時候全都驚呆了，尤其是桑丘和唐吉訶德。桑丘因爲明明知道沒那麼回事，人家卻說杜爾西內婭中了魔道了；唐吉訶德則因爲就連他本人都還拿不定蒙德西諾斯洞穴裡的事情，到底是真的還是假的。就在唐吉訶德還在琢磨這件事情時，公爵問他道：

「唐吉訶德先生，閣下真的打算等嗎？」

「爲什麼不等呢！」唐吉訶德回答說，「哪怕地獄裡的所有魔鬼都來找我，我也毫無畏懼，巋然不動的。」

「但是如果還得再見剛才那樣的魔鬼、再聽剛才那樣的號角的話，我才不等呢！」桑丘說道。

這時候天色也已經全黑了，樹林裡出現了很多遊移的光點，猶如一顆顆拔地而起、懸空漂浮的流星。與此同時，又聽到一種類似牛車的實心輪子[64]發出的聲音。那種連綿不絕的淒厲聲音，相信哪怕是狼和熊也會被嚇跑的。緊接著又響起了更爲猛烈的喧囂聲，就好像真的在樹林的四邊同時打響了四場激烈的戰鬥一樣。

這邊是炮聲震耳欲聾，那邊是火槍聲音猶如炒豆般劈啪不停，近處是士兵殺聲連天，而遠處又是摩爾人衝鋒的嚎叫。總而言之，喇叭、牛角、海螺、長號、短笛、戰鼓、火槍、大

64. 沒有車輻的圓盤似的木輪子。

炮，外加那恐怖的隆隆車輪，交織在一起，融匯成了混亂並且恐怖的聲濤，就連唐吉訶德都不得不硬打起精神才勉強撐著。

至於桑丘嘛，他早就已經魂飛魄散地昏倒在了公爵夫人的懷裡，於是夫人將他接住並立即叫人往他臉上噴水。桑丘被水噴醒的時候，恰好趕上一輛牛車吱吱嘎嘎地來到了跟前。那輛車由四頭懶洋洋的老牛拉著，牛背上苫著黑色的披毯，每隻角上都綁著根燃著的大蠟燭，車上搭著個高臺，臺上坐著位身穿黑色麻布長衫、雪白的鬍鬚長及腰際的威嚴老者。

此外，由於車上插滿火燭而全都是一目了然的。趕車的是兩個面目猙獰的魔鬼，同樣穿著麻布衣服，桑丘只是瞅了一下就立即閉上了雙眼，不敢再看這兩個模樣醜陋的魔鬼。牛車駛到了他們的面前，那位威嚴的老者從高臺上站了起來大聲說道：

「我是法師李岡鬥。」

接著老者沒再說別的，牛車接著朝前走去。緊接著又過來了一輛同樣的牛車，車的高臺上也坐著一位老人，老人讓車停下來，以和前一位同樣威嚴的語氣說道：

「我是法師阿爾基菲，我和不可捉摸的烏爾甘達[65]是好朋友。」

接著就又走向前去。之後又過來了一輛相同的牛車，只是高臺上坐著的不是跟前面兩位一樣的老人，而是一個面目可憎的彪形大漢。到了面前之後，那大漢也像前面兩位一樣站了

65. 據傳說，烏爾甘達經常變形，所以不可捉摸。

起來，用更爲嘶啞、更爲恐怖的嗓音說道：

「我是魔法師阿爾咖拉烏斯，阿馬狄斯及其整個家族的死敵。」

之後也繼續向前走去。這三輛車也沒走多遠就停了下來，之後也就聽不見車輪發出的那討厭的吱嘎聲。一會兒，又傳來了響動聲，這次可不是噪音，而是輕柔、諧和的樂聲。桑丘立即高興起來，認爲這是個好兆頭，並把自己的想法跟片刻未離其身邊的公爵夫人說了：

「夫人，樂聲繚繞的地方應該是不會有邪祟的。」

「我相信燈火通明之處也是一樣的。」公爵夫人回答道。

桑丘爭辯道：

「有火才有光，火焰會發亮，眼看著現在正有火光朝咱們這邊來呢，指不定會把咱們給燒了呢。但是，音樂總是代表著歡快和喜慶的。」

「咱們就拭目以待吧。」聽到了他們談話的唐吉訶德說道。

他沒有說錯，讀到下一章就清楚了。

chapter 35

出人意料

伴隨著優美的音樂，一輛彩車朝他們開來。那彩車由六頭苫著白布的棕色騾子拉著，每頭騾子的背上都有一個身著白衣的贖罪之人，他們每人手裡都舉著一根燃著的大蠟燭[66]。

那輛車比前面的幾輛還要大兩三倍，此外還有十二個衣白如雪的持燭贖罪之人分列於車的兩旁，中間的高臺上坐著一位仙女。她身穿千層銀紗，紗上又有極小的金箔點綴，即便稱不上華麗，至少也可以說是引人注目。一片薄薄的透明紗巾罩在她的頭上，不但沒能遮住她的容顏，反而更凸顯了她那少女般的嬌豔。通明的燭光在展示她的嬌容的同時，也透露出了她的芳齡，大不過二十，小不過十六。

少女的身旁有個身著長及腳面的皂袍、頭蒙黑巾的人影。那輛車駛到公爵夫婦和唐吉訶德的面前後，最先是笛管戛然而止，接著琴瑟也悄然無聲。

66. 天主教的遊行隊伍中有兩種悔罪者：一種是拿蠟燭，一種是邊走邊痛鞭自己以至流血的。

少女身邊的人影站了起來，他敞開衣襟、摘掉頭布，赫然展現出死神那僅爲枯骨的醜陋面容。唐吉訶德不由得心裡一沉，桑丘大驚失色，公爵夫婦也露出了驚駭的神情。那活生生的死神站在那裡，似睡非睡、似醒非醒，聲音含混地說道：

我是威名見諸史冊的梅爾林，
大家都說魔鬼是我的父親，
（歲月無信，也能夠弄假成真），
作為魔法巫術的巨擘魁首罪魁禍首、
瑣羅亞斯德教真諦的傳人，
我誓與時光時間流年一決高下，
不准其放肆妄為、橫行放霸道，
我對遊俠騎士情有獨鍾、是我的鍾情至愛，
他們的豐功偉業不許消泯忽視。
冷酷、殘暴、凶狠為世人不齒，
如此天性的是那些魔法師，
還有旁門左道的巫術人士，

我生來一副綿軟慈悲心腸，
僅有的毛病即為樂善好施。
在那黯淡無光的地府冥城，
我確實百無聊賴不知所從，
因此便寫寫畫畫聊補虛空，
忽然間，杜爾西內婭的哀歎，
從托波索傳入了我的耳中。

得知那絕色美人中魔、受苦，
由窈窕淑女變為粗野村婦，
我心裡不自覺也為她哀號。
我的靈魂需要負載的軀殼，
臨時把這猙獰的醜物依附。
我對巫術和魔法原本在行，
並且還翻閱了所有的藏書。
我此來是為奉獻良方妙計，
以把那莫大苦難根絕剔除。

你啊，披堅執銳之士的榮耀，
你是那夜空高懸的北斗星，
你是那照耀著旅途的指明燈，
多少有志者效仿你的榜樣，
毅然拋棄仕途升遷的美夢，
拿起了鋒利且重的兵刃，
從此開始行俠仗義的征程。

你啊，智勇雙全的唐吉訶德，
最應受到世人的永恆謳歌競相傳頌，
拉·曼卻因為你而倍感驕傲，
西班牙由於你而增光添彩，
為使杜爾西內婭再現往日舉世無雙的光澤，
一定讓你忠誠的侍從桑丘，
展露出那兩個屁股蛋子，
自己猛抽三千外加三百鞭，

讓他嘗嘗苦頭受點兒折磨。
事成之後，災難自然會消除，
心滿意足當是那些施法者。
我為解難來此地，諸位大人，
到此為止使命已經盡了責。

「這是什麼破方法！」桑丘立即大叫起來，「別說是三千了，對我來說，三鞭子就好比捅三刀一樣。讓這種袪魔的方法見鬼去吧！真不知道我的屁股跟魔法怎麼會有關聯呢。天啊，如果梅爾林先生找不到為杜爾西內婭小姐袪魔的辦法的話，就讓她帶著魔法進墳墓好啦。」

「你這個鄉巴佬，沒教養的東西，我一定不會放過你的，」唐吉訶德說，「我絕對會逮住你，你這個滿身蒜臭的鄉巴佬，把你捆到樹上，然後剝掉你的衣服，讓你跟剛出娘胎的時候一樣，到那個時候，可就不是抽三千三百鞭子了，而是六千六。不要跟我抗爭，我非打得你靈魂出竅不行。」

梅爾林接過話頭說道：

「不要這樣，應該讓善良的桑丘在心甘情願的時候吃鞭子，不能強迫，還得看他自己什麼時候方便，也不能給他限定時間。但是，要是他想把鞭數減半的話，可以由別人代抽，不過可能會加重一些嘍。」

「別人也好、自己也罷，重也好、輕也罷，」桑丘回答說，「全都是不可能的。他的寶貝兒出了毛病憑什麼拿我的屁股出氣，難道杜爾西內婭小姐是我生的、是我養的呀？真正應該挨鞭子的應該是我的東家老爺，只有他才和她連心掛肉呢，整天命啊、魂啊、寶貝兒啊、命根兒啊地掛在嘴上，他才應該爲她挨鞭子、並且更應該盡一切可能的辦法去解除她身上的魔法。但是，讓我挨抽？樹窩捕蟲。」

桑丘剛剛說完，跟隨梅爾林的魂靈一起來的那位滿身金箔的仙女倏地一下子就站了起來。她掀起薄薄的面紗，露出了那讓人看來美得不能再美了的面龐，以男人的架勢和並不十分女人的嗓門衝桑丘喊道：

「噢，你這個倒楣的侍從，愚蠢的傢伙，硬心腸的東西，壞蛋，不要臉的東西，人類的公敵！要是讓你從高塔上縱身跳下，要是讓你生吞十二隻癩蛤蟆、兩條蜥蜴、三條毒蛇，要是讓你用一把恐怖的尖刀殺掉你的老婆和孩子，你嚇成這副德行，並且想要推三阻四的話，倒也罷了。現在也不過就是要挨三千三百鞭子嘛，學校裡收容的最不濟的孤兒估計也沒有哪個月裡還不及這個數的吧。你到時竟然在乎這，但凡有點兒憐憫之心的人聽見了，甚至是後世的人們聽說了，肯定也都會感到奇怪、驚異和氣憤的。

「噢，你這個卑鄙而又心硬的畜生！睜開你的眼睛瞧瞧，我是說，睜開你那雙驚恐不安的夜貓子眼睛，看看我這燦若星辰的眼睛，你會看到成串、成片的淚珠，它們會把我這光潔美麗的臉蛋沖成一道道大大小小的溝溝坎坎。你這個陰險奸詐的魔鬼，可憐可憐我這如花似玉的年華吧，因為我還只有十……只有十九而不滿二十歲呀，現在這如花似玉的年齡正在粗鄙農婦的形容下面凋零枯槁呢，要是說直到現在還保持完好的話，這得歸功於眼前這位梅爾林先生的細心照顧了，以便可以喚起你惜香憐玉的心，我這難過的美貌，恐怕是石頭見了也會變成像棉花一樣軟的，哪怕是猛虎見了也會變得跟綿羊一樣溫順的，因為傷心美人的眼淚足以令峻岩化作棉團、令猛虎化作羔羊。

「趕快，趕快抽打你的屁股蛋子吧，你這頭沒有好好教養的牲口，拿出你那一味貪吃的勁頭來，讓我的細皮嫩肉重新光潤、讓我的柔順性情得以完全恢復、讓我的如花容貌重新再現光彩。要是你對我沒有一點惻隱之心，不想為我做出某種程度的犧牲的話，那你就為你身邊那位可憐的騎士先答應下來吧，我是說你的主人，我看見他的靈魂已經哽在喉嚨裡，恐怕離嘴唇也不遠了，只等你一個冷酷或溫情的回答，或許就會脫口而出也或者會咽回肚裡呢。」

聽到這話，唐吉訶德摸了一下自己的喉頭，之後轉身對公爵說道：

「我的天啊，大人，還真是讓杜爾西內婭說對了，我現在的整個心真的像個弩彈似的卡在嗓子眼這兒呢。」

「桑丘，你看我們應該怎麼辦呢？」公爵夫人問道。

「依我看，夫人，」桑丘回答說，「還是剛才說過的那句話：抽鞭子，樹窩捕蟲絕對不可能。」

「你是想說『恕我不從』了，桑丘，這可從來就不是你的作風呀。」公爵糾正道。

「您別跟我這麼較真兒。大人您就別管我怎麼說了，」桑丘說，「我這會兒沒心思抻著（「斟酌」的訛誤）字眼兒，現在已經把我給攪糊塗了，連我都不清楚自己是在說什麼、做什麼了。不過，我倒是想請問一下周圍的小姐，我是說，我那女主人杜爾西內婭小姐，不知道她是從什麼地方學會這麼求人的，恐怕她是來懇求我把自己打得皮開肉綻的，但是又口口聲聲地罵我鐵石心腸，還說我是個調教不好的畜生，居然還能冒出那麼多的難聽稱謂，鬼才受得了呢。

「難道我沒有長著皮肉？難道我是銅澆鐵鑄的？難道祛魔不祛魔真的就跟我相關聯嗎？她明知道有一句老話叫『有錢的蠢驢腳底能生風』、『重賂之下山自平』、『求天告地不如靠自己』、『到手的東西再少也比空口許諾好[67]』，先不說提一筐乾淨衣服、襯衫、頭巾、襪子之類的東西——儘管我根本就用不著這些玩意兒——來打動我，可是怎麼又可以連聲臭罵呢？

「還有我那東家老爺，本來應該是順著毛捋，盡力討好他，以便讓我變得跟梳過的羊毛、彈過的棉花似的一樣柔順才好，但是你們偏偏要說逮住我、把我剝光衣服捆在樹上加倍地狠抽一頓鞭子。

67. 西班牙諺語。

「二位事主應該想一下，你們要求挨鞭子的人可不只是一個侍從，還是位總督呢，因此，就跟人家說的那樣：總得學著客氣點兒吧。這幫人真該好好學學應該怎樣央求人，學學講禮貌。天有陰晴冷暖，人也不會總是好心情。我的獵裝撕破了，原本氣就不順，他們還來求我，讓我心甘情願地抽自己一頓鞭子，要真說到心甘情願，我倒是想心甘情願稱王稱霸呢。」

「那麼，還是讓我告訴你實情吧，桑丘，我的朋友，」公爵說，「要是你的心不會變得跟熟透了的無花果一樣的話，我看你就別去上任了。我不會給自己的島民們派去一個面對傷心少女的眼淚和德高望重的法師術士的懇求都無動於衷、冷酷無情、鐵石心腸的總督的。因此，桑丘，我看你要麼讓人抽，要麼自己抽，否則就當不成總督。」

「大人，」桑丘回答道，「能不能給我兩天期限，讓我考慮考慮應該怎麼做更好？」

「不行，這樣是絕對不行的，」梅爾林說，「必須立刻在這裡就此作出決斷。杜爾西內婭小姐要麼回到蒙德西諾斯洞穴去當農婦，要麼被送往天堂淨土等著湊足鞭數。」

「喂，忠厚的桑丘，」公爵夫人說，「你應該打起精神來回報唐吉訶德先生對你的恩情吧，我們大家都應該爲他效力、讓他高興，因爲他身分高貴、行俠仗義！桑丘老兄，你就把抽鞭子這事兒答應下來吧。儘快決斷，免得生亂；磨磨蹭蹭，最沒出息了。一切的好心都是能打破厄運的，相信這你是知道的。」

聽了這些話之後，桑丘憤憤地轉而對梅爾林說道：

「梅爾林先生，請您大人告訴我：送信的魔鬼剛才給我的東家捎來了蒙德西諾斯先生的一個口信，讓我家老爺在這裡等著他，他要親自來傳授爲杜爾西內婭小姐解除魔法的秘訣。但是怎麼到現在連蒙德西諾斯的影子都沒見到啊？」

梅爾林回答說：

「桑丘，我的朋友，魔鬼其實是個什麼都不知道的大壞蛋，是我派他來找你的東家的。他傳的是話也就是我的話，跟蒙德西諾斯毫不相干，因爲蒙德西諾斯在自己的洞穴裡忙著呢，準確地說，是只能在那裡等著解除自己所受的魔法，並且還差得遠呢。

「要是他欠了你什麼，或者你跟他有什麼交易往來的話，我這就去把他給你找來，你說想在哪裡見他都行。目前嘛，你儘快把抽鞭子的事情答應下來吧。聽我的吧，對你的靈魂和身體都是大有好處的：對靈魂來說，是做善事；對身體來說，我瞭解你是多血類型的人，放點兒血也沒什麼壞處的。」

「這天底下的醫生也真多，我看連魔法師都成了郎中，」桑丘說，「可是，既然大家都勸我的話，雖然我個人並不信服，可我還是同意抽那三千三百鞭子吧，我有個條件：必須由我自己決定什麼時候抽和抽多少，不要給我規定日子、時間和鞭數。我會努力儘快還了賬的，以便讓世人得見托波索的堂娜杜爾西內婭小姐的美麗容顏，看來跟我想像的真的是不一樣呀，她可能真的是很漂亮。

「另外，還有一個條件，那就是不一定非得把我抽出血來，即便有時候那鞭子抽下去跟轟蒼蠅似的，那也得算數。再有就是，要是我計錯了鞭數，無所不知的梅爾林先生一定要費心記著點兒，是少是多，都要告訴我。」

「多了，這不需要我提醒的，」梅爾林回答說，「鞭數一滿，杜爾西內婭小姐立即就會擺脫魔法，並且親自前來向忠厚的桑丘表示感謝的，甚至還會爲他的善行給予一定的獎賞呢。因此，不必記掛鞭數超過或者是不足，蒼天也不可能容我作假騙人，哪怕是一星半點兒都是不可以的。」

「唉，那就只好聽天由命了！」桑丘說，「那我只能自認倒楣，我是說，就依照說好的條件抽吧。」

桑丘的話音剛落，笛管又重新吹奏了起來，然後再次響起了火槍的射擊聲。唐吉訶德抱住桑丘的脖子，在他的額頭和腮幫子上面不停地親了又親。公爵夫婦和所有在場者無不喜形於色。

騾車重新啓動，美麗的杜爾西內婭衝著公爵夫婦點了點頭，並給桑丘深深地鞠了一躬。

這個時候天已漸明，一片喜氣洋洋的景象，田野間的花草昂首挺立，跳珠濺玉般的溪水在白色和褐色的卵石間低吟著，這個時候，歡快而嬌豔的曙光也已經匆匆而至，數不清的小花傲然挺立於田野之上，清澈的溪水繞過黑白相間的卵石汩汩地朝著遠方的大川奔流而去。

歡欣的大地、晴朗的天空、清新的空氣、寧謐的霞光，無不顯示晴朗明媚的一天踏著黎明的裙裾正在來臨。

公爵夫婦對圍獵的收穫，還有就是巧妙而順利地實現了自己的目的而心滿意足，懷著將這場一定會給他們帶來更大愉快的玩笑繼續開下去的願望，回到了城堡。

chapter 36

三尾裙伯爵夫人

公爵有一個生性詼諧、無所忌諱的管家，正是由他扮演了梅爾林的角色、策劃了前面那一切、寫出了那些詩句並讓一個侍童裝扮成了杜爾西內婭，之後，又跟主人夫婦合謀，設計出了一場讓人意想不到的、最爲巧妙的把戲。

第二天，公爵夫人問桑丘是否已經開始爲杜爾西內婭小姐驅除魔法而鞭打自己了。桑丘回答說當然已經開始了，不過當天夜裡才抽了五下。公爵夫人問是拿什麼抽的，桑丘說是用手掌。

「那是拍，不是抽啊，」公爵夫人說，「那也太輕了，我看梅爾林法師是不會滿意的。老實的桑丘得用鐵蒺藜或粗鞭子抽才行，總要讓自己有所感覺吧。如果要想見效的話，功夫就必須得做足做到啊。若想讓像杜爾西內婭那麼高貴的小姐擺脫魔法，恐怕沒那麼簡單的，也不會是那麼容易的。桑丘，請你記住：好事不到家，做了也是白搭。」

桑丘回答說：

「夫人，那請您給我一條不要太粗的鞭子或繩子吧。我以後就用你給我的繩子打，但是也不能把自己打得太疼。儘管我是個鄉下人，可是皮肉卻軟得跟棉花一樣，並不是硬得像茅草，總不能爲了別人的利益而傷了自己的身子吧。」

「你說的也有道理，找繩子的事好辦，」公爵夫人說，「明天我就找一根適當的鞭子，保證抽到身上就跟撓癢癢差不多。」

桑丘隨後說道：

「我尊貴的夫人啊，我還是跟您大人老實說了吧，我給老婆寫了封信，跟她講了分別之後的各種事情。信就在我懷裡，現在只欠在信封上寫地址了。我想先讓您也看看。我總覺得自己應該寫得像個總督寫的才行。我的意思也就是說，是按照總督寫信應該用的那種方式寫的。」

「那用的是誰的口氣呀？」公爵夫人問。

「小人的唄，除了我還能有誰呢？」桑丘說。

「是你寫的？」公爵夫人問。

「這怎麼可能，」桑丘說，「我又不識字，只會寫自己的名字。」

「那拿過來讓我看看吧，」公爵夫人說，「你肯定在你的信裡已經充分展示了你的才華。」

桑丘從懷裡掏出了一封沒有加封的信，公爵夫人接過去看到是這麼寫的：

桑丘給他妻子的信

要是挨上一頓鞭子，我就可以變成一名像樣的紳士[68]；要是挨上一頓鞭子，我才能當總督，那我就得挨這一頓鞭子。這個事嘛，親愛的泰瑞薩，你一時半會兒是不會理解的，可是你以後肯定會知道的。

跟你說吧，泰瑞薩，我抱定主意絕對要讓你有車可坐，這也是應該的，因為，除了坐車，別的走法都等於是爬，以後你就是總督夫人了，看誰敢在背後說三道四的。現在我就給你捎去一件綠色的獵裝，是高貴的公爵夫人送給我的。你把它給咱們的女兒改成一件連衣裙吧。

聽這裡的人說，我的東家唐吉訶德是一個徹底的瘋子、是個有趣的傻瓜。而我呢，當然一點兒也不會比他差了。我們到過蒙德西諾斯洞穴，法師梅爾林要利用我來給杜爾西內婭——就是咱們那兒的那個阿爾東沙·洛倫索——驅除魔法。如果我抽自己三千三百鞭子（我已經抽了五下）的話，她就會像剛出娘胎的時候一樣，沒有一點事了。

68. 西班牙諺語。

我說你可千萬不要把這事說出去，因為，一旦把自己的隱私暴露的話，肯定就會有人說三道四的[69]。大約過不了幾天我就要去上任了，我很可能會小發上一筆，可是據說所有的新任總督在上任前都有這種想法的。我得先去摸摸底，然後再通知你是不是可以過來找我。小灰挺好的，牠也非常想念你們。即便我當上了土耳其皇帝也不會把牠丟掉的。

我的女施主公爵夫人說她要將你的手吻上一千遍，當然你應該回她兩千遍，我的東家曾經說過，沒有什麼能比禮數周全更便宜更實用的了。上帝沒有像上次一樣再把一個裝有一百艾斯古多的皮箱——就是用鐵鍊捆著的那個——擺到我的面前。但是，親愛的泰瑞薩，你也不必因此難過，待在鐘樓不是沒風險的，當上總督也一塊兒算。不過我現在倒有一個很大的擔憂。

人家都說，一旦嘗到甜頭，我就會跟著吞掉自己的雙手[70]。如果真的是那樣的話，我可就虧大了，即便是缺胳膊短腿的人，依靠乞討也能得不少錢呢。總之，不管是什麼樣的結局，你都肯定會成為富婆的，你都肯定會有福可享的。希望上帝保你安康、讓我永遠為你效力。

69. 西班牙穢褻語，借喻陰私不可告人，是非各有見地。
70. 「跟著吞掉自己的雙手」是西班牙的成語，原指將某種美味的東西吃得精光，也泛指沉溺於某種事情。此處語義雙關，既表達了這個成語的本義，又借用其字面的意思作了後面的發揮。

你的總督丈夫

桑丘

一六一四年七月二十日於公爵府[71]

讀完信後，公爵夫人對桑丘說道：

「我覺得善良的總督在兩件事上有偏差：首先是信上說，這個總督的位置是靠吃鞭子換來的，事實上，吃鞭子本來就是分內之事。他明明知道，並且也無法否認，公爵大人許諾他當總督的時候，還沒有誰想到會吃鞭子的事呢；其次是他在信中顯得有些貪婪，我可不希望他由於這個惹麻煩，因爲貪心會撐破口袋[72]，貪贓的總督絕對會枉法的。」

「我可沒有那個意思，夫人，」桑丘說，「要是您大人認爲這信不合適的話，那我就把它撕掉重寫吧，但是就怕憑我的頭腦可能會越寫越糟的。」

「那倒是用不著，」公爵夫人說，「這樣也挺好的，我想讓公爵也看一下。」

他們說著就去了當天要在那裡吃飯的花園。公爵夫人把桑丘的信遞給了公爵，公爵十分開心。吃晚飯、撤去杯盤以後，公爵夫婦又跟桑丘打趣了好一陣子，忽然聽見遠處傳來了淒

71. 顯然這是作者寫到這裡的日期。

72. 西班牙諺語。

婉的笛鳴和沉悶的鼓點。那朦朧、雄壯而又哀怨悠遠的樂聲令所有的人爲之一驚，尤其是唐吉訶德，他已經開始坐立不安了。至於桑丘，更不用提了，被嚇得躲到了人們常見的避難之處，也就是公爵夫人的身旁裙側。

那聲音的確凄切幽婉。心神不寧的眾人這時候突然發現有兩個人跑進花園來，長長的黑衣服直拖到地上。他們邊走邊敲鼓，鼓上也蒙著黑布，身旁跟著一個吹笛人。這三個人的背後是一個魁梧的大漢。那大漢身上並非穿著而是披著一件下擺十分寬大的黑袍，黑袍外邊紮著黑色的刀帶，刀帶上掛著一把黑柄黑鞘的大彎刀。他的頭上蒙著薄薄的黑紗，透過黑紗隱約能夠看到那雪白飄逸的飄逸長髯，他腳踏著鼓點款款而至，顯得莊重威嚴而又沉穩。

總而言之，那塊頭、那扭擺、那黑色、那儀仗，無不令不知底細的人心悸神慌。他就這樣裝腔作勢地走到已經站了起來的公爵以及其他人的面前，而且雙膝跪到了地上。公爵堅持要他站起來再開口說話。那個神秘的人物站起身來之後便揭去了面紗，立馬露出一叢世人從未見過的如此可怕、如此長、如此白、如此密的鬍鬚，然後就瞪著眼睛看著公爵，用發自那寬大胸腔的威嚴而洪亮的聲音說道：

「至高無上的大人，在下乃是人稱的白髯三短裙，別號悲淒夫人的三擺裙伯爵夫人的侍從，特奉我家主人之命，懇請大人恩准其前來向您陳述遭受到的各種意想不到的不幸之事。但是，家主還是想知道那位驍勇無比、百戰百勝的唐吉訶德是否現在在府上。爲了尋找此人，家主早上起來之後都沒有來得及用膳，就徒步從岡達亞王國趕到了貴地，這件事大概可以被看作是奇蹟，要不就是有魔法暗中相助。家主就在這座城堡門外，未經大人傳喚，不敢徑入。恭請明示。」

那人說完之後就輕咳了一聲，然後又用雙手捋了捋鬍鬚，耐心地在旁邊等著公爵回話。公爵說道：

「忠實的侍從白鬍三短裙啊，很多天以前，我們就聽說了尊貴的三擺裙伯爵夫人遭遇到這個不幸，就是被魔法師們弄得被人稱爲悲淒夫人的不幸病痛。你這個好侍從啊，趕緊去請她進來吧，英勇的騎士唐吉訶德就在這兒。他胸襟寬廣，一定會同意全力保護和幫助夫人的。此外，你還可以轉告你的主人，如有用我之處，我定當全力相救，作爲以救助各類婦女——尤其是像她那樣受到欺凌、悲痛欲絕的寡居傅姆——爲職責的紳士，這是義不容辭的事情。」

聽完這話，三短裙行了一個跪禮，之後向笛手和鼓手示意，讓他們重新演奏過來時的樂曲，並邁著同樣的步伐走出了花園，所有的人對他們的出現都感到驚訝不已。然後公爵轉向唐吉訶德說：

「知名的騎士啊，邪惡和無知的陰雲終究還是遮掩不了意志和道德的光芒的。我之所以會這麼說，是因爲閣下駕臨在下的城堡才不到六天，就已經有人慕名從偏遠的地域追蹤而至，並且沒有乘車輛、騎駱駝，而是忍饑挨餓、徒步跋涉。我想肯定是因爲您的豐功偉績已經傳遍了天下，這些受苦受難的人們才會堅信只有您的堅強臂膀才能夠消除他們的疾苦和危難。」

「公爵大人，」唐吉訶德說，「我很希望那天在飯桌上惡意詆毀遊俠騎士的可愛教士現在也在這裡，讓他親眼看看世界上是否真的需要遊俠騎士。至少也該讓他清楚：生活窘迫，無計可施的人們在遇到災難的時候，絕對不會登門去求告學士文人、村中神父，或者那些從未真正跨出過本鄉本土疆界的紳士，以及只想尋找談資而無意成就可供口傳筆錄的業績的庸官懶吏們。而真正可以救困解厄、護幼慰寡的則只有遊俠騎士。

感謝蒼天讓鄙人幸居此列，因此我願意爲這一光榮事業面對任何危難艱險。就請這位傅姆來吧，不管她有什麼要求，本人都會爲之竭盡臂膀的不擋之力、心頭的無畏之勇。」

chapter 37 悲淒夫人的奇特逸事

看到唐吉訶德完全進了自己精心佈置的陷阱裡了，公爵夫婦真的是喜不自勝。就在這個時候，桑丘說道：

「我可不願意讓這位傅姆干擾了我上任的事情。托雷都有位能言善辯的藥劑師，我曾經聽他說過：只要有傅姆摻和的就準不是什麼好事兒。上帝保佑，看得出來，這位藥劑師對傅姆們可真是夠恨的啦！不過這句話倒是讓我悟出了一個道理：無論什麼地位和出身，所有的傅姆，全部是招人討厭和嫌棄的。這些悲悲切切的，跟這位三尾還是三裙的伯爵夫人一樣的，又會是什麼樣的呢？在我們那裡，擺和裙、裙和擺分明是一碼事兒。」

「桑丘，我的朋友，你就快別說了，」唐吉訶德說，「這位女傭既然不遠萬里的過來找我，我相信決不會是藥劑師說的那類女傭，再說嘛，這位是伯爵夫人，伯爵夫人當傅姆，那麼她服侍的若不是王妃那就是皇后了，而且在自己家裡也是尊貴得很的，手下也會有傅姆的。」

在場的堂娜羅德利蓋斯聽了這話之後說道：

「我家主人公爵夫人手下的傅姆指不定什麼時候一走運也能當上伯爵夫人呢。但是，權勢就是法，誰都不能說傅姆們的壞話，尤其是那些上了年紀而又沒有結過婚的。儘管我不屬於這類，可是卻很清楚地知道那些沒有結過婚的傅姆，要比半路喪夫的傅姆更為優越。對我們這些當傅姆的人說三道四的人，對別人我看也好不到哪去。」

「話可不能這麼說，」桑丘說，「傅姆們身上可說可道的事情那可實在是太多了，但是，照我的那位藥劑師的說法，即便是米飯黏了鍋，也別跟著瞎摻和[73]。」

「那些當侍從的，」堂娜羅德利蓋斯針鋒相對地說，「一直跟我們過不去。他們就跟前廳裡的幽靈似的，眼睛老是盯著我們，一有空閒——當然空閒的時間又多著呢——就在背地裡搗鼓我們，抖摟我們的老底、損壞我們的名聲。

「但是我可要告訴那些榆木疙瘩們[74]，不管你們怎麼看我們不順眼，可是這世界上任何王公府裡都是少不了我們的，雖然我們半饑半飽、雖然我們不得不用修女的黑紗來遮住我們細嫩或不細嫩的皮肉，這就跟逢年過節的時候用簾子遮住見不得人的地方一樣。實話講，要是有機會、有時間的話，我不僅會讓在座的各位，甚至是全世界的人都知道：傅姆身上也有著

73. 西班牙諺語。意思是說「少說為妙」。
74. 指呆笨無能的侍從。

很多美德的。」

「我認爲，」公爵夫人說，「我們的好堂娜羅德利蓋斯說得很有道理。不過，你如果想爲自己和其他女傭辯護，駁斥那個藥劑師惡意中傷的話，我看還是應該另找機會讓她爲自己也爲別的傅姆們好好說道說道，既駁斥了那可恨的藥劑師的胡說，也能消除桑丘大人的偏見。」於是桑丘不服氣地說道：

「自從有了當總督的期待以後，我就已經遠離了侍從的傻氣，才不在乎什麼傅姆不傅姆呢。」

關於傅姆的話題本來還有會繼續下去的，但是就在這個時候他們又重新聽到了笛聲和鼓點。因此，所有人都知道悲淒夫人已經到了。公爵夫人問公爵是否應該前去接駕，因爲她畢竟也是個很有身分的伯爵夫人。

「因爲是伯爵夫人，」桑丘搶在公爵之前說道，「我認爲你們應該出去迎接。不過她又是個普通婦人，因此我又認爲你們根本就用不著挪步。」

「桑丘，這有你說話的份嗎？」唐吉訶德說。

「老爺，你說什麼呢？」桑丘答道，「我怎麼就沒有那個資格了。作爲你的侍從，我早就已經從您老人家這位最懂禮數、最有教養的騎士的學堂裡學到了很多禮數的條法的。我聽大人您說過，在這種事情上，過分和不周都不對。好吧，我還是不說了吧。」

「那就照桑丘說的辦，」公爵說，「我們先看看伯爵夫人的情況吧，之後再定奪應該給以什麼樣的禮儀。」

這個時候，鼓手和笛手已經跟前一次一樣步入了花園。

作者寫到這裡，算是可以告一個小小的段落了，而把這個堪稱本書中最爲精彩的故事之一移到接下來的一章接著講述。

chapter 38

悲淒夫人的不幸遭遇

十二個傅姆排成兩行，跟在那幾個憂傷的吹鼓手身後走進了花園。這些傅姆全部身著像縮絨厚布的肥大修女長衫，頭上的蟬翼紗巾直垂衫緣。

三尾裙伯爵夫人由侍從白髯三短裙攙扶著走了過來。夫人穿的是極其細密的黑色檯面呢，要是用刷子卷刷一下的話，那結成的絨球絕對比瑪律多斯出產的豌豆還大[75]。那裙邊或裙尾都是三岔的，三個都是一身黑色打扮、分別扯著一個裙岔的侍童和三個裙岔的尖角形成了一個清晰的幾何圖形。

所有看到那三岔裙子的人立即悟出「三尾裙伯爵夫人」名字的來由，應該是說「身穿三岔尾裙的伯爵夫人」。貝南黑利確信那是真事兒，他說按他本來的姓氏，應該叫她「狼娜伯爵夫人」，原因是她的領地裡有很多狼，如果有的不是狼而是狐狸的話，她就會被稱作「狐

75. 安達路西亞的一個城，出產豌豆。

娜伯爵夫人」。以領地最常見的某種事物作爲稱謂，是當地人的傳統。這位伯爵夫人因爲覺得自己的裙子更具特色而將「狼娜」改成爲了「三尾裙」。

十二位傅姆和夫人本人款步輕移，傅姆們臉上都蒙著黑紗，但是不像伯爵夫人的黑紗那麼透明，看起來都是很厚實，讓人一點兒也看不到黑紗後面的東西。

傅姆們的佇列剛一出現，公爵、公爵夫人和唐吉訶德以及所有看到她們坦然而入的人們立刻就全都站了起來。

十二位傅姆收住腳步分列兩排，悲凄夫人依舊由三短裙扶著順著傅姆們中間的過道繼續朝前走去。看到這種情景，公爵夫婦和唐吉訶德趕忙迎了上去，也足足走了十多步遠。悲凄夫人雙膝跪在地上，用並非柔弱淒婉而是嘶啞刺耳的嗓音說道：

「各位大人千萬不要對賤奴這麼客氣。突然遭到的意外弄得我腦袋瓜子已經很不靈光了。我越是想讓它靈光，但是越是找不到辦法，以致會傷心到了這種地步，連話都不會說啦。」

「伯爵夫人，」公爵說，「要是誰沒發現您的風雅的話，那才是有眼無珠呢。您的雍容華貴和文質彬彬都是有目共睹的。」

公爵說完就拉著她的手，將她攙扶起來，並請她在公爵夫人身旁的一把椅子上就座，公爵夫人同樣也對她表現出了極大的恭敬。

唐吉訶德一直都沒有吭聲。桑丘倒是一個勁兒地想看看三尾裙和傅姆們的長相，但是卻怎麼也看不到，最後只能等著她們自己主動地揭去面紗了。人們坐好以後全都悶聲不吭，大家都在等著看誰會打破沉默，最後還是悲淒夫人首先開口說道：

「尊貴的先生、美麗的夫人、尊敬的各位，深信奴婢的巨大不幸會在諸位博大至極的胸懷中喚起預期的寬厚且深切的同情。我的痛苦足以令大理石動情，令鑽石傷感，令世界上最冷酷的心牽腸掛肚。不過在向各位陳述之前，我很想知道至誠的騎士唐吉訶德和他的至好侍從桑丘是否在場、在側、在座。」

「那個桑丘，」桑丘搶在別人之前回答道，「就在這裡，那個至誠的唐吉訶德也在。所以至憂至戚的傅姆，您就說出您想說的話吧，我們全部洗耳恭聽。希望為您效力。」

就在這個時候，唐吉訶德站起來對悲淒夫人說道：

「不幸的夫人啊，要是某位遊俠騎士的勇氣和力量有可能令您擺脫痛苦的話，那麼我希望用我的菲薄之力為您效勞。在下就是唐吉訶德，以救弱濟困為天職。既然我們都在，我看夫人您也不必哀聲乞憐、轉彎抹角啦。就請把您的苦難坦白相告，我們聽完以後，即便無能為力，也會樂意與您分憂的。」

聽到這話，悲淒夫人立刻做出想要跪到唐吉訶德腳前的架勢，最後不僅真的跪了下去，而且還一邊抱住他的大腿一邊說道：

「噢，英勇無敵的騎士啊！我跪倒在這雙腳和這雙腿前面，是由於它們是遊俠騎士行當的基石和支柱。我要親吻這雙腳，是因為我是否能脫離苦難完全取決和依賴於它們的步伐。噢，英勇的遊俠啊，您的真實偉業令阿馬狄斯、艾斯普蘭狄安、貝利阿尼斯之流的虛構事蹟望塵莫及、黯然失色。」

她說完就拋下唐吉訶德，轉身過去抓住桑丘的手說：

「噢，還有你，你是古往今來最忠實地爲遊俠騎士效力的侍從，你的優點就跟我身邊的這個隨從三短裙的鬍鬚一樣數不清！你完全可以相信侍奉偉大的唐吉訶德就如同侍奉天下所有摸過刀槍的騎士。我求你發發善心，替我在你的東家面前美言幾句，讓他儘快去解救眼前這位悲慘的伯爵夫人吧。」

桑丘回答她說：

「夫人，說到我的好處就跟您侍從的鬍鬚一樣數不勝數，我並不怎麼在乎這些的。最重要的是在我的靈魂升天的時候，只要能夠保住一個連毛的下巴就行。至於活在塵世的時候鬍子是多是少，那我不太在乎。但是就算您不說這些花言巧語、不苦求哀告，我也會讓我的東家盡可能地幫您助您的。您現在可以把您的痛苦都講出來了，咱們大家都可以好好商量商量的。」

公爵夫婦和一切知道內幕的人差不多全都笑破了肚皮，心裡暗自稱讚三尾裙的機敏和演技。三尾裙重又坐下並說道：

「忒拉玻巴納島[76]和南海之間，距戈莫林海岬兩里地的地方，有一個著名的國家叫岡達

76. 亦名達普羅巴那，即斯里蘭卡的古稱。

亞。國王是阿爾契皮艾拉國王的遺孀堂娜馬袞西婭女王。這對夫婦生育了王國的唯一繼承人安多諾瑪霞公主，這個公主就是在我的呵護與調教下長大成人的。因爲我是她母親最年長的傅姆。

「時光流轉，安多諾瑪霞公主一晃就十四歲了。她現在也是世界上最美麗的人，就連老天也都無法再增一分一毫。不過咱們也不能說才智就無關緊要了。她不僅貌美，也很聰明，主要還是美冠人寰，如果妒忌之神和冷酷的命運還沒有斬斷她的生命之線的話，那麼就算是到現在，那也是無人可及的。

「當然現在是一定不會的，蒼天不會允許塵世出現此類慘劇的，那就等於是從人間最美的藤蔓上摘下那還未成熟的葡萄。無數的王孫公子愛上了這個人，有本地的，也有外國的。其中就有一位京城的男子，自恃貌美有錢、多才多藝，也對公主想入非非。如果各位不嫌煩的話，我還想多說幾句：他彈起琴來如歌如泣，會寫詩，能跳舞，編鳥籠子的手藝十分精湛，如果無路可走的時候，就可以以此爲生。

「他的這些乖巧足夠征服一座大山，更不用說是一個柔弱少女了。但是那個沒臉沒皮的壞蛋，如果不是變著法兒地先把我給算計了，依靠他的風流倜儻和聰明才智根本就不會攻破我公主的那個堡壘的。這個心術不正的傢伙首先想打通我這一關，博得我的歡心，好讓我這個糊塗的看門人把我看守的這座堡壘的鑰匙交給他。總之，最後我也不知道他用的什麼小恩小惠弄得我迷迷糊糊、任他擺佈了。但是最令我折服並最後把我打倒的是，一天夜裡我從小街的窗口上聽到他唱的小曲，如果沒有記錯的話，那小曲是這麼說的：

分明是冤家卻又放不下，
把我的心啊苦苦地掙扎，
這份痛苦令我備受煎熬，
卻又甘心情願受此懲罰[77]。

「我覺得真是字字珠璣、聲似蜂蜜。從那之後，我就被這類似的小曲給坑害了。因此，我認爲，應該跟柏拉圖建議的一樣，國泰民安的地方就應該把詩人們全都轟走才行，至少是那些放浪不羈的。因爲他們寫出來的不是像曼圖阿侯爵筆下的那種能讓孩子和女人動情和落淚的歌謠，就是一些花言巧語，就跟軟刀子一般刺穿你的靈魂，或者跟閃電一樣，儘管並沒損害人的衣服，卻已經傷害了人的靈魂。還有一次他唱道：

來吧，死神，只是不要搞出聲音，
切忌讓我覺察得到你的蒞臨，

77. 作者翻譯十五世紀義大利詩人阿基拉諾的詩。

不要讓死亡時刻的莫大歡樂，
引起我那對生命的眷戀之心[78]。

「類似的小曲調，歌聲令人心曠神怡，歌詞令人如癡如醉。只要他們屈尊寫出一首當時在岡達亞流行的所謂短歌的話，那麼結局又會是什麼樣呢？絕對會搞得人們心旌搖曳、喜笑顏開、渾身躁動、六神無主。所以各位大人，我認爲應該把那些準確地說是吟詩唱曲的人全部都發配到蜥蜴島[79]上去。

「反過來說呢，他們也沒有什麼過錯，錯就錯在那些仰慕他們的笨男傻女上了。要是我是個本本分分的傅姆的話，也就不可能會被他們的那些陳詞濫調所打動，也就不會真的相信他們的歌呀曲呀裡長篇大論的『我跟死人一般活著、我在冰團裡燃燒、我在烈火中戰慄、我在無望中期待、我離開就是留下』之類的荒謬言論。

「當他們信誓旦旦地許諾阿拉伯的鳳凰、阿利阿德納[80]的冠冕、太陽神的寶馬、南海的珍珠、鐵巴河裡的黃金和潘加亞的香料的時候，又會怎樣呢？這也恰是他們不吝筆墨的地方。反正是空口說白話，他們從來沒想過、也根本沒法兌現過。

78. 西班牙軍官艾斯克利馬所作，曾風行一時。
79. 指托爾給瑪達《奇花圃》裡流放罪犯的島。
80. 阿利阿德納，希臘神話中克里特國王米諾斯的女兒，曾用線團幫助忒修斯逃出迷宮。

「我現在這是說到哪兒去了呀？自己有一大堆毛病，怎麼居然會發瘋或無聊到開始數落起別人的不是來了呢？我這個人真是糟糕，那些詩並不能征服我，倒是我自己的單純征服了我。那些音樂並沒能打動我的心，倒是我自己的輕浮動搖了我。我的過分愚昧和缺乏警覺為堂克拉維霍——這就是那位貴族的名字——的緊逼打開了道路、掃清了障礙。

「我就這樣倒成了橋樑，而他就一次又一次進入了實際上是被我而不是被他騙了的安多諾瑪霞的閨房。當然是在承諾做她的丈夫之後，要是不答應娶她，我就算再不濟也不會讓他挨近她的鞋底邊的。不會的，不會的，一定不會的。我要管這種事，他們不管怎樣也得結婚！

「只不過這一次有了麻煩，那就是門不當戶不對：堂克拉維霍是個普通騎士，而安多諾瑪霞公主卻是王位繼承人。由於我的巧妙安排，這段苟且之情得以隱瞞了一段日子。

「可是後來安多諾瑪霞的肚子不知怎麼逐漸大了起來，我覺得再那樣繼續下去的話，早晚都會暴露的。這種擔心迫使我們三個人經過商量以後做出了一個決定：堂克拉維霍必須趕在醜聞播揚之前，去找神父表示要娶安多諾瑪霞為妻。為此我還花費心機幫公主準備了一份宣告願意下嫁的聲明，那文件天衣無縫，即便是參孫也無力把它推翻。之後就依計而行了，神父看到那份聲明、為公主做了懺悔，公主直言不諱，神父讓她先躲在宮廷衛士的家中……」

這時候，桑丘忍不住插話進來：

「原來在岡達亞也有宮廷衛士，也有詩人和短歌啊？那麼我敢打賭，天下全都一個樣。不過三尾裙夫人，請您快點兒說吧。天也不早了，我們真想儘快知道這個沒完沒了的故事的結局呢。」

「立馬就完了。」伯爵夫人說。

chapter 39 可怕劫難

只要桑丘一開口，公爵夫人就很喜歡聽。但是唐吉訶德卻氣得不行，命令他趕快閉嘴。悲淒夫人接著講道：「總之，經過反覆盤問以後，鑒於公主主意已定、想法始終不變。神父支持了堂克拉維霍的請求，判定公主爲他的合法妻子。但是安多諾瑪霞公主的母親堂娜瑪袞西婭女王卻氣得要死，沒過三天她就死了，所以就把她給埋了。」

「她肯定是被氣死的。」桑丘說。

「那是當然！」三尾裙回答說，「在岡達亞是不埋活人只埋死人的。」

「侍從先生，」桑丘反駁道，「以前也有過暈過去的人被當成死人埋掉的事情。我認爲堂娜瑪袞西婭女王可能是暈過去了，並不是死了。因爲只要人活著就什麼都好辦。公主的事情也不會出格到讓她那麼傷心的地步。要是公主嫁給了身邊的侍童或者家裡的僕人，我聽說這樣的女人也多著呢，那倒是真的糟糕透了。但是她嫁的是您剛才所說的那麼一個儀表堂堂、通情達理的騎士。儘管的確有點兒傻，但是並沒有想像的那麼嚴重。

「按照我主人的規定，他就在身旁，從來不准我說謊，既然文人雅士能成爲主教，那麼騎士，尤其是遊俠騎士，就完全能成爲國王和皇帝。」

「桑丘你說得很對，」唐吉訶德說，「因爲一位遊俠騎士，只要是有一點運氣，就絕對有可能成爲最大的世界霸主的。不過還是請憂戚夫人接著講下去。我猜測她就要講到這個直到現在依舊甜蜜的故事的苦澀之處了。」

「何止是苦澀！」伯爵夫人說，「相比之下，苦瓜都是甜的，黃蓮都能稱得上美味。女王死後我們把她安葬了。我們剛培完土、最後一次請她『安息』，突然巨人瑪朗布魯諾騎著木馬出現在女王的墳上。

「這個瑪朗布魯諾是堂娜瑪袞西婭的堂兄，他不僅殘暴，而且還會魔法。爲了給堂妹報仇，他施了魔法，把安多諾瑪霞變成了一隻銅猴、把堂克拉維霍變成了一條不知什麼金屬的可怕鱷魚定在了陵墓之上，來教訓前者的放蕩，懲罰後者的放肆，還在他們倆中間豎起了一根同樣是金屬的柱子，柱子上面刻有敘利亞語的銘文。

「那銘文先是翻譯成了岡達亞語，現在也譯成了卡斯底利亞語。說的是：『命運之神把這亙古未聞的奇蹟留待大智大勇者來實現，直到那位驍勇的拉・曼卻人前來同我決一死戰的時候，這對大膽放肆的情人才能再現原身。』

「隨後，那巨人從鞘裡拔出一把又寬又大的彎刀，接著就拽住我的頭髮，擺出要抹我的脖子並把我的腦袋削下來的陣勢。當時我實在是被嚇壞了，說不出話來，甚至是絕望至極。但是我還是拚命掙扎著，結結巴巴地跟他說這說那，讓他最終沒有下毒手。

「最後他讓人把宮中所有的傅姆叫了來，先是大肆數落了一通我們的不是，並且斥罵我們這些傅姆身分低賤、用心歹毒、手段陰險，然後把我一個人的過錯歸罪於所有的傅姆身上。

「他說他不想立馬殺掉我們，他要慢慢地折磨我們，讓我們生不如死。他剛說完這句話，我們就覺得臉上的毛孔都張開了，整張臉就像被針扎了一樣，用手一摸，才發現自己已經變成了現在這個模樣。」

悲淒夫人說完就和其他傅姆們一起揭開了蒙在臉上的紗巾，露出了一張張長滿黃的、黑的、白的、灰的鬍鬚的臉。

看到這個場景，公爵夫婦瞠目結舌，唐吉訶德和桑丘也驚詫不已，其他人也都目瞪口呆的。三尾裙接著說道：

「那個無恥而陰險的瑪朗布魯諾，就用這種讓我們白皙嬌嫩的臉上長出粗硬豬毛的方法嚴懲了我們。上天啊，我真是寧願他揮起刀來砍掉我們的腦袋，也不希望他用這團髒毛來糟踐我們的光鮮容顏。

「每當想到這場劫難的時候，我們都是淚如泉湧，到現在我們的眼睛也已經跟乾涸的荒灘一樣，欲哭無淚了。想想看吧，長著鬍子的傅姆能有地方可去嗎？哪個父母會爲她動惻隱之心呢？以前她的臉細滑柔嫩，還塗了許多香脂，尚且沒有人很愛她，現在她滿臉鬍鬚，又能怎麼辦呢？我的女僕夥伴們啊，咱們真是生不逢時啊，父母孕育咱們的時候也沒有選對鐘點呀！」

她說到這裡，露出了明顯想要暈倒的樣子。

chapter 40 同這樁奇遇相關的事

我覺得所有喜歡這一類故事的人確實應該認真地感謝它的原作者熙德．阿默德，因爲他不厭其煩地給我們講述了其中的每個細節。真可謂是事無巨細：詳記所思，記述所想，揭露隱情，解開疑惑。

總之，所有有趣之處滴水不漏。

啊，出類拔萃的作家！啊，生逢吉時的唐吉訶德！啊，名冠天下的杜爾西內婭！啊，幽默風趣的桑丘！所有這些人都將千秋萬代地給生活帶來笑談。

據那部傳記講，看到悲淒夫人昏了過去，桑丘就說道：

「我依據一個正直的人的信仰，以潘沙家族一切前輩祖宗的名譽發誓，我從來沒有聽說和見到過這種奇事兒。我家老爺也從未跟我提起過，恐怕他也沒有見到過。

「瑪朗布魯諾啊，我不是罵你，作爲魔法師和巨人，你就真的抵得上一千個撒旦。你難道就想不出一個比讓這些罪孽深重的女人長鬍子更好的辦法來懲治她們？哪怕是切掉她們的上半截鼻子，這樣雖然她們講話會有點兒囔聲囔氣，但總比讓她們長鬍子更好吧？我敢保證，她們連剃鬍鬚的錢都沒有。」

「是這樣的，」十二個陪同傅姆中有人應聲說道，「我們沒錢請人刮鬍子，因此爲了省錢，我們中間有人找來膏藥或者膠布貼到臉上，然後猛然一撕，那臉蛋就變得跟石臼底兒一樣乾淨和光溜了[81]。在岡達亞倒是有走街串巷專爲女人淨面修眉、施朱傅粉的婦人。可是我們這些給主人當傅姆的不跟她們來往，由於她們大多都是先有過不端的行爲，之後又攛掇別人不守婦道的。如果唐吉訶德先生不想搭救的話，我們就只能帶著鬍子進墳墓了。」

「我如果幫不了你們，」唐吉訶德說，「我就學摩爾人拽光自己的鬍子[82]。」

這時候三尾裙從昏迷中甦醒了過來，因此說道：

「英勇的騎士啊，這鏗鏘的誓言灌入我的耳中，把我從昏迷中喚醒，也讓我恢復了知覺。因此我再一次懇求您，不凡的遊俠、英勇的好漢啊，儘快把那慷慨的諾言付諸行動吧。」

「我倒是沒什麼問題，」唐吉訶德說，「夫人，您說我應該做些什麼吧。我已經做好爲您效勞的準備了。」

81. 當時西班牙女人用這種方法去掉臉上的汗毛。
82. 摩爾人遇到傷心事就揪自己的鬍子。

「現在的情況是，」悲淒夫人說道，「從這裡去岡達亞國，走陸路是五千里，上下差不了兩里；走空中，由於是直線，是三千二百二十七里。瑪朗布魯諾告訴過我，如果我有幸找到救星騎士的話，他會派來一匹絕佳的坐騎，跟出租的牲口那麼刁鑽，因爲一定就是勇敢的庇艾瑞斯用來馱走搶來的美人瑪加隆娜的那匹木馬。那匹木馬用裝在腦門上的一個控制栓銷替代了轡繩。飛在空中的敏捷勁兒簡直就跟有魔鬼在下面托著一樣。

「據說，這匹木馬是由法師梅爾林造出來的，後來借給了他的朋友庇艾瑞斯。庇艾瑞斯騎著它去過很多地方，靠它搶到了美麗的瑪加隆娜。他把她放在木馬的屁股上從天上飛過，地上看到了他們的人無不驚得呆若木雞。梅爾林只把那匹木馬借給自己喜歡或者能夠給予很高回報的人，我們不清楚從庇艾瑞斯以後還有誰騎過它。

「瑪朗布魯諾用計謀將它弄到了自己的手裡，而且騎著它隨心所欲地四處亂飛。今天在這裡、明天在法蘭西、後天又到了波多西。這匹馬的優點就是可以不吃、不睡，不用釘掌，沒有翅膀，但可以在天上飛行，並且還可以飛得十分平穩，騎在它的背上的人，即便端著一滿杯水，也不會潑灑出一星半點，所以美人瑪加隆娜騎著它十分高興。」

桑丘接過她的話說道：

「如果說走得穩，還得數我那頭驢。不過就是上不了天，但是在地上，我敢拿牠跟世界上的任何牲口比試。」

人們大笑起來，悲淒夫人接著說道：

「如果瑪朗布魯諾希望結束我們的苦難。天黑以後，用不了半個鐘頭就會來到咱們跟前，因爲他跟我說過，我可以把他很痛快地把馬送來，當作是已經找到了要找的騎士的信號。」

「那馬能載幾個人？」桑丘問。

悲淒夫人回答道：

「兩個人，一個騎在馬鞍上，另一人騎在鞍後。如果不是遇到有搶來的美女的情況，那兩個位置大多都是騎士和侍從坐的。」

「悲戚夫人，」桑丘說，「我想知道那匹馬叫什麼名字。」

「至於名字嘛，」那傅姆說，「不是雷羅封德[83]的貝伽索，也不是亞歷山大大帝的布賽法洛，更不會是瘋狂的奧爾多的布利利亞多羅，也不是蒙答爾班的瑞那爾多斯的坐騎貝亞爾德，不是汝黑羅的弗隆悌諾，還不是太陽神的那據說叫作博特斯和貝利托阿的神駒，更不是不幸的戈斯族末代君主羅德利果騎上沙場並丟了性命和王國的奧瑞利亞。」

「我敢打賭，」桑丘說，「既然這麼多名馬的響亮名字它都不用，也就不可能讓它叫我家老爺的坐騎的名字駑騂難得了。原因是這個名字比前面所有的名字都更爲貼切。」

「確實如此，」鬍子伯爵夫人說道，「但是這匹馬的名字也起得很恰當，因爲它叫如飛．可賴木捩扭，表明它是腦門上有栓銷、輕巧快捷的木馬。因此這個名字完全可以跟駑騂難得

83. 希臘神話中的英雄，曾經馴服從墨杜薩的血中生出的雙翼飛馬珀伽索斯當作自己的坐騎。

媲美。」

「這名字倒還不錯，」桑丘說，「但是它用什麼當轡繩或籠頭呢？」

「我說過了，」三尾裙說，「是一個栓銷，騎手向不同的方向扳動這個栓銷，就能隨心所欲，可以騰上雲端，可以掠地而馳，也可以淩空飛翔，而這最後一種是最好的，也是做正事時應該採用的。」

「我倒想看看這匹馬，」桑丘說，「但是，要想讓我騎在它的鞍子上或屁股上去，那就別指望了。就連我的小灰，我也只是勉強騎得，並且還有一個比絲絨都柔軟的鞍墊呢。這會兒居然想讓我們坐在任何墊子都沒有的木頭板子的馬屁股上去。算了吧，我可不想爲了除掉別人的鬍鬚自找苦吃，自己的鬍子還是自己去管吧。這可和我家杜爾西內婭小姐祛魔不一樣。」

「你應該把這當回事兒，」三尾裙說，「只有這樣不可，我倒是覺得如果沒有你，什麼事兒也會辦不成的。」

「幫幫忙吧！」桑丘說，「主人征險跟侍從有什麼相干呀？他們征險成功，獲得美名，卻讓我們去吃苦受罪，這像什麼話！算了吧！史學家們絕對不可能說：『某騎士全靠他侍從某某的幫忙，完成了什麼什麼事……』，相反，他們只會輕描淡寫：『三星騎士巴拉利博梅儂降服了六個妖怪。』提都不提跟他寸步不離的侍從，就跟世界上根本就不存在那個人一樣。現在各位大人，我再說一遍，叫我家老爺一個人去行了，預祝他馬到成功。我要留在這裡陪我的後臺公爵夫人。可能等到他回來的時候，杜爾西內婭小姐的事情就已經大有進展了，因爲我打算抽空抽自己一頓鞭子，打得渾身傷疤，再也長不出一根汗毛。」

「好桑丘，假使有必要，你還是陪你的主人去吧。大家會哀求你的，這些夫人不能由於你的無謂憂慮而永遠都這樣滿臉鬍子的啊，這就不太好了。」

「再一次懇請你們幫忙啦！」桑丘說，「如果是爲了拯救被囚閨秀或者失怙孤女，男子漢理當不惜代價。但是讓他爲消除幾個傅姆的鬍子而吃苦，這算怎麼一回事啊！我倒是情願看著她們一個個滿臉鬍子，無論她年長年幼、皮嫩皮老的。」

「桑丘，你對傅姆有偏見，」公爵夫人說，「你太偏信藥劑師的話了。你絕對錯了，我們家的女僕可以說是女僕的楷模，我家裡就有堪稱傅姆楷模的傅姆，我的傅姆堂娜羅德利蓋斯就是無可挑剔的。」

「夫人說得還不完全，」堂娜羅德利蓋斯說，「上天明鑒，無論是好是壞、有鬍子沒鬍子，我們這些當傅姆的人也跟別的女人一樣都是從娘胎裡出來的、都是上帝差遣到這人間來的。上帝清楚讓我們來幹什麼，我只知道上帝慈悲爲懷，不管別人的鬍子。」

「別說了，堂娜羅德利蓋斯太太，」唐吉訶德說，「三擺裙夫人和陪同前來的各位，我相信老天會憐憫各位的不幸。桑丘聽我的吩咐，可賴木捩扭一到，我就去會會瑪朗布魯諾。我堅信我的劍削掉瑪朗布魯諾的腦袋會比用刀刮去各位的鬍鬚還要簡單。上帝容忍壞人，但絕不會永遠任其作惡。」

「唉！」悲淒夫人這時候插言說道，「無畏的騎士啊，希望所有天上的星星都能睜開慧眼看看您老人家，並且讓您慨然挺身做我們這些忍辱負重、遭藥劑師嫌棄、被侍從詆毀和受侍童揶揄的傅姆們的後盾和護衛。沒有趁著豆蔻年華去做修女、而當了傅姆的女人真是打錯了算盤。

「我們這些倒楣的傅姆們，儘管從父系血緣一直可以追溯至特洛伊的赫克托耳，女主人們還不是個個都跟女王似的對我們呼來喚去。啊，巨人瑪朗布魯諾啊，你雖然是個魔法師，卻是十分恪守諾言的！儘快把那絕無僅有的可賴木捩扭派給我們吧，以便讓我們的災殃儘快結束。如果等到天熱之後，我們還不能除去這鬍鬚，那可讓人怎麼受得了啊！」

三擺裙說得如此動情，讓所有在場的人全都落淚了，連桑丘也熱淚盈眶，他暗想，若能為這群老太太除去臉龐上的絨毛鬚，即便陪主人走到天涯海角，他也心甘情願。

chapter 41

結束這段沒完沒了的故事

此時天色已暗，的確到了名馬可賴木捩扭應該出場的時候，瑪朗布魯諾卻遲遲不肯把馬送來，唐吉訶德已經等得不耐煩，生怕上天並沒有選定自己去完成這件大事，或者就是那傢伙不敢和自己決一死戰。恰好這時，四個身披翠綠藤蘿的野人扛著一匹巨大的木馬忽然闖進了花園。他們把那木馬放在了地上，其中的一個說道：

「哪位騎士有膽量，就請他騎上去吧。」

「這個嘛，」桑丘說，「反正我不騎，我沒那個膽兒，也不是騎士。」

那野人繼續說道：

「要是這位騎士有侍從，就讓他的侍從騎到馬屁股上吧。應該相信大無畏的瑪朗布魯諾，他只是用劍，沒用別的東西和詭計傷人。只需轉動一下脖子上的栓銷，這匹馬就會把你們從空中馱到瑪朗布魯諾那裡去。可是，得把你們的眼睛蒙上，免得會頭暈，等聽見馬嘶，就是到達地頭的信號，到那時才能睜眼。」

幾個野人交代完了以後，就丟下可賴木捩扭，慢步從原路退了出去。悲淒夫人看到那木馬差一點掉下眼淚，就對唐吉訶德說道：

「勇敢的騎士啊，瑪朗布魯諾兌現了自己的承諾：木馬已經在這裡了，我的鬍鬚還在長長，我們每個人爲自己的每一根鬍鬚懇請您幫助我們徹底除掉吧，這也沒有多大麻煩，只要你帶著侍從，騎上木馬，趕緊上路。」

「三擺裙伯爵夫人，本人十分樂意從命。爲了不再耽擱，我就連坐墊也不要、馬刺也不戴了。夫人，我真希望能立刻看到您和所有這些傅姆都能皮光面淨。」

「我可不去，」桑丘說，「順著我也罷，逼著我也罷，反正我絕對不幹。如果我不爬到那馬屁股上去，這些夫人們的毛就去不掉，我家老爺完全可以另找一個侍從，這些太太們也可以另找一個除毛的辦法。我不是巫師，不喜歡在天空飛行。我的島民們知道自己的總督在天上飛來飛去，又會怎麼說呢？還有，從這裡到岡達亞有三千多哩瓦，如果這馬累了或者那巨人惱了，我們就得花上五六年的時間才能返回來。到那個時候，實際上也早就不可能有什麼海島河島等著我了。常言道，『拖拖延延，就有危險』；又說，『如果給你一頭小黃牛，快拿了栓牛的繩子趕去』。請各位太太的鬍鬚多多包涵吧，『聖貝德羅在羅馬過得很好』[84]。我在這

84. 三句西班牙諺語。

爵爺府裡過得很滋潤，受到種種厚待。我還指望著主人賞給我一個總督職位呢。」

公爵接過話頭說道：

「桑丘，我的朋友，我許諾給你的海島跑不了、溜不掉。它的根紮得很深，一直紮在了地底深處，即使費盡了力氣也拔不出來。你很清楚，若想得到任何一個如此重要的職位，或多或少都會付出一些代價。這個職位要求的代價就是你必須陪同你的主子唐吉訶德完成這項值得紀念的事業。你會乘著迅疾的可賴木捩扭很快回來。要是你走了揹運，流浪在外，那就只好一路上住著客店步行回來。反正你回來後，肯定會看到你留下的海島依舊在原地沒動，看到你的島民仍舊會把你當作他們的總督來歡迎，我也不會改變初衷。你就別對此有所懷疑了，桑丘先生，不然你就是辜負了我的一片厚意。」

「不要再說了，老爺，」桑丘說道，「我只是一個微不足道的侍從，承受不起這麼大的面子。讓我的東家上馬吧；也趕緊給我蒙上眼睛，替我請求上帝保佑[85]。等飛上天的時候，還能禱告上帝或天使救護嗎？」

三擺裙應聲說道：

「桑丘，你完全可以懇請上帝或者別的什麼人保佑。瑪朗布魯諾儘管是個魔法師，但也是個基督徒，施法的時候總是十分小心謹慎，誰也不得罪。」

85. 桑丘怕禱告上帝或天神會破掉魔法，使他從空中栽下來。

「那好，」桑丘說，「就讓加埃塔的聖父、聖子和聖靈一起來護佑我吧。」

「自從那難忘的捶布機事件起，」唐吉訶德說，「我還從來沒見過桑丘像現在這麼畏懼過。要是我也跟其他人一樣迷信，他這麼怯懦就使我也洩氣了。算了，你過來，桑丘，如果在場各位不見怪，我想單獨跟你聊兩句話。」

他說完就把桑丘帶到花園的樹叢裡，拉起他的雙手說道：「桑丘老弟，你已經清楚了，這一次咱們要去的地方很遠，天知道什麼時候才能回來，承擔了那件事還會有什麼閒工夫，那只有上帝知道了。因此我要你裝作去拿路上所需要的東西，回到房間去費一點點功夫，三下五除二痛痛快快地抽自己一頓鞭子，一共是三千三百下，至少是先抽五百，你反正總得打呀。凡事都是『著手一幹，完事一半』。」

「天哪，」桑丘說，「您可能又犯糊塗了，這簡直就像人們常說的『看著我懷孕了，還指望我是個處女』。我眼看著就得坐到硬木板上，您難道還想讓我打爛自己的屁股？大人您可真是不講道理。咱們現在還是去幫這些傅姆除毛吧。我以自己的身分答應您，回來之後立馬還清這筆債務，讓您滿意。別的我就不多說了。」

唐吉訶德說道：

「有了你的保證，我也就放心了。我相信你會說話算話的。因為說到底，你這人傻雖傻，卻是又忠友信的。」

「我不是又棕又青,[86]」桑丘說,「我是黑蒼蒼的。不過即使我是雜色的,我也說到做到。」

主僕二人說完就轉身回來準備上馬。在爬上可賴木捩扭之前,唐吉訶德說道:

「快蒙住眼睛上來吧,桑丘。人家從那麼遙遠的地方把馬派來,是不可能騙咱們。叫老實人上當是不光彩的。即便是我估計錯了,任何詭計也遮掩不了投身於這一偉大事業的榮耀。」

「走吧,老爺,」桑丘說,「這幾位太太的鬍鬚和眼淚的確讓我不能安心,不看到她們一個個臉上光潔如初,我連飯都吃不下。上木馬吧,老爺,您先蒙上眼睛上馬吧。反正我坐在屁股上,自然是坐鞍子的應該先上嘍。」

「這倒是。」唐吉訶德說。

唐吉訶德說著從衣服口袋裡掏出了一塊手帕,並求悲淒夫人把他的眼睛蒙好。可是蒙好以後,又把手絹扯開道:

「如果沒有記錯的話,我記得曾經在維吉爾的著作中讀到過有關希臘人送給巴拉斯[87]女神的木馬特洛伊的巴拉迪翁[88]的故事。木馬肚子裡面藏滿了全副武裝的騎士,最後那些騎士毀滅了特洛伊城。因此最好還是先看看可賴木捩扭的肚子裡是否也藏著什麼。」

86.唐吉訶德說桑丘可信,桑丘聽錯了,以為說他是青的。

87.希臘神話中海神特里同的女兒,後來被宙斯的女兒、智慧女神、雅典城的保護神雅典娜錯殺。雅典娜為紀念巴拉斯而自稱巴拉斯或巴拉斯.雅典娜。此處即指雅典娜。

88.巴拉迪翁是希臘宗教裡保存在特洛伊的城堡中的巴拉斯木雕神像,而不是木馬,唐吉訶德明顯還是記錯了。

「沒有那個必要，」悲淒夫人說，「我可以保證，因爲我知道瑪朗布魯諾不是那種陰險狡詐的人。唐吉訶德先生，您大人就放心大膽地騎上去吧，出了事由我當災。」

唐吉訶德認爲提出任何有關安全的要求都有損於他的勇氣，也就不再說話，爬上了可賴木捩扭，然後伸手摸了摸栓銷，倒還靈便。由於沒有腳鐙，他那兩腿懸空的樣子很像是畫在或織在弗蘭德斯[89]帷幔上的羅馬凱旋圖中的人物。

桑丘很不情願，一步一挨地跟過去騎在鞍後。他盡可能地想要坐得舒服一些，覺得這個木馬的屁股沒一點溫軟，實在太硬了，於是就問公爵能不能從公爵夫人的客堂裡或哪個小廝的床上拿個靠墊或枕頭給他用用，因爲那馬屁股不像是木頭，而像是石板。

三擺裙回答他說，可賴木捩扭容不得任何鋪墊的東西，他唯一能做的就是跟個女人似的側著身子坐在那兒，這樣可能就不會覺得那麼硬了。桑丘調整好了坐姿，說了聲再見，之後就任由人家幫他蒙起了眼睛。但是剛剛蒙好，他就又重新解開，戀戀不捨地含淚凝視著花園裡的所有人，請求大家用天主經和聖母經爲他壯行，因爲一旦有難，上帝就會叫人家爲他們念經。

唐吉訶德呵斥他道：

「你這個賊骨頭，你難道是要上斷頭臺，或者是快要咽氣了，居然如此祈求禱告？如

89. 古國名，包括現在的比利時、荷蘭南部、法國北部。

果史書沒有瞎說，你可是坐在瑪加隆娜坐過的地方啊，她從那下來以後，不是進墳墓，卻是做了法蘭西的王后。而我就在你的邊上，胯下的這個地方正是英勇的庇艾瑞斯坐過的。難道我就不會跟他一樣走運嗎？趕緊蒙上眼睛吧，你這個沒出息的東西，即使害怕也不要說出來啊，至少是不要當著我的面說。」

「那就給我蒙上吧，」桑丘說，「既然不想讓我祈求上帝，又不想讓別人爲我禱告，那就別怪我害怕了。說不定大堆魔鬼會把咱們丟到貝拉爾維琉（拉·曼卻境內神聖友愛團處決犯人的地方）呢？」

兩人蒙上眼睛之後，唐吉訶德擺好了姿勢，伸過手去抓栓銷。手指剛剛觸到，所有的傅姆以及別的人全都大聲喊道：

「勇敢的騎士，願上帝指引你！」

「無畏的侍從啊，願上帝保佑你！」

「你們已經像離弦之箭似的衝上天空了！」

「你們已經開始令我們這些在地上看著你們的人目瞪口呆了！」

「勇敢的桑丘坐穩囉！小心別摔下來啊！從前那個太陽神的兒子想駕馭太陽車，不就摔死了嗎。好傢伙，你如果摔下來，就會比他摔得還慘呢！」

聽到了那喊聲，桑丘就緊緊地靠在主子的背上，用胳膊緊摟著他，對他說道：

「老爺，那些人的聲音聽得如此清楚，就跟在咱們身邊一樣，他們怎麼說咱們已經飛得那麼高了呢？」

「別管這個了，桑丘，這就和咱們這番飛行一樣，都不合自然界的規律。看得到、聽得見千里之外的東西和聲音。別抱得那麼緊，都快把我扳倒了。說實話，我真不理解你怕什麼。我敢打賭，我一輩子沒乘過更平穩的坐騎，簡直就跟沒有挪動地方似的。老弟你就放心吧，一切全都正常，簡直一帆風順。」

「確實如此，」桑丘說，「這邊風很大，彷彿有一千架風箱在吹呢。」

他說的是事實，的確有好幾台大風箱在那兒吹著。公爵夫婦和他們的管家把這件事情安排得十分周密，每個細節都很逼真。唐吉訶德也感覺到了風力，因此說道：

「毋庸置疑，桑丘，咱們可能已經到了二重天了，也就是生成冰雹和雪片的地方。雷鳴、閃電產生在三重天。照這樣升上去，咱們很快就會到達火焰層了。不知道應該如何擺弄這個栓銷才可避免進入有可能會把咱們燒焦的地帶。」

這時候公爵家人用竿子挑著一小撮易燃易滅的亞麻，遠遠地熏著他們的臉。桑丘感覺到灼熱，說道：

「我敢打賭，咱們現在已經進入火焰天了，或者已經離它很近了，因爲我的一大片鬍子已經被烤焦了。大人，我想打開蒙眼的布看看咱們到底在什麼地方。」

「千萬不要揭，」唐吉訶德說，「你要記著陀拨爾巴碩士的真實經歷：魔鬼讓他閉著眼睛、騎著竹竿在天上飛了十二個鐘頭到了羅馬，降落在了一條名字叫作陀瑞·台·諾納的大街上。他在那兒目睹了當地的騷亂和波爾邦攻城被殺的經過。第二天早上又回到馬德里，並講述了自己的所見所聞。

「他當時還說，他飛在天上時，魔鬼就讓他睜開眼睛，看見月球近在身邊，好像伸手就能摸到，他說沒敢往地面上觀望，怕頭暈眼花。因此桑丘，千萬不能摘下蒙眼布，馱著咱們的這木馬會照顧好咱們的。可能咱們這會兒正盤旋著往上飛，準備忽然往下一躥，然後一頭就栽到了岡達亞王國。就像那無論飛得多高的獵隼或蒼鷹捕捉草鷺一樣。儘管咱們感覺好像離開花園還不到半個鐘頭，相信我，一定已經飛出來很遠啦。」

「這種事我不懂，」桑丘說，「只知道一點：那位瑪加隆內還是瑪加隆娜小姐如果坐到這馬屁股上還滿意的話，她本人可能不會是細皮嫩肉。」

公爵夫婦和花園裡所有的人全部都聽見了他們主僕的對話，並從中得到了很大的樂趣。他們認爲這場精心策劃的鬧劇該收場了，就用燃著的麻布去燒木馬尾巴，馬肚子裡裝滿了花炮，馬上隨著一聲巨響爆炸了，把烤得半焦的唐吉訶德和桑丘抛在地下。

這時，那群滿臉鬍鬚的傅姆和三擺裙等已經撤出了花園，留下的人全都跟昏死過去了一樣躺在地上。唐吉訶德和桑丘腰疼背疼地爬了起來。四下環顧一番之後，發覺自己還在原來出發時的花園裡，並且還有那麼多人倒在地上，不由得大吃一驚。尤其令他們覺得意外的是，看到一杆長槍插在地上，槍桿上用兩根綠絲帶拴著一張光潔的白羊皮紙，紙上用大大的金字寫道：

「卓越的騎士唐吉訶德一舉解救了三擺裙伯爵夫人（又名悲淒夫人）和隨從；只為他承擔了這件事，她們立即災難脫體。

「瑪朗布魯諾由衷地感到心滿意足，傅姆們的鬍鬚都已經根除淨盡，國王堂克拉維霍和王后安多諾瑪霞也已經得復原貌。只要侍從自笞達到定數，那隻白色的鴿子就會擺脫邪惡鷹隼的追逐，而投入到她心愛的呵護者的懷抱。魔法師之鼻祖梅爾林法師特授此布。」

唐吉訶德讀過羊皮紙上的文字之後，當然知道講的是為杜爾西內婭祛魔的事情。他一再感謝上天讓他只冒這麼些小的風險就完成了如此偉大的事業。那些老太太的臉皮又光滑如舊了；她們這會都已經無影無蹤。他走到尚未恢復知覺的公爵夫婦跟前，拉起公爵的手說道：

「喂，仁慈的先生。快醒醒吧，沒事了。事情已經完滿結束，沒有傷及任何無辜。看看那張告示就知道了。」

公爵猶如從酣夢中醒來一樣逐漸恢復了知覺，公爵夫人和倒在花園裡的其他人也跟著漸漸甦醒了過來，並且全都作出驚訝和惶恐的樣子，把假戲演得跟真事一樣。公爵瞇著眼睛看完了告示，之後張開雙臂抱了一下唐吉訶德，稱頌他是亙古未有的最傑出的騎士。桑丘四處尋找悲淒夫人，想看看她沒有鬍鬚的臉是什麼樣子，是否真像她俊俏的身材那樣漂亮。可是人家告訴他說，就在可賴木掝扭化作火球從天而落的工夫，所有那些傅姆跟三擺裙臉上的鬍鬚連根脫淨，她們全夥轉眼都不知去向了。公爵夫人詢問桑丘一路跋涉有什麼感覺，桑丘答道：

「夫人，我認爲照我那東家的說法，我們已經飛過了火焰層。我想露一縫眼瞧瞧，可是主人不准。但是我這個人不知怎麼就是好奇，不讓知道的越想知道，因此我就不露聲色地把蒙眼睛的布往鼻子的方向挪了挪，偷偷向地球看了一眼，看到地球只有芥菜籽那麼大，上面走動的人只比榛子大一點，一個人就能把整個地球蓋住，因此可見我們飛得有多高了。」

公爵夫人反駁他說：

「桑丘你可別亂說啊。看來你看到的不是地球，而是只看到了走在地面上的人了。顯然在那兒嘛，要是地球像芥子，人像榛子，一個人就可以將整個地面都遮住了呀。」

「這倒是，」桑丘說，「不過無論怎麼說吧，我是從一個側面看去，所以整個地球就看見了。」

「你應該瞭解，桑丘，」公爵夫人說，「從一邊是不可能看到全貌的。」

「我不知道能否看得到全部，」桑丘說，「只是希望夫人能明白，我們是靠魔法飛上天的。當然我也就能通過魔法看到整個地面和地面上的人了，不管從哪兒看都是一個樣。如果連這都不信，您就更不會相信我從眉毛那邊往下一扒蒙眼布，居然發現自己離天那麼近，最多也就是一柞半遠吧。並且尊敬的夫人，我憑一切神靈發誓，那天真是十分之大啊。原來我們已經到了七隻母羊的星座[90]，我因爲小時候在家鄉放過羊，一見到它們，我就想跟它們玩上

90. 指金牛宮七星。

一會兒。要是不能遂心，我可真要難過死了。既然來了，也就不能錯過機會。您猜，我怎麼來著？我就不聲不響，也沒和主人說，悄悄地下了可賴木捩扭。跟那些就像紫羅蘭花一般的小羊羔玩了差不多有三刻鐘，而可賴木捩扭站著等我，一動不動。」

「當桑丘在跟羊羔玩的時候，」公爵插言問道，「唐吉訶德先生在做什麼呢？」

唐吉訶德回答道：

「這種事情都不合自然界規律，桑丘的話雖然荒唐，倒也不足爲怪。就我自己而言，我沒挪動那蒙眼布，因此也就既沒看到天呀、海呀、地呀、岸呀，什麼也沒看見。倒是確實感覺到了穿越接近火焰層的風區。但是我不相信越過了那兒，由於火焰層位於月亮天和風區上緣之間，我們如果不被燒焦，就沒有可能到達桑丘說的七羔星團所在的地方。但是我們都還好好的，桑丘沒有在說謊，就是在做夢。」

「我沒有說謊，也沒有做夢，」桑丘分辯道，「不信我就給你們講講那些羊羔的模樣，之後就知道我說的是真是假了。」

「那麼你就說說看吧，桑丘。」公爵夫人說。

「那些羊羔，」桑丘說，「兩隻綠的，兩隻紅的，兩隻藍的，還有一隻雜色的。」

「可真夠新鮮的，」公爵說，「地球上不常見這種顏色的樣——我是說，沒有這種顏色的羊。」

「這是當然的嘍，」桑丘說，「本來天上的羊羔就得跟地上的不同。」

「請你跟我說，桑丘，」公爵說，「有沒有公羊和母羊在一起呢？」

「沒有，大人，」桑丘回答說，「但是我聽說沒有哪頭公羊的角頂得過月牙兒的兩角。」

公爵夫婦已經不想再瞭解桑丘的旅行感受了。因爲他儘管沒有離開過花園，看來正打算漫遊天界，把所見所聞——向他們彙報呢。

總之，悲淒夫人的事件到此就算結束了。公爵夫婦一輩子都把這事當作笑料，不僅是當時取樂。而桑丘如果可以活上幾百年的話，這也是他幾百年津津樂道的談資。這時候唐吉訶德走到桑丘的跟前，悄悄地跟他說：

「桑丘，既然你想讓人相信你在天上看見的事情，我就希望你能相信我在蒙德西諾斯洞穴中見到的一切。我不多說了。」

chapter 42

給桑丘的忠告

所謂悲淒夫人苦難的滑稽鬧劇順利結束。公爵夫婦得意非凡，她們瞧唐吉訶德主僕這麼容易受騙，於是就決定把玩笑繼續開下去，而且認爲這一次的由頭會讓他們更加信以爲真。他們打算依照諾言叫桑丘去海島當總督；先定好計策並教導家人和當地居民怎樣捉弄桑丘，公爵就通知桑丘儘快做好走馬上任的準備，因爲他的島民們已經跟渴盼春雨一樣等著他蒞臨視事了。桑丘對他深鞠一躬，說道：

「自打從天上下來，居高臨下地看過地球才那麼一點點大以後，在我心裡，想當總督的願望就已經沒有原先那麼強烈了。因爲在芥菜籽那麼大的地方發號施令有什麼了不起的？要是您能給我一小塊天空，哪怕只有半哩瓦，我也寧肯要這塊天空，而不要地上最大的海島。」

「聽我說，桑丘，」公爵說，「我沒有辦法把天空賞賜給任何人。即使是指甲蓋那麼大一塊都不行。那只有靠上帝的恩典。我能給你的不過是一個實實在在的島嶼，非常肥沃。如果你真有本領，完全可以利用地上的財富去掙得天上的財富。」

「那好吧，」桑丘說，「海島就海島，我儘量做一個好總督，即使有壞人搗蛋，也攔不住我升天堂。這倒不是因爲我貪圖富貴，只是希望感受一下當總督的滋味。」

「只怕是一旦嘗過之後，」公爵說，「你就沒法收手嘍，你發號施令，沒人敢道一個不字。我敢說，等你的東家做了皇帝，他將不會輕易讓人把寶座奪走，並且他的內心深處還會懊惱沒有早當上。」

「大人，」桑丘說，「據我推想，即便是管一群牲口，心裡也一定很舒服。」

「『讓我和你埋葬在一起吧[91]』，桑丘，就沒有你不知道的事情，」公爵說，「你很有頭腦，希望你能成爲一位好總督。就先說到這裡吧。記住，就在明天，你必須接管海島。今天下午他們會爲你準備好總督的衣服和出門必需的物品。」

「隨便給我穿什麼都行，」桑丘說，「無論穿什麼衣服，我永遠都是桑丘。」

「這倒是真的，」公爵說，「但是穿戴總得跟職業和地位相配：法官穿軍裝、戰士穿道袍都不合適。你要穿得亦文亦武，因爲我給你的海島上，文武兩行都很重要。」

「說到文才，」桑丘說，「我確實不行，簡直就是一竅不通。不過我心上記住一個十字[92]，

91. 西班牙諺語。表示臭味相投。
92. 「十字」是印在兒童識字課本卷首的一個十字架。

就夠我做個好總督了。至於武功，給什麼兵器就用什麼兵器，我會竭盡全力，之後就只能聽天由命了。」

「既然你有這麼好的記性，」公爵說，「也就不會再有任何閃失了。」

這時候唐吉訶德來了。他聽了公爵和桑丘講的話，知道桑丘即將赴任之後，他首先求得公爵的同意，然後就拉起桑丘的手把他拖回到自己的房間，準備就如何當官之事向他進言。進屋之後他隨手關起了房門，硬按著桑丘在自己的身邊坐了下來。心平氣和地對他說道：

「我得萬分感謝上天，上天讓你先於我交上好運。我原希望發跡之後好好犒賞一番你爲我付出的辛勞。現如今我的運道剛有轉機，你卻搶在前頭，好運從天外飛來了。有些人用錢托人、起早跑腿、哀求央告，到頭來還是毫無收穫；但是有的人卻不費吹灰之力、稀裡糊塗地就弄到了很多人求之不得的職務和官位。

「這就正像平常說的，『事成事敗，全靠運道好壞』。就說你吧，在我心中你無疑是個傻裡傻氣的人。你不起早、不貪黑、不動腦筋，只是偶爾跟遊俠騎士行當沾上了點邊兒，就輕而易舉地成了海島總督。我說這些是想讓你別自以爲功有應得，確該感謝上天的洪恩和騎士道的大力。你要把我剛才說的話記在心裡，它在開導你，是引導你進入安全港灣的北斗星。你就要駛進驚濤駭浪的大海了，官場就跟波濤洶湧的大海一樣啊！

「首先，你要敬畏上帝。『畏懼上帝，智慧自生』。有了智慧方能萬無一失。

「其次，你不能忘乎所以。切記要有自知之明，這可是世上最難掌握的學問。自知方才不會妄自尊大，而不至於像妄想和牯牛相比的蛤蟆[93]那樣自大。否則的話，當你得意忘形的時候，你就想想自己在家鄉當過牧豬奴，你就會像開屏的孔雀看到了自己的那雙醜腳丫[94]。」

「是有這事兒，」桑丘說，「那是在我小的時候。稍微長大了一點之後，我放的就是鵝而不是豬了。但是我認爲這也沒什麼，做總督的不全是帝王家的子孫呀。」

「沒錯，」唐吉訶德說，「因此，那些非貴族出身的人擔任了要職，要以寬待人，小心處事，以免遭到惡意中傷。隨你什麼職位，都逃不了人家的議論。

「桑丘，你應該爲自己的卑微身世感到自豪，沒必要忌諱自己是農戶出身。只要你不自慚形穢，也就不會有人羞辱你。寧做品德高尚的平民，也不做墮落了的貴族。出身卑賤而最終位居教宗和君王者數不勝數，相關的事例講起來會讓你聽得不耐煩的。

「桑丘，你聽著，要是你一心嚮往美德，以品行高尚爲榮，那就完全沒必要羨慕王公顯貴，由於血統可以繼承，品德卻得依靠自己修煉。美德有自身的價值，血統卻沒有。

「既然如此，如果你到了島上，有什麼親戚來看望你，你別攆他走，也不要對他發火，而是應該熱情款待他。上天生人，不願意他們互相鄙薄；你若待人寬厚，可以上應天意，下應民意。

「當總督的長期不帶老婆恐怕不合適。要是你把老婆接去了，就應該教導她，讓她克服

93. 指伊索和費德羅寓言裡的蛤蟆。

94. 西班牙傳說，孔雀開屏時自炫其美，但看到自己一雙腳很醜，就羞愧而收攏開屏的尾巴。

陋習。因爲一位精明的總督的全部建樹常常會糟蹋和葬送在一個粗俗愚蠢的女人手裡。

「萬一你成了鰥夫，並想利用職位娶一個更好的，千萬別找那種靠你弄錢的女人，拿著你的帽子行乞，嘴裡說『不要，不要[95]』。因爲，法官老婆接受的任何賄賂，到天地末日，丈夫都得在陰間報帳。活著沒有還清的部分，死後要四倍償還的。

「千萬不要隨心所欲地斷案[96]，自作聰明的笨蛋老是喜歡這樣幹。

「應爲窮人的眼淚動情，不過也不能因此而不管富人的申辯。

「要努力通過富人的許諾和饋贈及窮人的抽噎和糾纏，看清事實的真相。

「在盡可能和理應保證公正的前提下，別對犯人執法過嚴，執法嚴厲的名氣不如存心忠厚的名譽。

「你執法時手下留情，但願是由於心生惻隱，而不是由於貪圖賄賂。

「遇到仇家的訴訟，你要撇開私忿，實事求是。

「審判案件不能感情用事，是非不分。判錯了案，往往不能挽救；即使能挽救，也得賠上自己的名譽和財產。

「要是有漂亮的女人請你辦案，你一定不要被她的眼淚和呻吟蒙蔽，要仔細研究她的狀子，以免讓她的哭泣影響你的理智，讓她的唉聲歎氣動搖你的內心。

95. 西班牙諺語：「不要，不要，扔在我的帽子裡吧。」這是挖苦某種修士拿著帽子求乞，卻說自己不接受施捨。
96. 隨意裁判見第一部第十一章。

「不要惡言羞辱該判服刑的犯人。監禁之苦已經夠那個倒楣蛋受的了，爲什麼還要再加上厲聲呵斥。

「罪惡是人的本性，你該把受處分的犯人看作本性未改的可憐蟲。你要盡一切可能在不傷害對方的前提下給予善待和寬容。因爲上帝的稟性雖然沒有好壞之分。可是在我們看來，仁愛比公正更爲光彩。

「要是你可以按照這些話去做，你就會長命百歲、萬古流芳、得到厚報、幸福無邊；你的兒女婚姻幸福，子孫都是世家子弟；你自己過得平安，和大家相處融洽，到你百歲的時候，你的重孫們會一一憐惜地爲你合上雙眼。到此爲止，我說的這一切應該成爲你心中的明燈。下面就請聽我再來說說你應該如何修身吧。」

chapter 43 另外一些忠告

聽了唐吉訶德前邊的話，誰不會把他看成一個足智多謀、識見萬里的人呢？但是就像這部偉大傳記在敘述過程中多次強調的那樣，他只有在涉及騎士之道的時候才會胡說八道，在其他情況下，卻一直思路清晰而敏捷，所以他的言行總不合拍。但是他在接下來接著向桑丘進言的時候卻顯得十分風趣，愈顯得他瘋雖瘋，而通達人情世故。桑丘全神貫注地聽著，極力想要把他的囑託全都記在心裡，看來他準備上任一一奉行，做一個好總督。唐吉訶德接著說道：

「至於應該怎樣管好你自己和你的家，桑丘，我首先想說的是要注意衛生，必須按時剪指甲。別像有些人那樣，把指甲留得長長的，這種人無知地以爲長指甲可以給手添美。其實指甲長了就不是指甲，卻是鷹爪子了。真是骯髒的怪癖。

「你不要衣冠不整，邋裡邋遢。如果不是像尤利烏斯·凱撒那樣被看作刻意不修邊幅。

衣衫不整是精神萎靡的體現。

「小心琢磨一下你那個職位有多少進賬。如果有心給下人置辦號衣，別講究華美，只求實惠大方，而且該兼顧窮人。我的意思是：要是有錢做六套制服，你只做三套，省下錢照顧三個窮人有衣穿。如此一來你可就在天上和人間都有了僕役。講排場擺闊氣的人是想不出這種新的配置號衣的方法的。

「不要吃大蒜和蔥頭，以免讓人一聞到那氣味就知道你的低微出身。

「走路要慢，講話要穩，不過也不要讓人覺得你是在自我欣賞。一切裝腔作勢都不好。

「『吃飯需有節制，晚飯尤宜少吃』，因爲身體好全都是靠胃裡消化得好。

「飲酒要適度，過分貪杯既會失言，也會忘事。

「桑丘，一定要記得，吃東西的時候絕對不要狼吞虎嚥，也不能當著人面噯氣。」

「我不懂『噯氣』是什麼意思。」桑丘說。

唐吉訶德回答道：

「『噯氣』就是『打嗝兒』。這『打嗝兒』是卡斯底利亞語中最難聽的詞兒了，雖然倒很形象。所以那些好事的人就借助於拉丁語將『打嗝兒』說成『噯氣』；把『一聲聲打嗝兒』說成『一聲聲噯氣』。懂不懂這些說法無關緊要，日久天長就會習慣的，自然也就清楚了。語言就是通過這麼約定俗成來逐步豐富的。」

「說實話，老爺，」桑丘說，「您給了我這麼多忠告和提醒，至於不能打嗝兒這一條，我是絕對會記在心裡的，因爲我常犯這個毛病。」

「說『噯氣』，桑丘，別說『打嗝兒』。」唐吉訶德說。

「我以後就說『噯氣』，」桑丘說，「保證忘不了。」

「還有，桑丘，你說話時別總帶那麼多俗語。那樣儘管有時顯得很簡練，可更多的時候卻顯得牽強附會，反而有點不倫不類了。」

「這可就難辦了，」桑丘說，「我知道的老話足夠編成一本書還富餘，只要一開口，它們就一股腦兒地擁到嘴邊，爭著搶著往外衝。我的舌頭碰上哪句算哪句，根本顧不得適合不適合。不過從今往後，我一定記著只說那些符合我的地位的，反正『闊人家的晚飯，說話就得』；『條件講好，不用爭吵』；『打警鐘的人很安全』；『自留還是送人：應該有個分寸』。」

「讓我說對了，桑丘，」唐吉訶德說，「一說起俗語來就一串一串的，誰也拿你沒辦法！真可謂：『我媽媽打我，我還是老樣兒』。我正在教你別用套話，你卻一下子給我來了一大串，並且還跟咱們說的話題完全不沾邊兒。聽我說，桑丘，成語要用得應景，亂七八糟地引用，既沒勁，又鄙俗。

「你騎馬的時候不要把身子靠在鞍後，也不要直挺挺地撐開兩腿，也不要像是坐在驢背上似的沒精打采。同樣是騎馬，有人像騎士，有的人就像小廝。

「你不要再睡懶覺了，日出不起身就等於白過了一天。你要記住，『勤敏是好運之母』；正好相反，懶惰是絕對不可能讓人心想事成的。

「我最後再給你一條忠告，和你的修身相關，並且也希望你能牢牢地記在心裡。相信會跟到這會兒為止所說的一切一樣對你有用。那就是：千萬不要跟人去計較門第，哪怕是相互對比。只要一比就勢必會有高下，要是你把別人比下去了就會招恨，然而你被別人比下去了也不會受賞。

「你應該穿緊身長褲，長外衣，斗篷也應該長些。絕對不要穿肥腿褲子，這種褲子既不適合騎士穿也不適合總督穿。

「我現在也只能給你這麼說來。你只要能記著隨時把自己的境遇都告訴我，那麼過些日子，我會根據情況再給你提出建議的。」

「老爺，」桑丘說道，「我清楚您對我說的這些都是善意、珍貴和有益的，可是如果不管怎麼記也記不住的話，那又有什麼用呢？當然不要留長指甲和有機會再娶個老婆，這兩條我是不會忘的。但是別的那些全都攪在一起亂成一鍋粥了，就這會兒我就不記得了，將來回想起來那還不得就跟去年天上的雲彩一樣，因此我覺得還是給我寫下來吧。儘管我不識字，卻能夠交給我的懺悔神父，也可以讓他在必要的時候給我提醒一下。」

「嗨，我真該死！」唐吉訶德說，「總督竟然不識字，這也太不像話了！如果一個人不識字或者是左撇子的話，那麼他只有兩個解釋：一是父母過於貧賤，二是他本人因為頑劣而不求長進、不可造就。你知道，這將會是一大缺點的。所以我希望你最起碼也得學會寫自己的名字啊。」

「我會寫我的名字，」桑丘回答說，「我以前就是我們那兒的總管，也學會了寫幾個字母，就如貨包上的標記，人家說那就是我的名字。再說我可以裝作右手有毛病，也可以讓別人替我簽名。

「我相信除了死這一項，其他事情都不是問題，只要有權有勢，就能爲所欲爲。況且有個當村長的老子……我現在是總督，比村長還要大。您就等著瞧好了！他們完全可以對我說三道四、指手畫腳，希望他們可別原想剪毛反被剪，上帝如果是真喜歡的話，就一定找得著家門，闊佬的蠢話也會被當成名言流傳的。並且如果我成了總督而且又出手大方的，自然也就沒有什麼缺點可言了。哪裡還會再有缺點呢，簡直是變成了一團蜜，恐怕是蒼蠅都趕著叮呢。我的一位奶奶輩的親戚常說：你有多少錢就有多高的價。要是碰上有錢人，你就算是有理也會是無理的。」

「你這個該遭天譴的東西！」唐吉訶德無可奈何地說，「真應該讓你和你的俗話見鬼去！你一口氣能說老半天俗語，我聽著就像被灌了辣椒水似的。

「我敢保證，總有一天這些諺語會把你送上斷頭臺的。或許就因爲這些諺語，你的子民就算不把你推翻，估計也會組成對付你的秘密團體的。實話跟我說，你這個蠢貨到底是從哪兒學來的？你這個混蛋，又都是怎麼用的？我每次想找出一句來用到合適地方的時候，都會像刨地一樣累得渾身是汗的。」

「我的東家老爺，」桑丘說，「您真不該爲這雞毛蒜皮的小事大動肝火。我一沒有田地，二沒有金錢，唯一的家當就是這些老話和諺語。拿出來用一下，又怎麼會礙著誰呢？這會兒我就又想起了四句，尤其要對景兒，簡直就像是梨在筐裡似的。不過我不打算說了，原因是該閉嘴時就閉嘴的才是桑丘[97]。」

「彼桑丘不是此桑丘，」唐吉訶德說，「因為你不但不能該閉嘴時就閉嘴，而且還是不該說的時候偏要說，不該強的時候卻偏要強。就算如此，我還是很想知道你記起哪四條對景兒的諺語。我知道我的記性還是不錯的，但是絞盡腦汁也沒有想出一條來。」

「這個嘛，」桑丘說，「就是不管什麼時候都別把你的指頭伸到兩排大牙中間；不必理睬『從我家裡滾出去』的吆喝；也不必回答『你想跟我老婆幹什麼』的問話；無論是拿瓦罐碰石頭，還是拿石頭碰瓦罐，倒楣的終歸是瓦罐，所有這些都很貼切，還能找到比這更應景兒的嗎？

「任何人都別想找總督大人的碴，因為註定是要倒楣的。就好比是把手指頭擩到了兩排大牙中間似的，其實倒也不一定必須是大牙，其實是什麼牙都不重要；無論總督說什麼也別頂嘴，就跟聽見人家說『你從我家裡滾出去』，或者人家問『你想跟我老婆幹什麼』的時候一個樣。至於石頭和瓦罐，即便是瞎子也能明白。因此那些可以看得清別人眼裡芒刺的人更應該看得清自己眼裡的房樑，以免讓人家說：『死人反怕吊死鬼。』您老人家也明白：傻子對

97. 西班牙諺語，其中的「桑丘」是「聖徒」的諧音。

自家的事情總比聰明人對別人家的事情更瞭解。」

「你說的可不對，桑丘，」唐吉訶德說，「傻子無論在家裡還是在外面，都是什麼事也不會懂得，而笨人是什麼聰明事都辦不成的。咱們先不說這個了桑丘。要是你不能把那個海島管好的話，那就是你的過錯，也將是我的恥辱的。不過現在我感到安慰的就是，我已經把我應該告訴你的東西都盡我所能地向你訴說了，這也算盡到了我的責任，履行了我的諾言。

「桑丘，願上帝可以爲你指路，引導你做一個好總督，同時希望也能解除我的疑慮，那就是你不要把海島鬧得雞犬不寧。要是真的出了這種情況的話，我就只好找個藉口，告訴公爵你到底是一個什麼樣的人來爲你開脫了。我還會告訴他：您面前的這個矮胖子只不過是個裝滿老話、諺語和歪門邪道的口袋罷了。」

「老爺啊，」桑丘說，「如果您老人家認爲我擔當不起這個總督職位的話，那我現在就辭掉。我把指甲尖那麼大一塊的靈魂看得比整個身體都重。不管是做麵包就蔥頭的桑丘，還是做餐桌上有鵪鶉和子雞的總督，無論怎麼樣都是活。大人、孩子、富翁、窮鬼，睡著之後，大家都是一樣的。要是您注意到了這點，就會想到當初還是您讓我當島嶼總督的，其實我真的對管理島嶼的事一無所知。要是說要想當總督就得受魔鬼擺佈的話，那我還是寧可做我的桑丘進天堂吧，總不會因爲當總督進地獄的。」

「我的天啊，」唐吉訶德說，「就憑你最後說的這些話，我倒覺得你就是當一千個海島的總督都有富餘：你本性不錯。如果沒有這一條，相信哪怕再大的學問也會沒用的。你就求上帝保佑吧，凡事都要盡最大努力開個好頭。不管碰上什麼案子，都要有辦好的信心和決心才行，因爲天道總是向善的。好了，到此爲止吧，咱們趕緊去吃飯吧，那些大人可能正等著咱們呢。」

chapter 44

桑丘上任做總督

據說從讀過熙德·阿默德原稿的人就知道，譯者並沒有直接譯出原文在本章開頭的一段怨言。

熙德·阿默德責怪自己居然把唐吉訶德的傳記寫得枯燥無趣，從頭至尾只講唐吉訶德和桑丘，不敢涉及別的更富教益和更為有趣的情節和故事。他認為總是把自己的心、手和筆集中在一個題目上，並且總是敘述那麼幾個人，簡直就讓人難以承受，並且讀者也不滿意。

就是為了彌補這個缺欠，他才在第一部中著力敘述不能刪略的唐吉訶德的遭際的同時，穿插了諸如《何必追根究柢》和《俘虜的軍官》之類脫離了主線的故事。

作者還說，他估計許多人只注意唐吉訶德的事蹟，而忽略了那些故事，或者讀起來滿心不悅，卻沒有注意到故事本身所包含的深刻內涵。那些故事，如果不是依附於唐吉訶德的瘋癲和桑丘的憨傻而單獨面世，其精到之處定會一目了然。

因此在這第二部裡面，不論穿插的故事牽搭得上、牽搭不上，他一概不用，只是述及那些本傳應有的情節，並且還儘量簡略扼要，點到為止。明明擁有縱橫寰宇的能力、氣派與才華，卻不得不囿於狹小的講述天地，他因此而呼籲人們不要小覷他的努力。他自以為應該得到褒獎，但並不是由於寫出來了的東西，而是由於可以忍痛割愛、收心束筆。

言歸正傳。

那天吃過午飯之後，唐吉訶德就把那些忠告記錄下來交給了桑丘，以便讓他找人代為誦讀。不過那些忠告，桑丘剛接到手裡就掉到了地上，並且落到了公爵的手中。公爵把其中的內容告訴了夫人，兩個人再次為唐吉訶德的瘋癲和睿智大感詫異，因此決定把這個玩笑繼續進行下去。

當天下午，他們派出大隊人馬護送桑丘前往他心目中的海島。帶隊送他上任的是公爵的一位管家，這人很機靈，也很愛捉弄人——不機靈就不能捉弄人了。正是這個人淋漓盡致地扮演了三尾裙伯爵夫人的角色。有了這種天分，再加上主子的悉心教導，對桑丘這場惡作劇就非常成功。但是需要說明的是，桑丘剛一看到那位管家，就認為他的容貌有點兒像三尾裙，因此就轉身對其東家說道：

「大人，我這話要是錯了，就讓魔鬼立即把我這個正直和虔誠的人帶走。但是，您恐怕也得承認，公爵的這位管家長得跟三尾裙一模一樣。」

唐吉訶德仔細端詳了一陣那位管家，然後對桑丘說：

「魔鬼何必把你這個正直和虔誠的人帶走呢。我不知道你到底想說什麼[98]，管家的確長得跟傳姆悲淒夫人一樣。不過不能因此而認定管家就是傳姆悲淒夫人，如果他們是同一個人，那問題就太複雜了。要追究明白，就得鑽牛角尖，現在不是時候。聽我的吧，咱們還是應該真心實意地禱告上帝，保佑你我別遇到邪惡的巫師和陰險的魔法師的毒手。」

「我可沒有瞎說呀老爺，」桑丘說，「我剛才聽見他講話來著，活是三尾裙的聲音。算了，還是不說吧，但是我會從現在起開始留心，瞧有什麼破綻，就知道我是不是瞎多心。」

「這就對了，桑丘，」唐吉訶德說，「你一定要把在這個方面的發現和在任上碰到的事情及時向我彙報。」

桑丘終於走了，被很多人簇擁著，一身文官打扮，又披了一件很寬大的棕黃色羽緞外衣，頭上戴一頂用同樣面料製成的帽子，騎著騾子，後邊跟隨著他的驢。依照公爵的吩咐，驢已經配備了鞍具和發亮的絲綢飾品。桑丘不時地回頭看一眼自己的毛驢，有牠陪在身旁，他感到十分滿意，即使日爾曼大帝要和他換個位子，他也不會答應。

臨行之前，桑丘親吻了公爵夫婦的雙手，並接受了主人的祝福。當時唐吉訶德熱淚盈眶，桑丘也語帶悲聲。

親愛的讀者，就讓善良的桑丘儘快安心地走馬上任吧。你如果知道了他後來在總督職位

---

98. 原文是成語，指「立即」，直譯是「作為正直和虔誠的人」。

上的行爲，定會笑個不停的。與此同時，還是來關注一下他的主人當天晚上都遇到了什麼事情，即使你不會因此而開懷大笑，至少也可以像猴子一樣咧著嘴嬉笑。因爲唐吉訶德的事情不是令人吃驚、就是引人發笑的。

傳記中說，桑丘一走，唐吉訶德就開始有了一種落寞之感，要是可能的話，他一定會讓公爵收回成命，不讓桑丘去當總督了。公爵夫人看見他鬱鬱寡歡的樣子，就問他爲什麼事情煩心，如果是由於桑丘走了，公爵家裡的侍從、女傭和侍女都能供他使喚，保證令他稱心如意。

「尊敬的夫人，」唐吉訶德回答說，「我的確有點兒想念桑丘。但這不是讓我悶悶不樂的主要原因。對夫人剛才的種種表示，我只能領受這份盛情。對於別的，我只想懇求夫人准許，我屋裡不要誰來伺候。」

「說實話，唐吉訶德先生，」公爵夫人說道，「這可不行，我有四個使女美得像花朵兒，叫她們來伺候您吧。」

「對我而言，」唐吉訶德說，「她們不會像花朵兒，只能是我的眼中刺。除非她們會飛，不然就休想進入我的房間。請夫人體諒下情，讓我關門自便，免得我受不了誘惑把持不住；您一片殷勤，反而壞了我的操守。總之我寧願和衣而寢，也絕對不會允許別人幫我寬衣解帶。」

「別說了，唐吉訶德先生，」公爵夫人說，「我會吩咐的，別說是一個侍女，就是一隻母蒼蠅也別想進入您的房間。我可不願意成爲敗壞唐吉訶德先生名聲的罪人。據我觀察，閣下的很多高貴品格中最爲突出的就是自重。您儘管自己隨心所欲，決沒人來打攪。臥房裡需要的用具，您屋裡應有盡有，不必開門出外方便。祝願偉大的杜爾西內婭能夠萬世長生，祝願她的芳名傳遍人間的每個角落，因爲她有幸博得如此勇猛、如此忠誠的騎士的愛情。讓仁慈的老天督促我們的桑丘總督儘快完成他的鞭笞苦行，好讓世人重新欣賞到這麼偉大的夫人的美貌吧。」

唐吉訶德回答道：

「您這話正合您高貴的身分，得到貴婦賞識的女人自然也肯定是名媛。您的稱頌比世界上所有能言善辯之士的稱道，都更能讓杜爾西內婭受到世人的傾慕和豔羨。」

「好啦，唐吉訶德先生，」公爵夫人說，「到了吃晚飯的時間了，公爵可能正在等咱們呢。請您和我們一起吃晚飯，之後您就早點兒休息，昨天的岡達亞之行可是非同兒戲，您一定累了。」

「我一點都不覺著累，夫人，」唐吉訶德說，「我可以向夫人發誓，在下這輩子還從來都沒有騎過像可賴木捩扭這麼平穩、這麼迅疾的牲口呢。真不知道瑪朗布魯諾怎麼會把這麼輕巧和這麼難得的坐騎不問情由地燒了。」

「至於這一點嘛，可以設想，」公爵夫人說，「他害了三尾裙和隨從的傅姆，還害過別人；魔法師總不免做壞事。他可能後悔了，於是就想毀掉所有施法的工具。而在大多數情況下馱著他匆匆忙忙東奔西走的可賴木扳扭則是其中最主要的，因此就把它付之一炬了。可賴木扳扭的灰燼和那張作爲勝利標誌的告示卻讓偉大的唐吉訶德的勇武之名與世共存。」

唐吉訶德再次對公爵夫人表示了感謝。晚飯之後，他獨自回到了房間，不准任何人進去服侍他，避免遇到什麼情況使他身不由己地失掉對他的杜爾西內婭夫人的忠誠。

進屋以後，他隨手把房門鎖了起來，接著就借助於兩支蠟燭的光亮脫掉了衣服。不過在脫襪子的時候，忽然有了一個意外的發現，倒也不是其他什麼有礙他的潔癖之物：只是一隻襪子上面有一處跳了線，足足有二十多針，變成了一個跟窗格一樣的窟窿。唐吉訶德懊惱極了，他寧可花一兩銀子去換一點兒綠絲線。我說綠色絲線，是由於他的襪子是綠色的。

作者貝南黑利寫到這裡時，情不自禁地發出了慨歎，於是寫道：「噢，貧窮啊貧窮，不知道那位偉大的果都巴詩人[99]怎麼會想起來稱你是：

未獲世人感謝的神聖禮品！

「我雖然是個摩爾人，不過通過同基督徒們的交往，我得知基督教的神聖之處就在於仁慈、謙遜、信順上帝、安於貧窮。然而即便這樣，我還是要說：凡是能夠安貧樂賤的人一

99. 指胡安·台·梅納。

定是近乎神。當然這裡指的並不是咱們的大聖人所謂『把你的財產都看作不是你的[100]』式的貧窮，那是超越了外物，心清無累。我現在說的貧窮是另一種，是缺少外物，困乏拮据。可是你呀，另一種貧窮，你爲什麼專找那些清白出身的紳士，而不去找別人？你爲什麼強迫他們給鞋打補丁？你爲什麼讓他們的衣服紐扣有絲盤的、鬃編的和玻璃打磨的？爲什麼他們大多都是皺領而不是上漿平領呢？」貝南黑利接著寫道：「那些死要面子的斯文人真可憐！爲了炫耀自己的身分，在家裡壓根兒沒東西塞牙縫，可是走到大街上卻要裝模作樣地剔牙[101]！我還要說，他們的體面碰不起，半哩瓦以外就怕人看到自己鞋上的補丁、帽子上的汗漬、斗篷上的毛球、肚子裡的空癟。這種人實在是很可悲！」

唐吉訶德就是從那襪子的破洞上體驗到了所有的這一切。但是值得欣慰的是，他看到了桑丘留下的一雙步行穿的靴子，能供他第二天套到腳上遮醜。最後他上床躺下，悶悶不樂，一是思念桑丘，二是惦記著襪子上那沒法修補的窟窿，他真想把那破洞繚起來，即便是用別的顏色的線呢。雖然那將是一位身處窘境的鄉紳窮困潦倒的明顯標誌[102]。

他吹滅了蠟燭，但由於天氣很熱，難以入睡，於是就從床上爬起來，把一扇對著一個幽雅的小花園的帶欄窗戶打開一個縫兒。窗戶打開之後，花園裡傳過來有人走動和講話的聲

100. 大聖人指聖保羅。
101. 《小癩子》第三章裡描寫了這種窮紳士。
102. 本書第二章桑丘講到窮紳士用綠絲線補黑襪子。

音。他仔細地聽了起來。下面的人提高了嗓門，他聽得十分清楚：

「噢，艾美任霞，你就別再逼我唱啦。你是清楚的，自從那個外鄉人進了城堡，我見了他的面以後，我就不會唱、只會哭了。再說我那女主人睡得不熟，一下就醒，我可是說什麼都不敢讓她發現咱們在這裡，並且那個專門跑到這兒來折磨我的再世伊尼亞斯[103]很可能已經睡著了聽不見，我唱也是白唱呀。」

「別那麼想嘛，阿爾迪西多啦，」另一個聲音回答道，「公爵夫人和這個家裡所有的人一定都已經睡著了。只有那個撩動了你的春心，讓你放不下的人除外，因爲我剛才聽到他打開了房間的窗戶，一定還沒睡。唱吧，我的可憐包兒，伴著你的琴聲，輕輕地唱吧。公爵夫人如果聽見了，咱們就推說天氣太熱。」

「問題不在那兒，艾美任霞啊，」阿爾迪西多啦回答說，「我不願意讓我的歌暴露我的心扉，人家不理解愛情的威力，就會把我當作輕佻任性的女子。算了，哪裡還顧得了那麼多呢，『寧願臉上蒙羞，免得心上負痛』。」

這時候響起了悅耳的豎琴聲。那琴聲讓唐吉訶德心裡爲之一震。他立即想到他在那些異想天開的騎士小說裡看到的很多類似的情況：在窗口呀，隔著窗外的柵欄呀，在花園呀，奏樂呀，談情呀，暈倒呀等等。

103. 伊尼亞斯是維吉爾史詩《伊尼德》裡的主人公。他流亡到伽太基，和女王狄多戀愛，後又拋棄了她。

之後他又聯想到公爵夫人的某個侍女暗戀上了自己，不過礙於面子而不能表白。他非常擔心那女子會無力自制，因此便打定主意不能動心。

就這樣他一邊誠心誠意地懇請自己的心上人杜爾西內婭給自己以力量，一邊又想聽聽花園裡的女子到底在唱些什麼。爲了讓別人知道自己在那兒，他假裝打了一個噴嚏。

兩個女人聽到之後自然是欣喜若狂，因爲她們本來就是想讓他聽見的嘛。琴弦重又調試了一遍，阿爾迪西多啦緊跟著就唱了起來：

鬆軟的床鋪、潔白的被單，
睡在上邊感覺如此舒坦，
心無所掛，夢也跟著酣暢，
一覺醒來就是新的一天。

拉·曼卻的騎士裡，
數你最勇敢堅強！
你比阿拉伯的黃金，
質地還純粹精良！

苦命的少女、豆蔻的年華，
悲悲切切傾訴滿心情意，
你那炯炯的眼神如同驕陽，
灼得她的心七上八下不得安寧。

你四處遊逛要把世事平，
殊不知卻成了害人災星，
你留下的是一道道傷痕，
卻見死不救，心比石堅。

瀟灑的翩翩美少年，
願上帝幫你把願望實現，
告訴我：你成長在利比亞，
還是嚴冷的哈加山？

你喝了毒蛇的奶嗎？
是不是深山荒林德氣息，

助長了你的冷酷，
養成了你的孤僻？

杜爾西內婭是位好女人，
人高馬大且又身強體壯，
她可以自豪地公開宣稱，
她可令猛虎變成了羔羊。

她的威名由此得以遠揚，
從艾那瑞斯到哈拉瑪，
從塔霍到芒沙那瑞斯，
從畢蘇艾加到阿爾朗薩[104]。

如能和她換個個兒，
我不惜賠掉一份厚禮，

104. 這首詩裡的名字都是西班牙的河名。

最花哨的金邊裙子，
送給她我也願意。

多想能在你的懷裡繾綣，
或者是守護在你的床前，
即便只是輕輕為了撓癢，
又或是篦除髮中的屑片。

我的期望確實太高太重，
根本配不上如此的恩寵，
只要可以供你隨意差遣，
我就會感到無上的榮耀。

我要送給你許多禮物，
都是少有的好東西，
壓法網呀銀拖鞋，
錦緞褲子、紗大衣！

還有那舉世無雙的珍珠，
蟲癭再大也會自歎不如，
只由於世間難覓相配者，
被視為獨一無二[105]的寶物。

切忌去做拉．曼卻的尼祿[106]，
眼睜睜看我於烈焰受苦，
更不應逞兇狂肆虐為害，
搧風助火令我欲逃無路。

我只是年少無知的女子，
對我而言十五已算偏大，
只活了十四歲零三個月，
對天起誓，不說半句假話。

105. 是西班牙王冠上一粒最大的珍珠，一七三四年王宮火災焚毀。
106. 指古羅馬暴君，他縱火燒了羅馬城，站在塔貝雅岩上，彈著豎琴觀賞。

我不瘸不拐飄逸且漂亮，
手臂齊全，沒比別人差，
秀髮披肩則更為我獨有，
披散開來賽過了百合花。

嘴巴微突算不得大毛病，
鼻子稍塌不過嗅覺特靈，
兩排白玉般齊整的牙齒
更讓我姿色可鑒登天庭。

對於我的聲音，你已聽清，
歌喉婉轉得以賽過銀鈴，
說到個頭我也無需隱諱，
略比中等差那麼一丁點。

我還有許多許多的優點，

全部成了你箭下的俘虜，
我只是這個家裡的丫頭，
阿爾迪西多啦算是稱呼。

癡情的阿爾迪西多啦唱完了，把唐吉訶德挑逗得六神無主。於是他長歎一聲，自言自語地說道：「我真算得上是個倒楣的遊俠了。沒一個女子見過我不癡情顛倒的！舉世無雙的杜爾西內婭也真是不幸，我全心向著她，可是總有人來分我的心！王妃們啊，你們想讓她怎麼樣呢？女皇們啊，你們爲什麼要跟她作對？十四五歲的少女們，你們爲什麼同她過不去？愛神早有安排，把我的心靈交付給這位可憐的小姐了；讓她得意吧！你們別來干擾！

「癡心的女子們應該知道：只有在杜爾西內婭的面前，我才會成爲麵團和飴糖，在別的其他人身邊，我都是冰冷的岩石；我是她的蜂蜜，是你們的瀉藥；對我只有杜爾西內婭才最美、最聰明、最貞潔、最嫻雅、最尊貴，而其他的人全都醜陋、愚蠢、輕浮而又低賤；我活著只是爲了她，心目中沒有別人。

「阿爾迪西多啦啊，想哭就哭、想唱就唱吧；害得我在摩爾人的魔堡裡遭受肌膚之苦的女子啊，你就死了心吧。我是個純潔、正直、有教養的人，無論使用世界上什麼巫術，我都屬於杜爾西內婭。」

他說完就砰地一下關上了窗戶，接著好像遇到了多大的不幸似的，氣憤而又沉鬱地上了床。

咱們暫且就讓他躺在那裡吧。

由於偉大的桑丘正要開始登堂理事，他已經在召喚咱們了。

chapter 45

接管海島並開始施政

太陽啊！你是大地的永恆觀察者！你是地球的火炬！天空的眼睛！你致使世人製造了涼酒瓶。

有人稱你布丁留，有人稱你費孛；你在這裡是射箭手，在那裡是醫生；你是詩歌的親父，又是音樂的始祖！你老是在升，看似下落卻永不下落！

噢，太陽！世人承你的恩典，生生不息。

我呼喚你，請你開恩爲我驅除頭腦中的陰霾，使我可以清晰地敘述偉大的桑丘的政績。由於沒有你的幫助，我會感覺虛弱無力，迷茫徬徨。

且說桑丘帶領他的全體隨行人員來到了一個有千把居民的小城裡，那是公爵最好的領地之一。

人們跟他說那就是他的海島，名字叫作「巴拉它了」；那些人哄桑丘說島名是「便宜他了」，這可能是因爲「便宜他」和城名諧音[107]，也可能是指桑丘那麼便宜地就得到了轄制的權力。

那個小城有圍牆，他一到城門口，小城的頭面人物就都傾巢出迎，聞風而出的群眾也面帶欣喜的表情。桑丘被前呼後擁著送到了當地最大的教堂，向上帝謝恩，之後又裝模作樣地舉行了敬獻城門鑰匙的儀式，表示永遠奉他爲本島總督。

新總督的裝束、大鬍子和矮胖身材使一切不明底細的人都感到驚奇，即使知道底細的人也不無詫異。之後他被請出教堂，帶到議事廳，被安排坐在了交椅上。公爵的管家對他說道：

「總督老爺，這個海島有一個老規矩，所有前來這裡問政的人都必須回答一個有點兒複雜和難辦的問題。依據他的答覆，百姓能夠大略地揣摩出這位新總督的本領，之後判定應該爲他的到來感到高興，還是憂慮。」

當時桑丘正在注視著座椅對面牆上的許多大字。他不認得字，就問牆上畫的是什麼。有人跟他說：

「老爺，那裡寫的是您老人家接管本島的日期。具體說的是：『某年月日，堂桑丘老爺就任島督，祝其政運長久。』」

107. 按古文，這個字指開玩笑。譯「便宜他了」，因為既可解作桑丘當總督是便宜他，也可理解為對他手下留情的惡作劇是便宜他。

「那位堂桑丘是什麼人啊？」桑丘問道。

「就是大人您啊，」管家回答說，「除了坐在堂上的您老人家，沒有別的姓潘沙的人到島上來過。」

「那就請您認真聽好，」桑丘說，「我家祖祖輩輩包括我本人從來都沒有過『堂』的頭銜，人們全都對我直呼桑丘。我爹叫桑丘，我爺爺叫桑丘，我們潘沙家族的人名字前面從來都不帶什麼『堂』『或堂娜』之類的東西。我估計在這個島上，『堂』們的數目肯定比石頭還多。但是這事也就到此爲止了。上帝明鑒，即便只能在位四天。我也肯定要把可能多得跟蚊子一樣惹人生厭的諸位『堂』們全數剷除。現在就請管家老爺說那個問題吧，無論百姓開心或擔心，我都會盡力給予解答。」

正在這時，有兩個人走進了審判廳，一個人是農夫的打扮，另一個人貌似是裁縫，手裡還拿著一把剪刀。那裁縫說道：

「總督老爺，我跟這位農夫來請大人評評理：各位請原諒，我是個裁縫，我是考試合格的。這位老兄昨天到我的店裡，遞給了我一塊布料，問道：『先生，這塊布料夠不夠做一頂尖帽？』我掂量了一下那布料，跟他說能夠做。據我猜測他出於小人之心，並對裁縫有偏見，肯定是以爲我想賺他的布料，因此就讓我好好估量估量夠不夠做兩頂。我看透了他的心思，就跟他說足夠。但是他小人貪心，添上一隻又一隻；我總說能做。最後我們倆講好一共做五頂。他剛剛來取帽子，我把帽子給了他，但是他不願意掏錢，並且還讓我賠他錢或者還他布料。」

「老兄，是像他說的那樣嗎？」桑丘問對方。

「是的，老爺，」那人回答說，「但是，請大人讓他把那五頂帽子拿出來看看。」

「當然可以。」裁縫說。

裁縫立即把手從短斗篷裡抽了出來，五個手指頭上各戴著一頂小帽子。他接著說道：

「這就是這位先生讓我做的五頂帽子。我憑上帝和良心發誓，我可沒有賺他一點兒布料，我敢請行會的檢查員去檢驗。」

面對那一堆帽子和這場新奇的官司，所有在場的人忍不住哈哈大笑起來。桑丘略微思考之後說道：

「我認爲這個案子無需拖延很久，憑正人君子的識見馬上就能判決。現在我判定：裁縫不准要工錢，農夫不准要布料，帽子送給牢裡的囚徒，結案。」

如果說對牧戶的官司的結案大出所有在場人的意料的話[108]，這次的判決卻引起了哄堂大笑。但是總督的判決還是得到了執行。然後又來了兩位老人，其中一個扶著一根拄杖。不拿杖的那位首先開口說道：

「老爺，前些日子，我好心好意地借給了他十個金艾斯古多，並且說好等我需要的時

108.作者應該是調整過本章所述的三個案例的先後次序，但卻忘記了對串聯的行文也作適當的調整。

候就還給我。我瞧他當時很拮据，若要還債就更窘了，因此過了好些天我都一直沒有催他歸還。但是我覺得他無心還債，就問他要了好幾回。結果他不僅不還，而且還否認有那麼回事兒，說我壓根兒就沒有借給過他什麼十個金艾斯古多金艾斯古多；要是借過，早已還了。沒人可以證明我借給過他錢，更沒人能證明他把錢還給了我，因爲根本就沒還嘛。請求大人讓他起誓，要是他敢發誓說已經把錢還給我了，那麼，無論他生前或死後，這筆賬就一筆勾銷了。」

「拄著拐杖的這位老人家，你有什麼可說的？」桑丘問道。

那位老人回答說：

「老爺，我承認他的確借給過我十個金艾斯古多。請大人您把權杖伸過來讓我發誓吧[109]，他既然要我起誓，那我就起誓說明自己已經如數還清了那筆債。」

總督伸出了權杖。與此同時，那位老人也把手裡的竹杖讓另外一位老者幫著拿，說是起誓的時候拿在手裡礙事，讓他替他拿一會兒。之後他把手放到那權杖的十字架上說，原告確實借給過他十個金艾斯古多，可是他已經親手把那些金艾斯古多交到債主手中了，但是那債主沒有留意，還在一個勁兒地催他還錢。

桑丘聽完之後就問債主有什麼話要對被告說的。債主說他知道欠債人說話可靠，又是個

109. 長官執行職務的杖頭有個十字架，訴狀的人摸著十字架發誓。

好基督徒，絕不會撒謊，估計是自己忘記了欠債人在什麼時候、怎樣還的，反正他以後不會再問他要了。債戶要回了竹杖，低著頭走出了議事廳。

桑丘瞧他忙不迭地只顧走了，又看到債主那副無可奈何的樣子，就把頭垂到胸前，舉起右手用食指點著自己的眉心和鼻樑沉思了一小會兒，接著隨即抬頭，下令叫拄拐杖的老人回來。老人回來後，桑丘對他說：

「老先生，請你把竹杖給我，我需要用一下。」

「願意從命，」老人說，「給您，老爺。」

他說著就遞了過去。桑丘接過竹杖後，把它遞給了另一位老人，並說道：

「你拿著竹杖走吧，債已經還清了。」

「老爺讓我走嗎？」那人問道，「這截竹杖就值十個金艾斯古多？」

「對，」總督說，「不然我就是世界上最大的笨蛋。瞧吧，我這本事可以管理好一個國家了。」

之後他吩咐把那竹杖當眾劈開。竹杖被劈開以後，果真從裡面找到了十個金艾斯古多。人們發出了一陣慨歎，認爲這位總督簡直就是所羅門再世。人們問他是如何知道那十個金艾斯古多藏在竹杖裡的。他回答說，看到那位起誓的老人先把竹杖交給了對方才發誓說自己的的確確已經把錢還了，等到自己的話音一落就又把那竹杖要了回去，他就想到那筆有爭議的錢很可能就藏在竹杖裡面。因此可推斷，總督儘管可能是個傻瓜，在理政斷案的時候，可能會得到神的指點。

而且他曾經聽到老家村裡的神父講過一個類似的故事。他這個人記性又十分好，想要記住的事情就絕對忘不了，孤寂整個島上也找不出一個能有那種記性的人。就這樣兩個老人——一個面帶羞愧、一個洋洋得意，都退出了公堂。

在場目睹了整個過程的人們無不嘖嘖讚歎。爲桑丘作傳的人至今都斷不定他究竟是傻還是聰明。

這個案子剛剛了結，一個女人死死地揪著一個闊綽牧主打扮的男人就衝進了議事廳。那女人一路上還大聲地叫喊著：

「請您主持公道啊，總督大人，請您主持公道吧！這個世界上要沒有公道，我得上天去找了！尊貴的總督大人，這個臭男人在田地裡抓住了我，把我糟蹋了。我可是倒透了楣了！二十三四年來我一直潔身自愛，這下子可是全完了。摩爾人也好、基督徒也好、本地人也好、外鄉客也好，還從沒有人碰過我。我向來比軟木樹還堅硬，保得自己像火裡的金蛇一樣純，像荊棘裡的羊毛一樣白。現在卻讓這傢伙現成受用了。」

「這小夥子到底是不是現成受用了你，還得調查調查呢。」桑丘說。

之後他就轉向那男子，問他對那女人的指控有什麼話要說的。那人慌慌張張地說道：

「各位大人，我是個窮養豬的，今天上午我出去城賣了四頭豬（請不嫌冒昧）。交了貿易稅和其他各種苛捐雜稅後，結果本錢差不多都賠了。回村的路上碰上了這位大姐，專愛搗鬼的魔鬼把我們倆配了對兒。我給了她好多錢，她還嫌少，拽住我不放，然後就把我拉到這兒來了。說我強迫了她，這是胡扯，我發誓——我馬上可以發誓。就是這麼回事兒，沒有半點兒虛假。」

這時候，總督就問那個男子身上有沒有帶現金，那人回答說皮口袋裡裝有二十杜加。於是桑丘就命令他把錢袋掏出來，原封不動地交給那位告他的女人，那人抖索索地照辦了。

那女人接過錢袋，對所有的人接連鞠躬，並懇求上帝保佑如此照顧遭難孤女的總督老爺健康長壽，之後雙手攥著錢袋退出了議事廳。但是，走之前倒還沒忘記檢驗了一下那錢幣是不是銀的。

她剛一出門，桑丘就對那位噙著淚水眼巴巴地看著自己的錢袋的牧戶說道：

「快去追那女人，硬把她那錢包奪下，拉她一起回來。」

那人不聾不啞，馬上奉命，立刻閃電般地衝出去搶錢包。

所有在場的人全都屏息斂氣地等著看結果。

只見她們倆扭成一團，並且比頭一次來的時候扭得更緊：女的撩起裙子護著錢袋，男的拚命要搶，卻又由於對方護得太緊而如何也搶不到手。

只聽那女人大聲地號叫著：

「天地公道啊！總督大人，您大人快看，這沒良心的傢伙多下流、多大膽，居然在大庭廣眾之下搶奪您老人家已經判給我的錢袋。」

「他搶走了嗎？」總督問道。

「他想搶走！」那女人回答說，「誰如果想搶走這個錢包，那得先要了我的命。跟我來這一套，換別人吧。哪有這個倒楣蛋、討厭鬼的門兒！想從我的手裡搶東西，鉗子、榔頭、鑿子、大錘全都得用上，也打不開我的鐵拳頭！再加上獅子的爪子，也沒門兒！除非豁開肚皮挖出我的心來。」

「她說得不錯，」那男子說道，「我認輸了，我承認自己沒有搶回來的力氣，不要了。」

桑丘因此對那女人說道：

「你真是又有志氣，又有力氣，把那錢袋拿給我看看。」

那女人馬上把錢袋交了出去，總督轉手就把它交還給了那男子，並對那力大無比的女人說道：

「我的大姐啊，要是你用你剛才保護錢包的一半力氣來保護自己的身體，即便是赫剌克利斯[110]也不能奈何你！你趁早滾蛋吧，滾出這個島嶼，滾得遠遠的，不然就打你二百鞭子。你這個造謠無恥的騙子，快給我走吧。」

那女人嚇壞了，垂頭喪氣地離去。總督對那男子說道：

「老哥，上帝保佑你，快帶上錢回家吧。要是不想舍財，從今以後就別再去尋雙找對

110. 希臘神話裡的大力士。

兒了。」

那人喃喃道謝，也就回去了。在場的人再次對新總督理訟斷案的方式讚歎不已。書記員把這所有過程全都記錄了下來，並立即整理成文報告給了急於瞭解情況的公爵。

先讓好桑丘在這裡待著吧，他那被阿爾迪西多啦的歌聲攪得心猿意馬的東家正急不可待地召喚著我們呢。

chapter 46

唐吉訶德身受鈴鐺和貓的驚恐

前面講到，偉大的唐吉訶德被思春少女阿爾迪西多啦的歌聲和樂曲攪得心煩意亂。光陰不停留，轉眼一夜就過去了。

看到天曉，唐吉訶德從那鬆軟乾淨的床鋪上爬了起來，氣宇軒昂地朝著前廳走去。公爵夫婦穿著整齊，已經在那兒等著了。

在經過一段迴廊的時候，他看到了侍立恭迎的阿爾迪西多啦及其女友。阿爾迪西多啦一見到唐吉訶德，就立刻佯裝昏厥了過去，她的朋友立即把她抱在自己的膝上，趕緊給她解鬆上衣。唐吉訶德看在眼裡，就走上前去說道：

「我已經瞭解這是怎麼回事了。」

「我可不知道，」那女子回答道，「阿爾迪西多啦是這家裡身體最健康的丫鬟，自打我認識她以來，還沒有聽過她哼一聲呢。要是世界上的遊俠騎士都是鐵打成的心肝，那就讓他們全都倒盡了楣吧！唐吉訶德先生，您老人家還是快走吧。有您在這裡，這可憐的丫頭是不會醒不過來的。」

唐吉訶德回答道：

「小姐，今晚請你在我的房間裡放一把琴，我會盡力安撫這位可憐的女子。愛情的病剛發作，及時點悟是對症良藥。」

他生怕被人看見，剛一說完就急匆匆地走開了。還沒等他走遠，那昏厥了的阿爾迪西多啦就醒了過來，並對她的同伴說道：

「一定得往唐吉訶德的房間裡放一把琴。他一定會給咱們唱歌，並且唱得很不錯。」

兩個丫鬟立即把全部經過報告給了公爵夫人，還說唐吉訶德要一只吉他琴。夫人喜不自勝，因此就跟公爵和兩個丫鬟策劃好要跟他開一個玩笑。

大家都很亢奮，人人盼著天快點黑。其實那一天也確實很快就過去了。公爵夫婦跟唐吉訶德津津有味地聊了一整天。公爵夫人當天還真就打發一個侍童──也就是在森林裡扮演過中了魔法的杜爾西內婭的那個──把桑丘留下來的家信和那包衣服給其老婆泰瑞薩送了去。臨行前還特別交代他，回來後一定要詳詳細細地說一說同那女人會面的經過。

轉眼的工夫就到了夜裡十一點鐘。唐吉訶德果真在自己的房間裡看到了一把吉他琴。他調了調琴弦，打開窗戶，感覺花園裡有人在走動，就試了一下琴弦，認真調好音，用力清了清嗓子。然後，他就扯起嘶啞但還和調的嗓子唱起了自己當天趕出來的歌謠：

愛情的力量沒東西可比，
常會令魂魄從軀殼飛離，
閑著無事即為最大危險，
心神動搖都是理所當然。

或繡花或縫紉心有所繫，
忙忙碌碌不留一點縫隙，
若想醫好那相思的惡病，
沒有能比這更好的良醫。

賢慧的女子生活於閨房，
不到嫁時從不顯露芬芳，
至好的妝奩莫過於貞潔，
還有那眾口一詞的褒揚。

遊俠騎士闖天下走四方，

宮廷扈從隨侍於君主旁，
只把蕩婦當作玩物戲耍，
窈窕淑女才是實在新娘。

客舍中時常有兩情交歡，
生活裡的確是處處可見，
其實這不過是一夕之好，
分手後也就難以再相見。

再有那一夜的露水夫妻，
今晚剛結識明晨就已完。
事後沒人還會重新記起，
不會有一絲印象留心間。

漆好的牆重又油漆一新，
原先的顏色不會顯示痕跡，
早已被美人佔據的位置，

容不下新人再來將身棲。

我的心就如同一塊白玉，
杜爾西內婭雕琢了印記，
眉眼神采全都栩栩如生，
如想塗抹將會徒費力氣。

既為情侶就該生死相守，
至要的品質是忠貞不渝，
真誠相愛可以創造奇蹟，
心心相印方能舉世讚譽。

公爵夫婦、阿爾迪西多啦以及城堡裡幾乎所有的人都在那裡聽他歌唱。唐吉訶德剛唱到這裡，突然從他所在房間的窗柵上面的遊廊裡吊下來了一根拴有百十來個鈴鐺的繩子，之後又吊下來了一個大口袋，從口袋裡又竄出來很多尾巴上也拴有較小一點兒的鈴鐺的貓。鈴鐺聲、貓叫聲混成了一片，令這場玩笑的組織者公爵夫婦也嚇了一跳，無所畏懼的唐吉訶德這次也是毛骨悚然。

正所謂造化弄人，恰好有那麼兩三隻貓居然越過窗柵欄進了房間。那幾隻貓東躥西跳，簡直如同是有一大群魔鬼在鬧騰，牠們爲尋找逃逸的出路而撲滅了所有蠟燭。與此同時，那根拴有大鈴鐺的繩子還在不斷地提起放下、放下又提起。府裡的大多數人並不瞭解這事的究竟，都驚慌失措。唐吉訶德站了起來並抽出佩劍，他一邊衝著窗柵欄胡劈亂砍，一邊大聲喝道：

「滾出去，惡毒的魔法師！滾出去，玩弄妖法的混蛋！我是唐吉訶德，你們的壞心眼兒害不了我！」

然後他又轉身對著在他的房間內亂竄的那些貓亂刺一通。幾隻貓都跑到窗戶那邊逃了出去。不過有一隻被他的劍逼得走投無路，就跳到了他的臉上，對準他的鼻子連抓帶咬，疼得他狠命地連聲大叫。聽到他的叫聲之後，公爵夫婦料到大概是怎麼回事，匆忙朝著他的房間跑去，用他們的萬能鑰匙打開了房門。只見那位可憐的騎士正在拚命掙扎著要把那貓從臉上弄走。人們擁進房間目睹了那場大不敵小的戰鬥。公爵走上前去拉那貓兒，可是唐吉訶德卻吼道：

「誰都別插手！讓我跟這魔鬼、這巫師、這魔法師一對一地較量！我要親自讓他領教唐吉訶德是何等人物！」

但是，貓卻不爲這些威脅所動，仍舊嘶叫著緊抓不放。最後，還是公爵把牠揪下來，從窗口扔了出去。

唐吉訶德的臉變成了篩子，鼻子也不很完整了；可是他卻由於人家沒讓他單獨結束同那個壞蛋魔法師的惡戰而大為不滿。公爵夫婦吩咐人去找來了阿巴厘修治傷油[111]，阿爾迪西多啦親自用她那雙白皙的小手替他在傷處敷了藥，邊敷邊悄聲對他說道：

「無情的騎士，誰叫你毫無情意，還死不回頭；這些倒楣事都是天罰你的。真希望上帝會讓你的侍從桑丘忘了鞭打自己，讓你那心肝兒杜爾西內婭永遠都解脫不了魔法，讓你永遠都不能和她結婚相愛。至少是在我活著的時候，你就休想娶她。」

唐吉訶德聽了一言不發，只是深深地歎了一口氣，之後躺到了床上。他對公爵夫婦的奮力相助表達了謝意，不過卻又聲明他並不懼怕那個化成貓、帶著鈴的混蛋魔法師。

公爵夫婦讓他好好休息，跟著也就退了出去。

他們為這玩笑的後果感到十分痛心，完全沒有想到竟會讓唐吉訶德吃了那麼大的虧、受了那麼多的罪，以至於關在屋子裡整整躺了五天。

在此期間，他又遇到了更為可笑的事情。但是傳記作者暫時還不想講，因為我們現在要去看看正在努力而巧妙地處理政務的桑丘。

111. 十六世紀由一位名叫阿巴厘修・台・蘇比亞的人發明的一種外敷藥膏。

chapter 47 桑丘的表現

這部傳記講到，桑丘從審判廳出來後，大家把他送到一座富麗堂皇的官邸，飯廳裡已經擺上一桌可享王公的盛宴。

他剛一跨進那大廳，喇叭就吹起來，四個侍童上來要爲他洗手，他一本正經地接受了這一儀式。樂聲停了，他在桌邊就了座，那是唯一的一張椅子，桌上也只擺了一套餐具。

這時候一個手持鯨魚骨的人站到了他的身邊，後來瞭解，那人是個醫師。

人們揭去了蓋在水果和豐盛肴饌上面的潔白罩布[112]。一個學生模樣的人做了禱告；一個侍童幫他戴上了一個鑲有花邊的圍嘴兒；另一個專司布菜的侍童把一盤水果端到了他的面前。不過還沒等他吃上一口，手持鯨魚骨的人就用那鯨魚骨點了一下盤子，人們立馬就把盤子撤走了。

112. 西班牙有錢人飯前吃水果或冷盤，飯後吃熟水果之類的甜食。

侍童又端上去了一盤菜肴，他剛要動口，那鯨魚骨卻趕在他的前面、不等他嘗到味道就又敲在了盤子上。跟那盤水果一樣，另一個侍童立馬就端走了。看到這種情景，桑丘犯起了疑惑，瞪著大家，問這是吃飯還是變戲法。手持鯨魚骨的人回答他說：

「總督大人，海島上的總督，吃飯得按照歷代相傳的規矩。大人，我是醫生，吃本島的俸，專爲本島總督治病。總督的健康重過我本人的生命。爲此我日夜鑽研總督的體質，以便當他一旦染疾的時候能夠正確施治。我的主要責任就是伺候他的早晚飯食，瞧是吃了合適的才讓他吃，吃了不合適或傷脾胃的，就指點撤掉。因此我讓他們撤去了水果，因爲太生冷；我又讓他們撤去了另外一盤，由於太燥熱，並且加了太多香料，容易引起口渴。飲水過量會衝淡保養生命的血液。」

「這麼說那邊那盤烤竹雞，可能不會對我有害；我看烹調得還不錯呢。」

醫生回答說：

「只要我活著，就不可能讓總督吃那盤菜。」

「這是爲什麼？」桑丘問。

醫生說：

「我們的先師、醫學的北斗和明燈伊博克拉特斯[113]有一句名言說：『多食傷脾，尤忌竹

113. 伊博克拉特斯，古希臘醫生，被譽為醫學之父。

雞[114]」。意思是：無論什麼東西，多吃了都不好，竹雞尤其糟糕。」

「既然如此，」桑丘說，「有勞醫生大人看看桌上那些菜肴裡哪個菜最補人，哪個菜不傷身，讓我吃一點兒，別再用您那鯨魚骨敲敲打打啦。天哪，我都快餓死了，不管你怎麼說，反正不讓我吃就是想要我的命，而不是讓我延年益壽。」

「總督大人，您說得不錯，」醫生說，「我認爲老爺您不能吃那盤燒兔子，因爲克化不了。那盤小牛肉嘛，如果不是加了酸菜沙司烤的，倒還可以嘗嘗。可是這樣就不行了。」

桑丘回答說道：

「最前面那個冒著熱氣的大盤子，我猜測是什錦火鍋，那裡面有那麼多東西，總會有一些既合我口味又有營養的東西吧。」

「別妄想，」醫生說，「儘快打消那個可惡的念頭吧：世界上沒什麼能比雜燴更有害健康了。那是教士、校長或者農夫婚宴吃的東西，不是珍饈美味，怎能端上總督的餐桌啊。菜肴好比藥品，一味純藥無論如何都比配的雜藥貴重。因爲單味藥品不會出錯，而合劑一旦改變了成分的計量，就有可能出岔子。據我所知，爲了保養身體、增強體質，總督大人這會兒該吃的是一百個鬆脆的薄麵卷兒，再加幾片木瓜瓤；木瓜能調理脾胃，幫助消化。」

聽了這話，桑丘把往椅背上一靠，瞪著那位醫生，聲色俱厲問他叫什麼名字、是在哪兒

114. 西班牙皇室進餐時有醫師在旁鑒定食物。

念的書。那人回答道：

「總督大人，在下是貝德羅・忍凶・台・阿鬼羅大夫，祖籍是位於加拉奎爾和阿爾莫多瓦爾之間偏右的一個名叫提了他戶外拉的村子，在奧蘇那大學[115]獲得行醫資格。」

桑丘怒氣沖沖地對他說道：

「好哇，加拉奎爾和阿爾莫多瓦爾之間路右的一個名叫『提了他戶外拉』的村子裡出生的，奧蘇那大學畢業的貝德羅・忍凶・台・阿鬼羅大夫，請你立即從我的眼前滾開！不然我向太陽發誓，我要拿一根大棒子把島上所有的醫生都打跑，至少是把你這種冒充內行的攆走。對於那些有真才實學、認真而又聰明的醫生，我是很佩服的，把他們當神那樣敬重。我再說一遍貝德羅・忍凶，請你趕快滾蛋！否則我就用屁股底下的這把椅子砸爛你的腦袋，有本事就去告我好了！我會說除掉一個禍國殃民的可惡醫生是替天行道。馬上給我拿吃的來，不然就請收回這總督的位置吧，沒飯吃的管做它幹嗎？」

那醫生一看總督大發雷霆，立馬慌了手腳，打算抽身出去。正在這時，街上傳來了一陣號角聲。餐廳侍者探頭看了看窗外，回過身來說道：

「老爺，公爵的信使來了，肯定是有什麼緊急公文。」

那信使大汗淋漓、慌裡慌張地衝了進來，立馬從胸前掏出信札交到了總督的手裡。桑丘

115. 奧蘇那大學就像本書第一部裡提到的西宛沙大學一樣是一個小規模的大學，塞萬提斯那時代的人說到這類大學，往往帶著嘲笑的口吻。

接過信之後又遞給了管家，讓他看看信裡寫的什麼。那信封上寫著：「便宜他了海島總督堂桑丘親啟，或由秘書代啟。」因此桑丘問道：

「這裡誰是我的秘書？」

在場的一個人應聲答道：

「在下就是，我能讀能寫，是比斯蓋人。」

「就憑是比斯蓋人這一點，」桑丘說，「你就完全有資格給皇帝當秘書了。拆開看一下說了些什麼。」

秘書把函件打開看了一遍，之後說是一件只能私下處理的事情。桑丘立馬下令讓眾人退出，只有管家和餐廳侍者留下，其餘的人和醫生都退了出去。秘書馬上宣讀了來函，是這麼說的：

堂桑丘閣下，近悉本人及貴島的仇敵將於某夜對貴處發動猛烈襲擊。準確日期不詳：希望一定加倍警惕，勿讓自己被攻於無備。根據準確情報，還有四個人由於嫉賢妒能而喬裝潛入貴處密謀戕害閣下性命。還請提防，注意洽談的人物，勿食別人送來的東西。若有困難，我將鼎力相助。以閣下之機智，定能萬事如意。

您的朋友

公爵
八月十六日晨四時於本地

桑丘嚇壞了，其他幾個人也惶恐起來。桑丘面向管家說道：

「現在必須立即就做的事情是把貝德羅大夫關進牢去。如果有人想殺我，那人絕對就是他，並且還是借用最惡劣的手段，想讓我因餓致死，死得又慢又慘。」

「另外，」餐廳侍者說，「閣下還是不要吃桌子上的那些食物了。因爲那是幾個修女送來的，就像老話說的，『魔鬼就躲在十字架後面』。」

「我不反對，」桑丘說，「眼下請你們給我一小塊麵包和四磅葡萄，葡萄裡面不會有毒藥。因爲我實在是不吃東西就受不了。要是咱們眼下面臨一場戰鬥，那就得先吃飽，因爲『是腸胃拖帶著心，不是心拖帶著腸胃』。你馬上給公爵大人回信，跟他說一切吩咐都會絲毫不差地貫徹執行。

「此外再加上一句，說我親吻尊敬的公爵夫人的手，並求她千萬不要忘了吩咐一個親信把我的家信和包裹給我的老婆送去。她的這份恩情，我會記住，並努力報答的。順便再給我的東家唐吉訶德先生問個好，讓他記著我是個知恩圖報的人。作爲稱職的秘書和出色的比斯蓋人，你就看著再加點兒別的什麼對景兒的話吧。

「把這個桌布撤掉，給我拿點吃的東西來。隨它有多少奸細、刺客和魔法師來害我，或侵犯我的海島，我準備和他們幹一下呢！」

正在這時，有一個侍童進來說道：

「來了個老鄉，說是有要事要找您大人談談。」

「這些求見的人也真是邪門兒，」桑丘說，「他們難道就這麼笨，不知道現在不是談事情的時候嗎？難道他們認爲我們這些當官、審案的都不是有血有肉的大活人？我們也需要一點必不可少的喘氣工夫。看在上帝的份上，我已經想清楚了，這官如果還能當下去，我絕對得教訓教訓這些前來說事的人。算了，你去讓那人進來吧，但是你要先弄清他是不是奸細或刺客。」

「不會的，老爺，」侍童說，「他看樣子挺忠厚的，如果我沒看走眼，一定是個大好人。」

「不用擔心，」管家說，「我們都在這裡。」

「餐廳侍者，」桑丘說，「這會兒貝德羅．忍凶大夫沒在，能不能讓我吃點兒有分量的、實實在在的東西？即便就是一塊麵包和一個蔥頭也行啊。」

「您大人午飯欠的，晚飯補上，讓您吃個飽。」餐廳侍者說。

「希望上帝保佑吧。」桑丘說。

這時候，那老鄉走進來了。那人相貌和善，千里之外就能看得出他是個心地善良的老實人。他一進來就問道：

「請問在座的哪一位是總督老爺？」

「還會是哪一位？」秘書說，「當然是坐在椅子上的那位嘍。」

「那麼我就給您行禮啦。」莊稼漢說。

農夫跪下來，並懇請總督把手伸過去讓他吻一下。桑丘謙遜不敢當，吩咐他站起來，有話就儘快說。那老鄉站了起來說道：

「老爺，我是莊稼人，祖籍是離烏達德·瑞阿爾兩哩瓦地的米蓋爾圖拉鎮。」

「原來也是從提了他戶外拉來的？」桑丘說道，「有話就說吧。我能告訴你的是，我十分瞭解米蓋爾圖拉，離我住的村子很近。」

「事情是這樣的，大人，」老鄉說，「上天慈悲，我是在神聖的羅馬天主教的教堂裡正經八百地結婚的。我有兩個還在念書的兒子，都在讀大學：小兒子打算讀個學士，大兒子打算讀個碩士。我的老伴兒死了，是讓一個蹩腳大夫給害死的，她懷了孩子，那大夫卻讓她吃瀉藥。如果上帝讓那個孩子出世的話，我會讓他讀博士的，免得他會羨慕那兩個分別是學士和碩士的哥哥。」

「也就是說，」桑丘插嘴說，「如果你的老婆沒死或者說沒被人害死，你現在就不是鰥夫了。」

「老爺，那是當然。」莊稼漢答道。

「咱們很談得來啊！」桑丘說，「你快講下去吧，這會兒是睡午覺的時候，不該談事兒。」

「我想說的是，」莊稼漢說，「我的那個要做學士的兒子愛上了本村的一個女子，名字叫作克拉拉．蓓蕾麗娜，是富裕農戶安德瑞斯．蓓蕾麗農的女兒。這『蓓蕾麗』不是他們家的祖姓，只是由於這個家族的人全都得過『蓓蕾西』病，這麼叫著挺順口，人們就都這麼叫他們了。

「那女子就真是蓓蕾一樣美麗，從右邊看簡直就是田野裡的一朵花；從左邊看稍微差一點。因為她少了一隻眼睛，是讓天花給害的。她臉上的麻子確實是多了點兒、大了點兒，不過喜歡她的人卻說那不是麻子，而是叫情人陷進去出不來的深坑。她的臉十分乾淨，怕流鼻涕流髒了臉，所以鼻孔朝天，兩個鼻孔就像是故意要避開嘴巴。

「雖然這樣，她還是很不錯，因為嘴巴很大。如果不是缺了十顆還是十二顆板牙和盤牙，那張嘴就比什麼櫻桃嘴呀、菱角嘴呀等等都美。她的嘴唇真不知道該如何說才好，那薄那細，如果時興把嘴唇繞線似的那麼繞起來的話，絕對可以繞成一大團；她那嘴唇的顏色與眾不同，簡直是奇蹟，又藍、又綠、又紫，斑斕陸離。對不起，總督大人，我是不是對這個終將成為我兒媳的女子描述得太詳細了？我很喜歡她，不認為她醜。」

「隨你怎麼說吧，」桑丘說，「我聽著很有趣。如果是吃飽飯了的話，你說的這些真稱得上是再好不過的餐後點心了。」

「我倒是真的能夠再接著講下去的，」老鄉說，「若是可以說一下她的風度和身高，那才叫奇了呢，不過講不出來。因為她整個人都佝僂著，膝蓋緊貼著嘴巴，儘管這樣，還是想像得出，如果她能站直溜了，腦袋估計可以頂到天棚。本來，她早就可以把手伸給我的學士，不過她的手是拳的，伸不出來，雖然如此，從那凹陷的長指甲還是可以看出她的手形很漂亮。」

「行了，」桑丘說，「你可是已經把她從頭到腳全都形容到了。你到底想幹什麼？直接說吧，別再轉彎抹角、拖泥帶水啦。」

「老爺我想，」老鄉說，「我想請大人您給我的親家寫封信說說情，求他同意下這門婚事。因爲論家產和相貌，我們兩家真的是不相上下。實話講，總督老爺，我那兒子有魔鬼附身，每天三番五次地受那惡鬼折磨。有一次，他掉進火裡，臉被燒得跟羊皮紙一樣皺，眼睛也總是濕漉漉的。要是他不是愛用棍子和拳頭向自己亂打，他絕對是個條件很不錯的人。」

「你還有別的什麼要求嗎？」桑丘問。

「還有一件事兒，」老鄉說，「不過我不敢說。不過不管怎麼樣，總得說出來，不能讓它爛在肚子裡。我是想說希望您大人能給我三百或六百杜加幫我那學士兒子把婚事辦了，給他安個家。他們得有個小家庭，才免得父母干預他們的生活。」

「仔細想想還有沒有別的了，」桑丘說，「別不好意思或不敢出口。」

「這次真的沒有了。」莊稼漢說。

他的話音一落，總督就一躍而起，用手抓著坐椅跟他說：

「你這個不識抬舉的鄉巴佬！你如果不立即從我面前消失，找個地方藏起來，我就用這把椅子打破你的頭！你這個婊子養的無賴、滿嘴鬼話的混蛋，這時候你跑來找我要六百杜加？你這個可憎的東西，我上哪兒給你找去？你這個滑頭和傻瓜，即便我有，又憑什麼要給你？米蓋爾圖拉也好、蓓蕾麗也好，和我有什麼關係？快滾！不然的話，我可以對尊敬的公爵大人發誓，絕對砸爛你的腦袋！你一定不是從米蓋爾圖拉來的，而是地獄派到這裡來引誘我的惡鬼。你這個黑了心的東西，我剛剛上任還不到一天半的時間，上哪兒來的六百杜加？」

餐廳侍者給那個老鄉使了個臉色，讓他快走。農夫生怕總督發怒，低著頭出去了。這個傢伙還挺會表演他的角色呢。

就讓桑丘在那兒窩火吧，但願一切平安。咱們還是去看看臉上纏著繃帶的唐吉訶德吧。他那被貓連抓帶咬弄出來的傷口足足養了八天才好了點。在這期間，他又出了事情。熙德·阿默德已經同意要如實地把它詳細敘述出來，而且不改變這部傳記始終堅持的事無巨細的風格。

chapter 48 值得大書特書的事

受了意外之傷的唐吉訶德臉上纏著繃帶，心裡非常懊惱和沮喪。

一天晚上，正當唐吉訶德由於反覆思考自己的不幸和阿爾迪西多啦的糾纏而沒能入睡的時候，突然聽見有人用鑰匙開他房間的門，他立馬想到是那個癡情的女子阿爾迪西多啦前來考驗他的誠心。

房門被打開了。他馬上在床上站起來，兩眼盯著門，滿心以爲進來的是早已被他弄得神魂顛倒的阿爾迪西多啦，結果卻看到了一個極爲莊重威嚴的傅姆：長長的卷邊白頭巾把整個人從頭到腳全都罩住了，左手擎著半截燃著的蠟燭，右手遮著光線，免得射眼；臉上還戴著一副大眼鏡。她走得很慢，腳步很輕。

唐吉訶德居高臨下地望著那傅姆，看到她的那副裝束和悶聲不響的樣子，還以爲是經過喬裝的巫婆或是妖女前來作祟，因此就匆忙地畫起了十字。

她看見唐吉訶德那模樣也嚇愣了，因爲他披著床單，臉和鬍子包著布，個子又高，一身黃色，面目可怕。她一見不由得大叫一聲，說道：

「唐吉訶德先生──您確是唐吉訶德先生吧？我是尊敬的公爵夫人的陪侍傅姆堂娜羅德利蓋斯。我有件沒法解決的事，久仰您是排難救困的高手，特來求助。」

「堂娜羅德利蓋斯太太，請您跟我說：您不會是前來拉線搭橋的吧？我要明言相告：由於有了我那意中人杜爾西內婭舉世無雙的美色，我絕對不會再爲任何人傾心。總之，堂娜羅德利蓋斯太太，只要你不是前來傳情遞話，您可以去把蠟燭點上之後再回來。我已經說過了，除了私情勾當，隨您要我幹什麼都可以商量。」

「尊敬的先生，我怎麼會替人傳遞情話呢？」傅姆答道，「閣下也太不瞭解我了。我去把蠟燭點上，立馬就回來把自己的煩心事兒說給您這位普救天下苦難的大好人聽一下。」

她不等唐吉訶德回答就出去了。

唐吉訶德心平氣和、若有所思地等著她回來。可是忽然之間，他又開始對可能會發生的事情浮想聯翩，認爲自己過於莽撞、欠缺考慮，自己對意中人承諾的忠誠很可能會蒙受危險。

唐吉訶德這麼一想，從床上一躍而起，打算把門關住，不再放堂娜羅德利蓋斯太太進屋。但是他剛要關門，堂娜羅德利蓋斯太太就手裡舉著一根點著的白蠟燭回來了。這樣近距離地看著身裹被單、臉纏繃帶、頭戴軟帽或髮套的唐吉訶德，那傅姆重又有了懼意，連著倒退了兩步說道：

「騎士先生，咱們彼此信得過嗎？我認爲您下床來，好像有點不大老實呢。」

「太太，應該是我這麼問您才對，」唐吉訶德說，「那我就直接說吧，我不會受侵犯吧？」

「騎士先生，您懼怕誰啊，又讓誰給您這個保證啊？」傅姆反問道。

「怕的是您呀，當然是向您要求這個保證了，」唐吉訶德說，「因爲我既不是石雕的、您也不是銅鑄的，現在可不是上午十點鐘，而是半夜，也許比半夜還晚些；而且屋裡只有咱們兩人。可是太太，請您把手伸給我吧，我認爲我的守身如玉和您那副令人起敬的頭巾，都是保證。」

唐吉訶德說著親吻了一下自己的右手，傅姆也履行了同樣的儀式，之後兩個人才拉起手來。

熙德·阿默德寫到這兒加了一段插話：他向穆罕默德發誓，如果可以親眼看見他們兩個人手牽手從門口走到窗前，他賠掉一件新大衣都心甘情願。

唐吉訶德重又回到了床上，堂娜羅德利蓋斯坐到了一把離床有一段距離的椅子上，但是既沒有摘下眼鏡，也沒有放下手中的蠟燭。

唐吉訶德縮在床上，用被窩把全身捂得嚴嚴實實的，只露出一個腦袋。兩個平心靜氣之後，唐吉訶德首先打破了沉默：

「尊敬的堂娜羅德利蓋斯太太，您現在可以把藏在心裡和腹中的難言之隱全部傾倒出來了，本人願意洗耳恭聽，並竭力相助。」

「從您慈善和藹的面孔上，」傅姆說，「我就推斷出像閣下這麼有風度、這麼可愛的人肯定會做出這種善意的回答。我命運不佳，父母讓我去給一位貴婦當了針線丫頭。在那期間，那家有個侍從看上了我；我可沒有撩他。爲了避免閒言碎語，主人就讓我們經教堂批准，正式結婚。婚後我們有了一個女兒，可是我的丈夫去世了。」

她講到這兒竟然傷心地哭了起來，哽咽著說：

「請閣下原諒，我確實是忍不住，每次想起我那早死的丈夫，都會忍不住要哭上一場。我成了寡婦，沒有了依靠。後來，現在的東家公爵夫人嫁給公爵的時候，就帶我來到了這個阿拉貢王國。不用說，女兒肯定是也跟我一起來了。我的女兒漸漸長大了，漂亮得像朵花。離這兒不遠有個村莊，那兒有個大富農，他的兒子愛上了我的女兒，結果他們兩個人不知怎麼就結對成雙了。

「那小夥子答應和我女兒結婚，把她騙到了手，隨後又想變卦。我請公爵讓那個富農的兒子跟我的女兒結婚，但是公爵充耳不聞，甚至不願意聽我說。因爲那混蛋的爸爸是大財主，公爵大人問他借過錢；借別人的錢又常由那人作保，所以不肯得罪他。因此，尊敬的先生，我希望閣下可以出面把事情擺平，可憐一下我那女兒孤苦無依、貌美年幼吧。『閃閃發亮的不是黃金』，即使我那東家公爵夫人……還是不說了吧，常言道：隔牆有耳啊。」

「我憑自己的生命請問，堂娜羅德利蓋斯太太，請您快說，公爵夫人怎麼了？」唐吉訶德問道。

「您既然發誓請問，」傅姆說，「我也就只好據實回答了。她的健康首先得歸功上帝，其次還得歸功分別開在兩條腿上的兩個口子。醫生說她身上盡是髒水濁液，而這些壞水都從那兩個口子裡排泄出來了。」

「聖瑪利亞啊！」唐吉訶德說道，「尊貴的公爵夫人身上怎麼可能有那種排毒的口子呢？只是那種口子，又開在那個地方，流出來的肯定不會是骯髒水，而是琥珀的溶液。說真的，我現在倒是認爲，在身上開個口子[116]可能非常有益於健康。」

唐吉訶德的話音還沒落，房門就被猛地一下子撞開了。一驚之下，堂娜羅德利蓋斯手裡的蠟燭立刻掉到了地上，滿屋烏黑。

緊接著，那可憐的傅姆就感覺到有兩隻手死死地卡在了自己的喉嚨上，叫喊不得；另一個人悄悄地迅速撩起她的裙子，用類似鞋底的東西狠命地抽打起來，實在是慘不忍睹啊。

唐吉訶德心裡惻然，卻不敢從床上跳下來。由於不清楚是怎麼回事兒，也沒敢出聲，生怕自己也會遭到毒打。

他的擔心果然沒有多餘，收拾完了傅姆之後，那兩個悶聲不響的打手就轉到了他的身上。先是掀開了被褥床單，之後就是一頓狠擰猛掐，逼得他不得不揮拳反抗。

116. 據西方古代醫學，人體內有四種液汁：血、痰、黃膽汁、黑膽汁。液汁配合均勻，身體就健康，否則有病。保持健康的一個方法就是在身上切開一兩個口子，把過多的液汁排泄掉。

不過很奇怪，誰都沒出聲。這一仗打了半個小時，兩個鬼怪才出去。堂娜羅德利蓋斯理好了裙子，一句話沒說，自嗟自歎地走了。

房間裡只剩下了唐吉訶德獨自一人，被擰得渾身生疼，他摸不著頭腦，百思不得其解，很想弄明白是哪個惡毒的魔法師把他害成這樣。

桑丘又在召喚咱們了，這也是整部傳記結構平衡的需要。

chapter 49 桑丘巡查海島的見聞

前面說到，桑丘正在為農夫的那番描述生悶氣。其實那個饒舌與狡詐的傢伙是管家安排的，管家的背後又有公爵在指使，他們合起來將桑丘耍弄了一番。桑丘雖說是個又村又野的死心眼兒，卻能對付他們。

公爵的密函宣讀完畢了，貝德羅大夫又回到了大廳裡。桑丘說：「現在我算真正明白了，不管是地方官還是總督，都得是鐵人才行，以便不管什麼時候有人來找他，他都不能煩。到這前來求見的笨蛋啊，不要選吃飯或是睡覺的節骨眼嘛，法官也是血肉之軀。」

聽到桑丘如此慷慨陳詞，那些認識他的人都感到驚訝，不清楚他為什麼會這樣，最後只能歸結為：高官顯爵不是讓人明智，就是令人昏聵。提了他戶外拉村出來的貝德羅大夫終於決定置伊博克拉特斯的所有格言於不顧，答應那天晚上讓總督飽餐一頓。聽到這話，總督非常高興，一心盼著天黑，這樣就能趕快開飯。儘管他認為時光彷彿停滯了，他所期盼的時刻最後還是到來了。人們給他端去了一盤牛肉拌蔥頭和幾隻燒牛蹄，他吃得津津有味，一邊吃還一邊轉過臉去跟那位大夫說道：

「大夫先生，請您聽好了：從今往後，你不要給我弄什麼山珍海味，那樣反倒讓我腸胃失調。上菜的師傅可以給我來個砂鍋燉雜燴：雜七雜八的肉越是不新鮮，臭烘烘的燉上越是香噴噴；凡是吃的東西都可以裝進去。」

「那當然，總督大人，」餐廳侍者說，「您剛才說得太對了。我代表島上的居民向您保證，一定小心謹慎，爲您效勞。因爲您大人自從上任以來仁心善意，我們憑什麼對您不客氣呀。」

「這話我相信，」桑丘說，「誰要是對我不客氣，他絕對是傻瓜。再過一會兒咱們就去巡查，我計畫把島上的壞事和遊手好閒、不務正業的人員全都從島上清除出去。我有意襄助種田的莊戶、維護紳士的權利、褒獎德高望重的人士，尤其要尊重教會和教士。你們認爲怎麼樣，我這話有道理嗎？還是我太多事了呢？」

「總督大人，您說了這麼多，」管家說，「實在沒有想到，我知道您是毫無學問的，想不到您滿肚子良言寶訓。公爵大人和我們都沒料到您有這樣的本領。」

到了晚上，在貝德羅大夫的恩准下，總督總算是吃了一頓飽飯。總督終於要去巡查了，身邊有管家、秘書和餐廳侍者以及負責總督紀行的史官、扈從和公證員一起隨行，一行人浩浩蕩蕩，頗具規模。桑丘神氣活現地手持權杖走在中間。他們才巡視了幾條街，就聽到一陣劍鋒擊碰的聲音，原來是兩個人在打架。

「鎮靜，好百姓，」桑丘說，「我是總督，講一下你們為什麼打架吧。」

另一個搶先說道：

「總督老爺，這個傢伙剛剛在對面這家賭館裡贏了一千多瑞爾，天知道是怎麼贏的。我當時在場，不止一次地昧著良心給他遮掩可疑的伎倆。他贏了錢就走了。他至少該賞給我個把艾斯古多[117]的彩頭錢呢。我氣不過，就跟了出來，好言好語地求他，哪怕只給八個瑞爾也成。可他只給我四個瑞爾。」

「你還有什麼要說的？」桑丘問。

那個人說這個人說的都是實話，他只能給這個人四個瑞爾，因為他已經給過這個人好幾次錢了。問贏家討彩頭錢得客客氣氣，給多給少一律笑納才對，除非明確知道贏家做過手腳、那錢來路不正，否則就不該跟人家計較。

「我看這麼辦吧，」桑丘說，「你，贏家，無論你是好是壞，立馬給跟你打架的這個人一百個瑞爾，之後你還得掏三十個瑞爾給監獄裡那些可憐的人們。至於你這個既無職業又無產業的無業遊民，馬上接過那一百瑞爾，限你明天之內離開本島，十年之內不許回來。若敢違抗，我會親自動手或吩咐行刑劊子手把你送上絞架。」

117. 一個艾斯古多值八到十瑞爾。

兩個人一個掏錢，一個接錢；這個離島而去，那個轉身回了家。這時候，總督說道：

「除非我沒這個權利，不然我定將取締賭館。我總認爲這類場所貽害無窮。」

「至少這一家您不能取締，」一位公證員說，「因爲老闆是位要人，而且這位大人每年打牌輸的錢也比他贏的多很多。賭博的陋習既然已經成了風氣，要賭最好就要大賭場去，而不要進那種小賭館。那種小賭場拉住一個倒楣蛋從半夜賭起，直到把他的皮都活剝了才甘休呢。」

「公證員啊，現在，」桑丘說，「我清楚這裡面很有講究了。」

這時候，一個巡邏隊長押著一個年輕人走過來說道：

「總督老爺，這個年輕人本來正朝咱們這邊走過來，但是一看到是官府的人，扭過頭去撒腿就跑，像一頭鹿似的。可見他一定不是好東西。」

「夥計，你爲什麼要跑？」桑丘問道。

那小夥子回答說：

「老爺，我不想被官府沒完沒了地盤問。」

「你是做什麼的？」

「編織工。」

「編織什麼啊？」

「請老爺您別見怪，編織槍頭子。」

「你是跟我要貧嘴嗎？你喜歡說笑話？好啊！你現在要到哪裡去？」

「出去透透風。」

「到島上的什麼地方去透風？」

「有風的地方唄。」

「好，你真是百句百對！小子，你很機靈啊！但是你要知道，我就是空氣，就是來吹你的，要把你吹到大牢裡去。來人啊！抓住他，把他帶走。今天晚上我要讓他睡在那個沒風的監獄裡。」

「天啊！」那小夥子說，「想讓我睡到監獄裡去，就如同是想讓我當國王，辦不到！。」

「爲什麼辦不到？」桑丘問，「難道我沒有權力對你想抓就抓、想放就放？」

「老爺您的權力就算再大，」小夥子回答道，「也不可以讓我睡在監牢裡。」

「怎麼就不行？」桑丘說，「立即把他帶走，我讓他親自檢驗自己的錯誤。他即使買通了牢頭也沒用。他如果讓你離開監獄一步，我就罰他兩千杜加。」

「這些話太可笑了，」小夥子說，「我只要活著，誰都不能讓我睡在監牢裡。」

「你這個小鬼，你說，」桑丘說，「我把你帶上鎖鏈關進牢裡，你有辦法把鎖鏈脫掉走出大牢嗎？」

「好了，總督大人，」小夥子很風趣地說道，「咱們現在評評理，把話說在筋節上。即使你大人讓人把我送進監獄，再給我戴上鐐銬，還告訴警戒監獄長如果放我出去就會受到重罰，監獄長也的確毫不走樣地執行了您的命令；但是如果我整夜都不睡覺，連眼皮都不眨一下，隨您有多大的權力，怎麼能讓我睡覺呢？」

「當然不行，」秘書說道，「這小子還真占了理了。」

「如此說，」桑丘說，「你不睡根本就是因爲自己不想睡，並不是故意跟我較勁嘍？」

「不是的，老爺，」小夥子說，「我沒那個意思。」

「那麼你就快走吧，」桑丘說，「回家去睡吧，但願上帝保佑你做個好夢，我並不想剝奪你的好夢。但是我勸你今後不要再跟官府開玩笑，說不準他當了真，叫你吃不了兜著走呢。」

小夥子走了，總督接著巡查。沒過一會兒，又有兩個巡邏隊長揪著一個人前來說道：

「總督老爺，這是個女扮男裝的，並且還長得頂不錯。」

兩三隻燈籠一齊向那人的臉上照去，的確是一張女人的臉。那女人看起來也就是十六歲的樣子。她頭髮攏在一個金綠相間的絲網裡，真的是漂亮極了。眾人都對她的印象特別好。但是在場的人中卻沒有一個人認識她，當地居民也說不出來她長得像誰。最感到驚訝的反倒是那些合謀要弄桑丘的人，因爲他們預先策劃的陰謀當中並沒有她。桑丘也對女子的姿容大爲驚異，於是便問她是什麼人，爲何穿這身衣服。女子用真心羞赧的眼睛望著地面回答道：

「先生，這事兒可得保密，我不能當眾解釋。但是有一點請您放心：我既不是小偷也不是壞人，我只是一位不幸的女子，一種強烈的欲望讓我忘了應該顧及應有的體面。」

聽完這話之後，管家就跟桑丘說道：

「總督大人，請您先吩咐人們散開吧。我們可以讓這位小姐說起話來少一點兒顧慮。」

總督一聲令下，除了管家、餐廳侍者和秘書之外，其他所有人全都退到了遠處。一見人少了，那女子繼續說道：

「先生們，我是狄艾果的女兒，各位肯定認識他。」

「這就對了，」管家說，「我認識狄艾果，清楚他是這兒一個有錢的貴族，有一兒一女。自從他的妻子去世以後，當地就再也沒人見過他女兒的面，他把女兒關在家裡，看管得很緊。即使是這樣，但是人們都說那女孩非常漂亮。」

「是這麼回事，」女子說，「我就是他的那個女兒。至於我的姿色是不是和傳說的一樣，各位現在已經看到了，想必心中也已經有答案了。」

女子說到這裡就哭了起來。

桑丘盡力好言勸慰了一番，讓她打消顧慮，講講到底是怎麼回事兒。

「事情是這樣的，」女子說，「十年來，也就是自從母親入土之後，我父親就把我關在家裡十年。在此期間，我白天能看到的就只是天上的太陽、夜裡也只能看到月亮和星星，除了父親、弟弟和羊毛商貝瑞斯，我就再也沒有見到過別的男人。我渴望看看外面的世界，就向弟弟提出了一個壓根兒就不應該提出的請求。」

女子接著又哭了起來。管家對她講道：

「請您接著講下去，小姐，把你遇到的事全都說出來。我們聽到你的故事，看到你流眼淚，我們的心裡也是很難受的。」

女子斷斷續續、唉聲歎氣地說道：

「我千不該萬不該、錯就錯在懇請弟弟幫我換上他的衣服打扮成男人了。而他則換上了我的衣服，看起來挺像個漂亮女子。差不多也就在一個鐘頭前吧，我們從家裡走了出來，憑著年輕人無拘無束的興致，在村子裡兜了一圈。後來在我們正要回家的時候，突然看見來了一群人。弟弟就對我說道：

「『姐，這些人肯定是巡夜的。咱們趕快跑吧，跟著我，千萬不能讓他們認出咱們來，要是傳出去的話，那就有損名聲了。』

「他剛把話說完就轉過頭去，並且那哪裡是跑啊，簡直就是飛奔嘛。而我呢，還沒有跑出去六步，就被嚇得一個跟頭栽倒在了地上，這時候差役們就走了過來，把我帶到各位大人的面前來了，都怪我自己任性，才會當眾出醜的。」

「這樣說來，」桑丘說，「您並沒有出什麼大事兒嘛，並且也不是像您開始時講的那樣，是受到某種強烈欲望的驅使才離開家的嘍？」

「我什麼事都沒有，也不是受欲望的驅使。我只不過是想看看這個世界罷了，並且僅限於村子裡的街道。」

女子的話很快就得到了證實，原因是兩名巡邏隊長帶來了她的弟弟。他是在跟姐姐跑散以後被逮住的。他身穿漂亮的短裙，披著一條有金銀花邊的藍緞大披巾，頭上沒有戴頭巾，也沒有什麼頭飾，只有一綹綹的金髮。總督、管家和餐廳侍者把他拉到一邊，避開了他的姐姐，問他爲什麼這副裝扮，他不無羞怯和忸怩地把姐姐剛剛已經講過了的過程又重述了一遍。一見鍾情的餐廳侍者聽完之後喜不自勝，只聽總督對他們姐弟說道：

「二位，這不過是小孩子胡鬧的把戲罷了，這點事也用不著講這麼半天，也沒必要搭上那麼多的眼淚和歎息，只需要說一句『我們是某某和某某，想出這樣的主意背著父母從家裡溜出來，僅是出於好奇，沒有其他目的』，事情也就完了。有必要哼哼唧唧、哭哭啼啼嗎？」

「確實是這樣的，」女子回答說，「可是要知道，剛才我真的是嚇壞了，也不知道該怎麼辦才好。」

「沒事兒就好，」桑丘說，「好了，我們現在就送你們回家，家裡人說不定現在還不知道發生了什麼事兒呢。從今往後，你們就別再淘氣了，也別老想著看什麼外面的世界了。」

男孩感謝了總督要送他們回家的盛情，因此就一起上了路，其實也並沒有走多遠。到了之後，他衝著一個窗口丟下一個石子，這時候一個女僕立即下來開了門，姐弟倆就走了進去。

眾人對他們兩個的漂亮可愛，以及借著夜色既不出村又可以見識外邊世界的心願，深感驚異。但是他們把這一切都歸之於年幼無知。

餐廳侍者已經動了心，想改日再來跟女子的父親提親，他認爲自己是公爵的傭人，相信女子的父親絕對不會拒絕的。

桑丘也在心裡暗自打起了把女兒嫁給那個男孩的主意，因此決定找個機會提出來，自己也認爲應該是什麼人都不會拒絕娶總督女兒做老婆的。

於是當夜的巡查到此就算是結束了。

兩天以後，他的總督任期也跟著功成屆滿，他的一切謀劃自然也就破滅了。

其中原因，隨後便知。

chapter 50

劊子手的真面目

據說對這部真實傳記中的每一個細節都不肯忽略的熙德．阿默德說，堂娜羅德利蓋斯在離開自己的房間準備去找唐吉訶德的時候，就已經被和她同居一室的另一位傅姆發現了。

這位傅姆自然是悄悄地跟蹤而去，粗心的堂娜羅德利蓋斯居然沒有覺察到。等到看見她走進了唐吉訶德的房間，這個傅姆立馬就跑去告訴女主人公爵夫人，堂娜羅德利蓋斯這會兒正在唐吉訶德的臥室裡面。

公爵夫人把這事告訴了公爵，並懇請他允許自己跟阿爾迪西多啦一起去看看那個傅姆找唐吉訶德到底是有什麼事情。公爵同意了。於是主僕二人就悄沒聲地扒在門上，把他們的談話聽得也清清楚楚的。公爵夫人在聽到自己身上那兩道口子的隱秘被揭露出來之後可就受不了啦，阿爾迪西多啦也同樣覺得忍無可忍了，於是兩個人馬上火冒三丈，滿懷著報復的欲望破門而入，不僅痛打了傅姆，也對唐吉訶德來了一通掐擰抓撓。詳細情形，前面也已經說過。

女人最聽不得有損自己的容貌和虛榮的言辭，只要遇到這種情況，一定會惱羞成怒並且進行打擊報復的。公爵夫人把事情的經過告訴給了公爵，他也聽得津津有味。公爵夫人抱定主意要繼續耍弄唐吉訶德以尋求開心，因此就打發一個侍童去給桑丘的老婆泰瑞薩送信[118]。擔此重任的就是曾經扮演過杜爾西內婭的角色，並爲她找到了祛除魔法的妙計的那個侍童，他不僅給她帶去了丈夫的家書，而且還帶著公爵夫人的便函和作爲禮物送給她的一大串珍貴的珊瑚珠。

傳記說到，那個侍童十分聰明伶俐，一心想要討好東家，因此高高興興地出發，直奔桑丘的村子而去。他在進村之前遇到了一大群在河溝裡洗衣服的女人，就向她們打聽是否知道村裡住著一個名字叫作泰瑞薩的女人，她丈夫是桑丘，在給一個被稱作唐吉訶德的騎士當侍從。他的話音剛落，就有一個正在洗衣服的小女孩站了起來說道：

「那個泰瑞薩是我媽，那個桑丘就是我爸，那個騎士是我們的東家。」

「那麼，女孩，你快過來吧，」侍童說，「帶我去見你的媽媽，我給她帶來了你那爸爸的一封信和一件禮物。」

「那就太好了，先生。」女孩說。看樣子，她的年紀也就是十四歲左右。

118. 此處與第四六章所講的派侍童去給泰瑞薩送信的時間不符。

女孩連跑帶跳地進了村子，不等邁進家門就先喊了起來：

「媽，快出來，快點兒，這裡有位先生帶來了爸的信和一些東西。」

泰瑞薩聽到喊聲就從屋裡走了出來，手裡還在撚著麻線。她身上穿著的灰裙子短得簡直就遮不了羞[119]，一件也是灰色的緊身上衣裹著貼身穿著的襯衣。她不是很老，但是看起來倒像是個四十開外的人了，不過她身體倒是很壯健，腰板挺直、筋骨粗大、面孔清瘦。看到女兒和那侍童之後，說道：

「是什麼事啊，女兒，這位先生是什麼人？」

「願為堂娜泰瑞薩夫人效勞。」侍童說。

他邊說邊翻身下了馬，並且畢恭畢敬地跪到泰瑞薩面前說道：

「尊貴的堂娜泰瑞薩夫人，『便宜他了』島的正式總督堂桑丘大人的唯一結髮妻子，請准許我親吻您的手吧。」

「哎喲，我的天啊！您快請起，別這樣，」泰瑞薩說，「我可不是什麼官太太，只不過是一個可憐的鄉下女人罷了。丈夫是遊俠的侍從，而不是什麼總督。」

「夫人啊，」侍童說，「您是一位十分高貴的總督的十分高貴的妻子。要是不相信的話，就請您接過這封信和這件禮物。」

---

119. 這是西班牙民謠裡的話。按古代風俗，處罰淫婦，把她的裙子剪得很短，不夠掩蓋身體下部。

他說完就從口袋裡掏出來了一串赤金扣環的珊瑚珠，戴在了她的脖子上說道：

「這封信是總督大人的。這另外一封和這串珊瑚珠子是我的東家公爵夫人讓我帶給您的。」

泰瑞薩登時目瞪口呆，她的女兒也同她差不了多少。不過最後還是那個女孩先開口說道：

「我敢肯定這一切都得感謝咱們的東家老爺唐吉訶德，一定是他給了爸這個官職或者是領地的，他早就應允過了。」

「的確如此，」侍童說，「桑丘先生現在確實是由於唐吉訶德先生而當上了『便宜他了』島的總督，您看過信之後就會知道的。」

「那就快請這位先生給我念念吧，」泰瑞薩說，「我只會撚線，卻一個大字都識不得。」

「我也一樣，」桑琦加說，「不過你們等著，我去找個識字的人來。或是神父，或是參孫學士，他們很想知道爸的消息，一定會願意來的。」

「不用找什麼人了，我不會撚線，可是我倒是識字。我來念吧。」

就這樣，那侍童把信從頭到尾念了一遍，裡面的內容前邊已經說過，這裡也就不再重複了。之後他又讀了公爵夫人的那封，信上是這麼說的：

閨友泰瑞薩：尊夫桑丘仁厚並且聰穎，我於感動之餘懇請愚夫公爵大人將其眾多海島之一交由他管轄。據說他施政有方，我本人甚感欣慰，公爵大人自然也十分高興。我為自己沒有錯選總督而非常感謝上帝，因為我想告訴泰瑞薩夫人的正是：在當今的世界上，若想找個好的總督實在是很難，遇上如桑丘這麼稱職之人可真是天意。親愛的朋友，奉上赤金扣環珊瑚珠一串。十分希望贈送給您的能是東方明珠，不過物雖輕情意重。咱們總會有相識、相知的那一天的，相信上帝自有安排。請代為問候您的女兒桑琦加，替我轉告她，讓她做好準備，說不定什麼時候我就會為她找到一個豪門丈夫的。人們都說貴處出產大粒橡子，煩請代找二十幾顆，我會因其得自尊處而倍加珍愛的。恭請詳告安泰。如果有什麼需要的話，隨便開口。您的一言即為金科玉律。願我主保佑您。

愛您的朋友

公爵夫人，於敝處

「哎喲！」泰瑞薩聽了這信之後說道，「多麼善良、多麼平易、多麼謙和的夫人啊！說到橡子，我會給夫人捎去一塞雷敏[120]，顆顆大得讓她覺得新鮮和稀罕的。現在最主要的就是，桑琦加，想辦法好好招待一下這位先生：照看好這匹馬，從馬棚裡拿出幾個雞蛋來，多切點兒醃肉，要像伺候王子一樣。就憑他給咱們帶來的這些喜訊和他的漂亮臉蛋兒，這是理所當然的。趁這個工夫我去把咱們的這件喜事告訴給左鄰右舍們，還有神父和理髮師尼古拉斯，他們可一直都是你爸的好朋友啊。」

120. 一塞雷敏約合四點六二五升。

「知道了媽，」桑琦加說，「但是你可得把那串珠子分我一半，我想公爵夫人不會想要把整串都送給一個人的。」

「全都給你，」泰瑞薩說，「不過先讓我在脖子上戴幾天就可以了。」

「那麼想必二位見了這口袋裡的包裹之後，會更高興的，」侍童說，「這是一件細呢衣服，總督大人只不過在去打獵的時候穿了一天，現在專門捎來給桑琦加小姐的。」

「真希望總督大人能活上一千歲，」桑琦加說，「還有把衣服捎來的人也一樣。要是願意的話，活兩千歲都行。」

泰瑞薩隨後就手裡拿著信、脖子上掛著珊瑚珠串走出了家門。她一路上就跟敲著手鼓似的不斷地拍打著那兩封信，恰好迎面碰上了神父和參孫學士，於是馬上開口說道：

「實說對你們說吧，這會兒我可不是窮人了！」

「泰瑞薩，你這是怎麼了？你這發的是哪門子瘋呀，手裡拿的也都是什麼？」

「我可沒有發瘋，這是公爵夫人和總督大人的信。我脖子上掛的是上等的珊瑚珠，中間的數珠估計還是純金呢[121]。我現在可是總督夫人啦。」

「泰瑞薩，我們還是沒弄清楚，也不清楚你說的到底是什麼。」

「自己看吧。」泰瑞薩說著就伸手把信遞給了他們。

121. 泰瑞薩把珠子項鍊當作念珠，把珊瑚珠看作念聖母經的數珠，金扣看作念天主教的數珠。

神父大聲念了起來，以便參孫學士也能聽見。讀過之後，兩個人大惑不解地互相對視了好一陣子，最後還是學士首先問起這些信是哪兒來的。泰瑞薩就讓他們跟她回家，說是可以在那裡看到信使，那個儀表堂堂的小夥子還給她帶來了另外一件禮物，值錢著呢。

神父從她的脖子上取下了珠串，一顆一顆地認真看了一遍。當他發現的確是上好的珊瑚之後，更爲驚異，因此就說道：

「憑我身上的教袍起誓，我真的是不知道該怎麼說、該怎麼看這兩封信和這禮物。一邊是看見了也摸到了上好的珊瑚，另一邊也看到了公爵夫人要人給捎去二十顆橡子。」

「先不用管這些了，」參孫學士說道，「咱們去看看送信來的那個人，或許他會幫咱們解除疑團的。」

說走就走，泰瑞薩也只好跟著掉頭回去了。他們到達的時候看見那個侍童正在給自己的牲口篩大麥，桑琦加在切醃肉，準備給他煎雞蛋呢。神父和教士對小夥子的模樣和裝束的印象不錯，他們相互禮貌地打過招呼之後，參孫就向他探聽起了唐吉訶德和桑丘的情況。他說讀了桑丘和公爵夫人的信以後，還是非常糊塗。侍童回答道：

「桑丘老爺當上了總督，這件事是無須懷疑的；對於他治理的是不是海島，我不想多嘴，但是那裡的確有上千的百姓；說到橡子，我可以跟二位說，我家主人公爵夫人十分的平易和親和。別說是向一個農家女人要橡子了，她還曾經差遣人去向鄰居借過梳子呢！」

他們正說著，桑琦加用裙子兜著雞蛋湊了過來問那侍童：

「先生，請您告訴我，我那老爸當了總督以後，是不是喜歡穿緊身褲子啊？」

「我也不太在意，」侍童說，「應該是穿的。」

「我的上帝啊！」桑琦加說，「真不知道我老爸穿上緊身褲子會是個什麼樣子！我從一生下來就希望看到老爸穿上緊身褲子的樣子，真是怪了吧？」

「來日方長，您以後可以看到的東西還多著呢，」侍童說，「天啊！瞧那架勢，如果再做兩個月的總督，出門恐怕就可以戴上套頭帽子了。」

神父和學士很清楚地聽出了侍童的話中帶著譏諷，可是那珊瑚的品質和桑丘捎回來的獵裝卻又是不容置疑的。但是他們還是被桑琦加的願望逗得大笑了起來。接下來，泰瑞薩更是煞有其事地說道：

「神父大人，幫我探聽好嗎？如果有人要去馬德里或是托雷都，讓他給我帶一條道地的帶裙撐的裙子吧，並且是要最好的，最時髦的。說實話，我總不能給自己的丈夫抹黑吧。」

「可不是嘛，媽媽！」桑琦加說，「上帝保佑，這事兒可得趕早不趕晚。人們看見我坐在車上，並且坐在老媽身邊可能會說：『看她那個神氣勁兒，有個滿嘴蒜臭的老爸，居然還能跟女教皇似的得意揚揚地坐在車上。』不過隨他們說好啦，才不管別人說什麼呢。老媽，我說的對吧？」

聽到這娘倆一唱一和，神父說道：

「我真是不能不服氣，潘沙家族的人一生下來肚子裡就裝滿了這麼多老話、諺語，我就沒有看過他們當中有誰不是不分時間和場合張口就來的。」

「事實就是這樣的，」侍童說，「總督老爺桑丘大人也是一開口就一套一套的，儘管經常用得並不怎麼合適，但是卻挺有意思的，我家主人公爵夫人和公爵大人就特別的欣賞。」

「怎麼，尊貴的先生，」教士說，「您還說桑丘當總督以及天底下竟會有公爵夫人給她寫信、送禮的事兒是真的？儘管我們摸過了禮物，也看過了信，可是我們還是不能相信這些事，總覺得這不像我們的老鄉唐吉訶德遇到的那種事。因此，我想說的是想摸一摸閣下，看看您到底是一個虛幻的使者，還是一個有血有肉的大活人。」

「如果你們真的還懷疑的話，我也真的是沒有辦法了，」侍童說，「事實確實就像我所說的。事實勝過謊言，就跟油總是浮在水上一樣。二位當中如果有誰願意的話，那就請跟我走，親眼去看看那不能相信的耳聞吧。」

這時候神父開口說道：「閣下還是跟我去隨便吃點兒什麼吧。招待像您這樣的貴客，泰瑞薩太太可能是心有餘而力不足的。」

侍童先是推辭了一番，但是又從自己的口腹考慮，最終還是接受了邀請。神父欣然把他領走了，準備再慢慢地探問唐吉訶德的情況和行爲。學士自告奮勇請求代寫回信，可是泰瑞薩認爲他這個人不是太正經，於是不想讓他攪和自己的事情。因此就給了一個識字的教堂侍童一個麵包、兩個雞蛋，並且求他分別給自己的丈夫和公爵夫人寫了回信。兩封信都是根據她的口授直錄而成的，不過在這部偉大傳記收錄的信函中，並不是在最後。稍後便知。

chapter 51

桑丘續建政績

在總督巡視的當晚，餐廳侍者夜不能寐，始終在想那個女扮男裝的女子的如玉風姿和如花容貌。管家則立馬上把桑丘那兼具睿智和愚蠢的雙重特色、令他驚詫不已的言行追錄下來，以便彙報給主子。

天剛濛濛亮，總督大人馬上就從床上爬了起來。遵照貝德羅大夫的命令，早點只被准許吃了一點兒煮過的水果和四口涼水。儘管那一點兒煮過的水果無補於轆轆饑腸，可是那一天他還是升堂理政了，接手的第一件事情就是一個外鄉人提出的疑案。那個人對他說道：

「大人，河上有一座橋，橋頭立著一個絞架並且還設有一個裁判所。裁判所裡通常有四名法官監督執行那河、那橋和那采邑的主人立下的法規。那法規是這樣的：所有要過橋的人都必須事先講明去處和目的。要是他說的是真的話，就讓他過橋；要是他說的是謊話的話，那麼就在旁邊的那個絞刑架上絞死他，絕不寬恕的。自打這法規公佈並得以嚴格執行之後，還是有很多人從橋上來來往往的。一經確認他們講了實話，法官就讓他們自由來去。但是有一天，當一個人被問及過橋去哪裡、去做什麼的時候，他卻回答說，沒有什麼事情，只不過是爲了死在那兒的絞架上。聽了他的話以後，法官們說：『要是不放這人過去，那就等於他說了假話，根據法規，將會被吊死；要是把他吊死呢，他本來就說要死在那個絞架上，結果就證明他說的是真話。依照同一個法規，他又應該被放行。』請問大人：他們應該怎樣處置那個想要過橋的人？」

聽完之後，桑丘說道：

「派你前來找我的那幾個法官根本就不必找這個麻煩，原因是我這個人愚鈍過於聰明。不過即使是這樣，你還是把事情再講一遍吧，讓我再聽得更明白一點兒。說不定我還真能說到點子上呢。」

那個前來問案的人把已經講過了的故事重複了一遍又一遍，然後桑丘說道：

「我認爲這件事我用兩句話就可以說明白，就是：那人說是要去死在那絞架上。如果真那麼死了，他講的就是真話，根據法規應該放行，讓他過橋；如果不把他絞死的話，他說的又是假話，依照同一個法規他該被吊死。是這樣吧？」

「總督大人說得極是，」問案的人說，「您對案情的理解也完全正確，沒有一點問題。」

「現在我要說的是，」桑丘說，「讓那個人說實話的那半過去，把他說假話的那半絞死，如此也就嚴格地執行了有關過橋的規定。」

「但是總督大人，」問案的人說，「那就得將那人一劈兩半的呀：一半是說實話的，一半是說假話的。這麼一分，他一定還會死的，結果就不能依法辦事了，而法規又非得嚴格執行不可。」

「好心的先生，」桑丘說，「我的意見是回去跟那些差遣你來找我的先生們說，既然處死他和饒了他都有道理，那就痛痛快快地放他過去吧。原因是行善總比作惡好嘛。如果我會簽名[122]的話，肯定會爲這話給你出個憑據的。事實上這也不是我自己想出來的主意，只不過忽然想起了我的主人唐吉訶德對我的告誡。我臨來本島就任總督之前的那天晚上，他給了我許多的忠告，其中的一條就是：若遇遊移，以寬厚爲好。上帝偏偏讓我在這個時候想起了這句話，我看正好適用。」

「有道理，」管家說，「依我看，就連給斯巴達人立過法的李庫爾果[123]也不一定會比偉大的桑丘做出更好的判決的。上午的政務至此結束，我去吩咐給總督大人準備一頓可口的午餐。」

「這正是我所希望的，」桑丘說，「讓我吃飽了，別管什麼疑難雜案就都儘管來吧，由我來爲此指點迷津！」

管家兌現了自己的諾言，他實在是不忍心讓這麼精明的總督活活被餓死。再者說，他也準備當晚就結束受命，要對他開最後一個玩笑。桑丘果真得以一反大夫的訓條和規定飽餐了

122.但桑丘在本書第三十六、四十三章自稱能簽名。
123.傳說中古代斯巴達的立法者，但至今尚未確定歷史上是否真有其人。

一頓。杯盤剛剛撤去，就有人給總督大人送過來唐吉訶德的信。桑丘吩咐秘書先流覽一下，如果沒有什麼可保密的事情的話，就請高聲念出來吧。秘書遵囑看了一眼，之後說道：

「完全可以大聲宣讀，唐吉訶德先生寫給大人您的這些話真應該是用金字刊行於世。這裡是這麼說的。」

唐吉訶德寫給『便宜他了』島總督桑丘的信

桑丘，我的朋友，我原以為別人會說你辦事粗心愚蠢，哪想到別人都說你處事頗為精明，為這我由衷地感謝上蒼，因為是它讓窮人離開糞土、化冥頑為聰明的。據說你從政就像常人，做人卻謙卑得如同草芥。我想提醒你的事，桑丘，你應該時刻告誡自己，應該注意，並且也有必要注意，當官就得有個當官的樣子，身居要職的人外觀必須跟他的身分相符才行，而不能由著自己的寒酸性子來。你需要注意衣著，朽木經過裝扮也會改觀的。我並非說要你穿金戴銀，也不是說要你身為文員卻做武官打扮，只是希望你的穿戴要跟自己的身分符合。尤其是得乾淨而且齊整才行。

若想得到普天下民眾的擁戴，最重要的是有兩點：第一，就是要與人為善，事實上這點我已對你說過很多次；第二，就是要保證豐衣足食，對於老百姓而言，沒有什麼比饑餓和貧困更令他們擔憂的了。

另外就是不要頒佈過多的法令，如果頒佈的話一定要力求公允，尤其是要讓法令得以遵行。令而不行，如同虛設。只會令人認為當局者雖有施令的才智和權利，卻沒有行令的魄力，雖然嚴酷但不能施行的法令就像那充當青蛙國國王的房樑似的。開始的時候，那些青蛙會被嚇得要死，但是時間稍微一長，就不再把它放在眼裡了，最後竟然都紛紛跳了上去[124]。

你要做美德的親爹、惡習的繼父。你不要總是太嚴厲，也不要總是太親和，而要去尋求著兩個極端之間的中庸之道，這才是最明智的。要經常到監獄、肉鋪和市場這些地方去轉轉，總督親臨這些場所是至關重要的：速判的囚犯可能會得到安慰，屠戶由於害怕而不敢缺斤短兩的，擺攤的女人同樣也會有所畏懼的。

你千萬不能顯得貪財、貪色和貪嘴。因為一旦百姓瞭解了你的某個弱點，他們或者是有求於你的人就會乘虛而入，直到把你拖進墮落的深淵。絕對要牢牢記著我在你赴任之前對你的叮嚀，也要不斷溫習我給你的筆錄。你會發覺我說的那些話將會對你大有裨益、可以幫你化解作為總督隨時都可能遇到的窘迫與難題。

還有你要給兩位恩公寫信，應當知恩圖報，忘恩負義是狂妄的表現，是人世間最大的罪孽之一。對恩人知恩圖報的人當然也知道應該感激上帝，因為上帝曾經、並

124. 此處引用的是古羅馬寓言作家費德羅的著名寓言故事。

且不斷地賜予他恩德。

公爵夫人已經派專人把你的衣服和另外一件禮物給你的妻子送去了，相信這個人很快就會帶來回信。我本人由於不巧偶然被貓抓傷了，因此鼻子這一段時間小有不適，不過也沒什麼大不了的。魔法師中既然有害我的，也自會有幫我的。

請告訴我，那個和你在一起的管家是不是像你懷疑的那樣與三擺裙的事情有關。隨時向我報告一下你的情況，反正路途又不遠。還有我想儘快改變目前這種閒散的境況，我生來就不是過這種日子的人。現有一事可能會令我得罪這裡的主人，儘管我為此非常痛心，可是我也顧不了這麼多了。說到底恪盡職守重於一己好惡，就跟人們常說的一樣：吾愛柏拉圖，而吾尤愛真理。我直接用了拉丁文，因為我認為你現在是總督了，也應該能看得懂了。最後向上帝致意，願上帝保佑你別落得個令人憐憫的下場。

你的朋友
唐吉訶德

桑丘聽得十分認真，在場的人也全都交口稱讚，稱讚這封信寫得相當有水準。之後桑丘離開了桌子，帶著秘書躲到自己的房間裡了，刻不容緩地立刻就要給唐吉訶德回信。他跟秘書說，他怎麼說就怎麼寫，不要有任何增刪。秘書謹遵吩咐，回信的內容如下：

桑丘寫給唐吉訶德的回信

最近我公務繁忙，忙得連撓頭剪指甲的時間都沒有，因此我現在的指甲長得很，只能聽天由命吧。我真心尊重的老爺啊，我之所以說起這個是由於我不想讓您老人家覺得奇怪，為什麼至今我都沒有向您通報從政以來或好或壞的際遇呢，那是因為我從政的最大的感受，就是認為比咱們在山林曠野遊蕩的時候還要饑腸轆轆。

偉大恩公公爵大人有一天給我寫了一封信，跟我說已經有好幾個奸細潛進這個島嶼想要害死我。至今為止我只是發現了這裡有一位專為謀害來此上任的總督而拿著工資的大夫，這個人就是踢你出村的貝德羅大夫。估計您大人瞧他的名字就能清楚我怎能不擔心會把命葬送在他的手裡了。

這位所謂的大夫自稱他不治已經得了的疾病，而是專門預防疾病發生的，而他的藥方呢就是節食再節食，直到把人餓得只剩下一把骨頭為止，好像不知道虛弱要比發燒更為致命嗎。就這樣他打定主意要餓死我，其實是我自己會被氣死：我原本想到這個島上來吃香的喝辣的，鋪軟的蓋絨的，可是到頭來卻像個苦行僧似的忍饑挨餓的。這也太不合我的心意了。因此我想，我最後是肯定會走人的。

至今為止我都還沒有獲取應得之利，也沒有得到不義之財。我根本就想不出從哪裡能得到它們。由於這裡的人跟我講，到本島來當總督的人，早在上任之前就已經得到了當地百姓或送或借的大筆金錢。並且還說這已經成了慣例，不單單是在這兒，別處的總督也是一樣的。

昨晚巡查的時候，我碰見了一個十分漂亮卻身穿男裝的女子和她那扮成女人的弟弟。我的餐廳侍者看上了那女子，他對我說，他甚至想入非非地想娶她為妻呢。我看中了那小夥子，想招他為女婿。因此我們倆打算今天就去把這個想法跟那對姐弟的父親說，一個世代篤信基督的鄉紳，名字叫作什麼狄艾果．台．拉．李亞那。

我已經按照您的勸教導視察過廣場了。昨天就遇上了一個賣新鮮榛子的女人。經過調查，我發現她把一筐新鮮的榛子和一筐變空或腐爛了的陳年榛子摻和到了一塊。最後我把那些榛子全部送給孤兒院的孩子們了，相信那些孩子一定分得出好壞，此外我還罰那女人十五天之內不准再踏進市場。

人們都說我辦得很有魄力。我能夠告訴您的是，本地人都說沒人能比那些擺攤的女人再壞了。她們全部沒羞沒臊、心狠手辣、膽大妄為。這話我倒是很信，因為我在別的地方也見得多了。

對於說到尊敬的公爵夫人寫信給我老婆並像您老人家所說還送去了禮物的事，我真的是很高興，到時候我會表明自己的謝意的。請您大人代我親吻她的雙手，跟她說，她的好心不會白費的，她會看到我的行動的。我不希望您老人家和我尊貴的恩公們鬧出不快。大人要是您跟他們鬧翻了臉，勢必也會貽害到我的身上。您老人家要我知恩圖報，但是自己卻不是這樣對待給了您那麼多好處的恩人，您在他的城堡中受到如此的款待，這還是不太好吧。

對於貓抓的事我還不清楚。但是我可以想像得到，肯定是那些經常和您過不去的惡毒魔法師搗的鬼吧，此事咱們見面再好好談談。本想給您大人捎去點兒什麼東西，但是又不知道捎什麼好。如果一定要捎的話，也只能是一種島上的人用以吹尿脬的竹管倒還有點兒意思。但是只要這總督我還能幹得下去，我怎麼都會找到能夠送給您的東西的。

如果我老婆給我寄來了家信，請您老人家先墊上郵資並把那信轉給我，我很想瞭解家裡、老婆和子女的情況。就先寫到這裡吧，但願上帝保佑您能擺脫那些魔法師的惡意糾纏，讓我這個總督也當得平平安安。但是我對此抱有懷疑，原因是就憑貝德羅大夫對付我的那陣勢，我真打算趁還活著的時候就卸任。

您老人家的侍從
桑丘總督

秘書把信封好交給了郵差。而那些負責戲弄桑丘的人們正聚在一起，對怎樣把他轟下臺做著周密的安排。

當天下午，桑丘就如何治理好他想像中的海島的問題制訂了一些法令，例如：他命令不許在島上販賣食品，但是准許任何其他地方向島上進口酒，但必須標明是產品的產地，以便依照它的質地和名氣制定價格。要是有人膽敢摻水或者改變酒的名稱的話，就格殺勿論[125]；他還降低了鞋襪價格，尤其是鞋價，因爲他認爲貴得實在是太離譜了；他還規定了僕役工錢的界限，由於他們開價太爲過分；對演唱淫詞豔曲者，不管是白天還是夜晚，一律從重懲處；嚴禁瞎子說唱聖蹟，除非能夠拿出真憑實據來才行，因爲他認爲瞎子們說唱的聖蹟純屬無稽之談，有損於對真正的聖蹟的崇奉。

他還創設了一個專管殘疾人的官兒，但不是爲了迫害殘疾人，而是讓他去檢查那些人是否真的是殘疾人，因爲有的人假裝腿腳有毛病或者身上有爛瘡，其實卻是盜賊或者是酗酒的健康人等等。

總之，他立下了很多好的規矩，不但至今還在當地施行，而且還被譽爲《偉大的總督桑丘法典》。

125. 有些註釋認為原文 perdiese la vida 是「不准開酒店」之誤。

chapter 52

另一位傷心夫人

熙德·阿默德說，唐吉訶德的傷口癒合後，他認為繼續待在那個城堡裡住下去是有悖於他所奉行的騎士道的，於是他就決定請求公爵夫婦允許他動身前往薩拉果薩。由於聖霍爾黑節已經臨近，他想贏得作為比武彩頭的盔甲[126]。

有一天，在吃飯的時候，唐吉訶德剛要把自己的想法向公爵夫婦提出來，卻忽然看見兩個女人破門闖了進來。這兩個女人從頭到腳都打扮成服喪的樣子，其中的一個直奔唐吉訶德，匍匐到了他的面前。

公爵夫婦原本認為是下人們又在變著法兒地捉弄唐吉訶德了，但是看到那女人在傷心哭泣，就有點兒疑惑不解。唐吉訶德深受感動，把她從地上扶了起來，讓她揭掉頭巾和遮著淚眼的面紗。那女人依照他所說的去做，結果卻大出人們的意外，露出來的竟然是家裡的夫人

126. 說唐吉訶德第三次出門到薩拉果參加比武。中世紀西班牙許多著名城市慶祝節日照例舉行比武。

堂娜羅德利蓋斯的面容。另一個穿著喪服的女人正是她那受了鄉下闊佬的兒子欺負的女兒。

所有認識她的人都大為驚訝，尤其是公爵夫婦。人們知道她傻呵呵的並且脾氣又好，但是想不到她竟會蠢到如此地步。堂娜羅德利蓋斯轉身對公爵夫婦說道：

「懇求二位大人准許我跟這位騎士講幾句話吧，唯有這樣才能順利地解決一個無法無天、沒安好心的鄉巴佬給我惹出來的麻煩。」

公爵跟她說，想對唐吉訶德先生說什麼就隨便說好了。於是她就轉過臉去對唐吉訶德說道：「英勇的騎士啊，前兩天我已經跟您說過一個壞農夫糟蹋我心愛的女兒的事情，這個不幸的女子現在就在您的眼前。希望您能對那個言而無信的東西下個戰書，逼他和我女兒結婚，兌現早在跟她交歡之初許下的要娶她為妻的諾言。」

唐吉訶德聽後，鄭重其事地回答道：

「尊敬的夫人請您別再哭了。您擦掉眼淚、停止歎息吧。您女兒的事就交給我辦了。事實上，只要當初她不輕信情人的諾言就好了，這種諾言經常都是脫口而出、難以算數的。請尊貴的公爵大人恩准，我立即就去找那沒心肝的青年，一定要找到他並且向他下戰書。」

「您沒必要費力去找這位可憐夫人所指責的農夫了，」公爵說，「如果您要向他挑戰的話，也沒必要得到我的准許，並且我還可以代他接受挑戰的，由我全權負責通知他這次挑戰的事、讓他應戰、並親自前來作出答覆。在下願意提供這座城堡作為可靠的決鬥場地，以確保遵守類似情況下的各種規矩和雙方都可以得到公正的待遇。這是一切在自己的領地裡為別人提供決鬥場所的王公貴族義不容辭的責任。」

「既然您准許，並且又這麼肯定，」唐吉訶德說，「那麼我就在此宣佈，這次我放棄我的貴族身分，自貶為平民，以便和這個害人的傢伙平起平坐，讓他可以同我決鬥。他不應該無緣無故就辜負了這位當初還是童貞之身的可憐女子。他必須履行做她合法丈夫的義務，不然就得在此決鬥中死去。」

他說著就摘下了自己的一隻手套，把它丟到了客廳的中間[127]。公爵躬身撿起了手套，然後又說道，他已經講過了，願意以自己的子民的名義接受挑戰，並決定在六天後決鬥的。以城堡的廣場為場地，武器則為騎士慣用的長槍、盾牌和索子甲以及所有配件[128]。並且需經現場裁判查驗，不得有作弊、欺詐和憑藉符咒的行為。

「不過最重要的是這位孤苦的夫人和這位受騙的女子必須授權唐吉訶德先生為她討回公道的權利。否則一切都是徒勞，決鬥也不可能如期進行。」

「我授權。」夫人說。

「我也是。」淚流滿面、羞愧交加的女兒有氣無力地附和道。

事情就這麼搞定了，公爵也想好了對策，兩位身穿喪服女人便退了下去。公爵夫人立馬吩咐，從此之後不准再把那兩個女人當作是府裡的僕婦，而把她們當作登門求助的落難

127. 這是挑戰的儀式。
128. 指頭盔護膝等，不截短的鐵甲蓋過膝蓋，行動不方便。

之人。因此那對母女跟外人一樣，被安排住進了別的地方，其他的使女丫鬟無不心生惴惴之感，不清楚堂娜羅德利蓋斯和她倒楣女兒的愚蠢和荒誕會落個什麼下場。

正在這時，彷彿特地為這頓午餐助興添彩似的，只見被派去給桑丘總督的老婆送信、送禮的侍童走了進來。公爵夫婦對他的到來感到十分高興，很想瞭解他的一路見聞，急不可耐地催他快講。

那侍童聲稱，無法當眾敘說，也不是三言兩語就能講清楚的。他請求兩位主公准許他私下稟報，在此之前不妨先來看一下他帶來的回信。他說著便掏出來兩封信，遞給了公爵夫人：一封的信皮上寫的是「致某尊貴的公爵夫人，地址不詳」，另一封為「煩交『便宜他了』島總督、我的丈夫桑丘，願上帝保佑他比我長壽」。

公爵夫人急得像火燒眉毛似的立即把信拆開匆匆掃了一眼，認為可以大聲讀出來，讓公爵和其他人也一起聽聽，因此就念道：

泰瑞薩寫給公爵夫人的信

尊敬的夫人，十分高興收到您的來信，實話講，這封信我也期待很久了。[129]珊瑚珠非常好，我丈夫的那件獵裝也不錯。據說夫人讓我那口子桑丘當了總督，全村的人

---

129. 泰瑞薩並不認識公爵夫人，不會盼她的回信。這是她代筆人用的書信套語。

都認為很是新鮮，不過沒人相信。尤其是神父、理髮師尼古拉斯和爹孫學士。但是我才不在乎呢，只要真有其事，隨他們怎麼想去吧。

其實說實話，要是不是見到珊瑚珠和獵服，我也不會相信這事是真的，由於這裡的人都把我丈夫看成是笨蛋，除了能管一群羊之外，沒法想像他還能管好什麼。希望上帝看在他的子女需要他的份上，而能成全他、指引他。

我心愛的夫人請您恩准，我下定主意要把好運留在家裡，到京城去坐著馬車逛一下，讓那些嫉妒我的人全都氣瞎眼睛。因此我求夫人讓我丈夫捎點兒錢回來，不過可得多一點兒啊。京城裡開銷很大，一個麵包就是一個瑞爾[130]，一磅肉要三十文錢呢，簡直就是個災難。

如果您希望我別去，就請馬上跟我說，因為我已經急著想要動身了。我的朋友和街坊都說，若是我跟我女兒可以在京城裡風風光光地那麼一逛的話，我丈夫會因為我的緣故而更加出名的，反倒不是我要依靠他出名了，由於一定很多人都會問的：『車上的那兩位女士是什麼人啊？』我的僕人就會說：『便宜他了』島總督桑丘的夫人和千金。』如此一來，桑丘就出了名，我也會身價倍增，反正我是豁出去了。

我打心眼兒裡感覺十分難過，今年村裡今年還沒有收橡子。儘管如此，但是我

130. 一瑞爾的麵包重五六斤。

還是給夫人捎去半塞雷敏，這些都是我親自上山一顆一顆採摘之後挑選出來的。沒有比這更大的了，我真巴不得顆顆都能像鴕鳥蛋那麼大呢。

您務必要給我寫信，我也絕對給您回信，告訴您我的身體狀況和這裡的各種情況。就此擱筆，懇求我主既要保佑夫人也別把我給忘記。我女兒和我的兒子親吻夫人的雙手。

除了寫信，我更期望見到夫人。

您的僕人
泰瑞薩

聽了泰瑞薩的信以後，眾人都認為很有意思，尤其是公爵夫婦。據說公爵夫人徵詢唐吉訶德的意見，問他能否將寫給總督的信拆開看看，可能一定也很有意思。唐吉訶德回答說，為了令大家高興，他願意拆開並且真的也就拆開了。那封信是這樣寫的：

泰瑞薩寫給丈夫桑丘的信

我心愛的桑丘，來信收到了。我跟你保證，而且以一個基督教徒的身分發誓，我差一點都高興得瘋了。聽我說夥計，據說你當了總督，我認為自己頓時興奮得就癱在那兒了。

你是清楚的，人們都說大悲能夠要人的命，我覺得大喜同樣也能讓人猝死。你的寶貝女兒桑琦加竟然高興得連尿了褲子都還不知道呢。你捎來的衣服擺在面前，尊貴的公爵夫人送的珊瑚珠也掛在了脖子上。

我手裡捏著信，眼睛看著送信的人，哪怕只是這樣，我都還以為見到的、摸著的都是夢中的事情呢。誰能想像到一個放羊的居然能當上了海島總督？你是知道的，我媽經常說為了長見識，就應該活長點兒。現在我也要這麼說了。由於我活著，不過是想多點兒見識，一直要看到你成為征糧官或者收稅官才行。這類官職雖說搞不好了會遭難，可是畢竟總是會有銀錢過手的。我那尊貴的公爵夫人肯定會對你說我想到京城裡去逛一趟的。你考慮一下，再把你的想法告訴給我。我計畫乘車去京城，為你爭點光。

神父、理髮師、學士和教堂管事的他們怎麼都不相信你成了總督。他們覺得跟你那東家唐吉訶德的事情一樣，這肯定又是胡說和瞎鬧。參孫還說要去找你和唐吉訶德呢，以消除你心裡的總督夢、治治他腦袋中的妄想症呢。我對此只是一笑置之，之後再看看自己的珊瑚珠，而後盤算著如何把你的衣服給女兒穿。我給我那尊貴的公爵夫人捎去了一些橡子，真心希望捎去的不是橡子而是金豆子。如果島上時興珍珠項鍊的話，再給我弄幾串回來吧。

村裡的新鮮事兒，是伯爾儒艾加那娘兒們把女兒嫁給了一個到這兒來找活幹的不爭氣畫匠。村委會叫他把國王陛下的徽標畫到村政府的門上，他開口就要兩個杜加。錢倒是先支了，總共幹了八天，可是結果卻什麼都沒有畫出來，還說什麼他不屑於畫那種不倫不類的玩意兒。他把錢退了回去，卻依靠大畫師的名分賺了個老婆。實際上他現在已經撂下畫筆，而拿起了鋤頭，斯斯文文地下地幹活去了。

貝德羅·台·羅博的兒子已經削髮出家，有意成為教士。明戈·西爾瓦多的孫女明吉利婭聽說之後就不幹了，說是他早就答應要迎娶她的。有傳言說那丫頭已經懷了他的孩子，不過他本人卻死不承認。

今年油橄欖沒有收成，全村沒找到一滴醋。有一群大兵從這裡路過，從村裡又拐走了三個女子。我現在不想說都是誰了，指不定她們還會回來的。無論名聲是好是壞，總會有人娶她們做老婆的。

桑琦加在織花邊了，每天淨掙八分錢，全部放進撲滿裡攢了起來。但是眼下她已經成了總督的女兒，你可以給她置辦嫁妝，而無須讓她自己去賺了。廣場上的泉眼乾涸了，還有一個閃電擊到山峰上，但是這些跟我又有什麼關係呢！我期盼著你的回信，並告訴我應不應該去京城。就寫到這裡吧，但願上帝保佑你比我長壽。也或者讓咱們倆活得一樣長，我可不想把你一個人丟在這個世界上。

你的妻子
泰瑞薩

這兩封信博得了讚歎、引發了笑聲，同時也喚起了敬意和驚異。彷彿是有意要湊份子似的，替桑丘給唐吉訶德送信的人恰好在這個時候也到了。這封信被當眾宣讀了以後，令人們更是無法判斷桑丘到底是不是真傻。

公爵夫人很想知道侍童在桑丘家鄉的見聞，因此就拉著他走了。那侍童詳詳細細、點滴不漏地講述了一遍，之後又取出橡子和一塊乳酪。這乳酪也是泰瑞薩送給夫人的，說是比特隆穹[131]出產的乳酪還要好。公爵夫人十分高興地收下了乳酪。咱們暫且放下公爵夫人，還是先來看看海島總督的典範和楷模桑丘是如何結束自己的任期的吧。

131.是阿拉貢的一個城，乾乳酪是那裡的名產。

chapter 53 桑丘棄官的悲慘經過

「若想讓生活中的事物永遠保持不變的狀態，那只會是一種妄想。剛好相反，一切都像是在輪轉似的，準確地講是周而復始。春去而夏至、夏初始則酷暑至、繼酷暑的有清秋、接清秋的是寒冬、冬過而重見陽春。歲月就如此反反覆覆地循環不止。只有人生苦短，就像流光般倏忽，去而無返，直到永無盡期的冥世。」

這是伊斯蘭教的哲人熙德．阿默德發出的感慨。人生苦短並且反覆無常、冥世悠悠無窮期。許多人不必靠信仰指點，或許只靠自己天生的感應就可以領悟到這一點。但是，我們的作者有感於桑丘的總督任期就跟過眼雲煙一般，很快就彌散、消解、告終和完結了。

上任以後的第七天晚上，桑丘躺在床上，不但由於麵包沒飽酒未足，而且還由於忙於批文審卷，制定法令規章，因此睏意襲來，所說是饑腸轆轆，可是眼皮還是逐漸合上了。正要入夢的時候卻聽見了震耳欲聾的鐘鳴和吶喊聲，就像整個海島都要淪陷一般。

桑丘立馬坐了起來，一邊仔細地聽著，一邊揣測著誘發混亂的原因。他下了床，打開房門衝了出去，恰好看到有二十多個人正朝著他這邊跑了過來。他們個個手裡舉著燃著的火把和出了鞘的利劍，嘴裡大聲地喊道：「拿起武器，馬上拿起武器，總督大人。數不清的敵人向島上進攻了，您如果不給我們想個辦法鼓勁撐腰的話，估計咱們可就要完了！」

「那麼你們就先來給我披掛吧。」桑丘說。

那幫人立馬就把隨身帶來的兩塊大盾牌搬了過來，沒等他再添一件衣服，就一前一後地把他那只穿著襯衣的身體夾在了中間。之後把他的兩隻胳膊從事前挖好的窟窿裡伸了出來，最後又用繩子牢固地捆紮了一番，讓他成了夾板中的肉餡。

「真該死！這樣我怎麼動得了嘛，」桑丘說，「我認爲這樣很彆扭，兩塊盾牌捆在我的身上，膝蓋都動彈不得，這讓我怎麼走得了路呢？你們還是把我抬起來，或豎或橫地放進一個門洞裡吧，然後我就用這杆長槍守著。」

「快走吧，總督大人，」有人說道，「不是因爲盾牌你才走不動了，你是因爲害怕吧。快點兒，動動吧，時間不早了，敵兵在增加，殺聲已經越來越大，形勢恐怕是越來越危險了。」

可憐的總督在眾人的催促和咒罵聲中嘗試著挪動了一下身體，結果卻砰的一聲重重地摔在了地上，他還以爲自己被摔得粉身碎骨了呢。那些戲弄他的人並沒有由於看到他跌倒就起了惻隱之心，反而熄掉了火把，變本加厲地狂呼亂吼、奔突衝殺起來，不但在他身上踩來踩去，而且還不停地衝著盾牌連劈帶砍的。更有一個傢伙居然把他當成了點將台一樣站在上面佈防督戰，大聲地吆喝道：

「現在全看我們的了，讓敵人都往這裡來吧！守住那個缺口！關上那個大門！截斷那個樓梯！」

總之，那人站在那裡歷數了守衛遭到襲擊的城市所需要的一切武器、裝備和物資的名稱，在哪裡只能聽著受著的倒楣鬼桑丘只能默默禱告：

「噢！我主憐憫，就讓這個海島淪陷吧！不管是死是活，快別讓我受這個罪啦！」

老天或許是聽到了他的祈求，突然他聽到有人說道：

「勝利了，勝利了！敵人被我們打跑嘍。喂，總督大人，您就快起來吧！快起來慶祝我們的勝利，快起來分發仰仗您無畏的精神繳獲的戰利品吧！」

「趕快扶我起來吧！」吃盡了苦頭的桑丘有氣無力地說。

人們給他擦了汗、拿來了酒、卸掉了盾牌，之後桑丘沒有吱聲，二話沒說就開始穿衣服，打那以後也就再也沒有開口。穿戴整齊了以後，他就慢慢地朝著馬棚的方向走去，所有在場的人全部跟在他的背後。他走到驢跟前，親熱地吻了一下驢的額頭，滿眼流淚對牠說道：

「來吧，我的寶貝，我的朋友，你這分擔我的辛勞和磨難的夥計。我跟你在一起的時候，除了想著整理你的鞍子和籠頭、讓你吃飽之外，從來就不用操別的什麼心思。那個時候我時時刻刻都過得十分的舒心。但是自打我離開了你，爬上了野心和狂妄的高塔之後呢，心中卻徒增了數不盡的苦惱，吃盡了辛苦、受盡了煎熬。」

他一邊嘮叨著，一邊給那毛驢備好鞍子，旁邊的人誰都沒有說話。所有準備停當之後，他就騎了上去。之後他轉身對管家、秘書、餐廳侍者、貝德羅大夫以及所有其他在場的人們說道：

「請讓開路吧，諸位大人，讓我回到往日自由自在的生活中去吧，讓我去尋找往日那種生活吧，讓我從現在這種死亡中復活吧。我生來就不是當總督、面對怨敵護島守城的料。請你們靠邊站，讓我過去，我要去上點兒膏藥。我覺得肋骨特別疼，這全是晚上敵人在我的身上踩的。」

管家接口回答道：

「總督大人，我們絕對會放閣下走的。不過我們十分不捨得，您的智慧與仁厚的確是令人難忘。但是按照常例，總督離任之前都得有所交代的。請閣下把當政十天[132]的情況總結一下，之後再放心地走吧。」

「除了公爵大人，誰也不能要求我做什麼的，」桑丘說，「我現在就去見他，然後會向他交代清楚的。再說我現在兩袖清風地走，這就足以證明我為政期間的表現就和天使一樣。」

「上帝明鑒，偉大的桑丘說得很對，」貝德羅大夫說，「我主張先讓他走，公爵大人見了

132. 上文說七天。

他肯定會十分高興的。」

最後，大家終於一致同意讓他離去，並表示要送他一程。人們問他路上可能會有什麼需要，他說只需要帶一點餵驢的大麥和自己吃的半個麵包、半塊乳酪就可以了。反正路途也不遠，沒必要準備太多太好的乾糧。最後眾人擁抱了他，他也熱淚盈眶地回抱了大家。大家對桑丘那番言論和他果敢而又明智的決定，表示欽佩不已。

chapter 54

與本傳相關而沒有離題的情節

公爵和公爵夫人決意讓唐吉訶德同他們的臣民進行決鬥，其起因前面也已經提到過了。那個年輕人由於不想讓堂娜羅德利蓋斯做自己的丈母娘而逃到弗蘭德去了，他們就叫家裡的一個馬夫出來頂替。這個馬夫是加斯貢人，名字叫作托西洛斯，也已經接受過了應該如何行動的調教。

兩天以後公爵告訴唐吉訶德，他的對手會在四天之內像個騎士一樣，全副武裝地來到決鬥場上，並會重申那女子所說的關於成婚的許諾純粹是一派胡言。

唐吉訶德聽了這一消息之後非常高興，暗下決心大顯身手，真可謂是度日如年了。現在咱們先去看一下桑丘：他這個時候正悲喜交加地騎著他的驢趕路，去找自己的東家。直到這時候他才悟出，能和東家為伴要比當天下一切海島的總督都要好。

桑丘走出他當總督的那個島嶼不久，就看到自己所在的那條路上迎面走來了六個香客。

香客中間有一個人早就在開始注意看他了，等他一到跟前，一把就攔腰摟住了他，用西班牙語大聲喊道：

「上帝保佑！我抱住的可是我尊敬的朋友、我的好鄰居桑丘？」

聽見外國香客說出了自己的名字，還抱住了自己，桑丘不禁一驚。他默默地打量著對方，最後終於認出來了，他沒有下驢，就摟住了那人的脖子說：

「李果德，你怎麼打扮成這種模樣了？你怎麼還敢回到西班牙來？」

「桑丘，」香客說，「咱們到路邊的那片樹林裡去吧。我的同伴們想吃點兒東西，還想歇一會兒了，你也跟他們一起吃，他們可都是老實人。」

桑丘接受了邀請，大家就一起走進了一片離大路有相當一段距離的樹林。李果德拉著桑丘坐到了一棵山毛櫸樹下，丟掉了自己那摩爾語言，用純正的西班牙語跟他講道：

「我的鄰居和朋友，桑丘啊，你是清楚的，國王陛下針對摩爾人發佈的告示在我們中間引發了驚慌與恐懼，因此出於慎重，我沒帶家眷，一個人離開村子，想去找一個可以安頓他們的地方。

「最後我們遭到了被轟出去的懲罰，也算是罪有應得吧。我們都十分想回到西班牙來，我在奧古斯塔[133]附近的一個村子裡置辦了房子，之後又跟這些香客搭了伴。桑丘，我這次回來

133. 城名，在德國巴維艾拉。

是想取出偷埋的財寶，然後從瓦朗西亞寫信或帶信給我的女兒和老婆。我很奇怪我的老婆和女兒怎麼會去了蠻邦，而沒有去可以像個天主教徒一樣生活的法蘭西呢？」

桑丘接口對他說道：

「是你那舅子胡安・悌歐撇歐帶去的。我認為你想找回埋藏的財寶是白費力氣，因為我們聽說人家從你的舅子和老婆身上搜刮了很多珍珠和黃金[134]。」

「被沒收了倒有可能的，」李果德說，「但是他們沒有動過我埋藏的東西，因為我沒告訴他們地方。因此桑丘，要是你願意陪我去幫我挖出來並保守秘密的話，我就給你兩百艾斯古多。」

「李果德，」桑丘說，「我不想幹。我不去告發你你就該知足了。還是你走你的陽關道，我過我的獨木橋吧。我知道：越容易得來的就越容易丟掉，不是那麼容易得到的就更談不上會得到，很有可能還會把命搭上呢。」

「我不強求，桑丘，」李果德說，「但是請你告訴我：我老婆、女兒和舅子離開村子的時候，你在不在？」

「我在，」桑丘說，「你那女兒哭著擁抱了所有的朋友和熟人，那場面可真是感人。當時最為動情的是堂貝德羅・格瑞果琉，自打你女兒走後，他再也沒有在村裡露過面。我們猜測

134. 初期被驅逐出境的摩爾人准許帶些東西，但金錢珍珠等物不得攜帶出國。

他是追蹤而去了。」

「我一直就有這個不祥的預感，」李果德說，「總認爲那位先生在打我女兒的主意。但是我相信我女兒最主要是因爲她信奉基督教，而不是多情，因此她不會理睬那個殷勤的少爺的。」

「上帝保佑吧，」桑丘說，「對他們兩個都沒有好處。李果德啊，我的朋友，讓我走吧。我希望趕在天黑之前可以見到我的東家唐吉訶德。」

「但願上帝保佑你，桑丘老弟。我們也該繼續趕路了。」

兩個人擁抱了以後，桑丘就騎上了他的小灰、李果德拾起了自己的拐杖就各奔東西了。

chapter 55

桑丘在路上的遭遇

因爲遇上李果德而耽誤了路程，桑丘當天沒能趕到公爵的城堡。他離城堡還有半西里路的時候，天色就已經黑下來了。本來他想找個能夠安身過夜的地方，結果卻跟毛驢一起跌進了一個黑咕隆咚的深坑裡，那毛驢在足有三人多深的地方就著了地。隨後他又伸手摸了一下洞壁，希望能找到一條可以出去的道路。不過到處都是光禿禿的，沒有可以下手的地方

「唉！」他歎息道，「人活在這個可憐的世界上，隨時都有可能遇見飛來的橫禍！昨天還高坐在海島總督的寶座上對這僕人和百姓們大呼小叫的，今天卻淪落到如此地步。我真是倒了大楣啦！等到老天有眼發現我們的時候，恐怕我們也已經成爲兩具白骨了。」

拂曉過後，有了光亮。桑丘喊叫起來，看有沒有人能聽見自己的喊聲。但是他的喊聲如落入荒野，由於那四周連個人影都沒有，當然也就不會被人聽到了，他認爲自己算是死定了。

就在這時候，桑丘發現坑的一側有一個洞，他從地上撿起一塊石頭，就開始挖起洞口的土來。沒一會兒的工夫，就把洞擴大到足以讓毛驢輕輕鬆鬆地走過去了。他牽著小灰穿過洞口，順著那通道始終朝前走去。洞內忽明忽暗的，他一路走著，提心吊膽的。

大概走了半里多地以後，忽然見到一片模糊的亮光。他猜測已經是白天了，那亮光應該是從外邊的某個地方進來的，終於認爲那條對他來說簡直就是通向黃泉的道路總算是有了個回歸的出口。

熙德·阿默德寫到這裡就撇下了桑丘，掉轉頭去又講起了唐吉訶德。這個時候，唐吉訶德正焦急且興奮地等著決鬥日子的到來。在預定決鬥的頭天早晨，唐吉訶德一大早走出門來，準備去操演一番。當他猛地驅動駑騂難得向前衝去的時候，那頭牲口一下子就奔到了一個地穴的前邊。他從馬上朝那地穴探身看去，正看著，忽然聽見從下邊傳來了叫喊的聲音，他豎起耳朵認真聽了聽，最後聽清楚那聲音在說：

「上面有人嗎？有人在聽我說話嗎？或者有沒有哪位好心的騎士可憐可憐我這個被活埋了的罪人、我這個失去了總督職位的倒楣總督？」

唐吉訶德感覺那聲音是桑丘的，不禁大驚失色，因此，就扯起嗓門問道：

「下面的是什麼人在叫喊呢？」

「還能有誰能在這裡叫苦呢？」桑丘說，「知名騎士唐吉訶德的侍從，桑丘唄。」

聽桑丘這麼一說，唐吉訶德就更認爲奇怪了，並且開始感到害怕。他立即想到桑丘可能已經死了，是他的靈魂在那裡滌罪。這麼一想，他脫口說道：

「作爲篤信基督的天主教徒，我誠心誠意地懇請你跟我說：你到底是什麼人。如果你是正在滌罪的幽靈，告訴我，你到底要我爲你做點什麼。」

「這麼說來，」底下的人回答說，「跟我說話的肯定是我的東家唐吉訶德了，我真是你的侍從桑丘呀。昨天晚上，我掉在了這個坑裡。我的驢也在這裡，牠可以作證的，牠就在我身邊。」

更有意思的是，那毛驢似乎聽明白了桑丘的話，立馬大叫起來，那叫聲震得地動山搖的。

「真是個好見證！」唐吉訶德說，「這叫聲我很熟悉，你的聲音我也聽出來了。你等著，我立刻就去找人把你從坑裡弄出來。」

「您老人家就快點去吧，」桑丘說，「只是看在獨一無二的上帝的份上，求您儘快回來。」

唐吉訶德丟下桑丘，回去把他的情況跟公爵夫婦說了。隨後好多人費了很大的勁兒才用繩索把小灰和桑丘從那暗無天日的地洞裡救到了光天化日之下。一位學子看見他之後說道：

「一切壞總督離職時都會是這個樣子，就跟這個罪人從坑裡出來時一樣，餓得面無血色，並且看樣子也是身無分文的。」

桑丘聽了這話之後立馬反駁說：

「你這個愛說閒話的兄弟，我是八天或十天前去接管人家給我的這個海島的。這些日子裡，我的肚子沒有一天是吃飽了的，大夫們變著法兒地整我；敵人還差一點打斷了我的骨頭；既沒來得及接收賄賂也沒有領到任何俸祿。依我這種情況，說什麼也不該落到這樣的下場呀。然而謀事在人，成事在天；人各有命，上天註定；到了什麼時候，就該說什麼話；『我可不喝這方的水』的話，最好還是不要講；原先以爲能夠找到醃肉的，結果連晾肉的竿子都沒有。只要上帝理解我就足夠了，我也不再說什麼了，雖然我還能說。」

「桑丘，別生氣，犯不著聽點兒什麼就放在心上，閒話沒有頭。只要對得起自己的良心，就不用管別人說什麼了。總督離任的時候，如果有錢，人家說他是贓官；如果沒錢，又會罵他無能和愚蠢。」

唐吉訶德和桑丘就這麼邊走邊說，由一群半大孩子和閒人簇擁著，回到了城堡，公爵夫婦也已經站在迴廊裡等著他們了。桑丘並沒有立馬去拜見公爵，藉口小灰在客店裡苦了一夜，先安頓牠進了馬棚以後，才跑過去跪在他的兩位恩公面前說道：

「兩位大人，我依照你們的意願，而並非自己具備這個能力，到『便宜他了』島當了總督。去的時候兩手空空，到回來時仍是兩手空空，沒賠也沒賺。至於在任的表現，自有見證，任憑他們去評說。在此期間，我掂量過了職位的分量和從政的責任，知道自己的雙肩承擔不了，因此我就棄了官位。我不欠別人一分錢，也沒有謀過什麼私利。我原本計畫訂立幾個有益的章程，結果一條也沒訂。由於擔心沒人會遵守，訂和不訂都是一樣。我離開那海島，跳下總督的寶座，再回來伺候我的東家唐吉訶德。說到底，跟他在一起，儘管吃飯時常擔驚受怕了些，但是這我也知足了。」

說到這裡，桑丘終於結束了這通宏論。在他講話的過程中，唐吉訶德始終擔心他又會說出什麼蠢話來，聽到他這麼快就說完了，直在心裡感謝老天。公爵擁抱了桑丘，並說很遺憾他這麼快就辭去了職務，同時又同意在自己的封疆之內會給他安排一個責輕而利厚的差事的。公爵夫人也擁抱了他並叮囑家人對他細心照料，因爲他現在的狀況實在是不佳。

chapter 56

亙古未聞的大戰

公爵夫婦一點都沒有由於下人那麼捉弄桑丘而感到歉疚。尤其是管家當天也趕了回來，給他們一五一十地把桑丘說過的話和做過的事都講述了一遍，公爵夫婦更覺得有意思了。

緊接著就到了預定的決鬥日期。在此之前，公爵已經不止一次地點撥過自己的小廝托西洛斯應該如何對付唐吉訶德，還吩咐卸下矛尖，對唐吉訶德解釋說，他所信奉的基督教不准許這次決鬥太過殘酷，千萬別危及性命。

那個可怕的日子終於到來了。公爵讓人在城堡廣場前面專門為現場裁判和原告夫人母女搭起了一個大寬檯子。從周圍的村鎮裡湧來了許多看熱鬧的民眾。

最先進場的是司儀，他對整個場地勘察了一遍，避免會有造成磕絆和跌倒的陷阱和機關。接著，夫人母女走到為她們特設的座位前面落了座，她們的頭巾遮住了眼睛，以表示她們的極大悲痛。

唐吉訶德也已經出現在了決鬥場上。沒過一會兒，身材魁偉的小廝托西洛斯就由眾多的號手簇擁著露出了身影。

這位英武的騎士繞著場地走了一圈，在經過夫人母女跟前的時候，特意看了一眼那個執意要嫁給自己的女子。司儀選好了一個雙方受光均等的衝刺路線，之後就讓他們分別站在了各自該站的位置上去了。

唐吉訶德一面潛心地默默祈禱著，一面等待著衝擊的指令。不過，那個小廝在偷眼一望的一剎那，馬上覺得她是自己生平見過的最美麗的女子。儘管衝擊的指令已經發了出來，但是小廝卻還在想著那已經主宰起了自己的心靈的女人的姿容，根本沒有聽到號角的聲音。唐吉訶德則不然，號聲剛起就發起了衝擊，驅動著胯下的駑騂難得竭盡全力直奔對手而去。

托西洛斯看到了唐吉訶德正朝自己衝了過來，但卻依舊站在原地一動沒動。不但這樣，反而大聲召喚決鬥總監。總監應聲走了過去，想看看究竟出了什麼事情，只聽他講道：

「先生，這場決鬥的原因是我不想娶那位小姐，對吧？」

「對。」對方答道。

「我很看重自己的良心，」小廝說，「這場決鬥如果繼續下去，我的良心會很不安的。所以我宣佈自己認輸了，願意馬上就同那位小姐結婚。」

公爵走到托西洛斯面前，對他說道：

「騎士，您真的認輸，並因爲良心發現而願意娶這位女子爲妻嗎？」

「是的，大人。」托西洛斯說。

「他做得很對，」桑丘插言道，「用給耗子吃的東西去餵貓，一切麻煩也就都一了百了。」

托西洛斯想要摘下頭盔，於是就求人儘快幫忙，說是他透不過氣來，那麼長時間地憋在那麼小的地方實在受不了。人們急忙幫他摘了下來，他一下子就露出了小廝的真面目。堂娜羅德利蓋斯和她的女兒一見就大叫了起來：

「你們是騙人的！你們是騙人的！你們讓公爵大人的小廝來冒名頂替我真正的丈夫！這不止是惡毒，簡直就是卑鄙！天理不饒、王法難容啊！」

「女士們，你二位不要傷心，」唐吉訶德說，「這只怪跟我作對的那些可惡的魔法師們。他們不想讓我得享勝利的光榮，於是就用法術把您丈夫改變成了您說的公爵大人的那個小廝的樣子。」

聽他這麼一說，公爵差一點笑出聲來。只聽他說道：

「唐吉訶德先生總是那麼出人意料，不過咱們也就將計就計吧。如果各位同意，咱們就把婚期推遲十五天，先把這個身分可疑的人關起來吧，指不定他會在這段時間之內恢復原形呢。」

這時候堂娜羅德利蓋斯的女兒說話了：

「不管這個向我求婚的人是誰，我都要感謝他。我寧可做小廝的合法妻子，也不想給一位紳士做情婦和玩物。更何況騙我的那傢伙還不是個紳士呢。」

總之說來說去，最終還是決定先把托西洛斯關起來，以便看看他到底會變成什麼樣子。人群散了，公爵和唐吉訶德重新進了城堡，托西洛斯被關了起來，堂娜羅德利蓋斯和她的女兒看到，無論怎麼樣，這件事最後將以結婚收場，托西洛斯的心情一定也和她們一樣。

chapter 57

唐吉訶德辭別公爵

唐吉訶德認爲自己應該擺脫城堡裡這種安逸的生活了。因而有一天，他就向公爵夫婦表明了想走的意願。

公爵夫婦雖然表示十分捨不得讓他離去，不過最後還是應允了他的請求。桑丘從公爵夫人的手中接過老婆的信的時候，眼淚汪汪地說道：

「當上總督的消息在我老婆的心裡喚起了那麼大的希望，我哪裡會想到，到頭來我又得跟著主人唐吉訶德去四處遊逛呢？無總而言之，我是光著身子去上任、又光著身子下了台的。因此我可以問心無愧地說：我光著身生下來、一直光著身子到現在，沒賺也沒賠。」

這就是準備出發的那天桑丘的想法。

唐吉訶德在前一天晚上已經向公爵和公爵夫人告別，現在他全身披掛地出現在城堡的空場上。所有城堡裡的人全都站在迴廊上看著他，公爵夫婦也出來給他送行。

桑丘帶著褡褳、行李和乾糧坐在驢背上，公爵的那位曾經扮演過三擺裙的管家事先給了他一個裝有兩百金艾斯古多的錢袋以備路上的不時之需。而唐吉訶德對這件事卻毫無所知。就像前面所說的，所有人都在目送著他們款款離去。

但是忽然從公爵夫人的傅姆和使女群裡冒出了聰明伶俐的阿爾迪西多啦的聲音，聽見她怨怨艾艾地唱道：

薄情寡義的騎士啊，據我說，
勒緊韁繩等等再走也不晚，
無須催動那不聽話的坐騎，
牠的肚皮就快被你踢破。
虛情假意的你啊，不要逃逸，
並沒有毒蛇猛獸把你打擾，
對你癡情的不是年老的綿羊，
而是隻乖巧稚嫩的小羊羔。
你偷走了整三塊我的頭巾，
外加幾條黑顏色的吊襪帶，
那襪帶原先繫在我的腿上，

那腿倒是比大理石還光潔。

唐吉訶德呆呆地望著如此悲悲切切地數落著自己的阿爾迪西多啦，一言不發。阿爾迪西多啦唱完後，唐吉訶德倒是轉身對桑丘說道：

「親愛的桑丘，我懇求你當著你祖先的在天之靈發誓，給我說實話。告訴我：難不成是你拿了那位癡情女子所說的三塊頭巾和吊襪帶了嗎？」

桑丘回答道：

「我是拿了三塊頭巾，可是那吊襪帶，和我可就根本都不沾邊呀。」

公爵故意跟著湊起熱鬧來，因此說道：

「騎士先生，您在我的城堡裡受到了不錯的款待，卻竟然偷走我侍女的至少三塊頭巾，或許還有一副吊襪帶，我覺得這樣實在是不太好吧。不然我約您進行一次殊死決鬥，我可不懼怕那些歹毒的魔法師會不會也來改變我的容貌。」

「上帝保佑，」唐吉訶德說，「我哪能抽劍對您呢。頭巾是絕對會奉還的，因爲在桑丘的手裡。至於吊襪帶嘛，我沒有見過，他也沒拿。公爵大人，在下從來沒有當過賊，我只能請求您允許我動身啓程。」

「勇猛的唐吉訶德先生，」阿爾迪西多啦搶先說道，「請您諒解我誣賴您偷了吊襪帶。那吊襪帶我正用著呢，我只是一時粗心竟然幹起了騎驢找驢的蠢事。」

「我說什麼來著？」桑丘說，「我可不是那種偷了東西還賴帳的人。如果想幹這種事兒啊，我在總督任上的時候，早就幹了！」

唐吉訶德向公爵、公爵夫人以及所有在場的人低頭鞠躬，之後掉轉韁繩走出了城堡。桑丘騎著毛驢緊隨其後。他們款步走出公爵府，直奔薩拉果薩而去。

chapter 58

應接不暇的奇遇

唐吉訶德擺脫了阿爾迪西多啦的糾纏，來到空曠的田野上。他好像又回到了自己的天地，精神不由得爲之一振，重新燃起了繼續行俠仗義的熱情，因此扭過頭對桑丘說道：

「桑丘，自由是老天賜予人類的無價珍寶之一，埋藏在地下和海底的寶藏都無法與之媲美。拿人家的手短，吃人家的嘴軟。我們沒必要仰人鼻息，只謝蒼天給口飯吃的人真是快樂得很啊！」

「儘管您老人家是這麼說了，」桑丘說，「可是咱們還是不能不領情呀，公爵的管家給了我一個裝著兩百金艾斯古多的小口袋。我當作救心丸藏在貼心的口袋裡以備不時之需所用。不會總能碰到款待咱們的城堡，倒是也指不定還會遇到對咱們棍棒相迎的客店的。」

遊俠騎士和遊俠侍從就這樣邊說邊走，剛走出去一里多地就看見有十來個莊稼漢打扮的人坐在鋪在草地上的斗篷上吃東西，那些人的身邊散亂地放著一些用白布苫著的高矮不齊的物件。唐吉訶德走上前去，先是客客氣氣地同他們打了招呼，之後就詢問起白布遮著的是什麼東西。對方有人回答道：

「先生，這全是村裡新建的祭壇用的聖像[135]。我們用布罩著是因爲怕把它們弄髒了，用肩抬著是因爲怕給弄壞了[136]。」

「如果可以的話，」唐吉訶德說，「我倒是十分願意看看，這麼小心搬運的聖像肯定是佳品了。」

那人站了起來，揭掉了蓋著最邊上的神像的白布。唐吉訶德看了之後說道：

「這位是教會武士隊裡最優秀的騎士之一，叫作堂聖喬治，也是童貞少女的保護人。咱們再瞧瞧那一尊吧。」

這一次露出來的是個騎姿的西班牙主保聖人。他的劍上帶著血、馬蹄下是摩爾人的身體和腦袋。唐吉訶德看了之後說道：

「這才是真正的騎士。他是基督騎士隊伍中的一員，名字是摩爾剋星堂聖狄艾果[137]。他可是人世間曾經有過的最爲英勇的聖人和騎士之一，到現在肯定是在天堂裡了。」

之後那些人又揭起了一塊罩布，下面的貌似是聖保羅[138]落馬的雕像，和常見的祭壇上畫的

135.西班牙教堂裡，祭壇後面的圍屏或牆壁常用彩色鍍金浮雕做裝潢。
136.西班牙十七世紀初期運送雕刻的聖像，都由人抬在肩上。
137.即「聖雅各」，耶穌基督的十二門徒中的四大使徒之一，被猶太國王希律下令處死後，遺體運往了西班牙。
138.早年反對並迫害耶穌的門徒，不過在耶穌死後不久就皈依了基督教。

他皈依時的情形一模一樣。那雕像十分生動，就像基督和保羅在交談一樣。

「這一位，」唐吉訶德說，「之前是我主上帝的教會的頭號敵人，又是教會空前絕後最為堅定的衛道士。他活著的時候是遊俠騎士，死後成了徒步聖徒。他是主的葡萄園裡那不知疲倦的園丁、拯救人類的醫生，天庭曾經是他的課堂，耶穌基督曾經是他的執教老師。」

聖像全都看完之後，唐吉訶德吩咐那些人把它們重新蓋住了，之後對他們說道：

「我看見了我應該看到的東西，看來這確是個好兆頭。這些聖人和騎士在世的時候和我是同行，也就是仗義行俠。」

「希望上帝有耳、魔鬼不聞。」桑丘插嘴道。

那些莊稼漢覺得唐吉訶德的樣子實在是古怪，對他的議論也似懂非懂。他們吃完東西之後，跟他打了個招呼，抬起聖像就走了。桑丘再次對自己的主子欽佩不已，好像第一次看到他似的，認為世界上就沒有什麼典故和事情不是刻在他的指掌間、印在他的腦海中的，因此他就說道：

「說心裡話，我的主人，要是咱們今天遇到的事情能夠算得上是奇遇的話，那麼可以說，這是咱們的征程中最輕鬆愉悅的一次。這回咱們既沒有挨打受驚，也沒有用拔劍、摔跤和餓肚子。感謝上帝，總算讓我開了一回眼了！」

「你說得很對，桑丘，」唐吉訶德說，「你應該知道，事情總是在千變萬化的，不會總是倒楣或不走運的。人們一般稱之為兆頭的東西是沒有任何真實的依據的，不能輕易地把它看作好事。聰明而虔誠的人是不應該把這些偶然的事情放在心上。」

桑丘忽然改變話題對主子說道：

「老爺，公爵夫人的丫頭阿爾迪西多啦居然那麼厚臉皮，我真是感到驚訝。不過我想像不出老爺您身上到底有什麼地方會讓那女子魂不守舍呢。我端詳過您老人家那麼多次了，您真是無美可言呀，也不清楚那可憐的丫頭到底愛上了您什麼了。」

「你應該知道，桑丘，」唐吉訶德說，「我很瞭解自己長得不美，可是也不是什麼奇形怪狀的模樣。一個好人，如果不是醜八怪，又有著心靈上的美德的話，絕對會有人愛的。」

他們說著話，就走進了路邊的一片樹林裡。不過，唐吉訶德忽然出其不意地撞在了一張拉在樹木之間的綠色大網上。他一時搞不清這到底是怎麼一回事，正打算衝出去的時候，前面的樹林裡突然走出了兩個特別美麗的牧羊女，至少那打扮就像是牧羊女。其中的一位女子對唐吉訶德說道：

「騎士先生請立刻住手，千萬不要把這網弄破。那網架在那裡只是作爲我們消遣用的，想矇騙幾隻被我們的喊聲嚇昏頭了的小鳥撞進網來。要是您同意做我們的客人，我想你們肯定會受到慷慨且殷勤的款待。」

唐吉訶德回答道：

「別說這網只是擋住了一小塊地方，即使罩住了整個世界，我也會另闢蹊徑，而不敢把它弄破的。對您說這話的可是唐吉訶德啊，也許您曾經聽說過這個名字。」

「哎喲，我親愛的朋友啊！」另一位女子插嘴說道，「我們是多麼幸運啊！你看到我們面前的這位大人了嗎？他可就是天底下最英勇的人了呀！我敢打賭，跟他在一起的那個好人叫什麼桑丘，是他的侍從，也是個風趣無比的人哪。」

這時，一個牧童裝扮的青年來到了他們四個人的面前。他是其中一位牧羊女的哥哥，身上的衣服和那兩位小姐的一樣貴重華麗。兩個女子跟他說，眼前的兩個人一位是驍勇的唐吉訶德，另一位是他的侍從桑丘。

那個年輕英俊的牧人上前作了自我介紹，並請求唐吉訶德和他一起回到帳篷那兒去，於是唐吉訶德便接受了邀請跟著他走了。轉眼之間，那個地方就聚攏了三十多個人。眾人簇擁著他們來到了帳篷跟前，餐桌已經擺好，豐盛、精美而且乾淨。酒足飯飽之後，唐吉訶德不緊不慢地說道：

「人類最大的罪孽就是知恩不報，雖然有人說最大的罪孽是驕傲自滿。我非常感謝在這兒受到的款待，既然不能用同樣的方式給予回報，鑒於本人能力有限，也就只能盡我所能、傾我所有啦。我願意在這條通往薩拉果薩的大道上守候兩整天，告訴過往行人：在座的各位喬裝成牧羊女的小姐們全都是天下最漂亮、最賢淑的女子。可以超過她們的只有我那唯一的心上人、舉世無雙的杜爾西內婭。這一點還得恭請在座的先生和女士們多多包涵了。」

始終豎著耳朵聽主子講話的桑丘這時高聲插了進來說道：

「世界上怎麼居然有人敢說我的主人是瘋子呢？你們說說，各位大人，有哪一位鄉村神甫，無論他多麼聰明，多麼有學問，能說出像我主人說的這樣的話嗎？」

唐吉訶德氣得滿臉通紅，轉身衝著桑丘說道：

「噢，桑丘！我猜測所有天下的人都不得不說你是個從裡到外的傻瓜，並且還外帶一點兒陰險和狡詐呢！誰讓你來瞎摻和我的事情，來評判我究竟是聰明還是糊塗了呢？快不要再說了，不要同我囉唆，咱們這就去兌現我許下的諾言。」

唐吉訶德邊說邊怒氣沖沖地從椅子上站了起來，爬上駑騂難得，挽起盾牌、提著長槍站到了離那片草地不遠的公路中間。桑丘催趕著毛驢追去，那群裝扮成獵戶的人也緊隨其後，十分想知道他誇下的那新奇海口究竟會有個什麼樣的結局。就這樣，他站在大路中間厲聲呵斥道：

「喂，你們這群將在今後兩天內路過此地的人，不管是騎士還是侍從，不管是騎馬的還是步行的，都聽著，遊俠騎士唐吉訶德在這裡宣佈：論姿容和賢淑，在這片草地和樹林裡居住的列仙們超越了除我的意中人杜爾西內婭之外的天下所有的女人。誰敢說一個不字那就過來吧，我在這裡等著他呢。」

造化最終還是成全了他，沒過一會兒遠處就有一群騎馬的人成幫結夥、急匆匆地沿著大路迎面過來，其中還有手提長槍的。看到這個陣勢，人們清楚繼續待在那裡會有危險，就立馬轉身遠遠地逃離了公路，只剩下唐吉訶德一個人依舊威風凜凜地留在原地不動。那群手持長槍的人終於來到了眼前，走在最前面的那位衝著唐吉訶德喊道：

「快把路讓出來！這些牛會令你粉身碎骨的！」

「喂，你這個混蛋！」唐吉訶德答道，「即使是哈拉瑪[139]沿岸飼養的最凶猛的公牛，對於我來說也算不了什麼！你們應該毫不猶豫地承認，我剛才宣佈的都是事實，不然我就對你們不客氣了。」

馴牛人來不及回答，唐吉訶德即使想躲也已經爲時過晚了。那群混在馴牛群裡、由一群牛倌和幫工趕往一個村子、準備第二天參加鬥牛表演的凶猛公牛，就已經把唐吉訶德和桑丘、駑騂難得和灰驢連翻帶滾地衝倒在地，並從他們的身上狂奔過去。唐吉訶德匆匆忙忙、跌跌撞撞地邊追牛群邊吼道：

「站住，等一下，壞蛋、王八蛋！等著你們的是一個單槍匹馬的騎士，他可不是一個好惹的人！」

但是，那群人和牛並沒有止步，也沒有理會他的恐嚇。唐吉訶德最後跑不動了，才收住了腳步，但他反而更加窩火，一屁股坐到了公路上。等著桑丘、駑騂難得和毛驢朝自己的身邊走來。雙方會合了以後，主僕二人各自爬上了自己的坐騎，沒有同那假造或裝扮出來的人間樂土道聲再見，就滿腹羞愧、蔫頭耷腦地走了。

139. 是塔霍河的支流，在新加斯底利亞境內，河兩岸出產的公牛以凶猛善鬥著稱。

chapter 59

堪稱奇遇的新鮮事

唐吉訶德和桑丘遭到了公牛的非禮之後，一路風塵，來到了樹林間的一泓清泉旁邊。清澈的泉水洗掉了他們身上的疲憊。主僕二人鬆開了駑騂難得和毛驢的轡繩與嚼子以後，就在那泉邊坐下來了。桑丘瞄準了褡褳袋裡的儲備，從裡邊取出了他所謂的食物，一聲不吭地拿起麵包和乳酪往自己肚子裡填。

「快吃吧，我的朋友，」唐吉訶德說，「你得活下去，生命對你而言比對我更重要。就在本該由於超凡的業績贏得讚譽、榮耀和獎賞的時候，今天早上卻遭到了髒汙不堪的畜生的蹄甲的踐踏、踢蹬和蹂躪。如此一想，我就牙倒、舌麻、手發木，沒有一點胃口了，就想用那最殘忍的死法——餓死了事。」

「這麼看來，」桑丘一面大嚼大咽一面說道，「老爺您是不贊成『要死也得做個撐死鬼』的說法嘍。聽我一句勸吧，先填飽肚子，之後躺在這像綠色的毯子一般的草地上美美睡上一覺。等著看吧，睡醒以後，您就會感覺好受多了。」

唐吉訶德接受了他的勸告，對他說道：

「噢，桑丘！按照你的勸告，趁我睡覺的時候。你離開這裡去找個地方，脫掉衣服，用駑騂難得的韁繩，抽自己三四百下。如此一來，你為解除杜爾西內婭的魔法而需要抽的那三千多鞭子也就能夠抵去好多了。因為你的疏忽，她現在仍舊受著魔法的折磨，這是多大的遺憾呀。」

「這事說來話長，」桑丘說，「咱們倆現在都睡覺。之後的事情，上帝自有安排。老爺您應該知道，讓一個人狠心鞭打自己可不是一件小事，更何況那鞭子要抽的還是一個缺吃少喝的身體。就讓我那杜爾西內婭小姐再忍一下吧。我還活著，並且也願意兌現自己的諾言。」

唐吉訶德表示感謝，並吃了一些東西，桑丘飽吃了一頓，之後主僕二人就躺下睡覺了。他們醒過來之後天色已經不早了。但是，他還是爬上坐騎匆匆地朝一里之外遙遙可見的一家客店趕去。下馬以後，桑丘從店主手裡接過鑰匙，先把給養送到房間，再把牲口牽進馬棚並添足了草料。吃飯的時間到了，桑丘問店家晚飯有什麼能吃的。

店主回答道：

「我現在有的就是兩隻跟小牛蹄似的老牛蹄子，或者也可以說兩隻像老牛蹄一樣的小牛蹄子，已經跟鷹爪豆、蔥頭和醃肉一塊燉好了。」

「從現在起我們就訂下了，」桑丘說，「別再給別人了。我出高價。對我而言，這已經算是驚喜了，管他是老牛還是小牛呢。」

「不會給別人的，」店家說，「別的客人全部顯赫而高貴，自己帶了廚子、採買和吃喝呢。」

「說到顯赫和高貴，」桑丘說，「誰也不如我的主人有身分。但是，他所從事的職業不准許他帶著食物和飲料。」

桑丘跟店家說到這種程度也就打住了，不想再深聊下去。吃飯的時間終於到了，唐吉訶德回到了自己的房間，店家把那牛蹄連鍋端了過去，並刻意坐下同他們一起吃了起來[140]。這時唐吉訶德聽見和自己的房間僅有一牆之隔的屋子裡有人說到：

「堂黑隆尼莫先生，趁現在還沒把飯給送來，求您了，把那《唐吉訶德第二部》拿出來再念一章吧[141]。」

唐吉訶德一聽見自己的名字，騰地一下子就站了起來，並豎起耳朵想瞭解人家會如何議論自己。他聽到那個叫什麼堂黑隆尼莫的人回答：

「堂胡安先生，這部小說索然無味，那麼第二部還會有什麼意思呢？」

「無論怎麼說，」堂胡安說，「還是應該讀一讀的，再壞的書裡也會有些好的東西[142]。在這

140.按當時西班牙的風俗，客店主常和旅客同桌吃飯。
141.指本書第二部前言中得到的阿維利亞內達的《唐吉訶德》第二部。
142.引蒲林尼語。

一部裡，我最不滿意的地方就是說唐吉訶德已經不再愛杜爾西內婭了。」

聽到這裡，唐吉訶德瞬間火冒三丈，大聲說道：

「不管是誰，只要他說唐吉訶德拋棄了杜爾西內婭，我就要和他拚命。他大錯特錯了，舉世無雙的杜爾西內婭是不會被遺忘的，唐吉訶德也不是那種薄情寡義的人。」

「誰在偷聽我們說話？」隔壁房間裡有人問道。

「還會是誰？」桑丘接言道，「正是唐吉訶德本人。」

桑丘的話音未落，兩個紳士模樣的人就推開房門走進了屋子。其中一位伸出雙臂抱住唐吉訶德的脖子說道：

「真是見其人知其名、聞其名而識其人。沒有什麼值得懷疑的，先生您就是遊俠騎士的北斗和明燈、唐吉訶德先生本人。有的人竟然想頂替您的英名，詆毀您的功績，就跟這部書的作者一樣，那只會是徒勞一場。」

那人說著就從同伴的手裡拿過書來遞了過去，唐吉訶德接到手裡翻了翻，沒一會兒工夫就接著說道：

「只是這麼略微一看，我就發現這個作者有三大漏洞：首先是我在前言中看到的幾句話[143]；其次用的是阿拉貢方言，省掉了冠詞；第三是過於無知，連最基本的史料都會搞錯、失

143. 阿維利亞內達嘲笑塞萬提斯年老殘廢，又說他心懷妒忌等等。

實。說什麼我的侍從桑丘的老婆叫瑪麗．古貼瑞斯[144]。根本不對，她叫泰瑞薩。」

桑丘接口說道：

「這寫書的人也的確有意思！一定是在瞎編我們的故事！老爺，您再翻翻，看看有沒有提到我、是不是也給我改了名字。」

「朋友，聽你說話這口氣，」堂黑隆尼莫說，「您肯定就是唐吉訶德先生的侍從桑丘嘍。」

「正是，」桑丘說，「這是我覺得臉上最光彩的事了。」

「我敢說，」那位紳士說，「在現在這位作者的筆下，您可沒有您本人這麼體面。他把您寫成了貪嘴佬，而且頭腦糊塗，一點兒也不風趣，和您的東家的傳記第一部裡的桑丘完全不同。」

「上帝原諒他吧，」桑丘說，「我又沒礙著他，他何必理會我呢。不知道就別亂說，事情是什麼樣就是什麼樣。」

兩位紳士邀請唐吉訶德過去和他們共進晚餐，原因是他們知道客店裡沒有可供他這種身分的人吃的食物。唐吉訶德向來都是謙謙君子，領受了他們的邀請，跟著他們走了。因此桑丘就坦然地坐在了飯桌的主位上，跟他一樣喜歡老牛蹄子、小牛蹄子的店主自然是欣然奉陪了。

144. 作者在第一部第七章也用過這個名字。

吃飯的過程中，堂胡安問唐吉訶德是不是知道杜爾西內婭小姐的近況。要是仍然冰清玉潔，是不是因爲還記得唐吉訶德先生的一往情深才守身如玉。

唐吉訶德回答道：

「杜爾西內婭仍舊冰清玉潔，我的深情比以往更強烈。我們之間的聯繫和以前一樣，並不頻繁，但是，她的花容月貌現在卻變成一個醜陋的農婦模樣了。」

接著他就對那兩個人詳詳細細地講解了杜爾西內婭小姐中邪的始末。兩位紳士興致盎然地傾聽著唐吉訶德講述這些稀奇古怪的經歷，一會兒覺得他好像很明白事理，一會兒又覺得他成了失心瘋。真不知道到底該說他是個正常人呢，還是把他看作瘋子。

桑丘吃飽以後，撇下那個已經醉倒的店主，來到唐吉訶德所在的房間。他一進門就說道：

「先生們，我敢保證二位手中的那本書的作者肯定是跟我過不去。據你們講，他既然已經說我是饞嘴佬了，我就希望他別再把我說成是酒鬼。」

「他的確把你也說成醉鬼了，」堂黑隆尼莫說，「但是一定是瞎說了，我從眼前這位好桑丘的臉上就可以看出來。」

大家說著話消磨了大半夜。兩位紳士問他下一步準備到去哪裡，他回答說要到薩拉果薩去參加那裡每年都要舉辦的一個奪彩比武[145]。堂胡安告訴他說，那本書中講到唐吉訶德或其他

145. 指每年為了紀念聖喬治而舉行的三天的比武。

什麼人曾經參加了一次穿環擂臺賽[146]，寫得毫無新意，缺乏文采[147]，並且完全沒有特點，全是一派胡言。

「就憑這一點，」唐吉訶德說，「我就不準備踏進薩拉果薩城了。這樣一來，我就向全天下揭露了新近這位作者的謊言，人們會知道我不是書裡講的那個唐吉訶德的。」

「這麼做就對了，」堂黑隆尼莫說，「巴賽隆納有別的比武，唐吉訶德先生可以到那兒去大顯身手。」

大家互道了晚安後，唐吉訶德和桑丘回到了自己的房間。堂胡安和堂黑隆尼莫對他把聰慧與瘋癲彙集於一身感慨不已，確信他們是真正的唐吉訶德和桑丘。而絕對不會是那位阿拉貢作家筆下的人物。

第二天，唐吉訶德起得很早。他敲了敲牆壁，就當是同住在隔壁房間裡的客人告別似的。桑丘慷慨地付了店錢，並且勸告店主對店裡的伙食少吹噓些、多置辦些實料。

146.比武分二部分：前部分比武力的強壯，後部分比技巧的嫻熟。
147.比武的騎士照例都有自己奉行的標語或題簽。

chapter 60

前往巴賽隆納的途中遭遇

清晨時分，空氣涼爽宜人，看來是個不錯的天。唐吉訶德離開了客棧，首先打聽好了不用經過薩拉果薩而直奔巴賽隆納的路徑。他的目的是要戳穿那本新書作者的謊言，由於聽說作者對他進行了惡毒攻擊。一連六天都沒有遇見一件值得一提的事情，直到這第六天的傍晚，他們離開公路，走進了一片濃密的聖櫟要不就是軟木樹林。熙德·阿默德向來敘事精確，然而這一次沒能準確地說明到底是什麼樹林。

主僕二人下了牲口，靠在樹幹上休息。當天下午飽餐了一頓的桑丘很快就進入了夢鄉。然而唐吉訶德卻毫無睡意，怎麼都合不上眼睛。他對侍從桑丘的懶惰和冷漠大爲不滿，猜測他總共不過抽了自己五下，跟所差的數目相比簡直天懸地隔呢。爲此他又急又惱，因此暗自想道：「桑丘不願意用鞭子抽自己，那就由我來抽他好啦，都是一樣的。因爲關鍵在於挨打的是他，無論是由誰來打。」

唐吉訶德下定了主意，操起駑騂難得的轡繩，並把它弄成鞭子的樣子，之後就跑到桑丘的跟前動手去解他的衣帶。不過沒等主子得手，桑丘一個激靈就醒了過來，立馬問道：

「怎麼回事，誰呀？誰摸索我？誰在解我的腰帶？」

「是我，」唐吉訶德回答說，「我來幫你還願，也是為了除去我自己的煩惱。杜爾西內婭在受苦受難，你卻毫不在乎，這令我心急如焚。所以你還是自己乖乖地解下褲子吧，我想在這荒山野林裡應該至少抽你兩千鞭子。」

一見這種架勢，桑丘一躍而起，衝過去死死地抱住自己的主人，腳下使勁一絆，把他仰面朝天地摔在了地上，之後用右膝頂住他的胸口、雙手摁住他的胳膊，讓他動彈不得，連呼吸都很困難。唐吉訶德說道：

「怎麼，你叛逆了，竟敢跟你的主人造反？」

「我不想欺負人，但也不能被人欺負，」桑丘說，「我這是自衛，替自己做主。如果老爺您答應我別想用鞭子抽我，那我就饒了您、放了您。」

唐吉訶德立馬答應了下來，並賭咒發誓說連他的衣服毛兒都不再動了。至於鞭子的事嘛，全依他的意願，想什麼時候抽，什麼時候再抽吧。

桑丘爬了起來，並遠遠地躲開了那個地方。當他正要靠到一棵樹上去的時候，但是，他忽然覺得有什麼東西碰到了自己的腦袋，伸手一摸，居然是兩隻穿著鞋襪的人的腳。嚇得他一哆嗦，趕緊跑到另一棵樹跟前，然而又遇到了同樣的情形。因此他大聲呼喚唐吉訶德快去救命。唐吉訶德應聲而去，問是什麼把他嚇成了這副模樣。桑丘跟他說，樹上掛滿了人腳人腿。唐吉訶德伸手摸了摸，立馬明白了那是怎麼回事，因此就對桑丘說道：

「你不要害怕，這一定是一些在樹上被絞死的逃犯或強盜的腿腳。這一帶抓到逃犯和強盜，往往會把二三十個人或三四十個人一起吊到樹上絞死。我猜測這兒離巴賽隆納不會遠了[148]。」

事實的確跟他猜測的一樣。

曉色朦朧，他們抬頭一看，果真見到了掛在樹上的強盜屍體。這時候天色已經大亮，他們看了這許多死強盜很是吃驚，然而，忽然又有四十多個活強盜包圍了他們，更是嚇了他們一大跳。這些強盜用咖達盧尼亞方言命令他們別動，等候他們的頭兒來發落。唐吉訶德站在那裡，駑騂難得沒戴嚼子，長槍倚在樹上。總之，他們被弄得措手不及，只能抄著手、低著頭等著見機行事了。

強盜們跑到毛驢跟前，把褡褳和行李中的東西洗劫一空。桑丘暗自慶幸，公爵夫婦送給他們的金盾和他們從家裡帶來的一些錢都還藏在貼身的腰包裡，沒有被那些人拿走。別說是這樣了，如果不是強盜頭子及時趕來的話，即便是藏在皮肉之間的東西，估計也會被那幫傢伙搜出拿走的。那強盜頭目看見自己的隨從正要搜查桑丘，便下令讓他們住手。他們立即聽

48. 在塞萬提斯時代，加塔盧尼亞省多盜，尤其是在省城巴賽隆納附近。

命，桑丘的腰包總算躲過了一劫。那個強盜頭目看到靠在樹上的長槍、放在地上的盾牌和全身披掛、若有所思卻又憂心忡忡的唐吉訶德時，大爲吃驚。因此走上前去對他說道：

「別這麼愁眉苦臉嘛，我是羅蓋·吉那特[149]，心慈手軟，肯定不是個冷酷無情的人。」

「我之所以難過，並不是由於落在了你的掌握之中，」唐吉訶德回答說，「我是在爲自己的疏忽倍感懊惱，依照我所奉行的遊俠騎士道，我應該時刻警惕，永不懈怠才行，現在我竟然會被你的手下制服於馬未戴嚼的情形之下。我就是那個功名譽滿天下的唐吉訶德。」

羅蓋·吉那特立刻就意識到唐吉訶德的毛病了。他儘管原來就有所耳聞，但十分慶幸可以就近驗證一下關於此人的傳聞，因此說道：

「驍勇的騎士啊，您別煩惱，你這會也未必倒楣。這類挫折說不定剛好會讓您時來運轉的。」

唐吉訶德正準備說幾句感激的話語時，卻忽然聽見眾馬奔馳的聲音。實際上只是匹馬單騎，匆匆而來的是個看模樣不會超過二十歲的小夥子。羅蓋聽到聲音之後立馬回過頭去，只見這位英俊的青年走到他的跟前說道：

「驍勇的羅蓋啊，我是克勞迪婭，你的摯友西蒙·佛爾德的女兒。家父的冤家克拉蓋爾·多爾瑞利亞斯也是你的死對頭。你是知道的，這位多爾瑞利亞斯有個兒子，名字叫作堂

149.西班牙人所愛戴的俠盜，一六一一年帶領部下兩百人投誠，轉入拿坡黎斯境，把部隊組成了軍隊，自己當了隊長。

維山德，他發誓要娶我爲妻，我也允諾非他不嫁。但是昨天我聽說他忘記了對我的承諾，並且準備和別人結婚，婚禮就定在今天上午。這個消息令我茫然失措、忍無可忍，趁父親沒在村裡，我換上這身衣服，跨上馬，在離這兒一里來遠的地方追上了堂維山德，用他的鮮血維護了我自己的榮譽。我來找你，是想讓你幫我逃到法蘭西去投奔我的親戚，我也求你保護我的父親，讓堂維山德手下的眾多僕從不敢貿然地對他老人家採取報復行動。」

羅蓋對美麗的克勞迪婭的氣度、風姿、身材和行爲詫異不已，因此說道：

「走吧，小姐，咱們去看看你那冤家是否真的已經死了，之後再來決定下一步該怎麼辦吧。」

唐吉訶德一本正經地聽了克勞迪婭的敘述和羅蓋的回答之後說道：

「不用煩勞誰來保護這位女子了，這是我的事。把馬和武器還給我，你們在這裡等著。不管那個青年是死是活，我都會找到他，讓他履行對這位如此漂亮的女子的諾言。」

「各位敬請放心，」桑丘接口說道，「我這主人可是撮合婚姻的好手，不久日子之前就曾逼迫一個言而無信的傢伙應允履行了對一位女子許下的諾言了。」

羅蓋吩咐手下把從驢背上搜去的東西如數還給桑丘，並退到之前過夜的地點去等著，之後就馬上和克勞迪婭一起去追趕或死或傷的堂維山德了。

他們在克勞迪婭和他相遇的地方只看見了留在地上的新鮮血跡。舉目四望以後，發現一處山坡上有一群人，便斷定是堂維山德他們。果真不錯，他的傭人正抬著他走，也不知道是要送他去治傷還是去埋葬他。他們縱馬追了上去，很快就追上了。

堂維山德躺在僕人們的懷裡，克勞迪婭深情而嚴肅地走過去，拉起他的手說道：

「聽說你今天上午要同富翁巴爾瓦斯特羅的女兒蕾歐諾拉成親，」克勞迪婭說，「難道這不是真的嗎？」

「當然不是，」堂維山德說，「爲了讓你確信這一事實，要是你願意，就請你握緊我的手接受我做你的丈夫。你認爲受到了我的傷害，這是我對你做出的最爲有力的解釋。」

克勞迪婭緊緊地攥著堂維山德的手，並把那手貼到了自己的心口上，之後就昏倒在了他那被血浸潤了的胸膛之上。就在這時，堂維山德也暈厥了過去。僕人們趕緊找來涼水灑到他們的臉上，克勞迪婭甦醒了過來，堂維山德卻再也沒能恢復知覺，他已經一命嗚呼了。看到這種情景，克勞迪婭知道自己心愛的丈夫已經離開人世了，立即發出驚天動地的哀怨和號啕，她扯亂了頭髮任風吹拂，並動手毀壞起自己的容顏，壓制不住那刻骨銘心的傷痛。

堂維山德的僕人們痛哭失聲，克勞迪婭一次次地昏厥又甦醒、甦醒又昏厥。整個山頭全部籠罩在淒風苦雨之中。最後還是羅蓋發了話，他吩咐那些僕人趕緊把堂維山德的屍體抬回家——就在附近——準備埋了吧。

克勞迪婭告訴羅蓋，她的一個姨媽是一家修道院的院長，她計畫到那兒去陪伴著另一位更爲不凡、更爲忠貞的丈夫了此一生（指當修女侍奉上帝）。羅蓋同意了，克勞迪婭流著眼淚離他遠去。堂維山德的僕人抬走了屍體，羅蓋也回到了自己的人中。克勞迪婭的熱戀就這樣結束了。

羅蓋・吉那特在指定的地點找到了自己的手下，唐吉訶德也在他們中間，並且還正騎在馬上規勸他們放棄那種危及身心的險惡生涯。他們大多是出生於加斯貢人的狂放粗野之徒，唐吉訶德的說教根本就不對路子。

這個時候，有在路邊放哨負責監視過往行人，並及時向頭目通報的人回來報告說：

「大人，離這裡不遠，在通往巴賽隆納的路上來了一大群人。」

羅蓋問道：

「是來找咱們的，還是咱們要找的，你有沒有看清楚？」

「當然是咱們要找的了！」那人回答說。

「那就全體出動，」羅蓋說，「立刻把他們給我帶來，一個也別讓他們跑掉。」

強盜們奉命而去，只剩下唐吉訶德、桑丘和羅蓋等在那兒看究竟會帶回一些什麼人來。趁這個空當兒，羅蓋對唐吉訶德說道：

「唐吉訶德先生一定會認爲我們的生活方式很奇特的：顛沛流離，前途未卜，出生入死。您有這樣的想法，我一點都不覺得奇怪，因爲我打心眼裡承認沒有什麼能比我們這樣活著更加動盪不寧和膽戰心驚了。儘管我現在處在彷徨的迷宮之中，但是上帝保佑我，我並沒有失去棄惡從善之心。」

聽了羅蓋的剖白，唐吉訶德說道：

「羅蓋先生，如果您想走捷徑以求早日踏上獲救的坦途的話，那麼就請跟我來吧。我會引導您做一個遊俠騎士，您經歷了千艱萬難，借此來吃苦贖罪，用不了多久就能夠走上榮登天國的道路的。」

羅蓋對唐吉訶德的建議付之一笑，之後就換了話題，談起了克勞迪婭的悲慘遭遇。桑丘對這個尤其耿耿於懷，原因是他對這個美麗、開朗而又朝氣蓬勃的女子已經產生了好感。

這個時候，那些前去打劫的人回來了。他們押回來了兩個騎馬的紳士、兩個步行的香客、一輛載有女眷的馬車以及六名騎馬或者徒步的隨從，除了這些，還有那兩位紳士的兩個騾夫。羅蓋問那兩位紳士是什麼人、要到哪裡去、隨身帶了多少現金。其中的一位回答道：

「我們是西班牙的步兵上尉，部隊現在駐紮在拿坡黎斯。我們要去趕船，據說巴賽隆納有四艘奉命要去西西里島的戰船。我們隨身帶了兩三百艾斯古多，已經算是很寬裕很滿足了。軍旅的清苦生活不可能讓我們擁有太多的盤纏的。」

羅蓋又問起車上是什麼人、要到哪裡去和帶有多少錢，一個騎馬的扈從答道：

「坐在車上的是我的女主人，駐拿坡黎斯代辦的夫人堂娜玖瑪·台·基紐內斯太太和她的一個小女兒、一個丫鬟和一個傅姆。我們六個是隨行的僕人，所帶錢財一共是六百艾斯古多。」

「這麼算下來，」羅蓋·吉那特說，「總共是九百艾斯古多和六十瑞爾，我的部下大概有六十人吧，算一下每個人能分多少，我搞不清楚。」

聽他這麼一說，強盜們立馬歡呼了起來：

「羅蓋・吉那特萬歲，讓那些恨他的人見鬼去吧！」

眼看自己的錢就要被瓜分，上尉們的臉色陰沉，代辦夫人面露戚容，兩個香客也滿腹牢騷。羅蓋不想再折磨他們了，因此對那兩位上尉說道：

「上尉先生們，懇求二位大人開恩借給我六十艾斯古多，代辦夫人借給我八十。俗話說，幹什麼吃什麼，我得打發弟兄們啊。之後我給各位開一張路條，你們就能夠放心大膽、暢通無阻地走自己的路了。我的人馬遍佈在整個這一帶，即使你遇上他們，也不會有什麼麻煩的。再下無意冒犯軍人，更不會傷害女流之輩，尤其是貴冑寶眷。」

兩位上尉連連感謝，滿心感激，堂娜玖瑪・台德・基紐內斯太太更是想要下車去親吻偉大的羅蓋的雙腳和雙手。羅蓋不僅斷然地拒絕了，反而請求她能夠諒解自己迫於這一不齒行當的職守而對她所做出的冒犯行爲。

羅蓋吩咐把隨身攜帶的文具準備好，給他手下的幾個小頭目寫了通行證，之後跟那些人告別，讓他們走了。這時他的一個手下卻用加斯科涅和咖達盧尼亞方言說道：

「咱們的這個頭兒更適合做教士，而不是當強盜。從今往後，他要是再想充大方，就請他自掏腰包吧，別拿咱們的錢去當好人。」

那個倒楣蛋講這話的聲音大了一些。羅蓋聽見以後立即抽出佩劍，差一點把他的腦袋一劈兩半，隨後說道：

「如果誰再敢這麼說，我就這樣懲罰他，我說到做到！」

人們一下子全都驚呆了，誰也不敢說話，只能是唯唯諾諾的。

之後，羅蓋走到一邊給巴賽隆納的一位朋友寫了一封信，跟他說那位鬧得沸沸揚揚的遊俠騎士、大名鼎鼎的唐吉訶德正跟自己在一起，並稱他為天底下最有趣、最有見識的人。還說將於四天以後把這個人以及他的侍從帶往巴賽隆納城，屆時能夠看到那主僕二人一個披甲戴盔地騎著戰馬駑騂難得、一個駕著毛驢出現在城中的海灘之上，也請他通知尼阿羅派的兄弟們一起去高興一番。

儘管不想讓那幫加台兒派的對頭們得此樂趣，看來也是不太可能的，因為應該讓全天下的人都能有幸見識唐吉訶德的瘋癲和睿智以及桑丘的詼諧風趣。他挑選了一名手下，讓他一改強盜的裝束，裝扮成農夫的模樣混進巴賽隆納城去把信送到他朋友的手中。

chapter 61

真實而無趣的事情

唐吉訶德和羅蓋在一起待了整整三天三夜，不過哪怕是再待上三百多年，他也會琢磨不透他們的生活的。

他們總是在一個地方趕上天明後又到另外一處去吃飯，有時候在逃避，有時候在等待，羅蓋每天都躲到手下不可能知道的處所去過夜。因為巴賽隆納總督已經發佈了許多佈告，懸賞捉拿他，弄得他擔心部下會對自己下手或者告發自己：那的確是一種可悲又可惱的日子。

羅蓋、唐吉訶德和桑丘最終在六名嘍囉的陪伴下，一路披荊斬棘地趕到了巴賽隆納。羅蓋擁抱了唐吉訶德和桑丘，把答應給卻一直沒給的那十個艾斯古多交在了桑丘的手中，之後就丟下那主僕二人獨自走了。沒過多久，黎明的曙光就衝出了東方的天際，悄然地為碧草和鮮花注入了歡快的氣息。與此同時，彷彿忽然從城區的方向傳來了一片夾雜著牲口的鈴鐺和腳步的踢踏聲響的鼓號奏鳴聲。

太陽代替了晨曦，它那比盾牌還大的面龐，從地平線上冉冉升起。唐吉訶德和桑丘放眼向四方望去，看見了停靠在岸邊的戰船，船上的帆篷[150]都已經落下，空氣中微微瀰漫著一種戰鬥的氣息。

平靜的海面就像出戰那樣湧動起來，和它回應的是幾乎同時從城區方向衝出了的數不清的騎著高頭駿馬、身穿鮮豔制服的武士們。船上的士兵接連射擊，城牆上和堡壘裡的士兵放炮回敬，炮聲轟隆，劃破了天空。船上的士兵也不甘示弱，開炮回應。海濤沸騰，大地歡躍，晴明的天空也不時地有硝煙飄過，這一切令所有在場的人感受到了一種突如其來的狂喜。桑丘不論怎樣也想不清楚那些在海上移動的龐然大物竟然會有那麼多隻腳[151]。

這時，身穿制服的騎士們高聲地吶喊和狂嘯著飛奔到了惶恐不安、呆若木雞的唐吉訶德的眼前。其中的一位——就是事先得到羅蓋的通知的那人——高聲對唐吉訶德說道：

「歡迎您，驍勇的唐吉訶德！請跟我們走吧。我們都是您的僕從和羅蓋．吉那特的好朋友。」

唐吉訶德回答道：

「如果禮貌也能互相傳染的話，那麼騎士大人，您的盛情源於偉大的羅蓋對我的盛情。您隨便帶我到任何地方去吧，我願意尊崇您的意志，並且只要您樂意，我也願意為您

150. 這是遮陽擋雨的帆布頂篷。
151. 指划船的槳。

效勞。」

那位騎士用同樣殷切的話語做了回答，之後人們就在笛號和銅鼓的伴奏下簇擁著他朝城裡走去。不管在什麼地方，惡魔總是能爲所欲爲的，而那些半大孩子卻比惡魔還要邪惡幾分。

進城之後，兩個膽大的頑童鑽進人群，一個揪起毛驢的尾巴、一個揪起駑騂難得的尾巴，分別在那尾巴下面塞進了一把蒺藜。兩頭牲口感到疼痛，但是越夾尾巴越難受，便尥起蹶子來，把兩個主人摔倒在地。唐吉訶德真是又羞又氣，連忙去摘掉坐騎尾巴上的綴物，桑丘也只好去打理他的毛驢。唐吉訶德的嚮導們想要懲罰肇事的罪魁，但是卻又無能爲力，原因是他們早就鑽到數不清的、和他們一樣頑皮的孩子堆裡不見了。

唐吉訶德和桑丘重又爬上坐騎，依然在鼓樂聲的伴奏之下來到了那個引路的騎馬人的家。這是一座高宅大院，貌似是富貴紳士的官邸。咱們暫時就讓他們待在哪裡吧，因爲這是熙德·阿默德的意願。

chapter 62

通靈的人頭像逸事

接待唐吉訶德的東道主的名字叫作堂安東尼歐．台．莫瑞諾，是位富有而又精明的紳士。他喜歡開開無傷大雅而又和氣的玩笑。把唐吉訶德接回家裡以後，他就開始琢磨起怎樣才能讓他既顯露出其瘋癲的程度，但是又不會傷害到他自己，因爲如果適當的話，就不是玩笑了，但是消遣絕對不能傷人。

那天，堂安東尼歐請了幾個朋友到家裡一起吃飯，大家都對唐吉訶德畢恭畢敬，把他看作是真正的遊俠騎士。唐吉訶德當然是洋洋得意、喜不自勝了。桑丘也更是妙語連珠，搞得府裡僕役和身邊的人只想聽他開口講話。

入席以後，堂安東尼歐對桑丘說道：

「好桑丘，我們聽說你尤其喜歡雞脯羹和肉丸子，吃剩了還會揣在懷裡留到第二天再吃。」

「不是這樣的，大人，」桑丘回答說，「如果有人請我吃飯，我絕對不會放過的。但是，無論是誰說我饞嘴或者是不講衛生的話，你們可千萬別信。」

「他說的都是事實，」唐吉訶德說，「桑丘在餓了的時候，確實會顯得有點貪婪，不但吃得很快，而且還會把嘴巴裡塞得滿滿的。講究嘛，倒一直都是很有講究的，就在當他總督期間竟然還學起了斯文，以至於用叉子吃葡萄或者石榴呢。」

「怎麼！」堂安東尼歐說道，「桑丘當過總督？」

唐吉訶德詳細地講述了一遍桑丘當總督的事，眾人聽得津津有味。飯後堂安東尼歐拉著唐吉訶德的手走進了一間密室。那屋子裡基本上沒什麼東西，只有一張斑紋大理石的獨腿桌子，桌子上面擺著一尊貌似羅馬皇帝一樣的銅鑄胸像。在那個房間裡，堂安東尼歐領著唐吉訶德圍著桌子轉了好幾圈，之後對他說道：

「唐吉訶德先生，我知道現在沒人聽得見咱們的講話。房門也關著，因此跟您說一件奇事兒。可是，閣下得保證不能將我說的這件事講出去。」

唐吉訶德急切想要知道到底是什麼事值得這麼大驚小怪的。這時候堂安東尼歐拉起唐吉訶德的手，讓他摸了一遍那些青銅像、那碧玉桌子以及那條桌腿，之後對他說道：

「唐吉訶德先生，這個頭像是世上最有法力的魔法師和巫師之一設計製造出來的。那位法師好像是個波蘭人，是被人傳得神乎其神的著名的艾斯戈迪留[152]的徒弟。他來過我家，我出

152. 當時有幾個同名的天文學家和魔術家，不能斷定作者指的究竟是誰。

了一千艾斯古多讓他為我製作了這尊胸像。只要把你的耳朵靠近它，想問什麼問題都可以。它每逢星期五都緘口不言，今天恰好是星期五，只好等到明天。在此期間，閣下可以認真考慮一下想要詢問的事情。」

唐吉訶德對頭像有這種本領和功能大為驚奇，根本不相信會有堂安東尼歐說的那種事情。但是，既然過不了多長時間就能試驗，他也就不想再說什麼了，因此只是對堂安東尼歐可以向自己公開這個秘密而深表感謝。他們走出密室，堂安東尼歐鎖好了屋門，兩個人就又回到了其他人所在的大廳。

在他們兩個都不在的這段工夫，桑丘講述了自己主人的很多壯舉和遭遇。當天下午，人們領著唐吉訶德到街上去逛了一圈。他沒有披甲戴盔，而是平時出門時的裝扮，身上披了一件在那個季節裡足以把冰坨捂出汗來的棕紅色呢料長袍。府裡的僕人奉命穩住桑丘，讓他待在家裡。

唐吉訶德沒騎駑騂難得，而是換上了一頭步伐穩健、華轡雕鞍的大騾子。僕人在給他穿衣服的時候，趁他一不留神，在他的背後貼上了一張用大字寫著「這個人就是唐吉訶德」的羊皮紙。出門之後，所有過來看熱鬧的人就都注意到了「此人就是唐吉訶德」的招牌，而他本人卻對見到自己的人都認得自己，並能叫出自己的名字而大為驚異，因此就轉身對跟他並駕齊驅的堂安東尼歐說道：

「堂安東尼歐先生。就連我從來都不曾見過的半大孩子都知道我是什麼人。」

天黑以後，他們回到堂安東尼歐家裡，正好趕上一個貴婦舞會。堂安東尼歐的妻子是位有身分、好熱鬧、漂亮而又精緻的女人。她把自己的閨友請來鑒賞瘋癲客人。客人到了之後，大家先是盡情地飽餐了一頓，直到快十點鐘的時候才開始跳舞。客人中有兩個狡黠並且愛鬧的女人輪番邀請唐吉訶德跳舞，不僅折騰得他腿軟腰疼，還讓他備受精神折磨。

那兩個年輕女人一個勁兒地向他暗送秋波，他也只能故意裝傻。直到看到對方緊追不捨、變本加厲的時候，他才大聲嚷道：

「讓我安靜一下吧，請別再胡思亂想了。兩位女士啊，別打錯了主意。我心中的女王舉世無雙的杜爾西內婭不准許任何別的念頭侵入和佔領我的心房。」

他話音剛落就被那連續的狂舞累得實在支撐不住了，於是就一屁股坐到了舞池中間的地上。堂安東尼歐吩咐僕人趕快抬他上床去休息，桑丘搶先拉住他說道：

「您跳什麼舞啊，我的大人，真是自找倒楣，活該受罪！您以爲所有的勇士都能跳舞，所有的遊俠騎士都是舞蹈家嗎？要是只是跺跺腳的話，那我完全可以替您代勞。可是跳舞這玩意兒，我可是不回去沾邊的。」

桑丘的話逗得在場的人都哈哈大笑。之後他就把主人扶到了床上，並蓋好了被子，以期讓他能夠恢復在舞場上消耗掉了的體力。

第二天，堂安東尼歐決定展示那尊頭像的神奇，因此就邀請唐吉訶德、桑丘、自己的兩位朋友和那兩個和他的夫人一起過夜的女人一起進了擺放頭像的密室裡。堂安東尼歐向他們講述了頭像的特異功能之後，並叮囑大家一定保密，還說這是首次驗證這種功能。除了堂安東尼歐的兩位朋友，別人都不知道其中的奧秘，要是不是事先對他們講過，他們也會像別人一樣對設計和安排得如此精巧的騙局大爲驚奇的。堂安東尼歐本人首先衝著那頭像的耳朵提出了問題。他的聲音很低，但是又沒有低到別人聽不到的程度：

「頭像啊，希望你顯顯靈，說說我現在在想什麼？」

那頭像沒動嘴唇，但卻用十分清楚、人人都聽得見的聲音回答道：

「我從來不會去猜測別人在想什麼。」

聽到這個回答，又確認整個屋子裡和桌子四周不可能有講出這話的人。人們全都驚得目瞪口呆。

「總共有多少人在這裡？」堂安東尼歐又問道。

同樣的聲調和語氣回答道：

「你和你的妻子，還有你的兩個朋友和你妻子的兩個朋友。一位名字叫作唐吉訶德的著名的遊俠騎士和他的侍從，名字是桑丘。」

接著，堂安東尼歐的一位朋友過去問道：

「我是誰？」

回答是：

「你自己知道。」

他沒再問別的。堂安東尼歐的妻子走過去說道：

「頭像啊，我只想問一下我的好丈夫能不能長久地陪伴我？」

回答是：

「是的，可以陪伴你多年，因爲你起居有節，能夠長壽。人的短命常常都是由於生活沒有節制。」

之後輪到了唐吉訶德，他問道：

「你既然有問必答，那就請你告訴我：我所講的在蒙德西諾斯洞穴裡的遭遇是真的還是在做夢的？我的侍從桑丘會用鞭子去抽打自己嗎？還有杜爾西內婭最後可以擺脫魔法的桎梏嗎？」

「關於洞窟的情況，」那聲音回答道，「那得視情況而定，兩種可能性都有。桑丘受鞭笞的事得慢慢來才行。只要鞭打的數量足夠，杜爾西內婭的魔法到時候自然會消除的。」

桑丘是最後一個上前提問的，他問的是：

「頭像啊，我還能不能做總督？我能不幹侍從這個苦差嗎？我還能見著我的老婆、孩子嗎？」

他得到的回答是：

「你只能當你們家的總督。只要你回到家，就可以見到你的老婆和孩子，以後也不用再伺候別人，當侍從這份苦差了。」

問答至此就算結束了。但是除了堂安東尼歐的那兩位知道內情的朋友，其他人對這件事情卻都是百思不解的。熙德·阿默德立馬出來揭破其中的奧秘：先做個木頭桌子，經過塗漆刷釉，讓它看起來就如同是碧玉做的。桌腿也採取了相同的方法，並且還從桌腿裡伸出四隻魔爪來，如此桌子就更穩當了。

那個像是羅馬皇帝的古銅色雕像裡邊是空的，桌面上有個窟窿，頭像嚴絲合縫地把那窟窿遮住了，沒留一點兒痕跡。桌腿也是中空的，那空洞上面連雕像的胸腔和脖子、下面通到密室地下的一個房間。一根誰也看不見的、合適的鐵皮管子貫通著桌腿、桌面和人像的胸腔與脖子。聽取問題並給出答案的人就藏在密室下邊的房間裡，交替地把耳朵和嘴巴對準那根鐵皮管子，講話的聲音既可以清清楚楚地上傳下達，並且騙局也不會被人戳穿。但是在唐吉訶德和桑丘的心目中，那頭像真的是通靈的，因爲他真的能回答問題。唐吉訶德比桑丘更是對之鍾情。

爲了討好堂安東尼歐，慶賀唐吉訶德的到來，同時也是爲了讓唐吉訶德的瘋癲多出點洋相，城中的紳士們商定六天之後舉辦跑馬穿環的比賽。但是這件事沒有辦成，原因隨後就可以知曉了。唐吉訶德想要到城裡去隨便走走。他不想騎馬，擔心那些半大孩子會跟他起哄。因而，由堂安東尼歐指派的兩個僕人陪著，他和桑丘就出了門。走到一條街上以後，唐吉訶德一抬頭看見一扇門上寫有「承印書刊」的大字告示。他立刻有了興致，因爲在此之前他從沒有見過印刷作坊，很想看看這印刷作坊究竟是怎麼一回事。就這樣，他帶著隨行的人員一起走了進去，看見有人在印、有人在校、有人在排字、有人在修版。總之，大的印刷所裡的全套工序應有盡有。唐吉訶德走到一個字架面前，問那裡的人都在做什麼。師傅們給他講解了一番，他認爲十分新鮮，接著就又繼續往裡面走去，最後來到一位師傅的面前，問他在做什麼。那人回答他說：

「先生，眼前的這位紳士，」那人說著用手指了指一個身材勻稱、眉清目秀、神情莊重的人，「這位大人已經把一本義大利文的書譯成了西班牙文，我們現在正在排版，一會準備印刷呢。」

「那書名是什麼？」唐吉訶德問。

那位譯者回答道：

「先生，這本書的義大利文原名是Lebagattelle。」

「在咱們的西班牙語中，Lebagattelle 說的是什麼？」唐吉訶德問。

「Lebagattelle，」譯者說，「相當於西班牙語中的『玩物』。這個書名儘管不怎麼起眼，但是卻內容不錯，挺深刻的。」

「我懂得一點兒義大利文，並且常爲自己能念幾段阿利奧斯陀的詩而自豪，」唐吉訶德說，「可是，尊敬的先生，我只是好奇，並非有意要核查閣下的學識。請您告訴我：您在翻譯過程中遇到過 pignatta 這個詞嗎？」

「遇見過，經常碰到。」譯者說。

「閣下是怎麼譯成西班牙文的？」唐吉訶德問。

「還能怎麼譯？」譯者說，「譯成『鍋』唄。」

「謝天謝地！」唐吉訶德說，「閣下的義大利文的水準還真不錯！我敢打賭，您一定是把義大利文的 **piace** 譯成西班牙文的『令人高興』、將 **piu** 譯成『更』、將 **su** 譯成『上』、將 **giu** 譯成『下』的吧。」

「確實是這麼譯的呀，」譯者說，「因爲本來就是那個意思嘛。」

「我敢打賭，」唐吉訶德說，「您不是當代的著名人士。翻譯相近的語言不需要才思和文采，就跟從一張紙上抄錄和謄寫到另外一張紙上一樣。但是，請您跟我說，您這本書是自費印刷，還是已經把版權賣給了某個書商？」

「我自己出錢刊印的，」譯者說，「第一版打算印行兩千冊，每本定價六個瑞爾，一轉眼就能賣完，至少可以賺到一千艾斯古多。」

「您盤算得真是不錯，」唐吉訶德說，「顯然您不太瞭解書商之間的運作和交易情況。我敢說那兩千本印好之後會壓得您腰痠背疼、不堪重負。要是這本書再平淡無奇，不太夠味的話，那就更糟了。」

「那能怎麼辦呢！」譯者說，「您不是想讓我把書交給書商，去換取人家當作施捨給的那仨瓜倆棗的版稅嗎？我印書才不是想揚名天下，我已經很有名了。我現在要的只是收益，無利之名分文不値。」

「但願上帝能保佑您一本萬利。」唐吉訶德說。

之後他走到另一個字架跟前，看見有人在修改一本題名爲《靈魂之光》的書的校樣，於是說道：

「這才是該印的書籍呢，儘管已經很多了，但是心靈不潔的人還很多，需要有很多盞明燈來照耀這麼多的渾噩之人。」

他接著朝前走去，看見有人在校閱另外一部著作。他問那個人這是一本什麼書，人家告訴他說是《奇情異想的紳士唐吉訶德》第二部，作者是一個托爾台西利亞斯人。

「我聽說過這本書，」唐吉訶德說，「說句實話，我認爲真應該把這本荒謬的書付之一炬燒成灰。但是，虛構的故事越接近真實或者越像是真的，也就越精彩、越能夠吸引人。真實的故事還是越真實越好。」

說完，唐吉訶德滿面不開心地離開了印書作坊。當天堂安東尼歐還安排他到海濱去參觀戰船。桑丘饒有興致，由於他有生以來都沒有見過戰船是個什麼樣子的。堂安東尼歐通知船隊長說，下午要帶自己的貴賓、鼎鼎大名的唐吉訶德前去參觀戰船。船隊長和全城的居民都已經聽說了這個大人物。唐吉訶德在戰船上的經歷留待下一章會講。

chapter 63

桑丘參觀戰船突然遭難

唐吉訶德反覆地思考了神奇頭像對自己所提問題的回答，認爲沒有一句是假，絲毫未意識到這只是個騙局，信以爲真地認爲杜爾西內婭終究會擺脫魔法的。桑丘儘管對當總督的經歷深惡痛絕，可是依然希望可以再有機會發號施令、頤指氣使。這就是權勢，雖然只是一場玩笑的惡果。

就這樣，那天下午東道主堂安東尼歐和他的兩個朋友帶著唐吉訶德和桑丘去看戰船。船隊指揮官事先已得知他們要大駕光臨，指揮官也願意見識一下唐吉訶德和桑丘這一對聞名遐邇的人物。因此等他們一到，所有的戰船就都落下了帆篷、吹起了笛號。將軍（以後咱們就這麼稱呼船隊長）是巴蘭西亞的貴族，他把手伸給了唐吉訶德並擁抱了他，接著說道：

「我要用白石標誌[153]記下今天這個我一定會終生銘記的日子。由於正是在今天，我有幸結

153. 希臘風俗白石志喜。

識了集遊俠騎士一切美德於一身的唐吉訶德先生。」

唐吉訶德很高興自己可以受到這麼隆重的接待，和他們一樣彬彬有禮地做了回答。就在這時候，槳手們落下了帆篷，那桅杆轟然而落。桑丘還以爲是天空塌了往自己的頭上砸，嚇得趕緊弓起身子將腦袋藏進了褲襠裡。唐吉訶德也毫無防備，被嚇得一哆嗦，也不由自主地縮起脖子，連臉色都變了。槳手們重新扯起了桅杆，和落下來的時候同樣迅疾、同樣轟然有聲。這一切都是在默默中進行的，就好像他們一個個全都不會說話、不會喘氣似的。

槳手長發出了起錨的號令，然後就跳到船的中間過道上揮起鞭子抽打起槳手們的脊樑，那船也跟著緩慢地向海中駛去。桑丘看見那麼多隻紅色的腿腳（他把船槳看成了腿腳）一起移動，心裡想道：

「這才是真正的魔法呢！我主人說的那些魔法根本算不了什麼。這些倒楣蛋究竟犯了什麼罪，居然這樣抽打他們？而這個吹哨的傢伙一個人怎麼敢打那麼多人呢？現在看來，這裡是地獄了，或者至少也是在煉獄。」

唐吉訶德看見桑丘那麼專注，就對他說道：

「我的朋友，桑丘啊，要是你願意，事情可就又省力又簡單了，只要你脫掉上衣站到那些先生當中去，杜爾西內婭的魔法也就解除了！」

將軍正要問爲杜爾西內婭解脫魔法又是怎麼回事的時候，卻聽到水手報告說：

「蒙灰要塞發來信號[154]，西邊海岸有條船。」

將軍聽了之後馬上衝到船的中間說道：

「別讓它跑了！一定是艘阿爾及爾的海盜船。」

另外三艘戰船也馬上靠向主船等候命令。將軍吩咐其中兩艘船開到海上去，自己這艘船和另外一艘船則沿海岸行駛，這樣做以確保那船無處可逃。

小船上的人馬上就意識到自己是逃不了了，但是船上十四個槳手中的兩個土耳其醉鬼，卻在這時候開槍打死了我方船頭過道裡的兩個士兵。將軍因此發誓要殺死那船上的所有人，把他們全都活捉。

就在這個時候，另外兩艘戰船也靠了過來，這樣，四艘戰船共同押著俘虜回到了岸邊。岸上人頭攢動，都想看看究竟發生了什麼事。

將軍下令靠岸拋錨，然後他得知城市總督也來到了海濱。於是，將軍吩咐放下小船把總督接上船。那些人總共有三十六個，大多是火槍手，個個英俊瀟灑。將軍問哪個是船長，一個俘虜用西班牙語回答道：

「大人，您眼前的那位小夥子就是我們的船長。」

那人邊說邊用手指了指一個十分英俊和灑脫的年輕人，他的年紀不會超過二十歲。將軍

154. 巴賽隆納的堡壘。

問道：

「你說，你這個大膽的狗崽子，既然已經知道跑不掉了，你爲什麼還要殺死我的士兵？」

那船長還沒來得及回答，可是將軍因爲要去迎接已經登船的總督而無暇去聽。總督還帶著幾個隨從和百姓。

「將軍閣下，您這場圍獵可是滿載而歸呀！」總督說。

「是很不錯，」將軍說，「大人一會兒就會看到他們被吊死在這根桅杆上。」

「這是爲什麼？」總督問。

「由於他們無法無天，並且也不顧交戰的慣例和成規，」將軍說，「殺死了我們船上兩名最優秀的兵士。我發誓要把抓到的所有人都絞死，尤其是這個小夥子，因爲他是這條船的船長。」

他邊說邊指了指雙手被捆起來吊在脖子上等死的年輕人。總督看看那個年輕人問道：

「船長，請你告訴我：你是土耳其人還是摩爾人，還是背教的西班牙人？」

那位船長也用西班牙語回答道：

「我不是土耳其人，也不是摩爾人，更不是背教者。」

「那麼你到底是什麼人？」總督反問。

「我是信奉基督的女人。」那年輕人說。

「你是女人還信奉基督，卻這樣打扮，幹下這等事情？太不可思議了，不會有人相信的。」

「噢，各位大人！」那青年說道，「請先不要處死我。聽我講述一下我的身世吧，接著再處置我。即使這也耽誤不了多少工夫的。」

聽到這樣的懇求，誰能不軟下心來聽一下那位落難的可憐人究竟想要說些什麼呢？得到同意之後，那個年輕人說道：

「我的父母都是摩爾人，可我是信奉基督的，可是我的兩個舅舅不相信，不顧我的心意而強行把我帶走了。我母親是基督的信徒，父親安分守己並且也皈依了基督，因此我從吃奶的時候就接受了天主的教義，在良好的禮教氣氛中長大。我敢說，我的言談舉止中根本就不像個摩爾女子。

「我的美貌與日俱增，被一位年輕的紳士看上了。他叫堂伽斯巴·格瑞果琉，是我們鄰村的一位紳士的長子。他怎麼迷戀我，我又爲什麼並不對他傾心，這一切說來話長了，我就只說說堂伽斯巴·格瑞果琉[155]是怎樣陪伴我流放的吧。

「他會說我們摩爾人的語言，於是就混到了摩爾人裡，並在旅途中和挾持著我的那兩個舅舅混熟了。我的父親是個處事謹慎而且又多慮的人，因此當他聽到要驅逐我們的第一道聖旨之後，他就離開了村子，想去找一個可以接納我們的國度。他在臨走的時候把一大批珍珠、寶石和金幣埋到了一個地方，這個地方只有我一個人知道。他叮囑我哪怕是在他

155. 本書第五四章，桑丘和李果德談起這人，名叫貝德羅·格瑞果留。

趕回來之前我們就要被流放，也千萬不要動用那批財寶。

「我照他的吩咐做了，於是就像前面說的那樣，我跟著那兩個舅舅還有他親友去了蠻邦。當地國王聽說了我長得很漂亮，並且還聽說我有一筆財富，然後就派人把我叫去，問我是西班牙什麼地方的人，帶了多少錢和珠寶。我說出了自己的出生地點並告訴他說金銀財寶全都埋在那兒了。

「我之所以這麼說，是因爲想用我的財富喚起他的貪欲從而忽略我的美貌。他正和我這麼說著的時候，有人前來稟報說，跟我一起來的還有一位無比英俊、瀟灑的青年。我馬上明白他們說的就是堂伽斯巴．格瑞果琉，他的相貌的確是怎麼誇讚都不爲過的。一想到堂伽斯巴．格瑞果琉所面臨的危險，我就立即慌張起來。因爲那些野蠻的土耳其人，只要一見了美少年，連最漂亮的女人也不會再放在心裡。

「我去找到了堂伽斯巴．格瑞果琉，跟他講了身爲男人的危險，於是就幫他改換成了摩爾女人的裝束，那天下午我就把他帶到了國王的面前。國王見了他之後特別高興，下令把他送到幾個摩爾貴夫人家裡。然後國王安排我乘這條手划船返回西班牙，叫那兩個也就是殺了你們士兵的土耳其人與我同行。就是那兩個土耳其人殺害了貴國的士兵。陪著我的還有這位背了教的西班牙人，」她說著指了指最先開口講話的那個人，「我明白他暗地裡仍然篤信基督，並且想乘機留在西班牙而不再返回蠻邦。船上的其他槳手不是摩爾人就是土耳其人。他們只負責划船。最初的時候我們已經說好，一到西班牙海岸，就立刻讓我和這位背教者換上我們隨身帶來的基督徒衣服上岸。

「但是那兩個土耳其人既貪婪又傲慢，所以他們無視這一命令。昨天晚上我們看見了海岸，可是我們並不知道這兒有四艘戰船，因此被發現了，接著就發生了剛才諸位已經清楚了的事情。」

她說到這兒就停下來了，眼睛裡滿噙著傷心的淚水。在場的許多人也都情不自禁地爲她的事唏噓起來。這時，心慈面善的總督默默地走上前去，親手解開了綁縛著她那纖纖玉手的繩索。

當剛才摩爾女子講述她顛沛流離的經歷時，有一位朝聖的老人的眼睛一直盯著她。她的話剛說完，那老人立馬就匍匐到她的跟前摟住了她的雙腳，然後又泣不成聲地說道：

「我不幸的女兒，安娜·斐麗斯啊！我是你的父親李果德呀！」

桑丘本來一直都在琢磨著自己剛才被人折騰的事情，聽了這話立刻抬起了腦袋睜開了眼睛。他仔細看了一陣以後，認出那位香客確實就是自己離開總督任所那天遇到過的李果德。這個時候，只聽那位父親對將軍和總督說道：

「兩位大人，這就是我那個不幸的女兒，她叫安娜·斐麗斯，姓李果德，她的姿容和我的富有是遠近聞名的。可是，我卻背井離鄉到外國去尋找可以接納和收留我們的地方，結果最後在德意志找到了，所以我就裝扮成香客陪伴著幾個德國人回來尋找女兒和取出埋藏的大批財寶。請各位對我們發發善心，因爲我們從來就沒有過要冒犯你們的念頭。」

這時候桑丘開腔說話了：

「我很瞭解李果德，相信他說美麗的安娜·斐麗斯是他女兒這話是真的。」

所有在場的人都對此故事感到驚愕不已。將軍說道：

「你們的眼淚已經讓我無法再履行我的諾言了。美麗的安娜·斐麗斯啊，祝你能夠盡享天年。讓那兩個大膽狂徒咎由自取吧。」

他立刻下令把那兩個殺害了其部下的土耳其人吊到桅杆上去絞死。可是總督卻苦苦爲之求情，說他們只是發瘋，並不是有意逞能的。將軍聽從了總督的意見，由於事過之後的蓄意報復並不是正當的舉動。

然後，人們謀劃起了怎樣去解救仍然處在危險之中的堂伽斯巴·格瑞果琉。李果德表示願意爲此獻出身邊那價值兩千多艾斯古多的金銀珠寶。大家還出了好多主意，可是這些主意全都不如那位背了教的西班牙人說的辦法可行：他自告奮勇，願意重返阿爾及爾。

他只需要一艘配備上基督徒槳手的六個槳座的小船，其他什麼都不需要，由於他不僅知道應該在什麼地方、什麼時候和通過什麼辦法靠岸，而且也應該清楚堂伽斯巴的住處。將軍和總督還是不敢相信那位背教者，與此同時也不放心那些即將擔任槳手的基督徒。

安娜·斐麗斯替那位背教者打了包票，她的父親李果德也答應，要是那些基督徒真有什麼三長兩短的話，由他出錢去爲他們贖身。

事情就這麼定了以後，總督下了船，堂安東尼歐帶走了摩爾女子和她的父親。總督再三叮囑一定要盡可能地款待和照護他們父女，而且表示願意盡其所有。安娜・斐麗斯的美貌確實在他的心中喚起了無盡的憐愛與同情。

chapter 64

出道以來最為痛心疾首的遭遇

據傳記講，堂安東尼歐的妻子看到安娜．斐麗斯來到自己的家裡感到十分高興。她不僅喜歡安娜．斐麗斯斯的美貌，而且更喜歡她的聰敏，那摩爾女子也的確在這兩方面都達到了登峰造極的地步，所以也受到了熱情的款待。這個時候，就像聽到了鐘聲的召喚一樣，全城的人都紛紛跑去觀看了。

唐吉訶德對堂安東尼歐說，他覺得人們爲解救堂伽斯巴．格瑞果琉而採取的辦法並不高明，而是冒失大於穩妥。他覺得最好還是派他帶著軍械和戰馬到蠻邦去。不管摩爾人怎麼阻撓，他都會像堂蓋斐羅斯營救自己的妻子莫利桑塔拉那樣讓她脫離苦海的。

堂安東尼歐說，如果那個背教者不能得手，一定派遣偉大的唐吉訶德前往蠻邦。

兩天以後，那位背教者就乘坐一艘每側六個槳座、配備有強悍槳手的小船出發了。又過了兩天，戰船也起錨朝著勒班陀駛去[156]。他臨行時，將軍懇請總督務必費心把解救堂格瑞果琉的情況以及安娜．斐麗斯的結局通報給他。總督慨然允諾。

有一次清晨，唐吉訶德全身披掛地去到海邊散步。如同他常說的，甲冑即服裝，戰鬥即休息[157]，因此他總是甲冑不離身。剛一到海邊，就看到一位同樣也是全副武裝、手持繪有一輪皓月的盾牌的騎士向著自己的方向走了過來。到達聲音可及的距離之後，那位騎士就高聲地衝著唐吉訶德說道：

「功名蓋世的傑出騎士唐吉訶德，請你聽著：在下是白月騎士，我是來找你比武和較量的，我要讓你知道並承認我的心上人的美貌是你那杜爾西內婭沒有辦法比的。如果我戰勝了你，我只要求你做一件事情，那就是：放下武器，別再遊蕩，回到你的家鄉，一年之內不許再出來。」

唐吉訶德對這位趾高氣揚的白月騎士的挑戰甚感意外和驚奇。他沉著而又冷靜地回答道：

「本人願意答應閣下的條件並且也接受您的挑戰，而且立刻一決雌雄。就請閣下選位吧，我也自會依例辦理。聖彼得只會祝福上帝襄助之人。」

城內有人看見白月騎士同唐吉訶德在一起，就去向總督作了報告。總督立刻就會同堂安東尼歐和其他很多紳士奔向海邊，恰好趕上唐吉訶德為準備衝擊的空間而撥轉駑騂難得。他

156.這裡是指西班牙東南岸巴蘭西亞、穆爾西亞等地的沿海地區。
157.見第一部第二章。

想來想去總覺得是那一場遊戲，所以就閃到一邊說道：

「兩位騎士大人，既然你們已經無法調和，那就只能一決高下了。那好，讓唐吉訶德在他的位置上準備好，白月騎士您也準備好，開始吧。」

白月騎士禮貌而誠懇地感謝了總督的恩准。唐吉訶德也依據每次開始交戰時的慣例請求上帝和他的杜爾西內婭保佑。然後看到對手又朝遠處跑去，自己也跟著再拉開了一段距離。接著雖然沒有號角或是戰鼓發出號令，可是兩個人卻幾乎是在同一時間勒住轡繩掉轉了馬頭。

由於白月騎士的坐騎更爲迅疾，儘管雙方沒有用矛毆擊，但還是由於衝力過大而把駑騂難得和唐吉訶德猛地撞翻在地。白月騎士立即站到唐吉訶德面前，用矛指著他的頭盔說道：

「你輸了，騎士，要是你不認可我提出的挑戰條件的話，那麼你就死定了。」

唐吉訶德被摔得渾身疼痛、暈頭轉向，有氣無力、聲如遊絲，彷彿身在墳墓之中似的說道：

「杜爾西內婭是天下最漂亮的女人，而我是世界上最不幸的騎士。不能由於我的瘦弱就否認這個事實。騎士，出傢伙吧，既然你已經讓我失去了尊嚴，那你就連這性命也一起拿去吧。」

「我當然不會就這麼讓你死的，」白月騎士說，「就讓杜爾西內婭小姐繼續保持她的美名吧，我只要偉大的唐吉訶德回家隱居一年到我撤銷禁令的那一天爲止。這是咱們決鬥之前就已經說好了的。」

總督、堂安東尼歐和許多其他在場的人全都聽到了他們的對話。然後他們又聽到唐吉訶德說道：作爲信守承諾的真正騎士，他會接受所有無損於杜爾西內婭的條件的。唐吉訶德表明了態度以後，白月騎士撥轉了馬頭，對著總督點了點頭，接著就款款地策馬朝著城裡走去。總督打發堂安東尼歐去盯住他並一定要打探出他的底細來。人們把唐吉訶德從地上扶了起來，幫他摘下了頭盔，只見他面無血色、大汗淋漓。

駑騂難得被摔得很重，一時半會兒還動彈不得。桑丘滿面愁容、心煩意亂，不知道應該說點兒什麼或者做點兒什麼好。對他而言，這一切都好像是發生在夢中似的，整個事件都好像是魔法作崇的結果。最後總督命人找來一乘轎子把唐吉訶德抬回了城中，他本人也因爲知道這位把唐吉訶德弄到如此悲慘境地的白月騎士究竟是何許人物。而匆匆趕了回去。

chapter 65

揭示白月騎士的來歷

堂安東尼歐跟蹤著白月騎士，還有很多半大孩子也在後面追趕著，一直看著他走進了城中的一家客店。堂安東尼歐有意同他結識，因此也跟著走了進去。看到那位先生盯著自己不放，白月騎士於是開口說道：

「大人，我瞭解你想知道我究竟是誰，我可以把事情的真相一五一十都跟你說。人們都叫我參孫學士，跟唐吉訶德住在同一個村子裡。所有認識他的人全都爲他的瘋癲感到十分痛心，尤其是我。我認爲他只有回到村裡待在家中靜養方能康復，因此裝扮成遊俠騎士，離開村子一路追蹤他出來。計畫以敗者必須服從勝者的差遣爲條件跟他交戰一場，在不傷害他的前提之下把他打敗。只懇求您不要把我的情況洩露出去，更不要告訴唐吉訶德我是誰，以確保我的良苦用心不會白費。」

「噢，先生！」堂安東尼歐說道，「我倒是真希望唐吉訶德不要恢復正常。雖然是這樣，我還是會保持沉默的，不會給他說破，以驗證對參孫先生的苦心不可能奏效的懷疑。」

參孫回答說，事情正在依照計畫一步步順利地進行著。他希望能有一個好結果。堂安東尼歐在表示了願意盡力幫忙以後就告辭。學士把盔甲捆紮起來放在了一頭騾子的背上，當天就騎著那匹隨他參戰的駿馬出城回鄉去了，一路上也沒有遇到這部真實傳記非得一敘不可的事情。

堂安東尼歐如實地把參孫的話稟報給了總督。總督對此很是不以爲然，原因是在他看來，唐吉訶德要是引退，所有聽說過他的瘋狂舉動的人可就要大爲掃興了。

唐吉訶德在床上躺了六天。他傷悲、懊惱、心煩、意亂，腦子裡面反覆地再現著落敗的慘劇。桑丘一個勁兒地安慰他說：

「我的老爺，您趕快放寬心吧，您得感謝老天，儘管您被打翻在地，卻並沒有摔斷一根肋骨。咱們還是回家吧，別再繼續在這個人生地不熟的地界遊蕩和晃悠了。」

「不要再說了，桑丘，我退居家鄉只不過是一年的時間，之後，我還要重操我的光輝業。」

「希望上帝有耳，魔鬼無聞，」桑丘說，「我經常聽人說，美好的希望勝過手裡的秕糠。」

主僕二人正這麼說話的時候，堂安東尼歐忽然闖進屋裡興高采烈地說道：

「好消息，唐吉訶德先生，堂格瑞果琉和前去營救他的叛教者已經到了海邊了，我怎麼還說駛到了海邊呢？是已經到了總督的家裡，立馬就到這兒來。」

堂格瑞果琉去向總督稟報過往返經過以後，就急著要見安娜・斐麗斯，於是就跟著背教者來到了堂安東尼歐的家裡。背教者講述了解救堂格瑞果琉的計謀與過程，李果德慷慨地犒賞了叛教者和槳手們。叛教者重又回歸到了教會的懷抱，通過自贖和懺悔，朽枝重又煥發出純潔的生機。

之後的兩天裡，總督和堂安東尼歐一直都在商量如何才能讓安娜・斐麗斯和他的父親留在西班牙。他們認爲，如此篤信基督的女兒和看來心地十分善良的父親留在西班牙絕對沒有什麼不妥之處。堂安東尼歐表示願意借到京城辦事的機會去活動一下，因爲他知道，只要走走門路、送送人情，很多十分棘手的事情都能夠辦成。

「不能只靠熟人關係和送禮解決問題，」在場聽到了他們談話的李果德說，「陛下把驅逐我們的重任交給了薩拉沙爾伯爵堂貝爾那迪諾・台・維拉斯果大人。這個人對求情、哀告、許願、送禮這一套從不買帳[158]。」

「不管怎樣，我到了京城以後都會盡力而爲的。不過謀事在人，成事在天哪，」堂安東尼歐說道，「堂格瑞果琉跟我一起去看看他的父母，他們一定會很思念自己的兒子。安娜・斐麗斯留在我家裡由我妻子照料或者是住到修道院去，我想總督大人絕對願意讓善良的李果德住在自己的家裡等著我去活動的結果。」

總督完全同意這個安排，但是堂格瑞果琉知道之後卻說無論如何也不能和不想丟下安

58. 這是說反話；事實上堂貝爾那迪諾・台・維拉斯果以心腸狠毒著稱。

娜·斐麗斯。可是他準備看過父母以後馬上回來找她，因此最後還是接受了這一決定。安娜·斐麗斯留在了堂安東尼歐的妻子的身邊，李果德跟著總督走了。

堂安東尼歐動身的日子到了，因爲摔傷不能很快上路的唐吉訶德和桑丘也決定在兩天之後出發。堂格瑞果琉同安娜·斐麗斯道別的時候，又是流淚又是歎氣的，一會兒暈厥一會兒又啜泣。李果德要給堂格瑞果琉一千艾斯古多，可是小夥子卻分文未要，只是向堂安東尼歐借了五個艾斯古多並許諾一到京城之後就立即奉還。

就這樣，他們兩個先走了。之後是唐吉訶德和桑丘，唐吉訶德沒有披甲戴盔，只不過是一身出門的打扮；桑丘徒步，因爲他的小灰得馱著主人的胄甲和兵器。

chapter 66

不可救藥的地步

離開巴塞羅時，唐吉訶德回頭又來看了看他被撞倒的地方，於是說道：

「這兒就是我的特洛亞[159]。就是在這裡，不是怯懦而是晦氣葬送了我的一世功名；就是在這裡，幸運之神同我兜起了圈子；就是在這裡，我的業績失去了昔日的光輝；最後還是在這裡，我的命途斷絕並且永無再續之時。」

聽完他的感慨，桑丘寬慰道：

「我的老爺，要知道得意之時不忘形，身處逆境不氣餒，才能稱得上是英雄膽略。」

「你說得很對，」唐吉訶德說，「我丟盡了顏面，可是卻沒有，也不能喪失言必有信的品質。走吧，桑丘，我的朋友，咱們先回到家鄉去從頭做起，相信經過一年的休整，一定會重振再返我肯定不能忘懷的武林銳氣的。」

159. 希臘古邦，被希臘其他各邦聯軍圍攻十年滅亡，荷馬的有名史詩裡敘述這事。

「老爺，」桑丘說，「走路的滋味可真是不好受，並且也走不了多少路。我可不願意一天到晚就這樣走下去。咱們還是把這盔甲和兵器當作吊死鬼掛在樹上去算了。」

「你說得極是，桑丘，」唐吉訶德說，「你就把我的盔甲當作紀念品掛到樹上去吧。」

「這就太好了，」桑丘說，「要是不是趕路還需要駑騂難得，我真想把牠也掛上去。」

主僕二人就這麼聊著天過了那一天和隨後的四天，沒有遇見任何打攪他們行程的事情。第五天，適逢過節，他們走進一個村子，看見一家客棧的門口聚集著一群消閒取樂的人。一個莊稼漢模樣的人看到唐吉訶德朝他們走了過來，便大聲說道：

「來的這兩位大人咱們誰都不認識，咱們就讓他們中的一個人說說咱們打賭的事應該怎麼辦吧。」

「如果可以弄明白是怎麼回事的話，」唐吉訶德說，「我一定會很公平地裁決的。」

「是這麼回事兒，好心的先生，」那莊稼漢說，「村裡的一個體重十一阿羅巴160的胖子要跟只有不到五阿羅巴的鄰居賽跑，條件是兩人背負同樣的重量跑一百步。有人問那個胖子怎樣才算負重相等，他回答說：瘦子體重為五阿羅巴，再扛起六阿羅巴鐵塊，就跟胖子一樣也成了十一阿羅巴。」

「那怎麼行呢，」不等唐吉訶德開口，桑丘就插嘴說道，「大家都清楚，不久前我當過總

160. 每阿巴羅合十一點五千克。

督和判官，這類疑難問題還是由我來斷吧。」

「還是你去解決吧，」唐吉訶德說，「桑丘，我心亂如麻，不想管這種閒事兒了。」

得到批准之後，桑丘就對身邊的那一大群張著嘴巴等他開口的莊稼漢說道：

「弟兄們，胖子提的條件一點都不合理，並且也太不公平了。如果真像人家說的那樣應戰者有權利挑選武器的話，他總不會挑選那種阻礙自己得勝的傢伙吧。因此照我看，還是讓挑戰的胖子從自己身上去掉六阿羅巴肉，切、削、刮、片、砍、割，怎麼都行。地方隨便，只要他本人認爲合適就好。如此一來他就只有五阿羅巴重了，跟對手的五阿羅巴正好一樣，兩人跑起來也算公平。」

「天哪！」一個莊稼漢聽了桑丘的裁斷後說道，「這位先生斷案像神父。但是我敢斷定，別說是六阿羅巴了，就算是一盎司，那胖子也不會願意割的。」

「既然瘦子不想受累，胖子不願割肉，那最好還是別比啦，」另外一個人說道，「咱們還是拿出一半賭注去喝酒吧。咱們領這兩位大人到最好的酒店去樂和樂和。」

「先生們，」唐吉訶德說，「恕我失禮了。我不能停留，只想接著趕路。」

主僕二人當晚在荒野的露天地裡過了夜。第二天剛一上路，他們就看到迎面來了一個肩背褡褳、手拄木棍的徒步信差模樣的人。走近之後，那人加快了步伐，一溜小跑奔到唐吉訶德面前，摟住他的右腿，十分興奮地說道：

「噢，尊敬的唐吉訶德老爺，我是托西洛斯啊，公爵大人的小廝，就是不想爲堂娜羅德利蓋斯夫人的女兒出嫁的事兒跟您老人家戰鬥的那個人。」

「我的上帝啊！」唐吉訶德說，「您真的就是那個被那些和我作對的魔法師們爲了不讓我贏得那場戰鬥而變出來的小廝？」

「得了吧，我的好老爺，」信差說，「壓根兒就沒有什麼魔法和什麼變不變的事情。我認爲那個女子不錯，才決定不要決鬥的呢。但是結果卻事與願違，老爺您剛一離開城堡，我那公爵老爺就因爲我違背了他事前給我的指示而讓人打了我一百大棍，現如今那女子成了修女，堂娜羅德利蓋斯夫人去了卡斯底利亞，我這會兒是奉東家之命到巴賽隆納去給總督送信。如果您老人家想喝一口的話，我帶的有一葫蘆好酒。」

「我樂意奉陪，」桑丘說，「請托西洛斯老兄快把酒拿出來，讓所有西印度魔法師們全都見鬼去吧。」

「說到底，桑丘，」唐吉訶德說，「你居然不相信這位信差中了魔法、這個托西洛斯是冒牌貨。你留在這裡同他吃喝吧，我先慢慢地走著，等著你追上來。」

小廝笑了笑，對桑丘說道：「桑丘，我的朋友，你的這個主子是不是瘋了呀。」

「尤其是現在，」桑丘說，「更是到了不可救藥的地步，因爲剛剛被白月騎士打敗。」

托西洛斯很想知道那是怎麼一回事，桑丘卻說讓東家久等有失禮貌，說等下次見面的時候找機會給他講。他撣掉衣服和鬍子上的麵包渣，站起身來，牽著毛驢，說了聲再見，丟下托西洛斯，向正在一棵樹下等著他的東家直奔過去。

chapter 67
唐吉訶德決定做牧人

唐吉訶德在被打倒之前就總是憂心忡忡，這次吃了敗仗就更顯得煩躁不安了。前面講到，那時候他正在一棵樹下，桑丘來到了他的跟前，對他誇起了馬夫托西洛斯的豪爽性情。

「噢，桑丘，」唐吉訶德說道，「難道你還相信那人真的就是小廝？你向你說的那位托西洛斯打聽過阿爾迪西多啦現在的情況沒有？」

「我可沒想那麼多，」桑丘說，「也沒時間問這樣的傻事。您這會兒怎麼還打聽別人的心思呢？」

「你聽我說，桑丘，」唐吉訶德說，「私情和領情是兩碼事兒。一位紳士完全可以負情，不過嚴格地講，卻絕對不可以忘義。我的希望已經全都給了杜爾西內婭，而遊俠騎士的財寶又同鬼神的許諾一樣虛無縹緲。我可以給她的只是對她的一點兒思念而已，但是這思念並沒有汙損我對杜爾西內婭的一片深情。倒是你由於遲遲不肯鞭打自己而始終在害她受苦，寧可留著養蛆也不願意救那可憐小姐的性命。」

主僕二人就這樣邊說邊走，不知不覺地來到了之前被牛衝撞過的地方。唐吉訶德立馬就認了出來，所以對桑丘說道：

「咱們就是在這片草地上遇上了英姿颯爽的牧羊女和精神抖擻的牧羊人的，他們想在這裡重現當年的牧羊人樂園。噢，桑丘啊！要是你不反對的話，咱們倒可以學學他們的樣子，至少是在我退隱期間可以在這裡放羊。我要去買一群羊，並置辦放牧所需的一切物品，咱們可以整天遊蕩在山林、樹林和草原之間，在這裡唱唱歌、到那裡吟吟詩。」

「我的天啊！」桑丘說，「我真喜歡並且可以說是嚮往這種日子。參孫學士和理髮師尼古拉斯要是知道了，一定也會不顧一切地跟咱們來放羊的。神父是個樂天知命、喜歡清閒的人，可能也會一時興起一頭紮進羊群中呢。」

桑丘接著說道：

「大人，可能我總是很不幸吧，我恐怕永遠也不會有這麼一天了。等我成了牧人，我得做光滑的木匙，還得做油煎麵包、甜乳酪、花冠和很多牧人要做的事情呀！儘管不可能給我掙得精明的名聲，至少也可以讓人誇一句心靈手巧吧！我那丫頭桑琦加會給咱們把飯送到放牧點上來。但是那丫頭長得俊俏，我怕有些放羊的人不道地，心眼特歪。」

「快閉嘴吧，桑丘，」唐吉訶德說，「你說了那麼多，其實一句話就可以表達你的意思。跟你講過多少回了，不要滿嘴都是那套話。你一說起來就沒完沒了的。天快黑了，咱們儘快離開公路找個地方過夜吧，誰知道明天會是怎麼樣呢。」

主僕二人歇了下來，直到天色很晚的時候才胡亂地吃了一些東西。

桑丘心裡很不是滋味。他對遊俠騎士常常得在山野林間風餐露宿十分不滿，儘管偶爾也可以過上幾天酒足飯飽的日子，不過那只是在到了城堡或時豪宅裡做客的時候，例如在堂狄艾果的莊園裡、財主卡麻丘的婚宴上、堂安東尼歐的府邸中。

但是想到太陽不可能不落山、夜長也有天亮的時候，那天晚上他依舊睡得又香又甜，而他的主子卻睜著大眼熬到了天明。

chapter 68

唐吉訶德遭遇了豬群

那天晚上夜色很濃，儘管月亮仍在天上，可就是不願意露面。狄亞娜[161]小姐或許是到地球的另一面散步去了，這夜山巒幽幽、峽谷昏暗。唐吉訶德也沒能脫俗，還是睡了一覺，不過後來卻怎麼也沒辦法再次合上眼睛了；桑丘則截然不同，從沒有過頭覺、二覺一說，總是一覺就睡到天亮，可見他身體好、沒牽掛。

唐吉訶德心事重重，由於自己睡不著，就把桑丘也叫醒了，對他說道：

「桑丘，我真的是感到很驚訝，你竟然能做到什麼都不在乎。你大概不是石鑿的就是鐵打的吧，什麼時候都能無動於衷。求求你趕緊起來走幾步，甘心情願地爲解除杜爾西內婭的魔法抽自己三百或四百鞭子吧。」

「老爺，」桑丘說，「我又不是苦行僧，沒必要半夜三更起來抽打自己。要是真把我逼急

161. 希臘神話裡的月亮神。

了，我發誓連衣服毛都不碰一下，更別提是皮肉啦。」

「啊，你這個鐵石心腸的東西！你這個狠心的侍從！我算是白養活你了！」

就在這時候，他們突然聽見一陣沉悶的嘈雜聲和淒厲的聲音響徹了谷地。唐吉訶德噌的一下站了起來，伸手就要拔劍；桑丘則立即鑽到驢肚子下面，還分別用盔甲捆兒和驢鞍護住了身體的兩側。

總之，他們一個亢奮不已，一個誠惶誠恐。聲音越來越大，距離他們越來越近，原來是有幾個人轟著六百多頭豬去趕集路過這兒。人喊豬叫，差一點震聾了摸不著頭腦的唐吉訶德和桑丘的耳朵。

豬群吱吱叫著鋪天蓋地過來，無視唐吉訶德和桑丘的存在，從他們兩人身上一衝而過，衝垮了桑丘的壁壘，並且撞翻了唐吉訶德，還捎帶上了駑騂難得。回過神兒來之後，桑丘掙扎著勉強爬起來去找他的東家要劍，揚言要宰掉幾口教訓一下這些肇事的傢伙和蠻橫的豬玀。唐吉訶德則對他說道：

「還是算了吧，朋友，是我造了孽，咱們才會受到這種冒犯，這是上帝對一個戰敗的遊俠騎士的嚴懲。戰敗的遊俠騎士就應當被狼啃，被蜂蜇，被豬踩！」

「落難騎士的侍從，」桑丘說，「蒼蠅叮、蝨子咬、忍饑挨餓當然也是老天的懲罰了。如果我們這些侍從是自己伺候的騎士的親生骨肉或者是血親故舊的話，他們的罪孽殃及我們的子孫四代都不過分。但是桑丘家族跟吉訶德家族又有什麼關係呢？算了，這一夜剩下的時間不多了，我們還是重新躺下繼續睡吧。上帝自會讓天亮，咱們也不可能總是倒楣吧。」

「你睡吧，桑丘，」唐吉訶德說，「你就知道睡覺！我可是要守夜的。在天亮之前的這段時間裡，我要拋開我的思緒，做一首情詩。你不瞭解，昨天晚上我就已經打好腹稿了。」

「我認爲，」桑丘說，「可以編到歌裡的思緒不會很多。您老人家想編就編吧，我反正是能睡則睡。」

桑丘說完就找了塊地方躺了下去，身子一蜷，立即就進了夢鄉。

天亮了，陽光直射桑丘的眼睛。他起來伸了個懶腰，活動了一下四肢，望著自己帶的乾糧被豬群糟蹋得一片狼藉，不禁又咒罵起來，並且罵的不光是那群豬，還推而廣之。最後主僕二人重新踏上那已經開始了的行程。快到黃昏的時候，他們看見前面來了十來個騎馬的人，還有四五個步行的人。唐吉訶德心裡一震，桑丘更是手腳慌亂，由於來人全都持盾、大有一拚之勢。唐吉訶德轉身對桑丘說道：

「桑丘，要是不是我的諾言束縛了我的手腳，要是我還可以操持武器的話，我完全能夠把對面來的這群人打得落花流水的，那麼情況估計就不一樣了。」

此時，那幾個騎馬的人手持長槍，一聲不響地圍住了唐吉訶德，分別用長槍指著他的前胸和後背，就像是要結果他們的性命似的。一個徒步的傢伙把一個指頭放在嘴邊，示意唐吉訶德不要說話，之後拉起駑騂難得的嚼子把牠牽離了公路。剩下幾個步行的人扯起桑丘和毛驢，鴉雀無聲地緊跟在那個劫走唐吉訶德的人的身後。

唐吉訶德幾次想問他們要帶他到哪兒去或是想做什麼，可是都還沒等他張嘴，就被那些人用矛尖把話給堵了回去。桑丘這邊的情況也相同，他剛要說話，就有人用帶刺的棍子捅他，並且還捅他的驢，好像驢也想說話似的。天已經完全黑了，抓人的加快了步伐，被抓的也更是恐慌，尤其是還不時地聽到呵斥的聲音：

「快點兒，猿猴！閉嘴，蠻族！等著報應吧，生番！別吭聲，野人！」

他們在黑夜中行走了大概一小時，來到一座城堡前面。唐吉訶德立刻就認出了那裡就是他們不久前到過的公爵府邸。

「上帝保佑！」他立即說道，「這到底是怎麼一回事兒？這是個禮儀周全、待客殷勤的人家啊。」

主僕二人被帶進了城堡的大院裡，裡面的陣勢讓他們更爲吃驚和更爲害怕。欲知詳情，請看下章。

chapter 69

一部偉大傳記

那幾個騎馬的人這時候也下了馬，和幾個步行的人站在一起，把桑丘和唐吉訶德推到了院子裡。

院子周圍的燭臺上插著上百個燃燒著的火把，在院子中間搭著一個離地足有兩巴拉高的檯子，上面陳放著一個美妙少女的屍體。

院子的一側搭起了一個戲臺，各自坐在兩把椅子上的兩個人物頭戴冠冕、手握權杖，看起來就像國王的樣子，只是不清楚是真是假。

這時，有兩位貴人在很多人的簇擁之下登上了檯子。

這兩位貴人——唐吉訶德立馬認出是自己的東道主公爵和公爵夫人——前呼後擁地登上了戲臺，並且坐到那兩個貌似君王的人物身邊的兩把華貴的座椅上。

除此以外，唐吉訶德還發現躺在高臺上的死人竟然是美麗的阿爾迪西多啦。這一切怎麼能不讓人驚訝呢？

這個時候，一位從旁邊閃出來的神父走到桑丘面前，給他披了一件黑麻孝衣，衣服上畫滿了火焰，又取掉了桑丘頭上的帽子，給他戴了一個紙糊的高帽[162]，還叮囑他不要出聲，不然就把他的嘴巴塞起來或者直接要了他的命。

桑丘自己上下前後打量了一番，感覺自己變成了一團烈火，可是並沒有燒灼的感覺，因此也就無所謂了。他摘下頭上的高帽子，看到上面畫滿了鬼怪，之後又重新戴到頭上一邊說道：

「還好，火不燒人，鬼沒攝魂。」

這個時候唐吉訶德儘管也被嚇得魂不附體，看到他的樣子，居然情不自禁地笑了起來。這時，輕柔的笛聲好像從靈台下面飄了出來。因爲那個時候萬籟俱寂，那笛聲由於沒有人聲的干擾而顯得越加幽婉而纏綿。

忽然間就從那狀如屍體般的女子的枕頭旁邊冒出來了一位羅馬裝束的少年，只見他一邊撫弄著抱在懷中的豎琴，一邊打開清脆的歌喉唱道：

阿爾迪西多啦為唐吉訶德而殉情，

162. 硬紙的尖頂高帽，黃色，上面畫著魔鬼。

趁著她一時間還不大可能會甦醒，
趁著在這由魔法主導著的國度裡，
名媛貴婦們忙於用喪服表明心境。

「不要再唱了，」一位君王模樣的人打斷他道，「聖潔的歌手，你也不必再說了。只要眼前的桑丘吃點兒苦頭的話，她立馬就會還陽。噢，你，拉達曼多[163]，你和我一起在狄斯[164]的陰森洞府中理事斷案，因此知道冥冥之中那位女子註定是要起死回生的，別再遲延了。」

米諾斯[165]的話音剛落，他的同伴和判官拉達曼多就站起來說道：

「喂，只要在這幹活的人，不論高的矮的還是大的小的，都排隊過來，先在桑丘的臉蛋上摸二十四把，然後再在他的胳膊和脊背上掐十二下和扎六針。這是爲使阿爾迪西多啦復甦所必須要進行的程序。」

這時候，已有六個女傭排成一列來到院裡，她們中間還有四個戴著眼鏡。她們高舉右手，露出四寸長腕。這是當時最流行的，可以令整隻手都顯得更爲纖纖有致[166]。

桑丘一看到這陣勢，立即就像野牛一般咆哮起來：

---

163. 希臘神話中冥府的三位判官之一。
164. 羅馬神話中的冥王。
165. 希臘神話中冥府的另一位判官。
166. 當時婦女以手長為美。

「我可以讓任何人胡嚕我的臉，但是女傭除外！」

唐吉訶德最終開口對桑丘說道：

「老弟你忍耐點兒，現如今你就服從這些大人吧。你應該好好感謝蒼天賜予你這樣的功能：自己受點兒皮肉之苦，既能袪魔除祟，又能讓人起死回生。」

傅姆們已經到了桑丘的面前。而桑丘則比原先溫順聽話多了——他端端正正地坐在椅子上，把臉和下巴伸了過去。打頭的傅姆走上前去著著實實地摸了一把，之後深深地對他鞠了一躬。

最後，所有的傅姆全都摸了一遍，府裡的其他很多人還掐了他。

不過最讓他不能忍受的是還是那針扎。因此他怒沖沖地從椅子上一躍而起，抓起身邊一個燃著的火把，一邊朝著那些傅姆和所有折磨過他的人追過去，一邊大聲吼道：

「給我走開，你們這些地獄裡的小鬼，難道我是鐵打的嗎，能受得了這般折磨？」

阿爾迪西多啦一直就那麼平躺著，這時候大概是因爲實在是太累了，於是就側轉了一下身子。人們看到她這樣，馬上齊聲叫道：

「阿爾迪西多啦活過來啦！阿爾迪西多啦活過來啦！」

拉達曼多讓桑丘息怒，因爲他的目的已經達到了。唐吉訶德一看到阿爾迪西多啦有了動靜，立刻跪到桑丘面前說道：

「你現在不是我的侍從，而是我的親人。你答應過要幫杜爾西內婭袪魔的，快趁這會兒抽自己幾鞭子吧。我感覺這會兒是你功力最好的時候，動此善念一定會很有效的。」

桑丘回答道：

「你們可真不賴呀！乾脆直接找塊大石頭拴到我的脖子上，把我扔到井裡淹死算了。與其爲了讓別人得好處去當墊背的，還不如就乾脆死掉呢。不要再來煩我了，否則我可以對天發誓，我會義無反顧的翻臉不認人啦。」

這會兒工夫，阿爾迪西多啦已經在檯子上坐了起來，瞬間號角伴著蘆笛齊聲奏鳴，人們都跟著發出了歡呼：

「阿爾迪西多啦活過來啦！阿爾迪西多啦活過來啦！」

公爵夫婦和米諾斯和拉達曼多二位冥王全都站了起來，他們同唐吉訶德和桑丘一起擁向阿爾迪西多啦並將她扶下了高臺。

阿爾迪西多啦故作有氣無力的樣子投進了公爵夫婦的懷抱，斜著眼睛望著唐吉訶德說道：

「希望上帝能饒恕你吧，喪盡天良的騎士。正因爲你的冷酷無情，我在另一個世界裡彷彿像度過了上千年似的。至於你，桑丘，我最忠實的朋友，我今天要再送給你六件襯衫，你可以拿去改過以後自己穿。」

桑丘手捧著高帽子、雙膝跪地親吻了女子的雙手。

公爵讓人取走高帽子，並且還回他的便帽、脫掉他身上的火焰衫，換回原來的外套。

而這時候桑丘則請求公爵把那件衣服和那頂帽子送給他，他打算把這兩件東西帶回家鄉，作爲對這次前所未聞的奇遇的紀念品。

公爵夫人說他完全能留下，還讓他別忘了她這個真誠的朋友。

公爵讓家人清理了院子，並叫大家各自回房休息。他吩咐僕人把唐吉訶德和桑丘也帶到他們之前住過的房間。

chapter 70 故事的幕後情節

那天夜裡，桑丘和唐吉訶德同住一屋，睡在一張帶軲轆的床上。他對此很是無奈，知道主人絕對會問東問西，而他本人這會兒也沒有心思講話。因此他寧肯獨自一個人睡窩棚，也不願意和別人一起分享那個表面上富麗堂皇的臥室。他的擔心和憂慮果然全都應驗了，主子剛一上床就說道：

「桑丘，你怎麼看待今晚的事情？冷酷無情的力量有多大，你也親眼看到了。不用劍或者其他兵器，僅憑我的冷酷就使阿爾迪西多啦斷送了性命。」

「她想什麼時候死就去死吧，」桑丘回答說，「這些都跟我沒有任何關係，我這輩子既沒愛過她也沒有拒絕她的愛。說到底我懇求您老人家現在安心讓我睡覺吧，如果您不想看到我跳窗戶的話，現在就不要再東問西問啦。」

「你睡吧，桑丘，我的朋友，」唐吉訶德說，「讓人家扎過、擰過、摸過以後，希望你還可以睡得著。」

「疼倒是無所謂，」桑丘說，「最讓我討厭的就是亂摸了，來摸的還是一些傅姆，希望她們都不得善終。我再次懇求您老人家讓我睡覺吧，對我來說，睡覺是可以解除醒著時候的煩惱的。」

「睡吧，」唐吉訶德說，「上帝跟你同在。」

於是主僕二人酣然入夢了。這部偉大傳記的作者熙德·阿默德想利用這點兒工夫交代一下公爵夫婦爲什麼會想到要策劃這場鬧劇。

他說，參孫教士扮成的林中騎士被唐吉訶德擊落馬下，很顯然那次失敗讓他的計畫全部落空了，不過他卻並沒有由此而放棄，決心再試一次身手並希望可以取得比上一次好點的結果。

他從給桑丘的老婆帶信送禮的侍童的嘴裡探聽到了唐吉訶德的下落，因此重新備辦了兵器和馬匹，在盾牌上畫了一輪明月，用一頭騾子馱起所必需的物品就上了路，爲此他還雇請了一個莊稼漢。

他這次沒再去找托美·塞西阿爾當侍從，就是怕被桑丘和唐吉訶德認出來。就這樣他去了公爵的城堡，清楚了唐吉訶德的路線和去向，以及參加薩拉果薩比武的意圖。公爵還給他講述了怎樣能讓唐吉訶德相信打桑丘的屁股就能夠祛除杜爾西內婭所中的魔法。當然，公爵事先已經向他說明了桑丘愚弄了自己的東家，讓他相信了杜爾西內婭是中了魔法才變成了一個村姑的；還說他的妻子公爵夫人又設法令桑丘相信是自己受了矇騙，因為杜爾西內婭的的確確中了魔法。學士認為這一切都很好笑，同時又對桑丘的機敏與愚蠢和唐吉訶德的極端瘋癲驚訝不已。

公爵還要求他，遇見唐吉訶德以後，無論是勝利還是失敗，都務必回去通個訊息。於是學士答應了下來，之後就出發去找唐吉訶德，在薩拉果薩撲空之後又接著追蹤，最終就發生了前面已經講過了的事情。之後學士就告別公爵回村去等著唐吉訶德了，他相信他會稍後就趕到的。

對桑丘和唐吉訶德無比熱衷的公爵，因此也就有了再開那個玩笑的機會。他把大批騎馬或徒步的僕役部署在城堡的四周，吩咐他們分頭把住唐吉訶德有可能會經過的遠近路口，只要發現他，不論他們願意與否，都務必把他們帶回城堡。

僕役們果真發現了他們，於是馬上向公爵作了彙報。公爵早已有所準備，一得到消息，立馬就讓人點起了院子裡的火把和燈燭，然後又安排阿爾迪西多啦躺在了高臺上。其他各種細節之前已經講過了，一切都搞得像模像樣的，簡直跟真的沒有多大差別。

熙德．阿默德還說：他覺得，被人捉弄的人和捉弄人的人全都是瘋子，公爵夫婦那麼起勁兒地去捉弄兩個瘋子，可見他們自己跟瘋子也差不多。

話說那主僕二人，一個睡得天昏地暗，一個由於思緒紛繁而難以成眠。一直都在胡思亂想。天亮後，他們也該起床了。阿爾迪西多啦（在唐吉訶德的心目中是個起死回生的人）秉承著主子的心意，頭上依舊戴著她在靈臺上戴的那個花環，穿著一件繡著金花的白色塔夫綢長衫，頭髮披散開來，手拿一根精製的烏木杖，來到了唐吉訶德的房間。一看見她的身影，唐吉訶德不知所措地縮在被窩裡面，幾乎把所有的被單床罩全都堆到了身上，瞬間變得笨嘴拙舌，連一句客套的話也不說出來。阿爾迪西多啦在他床頭邊的一把椅子上坐了下來，先是哀歎了一聲，然後就細聲細語、有氣無力地說道：

「我已經死了兩天，至少所有看見我的人都以爲我已經死了兩天。如果不是愛情憐憫我，你這位善良的侍從用自己受難的方式來救我，估計我現在就留在陰曹地府裡啦。」

「愛神遲早會讓我的毛驢去救你嘛，」桑丘插言道，「如果真的那樣的話，我會感謝牠的。希望老天賜給您一個比我主人更加有情有義的郎君。但是請您告訴我：您在陰間都看到了什麼？地獄是什麼樣子的？所有憂愁死的人註定都是要下地獄的。」

「還是實話跟你們說吧，」阿爾迪西多啦說，「我並沒有完全死去，因此我也就沒進入地獄。如果是真進了地獄，那我就不管怎樣也出不來了。事實上我也只是到了門口，看見有十二個魔鬼在那兒玩球，那球一擊就破、無法再用，所以就不停地拿書來，無論新舊，不過實在是有趣極了。其中有一本是新的，剛印好並且裝訂得相當考究，他們一傢伙下去就讓它開腸破肚，頓時散頁滿天飛。

「一個鬼對另一個鬼說：『你瞧瞧這是本什麼書。』

「那第二個鬼說：『這本是《唐吉訶德傳第二部》，不是第一部的作者熙德·阿默德寫的，作者是個阿拉貢人，自稱出生於托爾台西利亞斯。』

『快把它給我從那兒拿走，』頭一個鬼說，『丟進地獄的最底層去，但願我的眼睛以後再也不要看見它。』

『有那麼糟嗎？』另一個問道。

『簡直是糟透極了，』前一個說，『即便是我有意想寫得更糟，估計都沒法做到。』那些鬼繼續玩他們的那本書的遊戲，我由於聽見提到了自己深深愛著的唐吉訶德的名字，因此就把當時見到的幻象記了下來。」

「一定是幻象，」唐吉訶德說，「因爲世上不會再有第二個我的。而且，這本書在這裡也曾傳閱過，傳來傳去的，因爲誰也不想要它。」

阿爾迪西多啦本想繼續埋怨唐吉訶德，但是他卻接著說道：

「美麗的小姐啊，我已經跟你說過很多次了，你總是對我寄託情思，這令我很是爲難。我生來就是屬於杜爾西內婭的，想讓另外一位美人替代她在我心中的地位，這完全就是不可能的事情。」

聽到他說的話，阿爾迪西多啦立馬臉色大變，怒氣沖沖地說道：

「好啊，你這個骨瘦如柴的傢伙，真是榆木腦袋死心眼，比鄉巴佬還固執，怎麼就說不通呢！我告訴你吧，你前半夜裡見到的所有全都是假的。我可不是那種會爲了像你這種蠢貨而動半點兒心的女人，更別說是死了。」

唐吉訶德正要反駁，卻被前來探望他的公爵夫婦給打斷了。賓主間談得是既暢快又親切的。桑丘的妙語、狡黠、坦直、精明再次令公爵夫婦拍案叫絕。唐吉訶德告訴他們自己當天就要走了，因爲像他這樣的落敗騎士只配睡豬圈而不應該玷污這樣的豪華宮殿。他的要求也得到了很爽快的回應，公爵夫人還問他是否喜歡阿爾迪西多啦。他回答道：

「大人，您應該知道，這個女子的毛病來源於閒散，解決的辦法就是讓她能有點兒正經活幹。她說地獄裡很時興花邊，並且她又會做花邊，那就不應該讓她的手閑著呀。織來織去的話，就沒多少工夫想什麼情人不情人的事情了。」

阿爾迪西多啦做出用手帕擦眼淚的樣子，對兩位主人深鞠一躬，之後就走出了房間。

「我早就知道了，」桑丘說，「可憐的女子，我早就猜到你會倒楣的。你真的是碰上魂如枯草、心似朽木的人啦。說句實話，你如果這麼對我的話，結果可就大不一樣了。」

談話至此也就結束了。唐吉訶德穿好衣服，跟公爵夫婦一起吃了飯，也就在當天下午啓程上路了。

chapter 71

回鄉路上

備受煎熬、最後慘敗的唐吉訶德一路上悲喜交加：悲的是遭到了失敗，喜的是瞭解了桑丘具有特異功能，並且已經通過阿爾迪西多啦的死而復生得到了驗證。雖然他多少有些懷疑，不過還是相信那多情的女子真的是死過一回了。桑丘卻是一肚子的不高興，更令他窩火的是，阿爾迪西多啦曾經答應送給他幾件襯衫，結果卻說話不算數。他對這件事情思來想去，忍不住對主人說道：

「說心裡話，大人，可以說我是世界上最倒楣的醫生了。爲了給別人治病我得流血、被摸、被掐、被扎、被抽鞭子，到頭來卻還是一個鏰子兒都得不到。」

「你說得很對，桑丘，我的朋友，」唐吉訶德說，「阿爾迪西多啦答應給你襯衫卻沒給你，她這樣做確實是很不好的。我可以告訴你，如果你想爲替杜爾西內婭祛魔挨的鞭子收錢的話，我倒是很願意付的。你先說，你想要多少錢，之後你就鞭打自己吧，錢最後扣除，反正我的錢都在你手裡呢。」

桑丘一聽這話馬上睜大了眼睛，把耳朵伸出一拃長——只要是能得到優厚的報酬，他打心眼裡是願意自己打自己的。因此就對他的東家說道：

「既然你這麼說了，老爺，我準備順從您老人家的心意。我抽自己一鞭子，您想給多少錢？」

「桑丘，你這本是件功德無量的事，我即使把威尼斯的財寶和玻多西的礦藏[167]全都給你也不爲過。開個價吧。」

「鞭子數嘛，」桑丘說，「是三千三百整，還得外加一個零頭。我已經抽過自己五下了，餘數還沒變。那五下就算是零頭吧，還差三千三，一鞭子按一個誇爾蒂約（西班牙古幣名，一誇爾蒂約合四分之一瑞爾）——就算全世界的人都來講情，我也不會再少要了——計算，是三千三百誇爾蒂約，三千誇爾蒂約合一千五百半瑞爾，也就是七百五十瑞爾；三百誇爾蒂大約是一百五十半瑞爾，合七十五瑞爾。總共爲八百二十五瑞爾，我會從替您老人家保管的錢裡扣出來。如果是這樣的話，儘管說是挨了鞭子，我畢竟還是高高興興地帶著錢走進家門啦，想要逮魚嘛（西班牙諺語，整句為：要想逮魚，就不能害怕濕褲腳），我就不要明說了。」

167. 玻多西在玻利維亞西部，多銀礦。威尼斯的財富和玻多西的礦產都已變為成語，指最大量的財富。

「好桑丘啊，親桑丘！」唐吉訶德說，「杜爾西內婭和我今生今世都會報答你的大恩大德的！如果這次真的能成功，她肯定會恢復原貌，她的不幸也就會轉化為幸運，我的失敗也就會轉化為極大的成功的。桑丘，你打算什麼時候開始抽啊？要是你能趕緊抽足了數，我就再給你加一百瑞爾。」

「何時開始？」桑丘說，「我想今天夜裡開始。您老人家想著找個露天的地方過夜，我就把自己抽個皮開肉綻。」

主僕二人最後走進了路邊不遠的一片幽靜的小樹林裡了，為駑騂難得和小灰卸下鞍子之後，坐到碧綠如茵的草地上，掏出桑丘隨身攜帶的乾糧，飽餐了一頓。桑丘用小灰的轡繩和籠頭做了一條粗重而又柔軟的鞭子，之後就走到離主子二十步開外的山毛櫸樹叢裡邊去了。看到他昂首闊步地走了，唐吉訶德說道：

「我的朋友，當心點兒，別把自個兒給打殘了。抽幾鞭子後就歇一會兒，也不要太性急了。不能抽到一半就斷了氣啊，也別抽得太狠，千萬不要不等足數就把小命給送了。為了避免你可能會多計或者是少算，我在這裡用念珠給你記著抽過的鞭數。老天保佑你好心會有好報的。」

「沒有金剛鑽，就別攬瓷器活兒，」桑丘說，「我自有方法既不把自己打死，也不把自己打疼，這樣才算顯示出我的神通。」

桑丘立馬脫掉上衣，掄起鞭子就抽了起來，唐吉訶德立馬開始計數。剛剛抽了七八鞭子，桑丘忽然覺得玩笑開過了頭、報酬實在是太低了，因此就停了下來，對他的主子說自己犯了糊塗，這麼個抽法，每鞭子才值半瑞爾，而不是一誇爾蒂約。

「你就繼續抽吧，不要停下來，」唐吉訶德說，「我答應會把價錢提高一倍的。」

「要是這樣的話，」桑丘說，「依照上帝的意思，我就連著抽啦。」

但是，桑丘那個滑頭現在卻不是在抽自己，而是拿著鞭子抽樹呢，還時不時地叫喚兩聲，就彷彿每一鞭子下去就會抽得他靈魂出竅似的。這時候，唐吉訶德心裡也不舒服的，生怕他會失手，沒等了了心願恐怕就一命嗚呼了，因此說道：

「喂，我的朋友，爲了你的性命，咱們今天還是到這兒爲止吧。」

「不行，老爺，」桑丘說，「我可不想讓人家去說：『拿到了工錢就變著法兒偷懶。』老爺您就讓我再至少抽一千鞭子吧。」

「既然你是這麼想的，」唐吉訶德說，「那就希望上帝保佑你，繼續抽吧，我可要躲得遠遠的。」

桑丘又接著抽下去，把好幾棵樹的樹皮都已經抽得脫落了。由此可見他抽得有多狠了。他衝著一棵山毛櫸狠命地揮了一鞭子，同時還扯著嗓門喊道：

「參孫啊，我寧可與他們同歸於盡[168]！」

168. 出自《舊約全書．士師記》。

聽到他那悽楚的話語和劈劈啪啪的鞭聲，唐吉訶德馬上就衝過去抓住那充當鞭子的韁繩說道：「桑丘，你可千萬不要爲了我的事情而斷送了自己的命啊，你還得養活老婆和孩子呢。我還是先讓杜爾西內婭等一等吧。我反正是有了期望，可以等到你漸漸恢復體力的時候，讓這件事情能有個皆大歡喜的結局。」

「我的老爺啊，既然您老人家這麼想，」桑丘說，「既然您願意這樣，那就先打到這兒吧。您把您的外衣披到我背上吧。我出了一身汗，可千萬不能著涼，初次受鞭笞的人是最怕著涼的。」

於是唐吉訶德脫下自己的外套披到了桑丘的身上，桑丘一覺睡到了日上三竿才醒。

主僕二人簡單收拾了一下，之後重又踏上征程，一股勁兒竟走出去了三里多地。他們在一家客店的門前下了牲口。

唐吉訶德這次總算沒認錯，沒再把那裡當作壕塹、塔樓、柵欄、吊橋齊備的城堡。他被安排住進了底層的一個房間。依照鄉下人的習慣，房間裡掛著幾塊舊的牆布是用來作爲裝飾的，其中一塊上面胡亂地畫著海倫被那位大膽來客從梅內拉奧加手中掠走的情節[169]，另外一塊上畫的是狄多和伊尼亞斯的故事[170]。狄多站在一座高塔上面，好像是在用半塊床單呼籲那位從

169.希臘故事，特洛亞王子巴黎斯拐走希臘斯巴達王梅內拉奧的妻子海倫，引起特洛亞之戰。

170.據維吉爾史詩《伊尼德》，伊尼亞斯在特洛亞城破後，流亡到伽太基，和伽太基女王狄多戀愛，後來又拋棄了她，航海到義大利。

海上乘船逃來的客人。他看到畫上的海倫並沒有不很情願的意思，由於她在狡黠地竊笑，而狄多的眼睛裡卻流淌著比核桃還大的淚珠。看到這一情景，於是他說道：

「這兩個女人的不幸是沒有生在現今這個時代，而我的最大不幸是沒有趕上她們的時代。要是那兩個男人讓我碰上了，不但特洛亞城不會被焚毀，迦太基也不會滅亡；一旦我能把帕里斯殺了，所有那些災難也就全都不會發生了。」

「我敢打賭，」桑丘說，「用不了多久，所有酒店、客店、旅館或者理髮店，都會把咱們的事蹟畫上去的。我希望有比這些人更優秀的畫家來畫咱們的事蹟。」

「你說得很對，桑丘，」唐吉訶德說，「這位畫家就像是烏貝達的那個畫師奧巴內哈。別人問他畫的是什麼，他回答說：『出來什麼就算什麼吧。』要是想畫隻雞，他就在下面寫上『這是一隻公雞』，免得讓人以爲是隻狐狸。因此我認爲，剛寫出另一個唐吉訶德傳記的那個畫家或是作家——反正都一樣——估計畫的和寫的就是那種出來什麼算什麼的東西，他肯定跟從前宮廷裡的一位名叫茅雷翁的詩人似的。這位詩人老是不假思索地就回答人家的問題，有人問 DeumdeDeo 是什麼意思，他就說相當於『Dodondediere』[171]。算了，還是不說這個了，跟我說一下你今晚還想抽鞭子嗎？如果想抽的話，是在屋裡還是去露天？」

「我的天啊！老爺，」桑丘說，「我認爲在屋裡打和在野外抽都一樣的，但是最好還是在

171. 前一句外文是拉丁文中感歎語，意為「上帝的上帝啊」，後一句為西班牙文，意思是「到哪兒算哪兒」。兩句話分別為兩種語言，語義毫不相干，只是字形相近而已。

樹林裡吧，這樣我就會覺著有那些樹和我在一起，竟然可以很神奇地同我分享痛苦。」

「那樣的話估計就不成了，桑丘，」唐吉訶德說，「我看你還是養精蓄銳，等咱們回到村子裡再打吧。最晚後天，咱們就可以到家了。」

桑丘表示順從東家的安排，但是他本人倒是很希望趁熱打鐵、順水推舟，儘早把這件事情了結掉，原因是凡事一拖，難免波折；求天告地，最後還得靠自己；到手的再少也比空口許諾要好，抓在手裡的麻雀好過天上飛的老鷹。

「看在上帝的份上，桑丘，你還是不要再說俗語了，」唐吉訶德說，「看來你這是故態復萌。我也對你說過很多次了，說話要開門見山、直截了當，不要拐彎抹角，這樣一來就省事多了。」

「我也不知道自己這到底是怎麼啦，」桑丘說，「不說點俗語，我也覺得是沒說清楚似的。不過，以後我會盡可能改的。」

主僕二人的對話到此也就暫時打住了。

chapter 72

終於回到了家鄉

唐吉訶德和桑丘那天在客棧裡等待著天黑。他們一個想在野外把自己那頓鞭子打完，另一個想看看打完以後，自己的願望是否果真可以實現。這個時候有一位騎馬的客人帶著三四個奴僕來到了客店裡，一個僕人對那位主人模樣的人說道：

「堂阿爾瓦羅·達爾斐老爺，您今天可以在這裡打個尖兒，這家客棧看樣子還算乾淨和清爽的。」

聽了這話之後，唐吉訶德對桑丘說道：

「聽我說桑丘，在流覽我的那部傳記的第二部的時候，彷彿在裡面聽到過堂阿爾瓦羅·達爾斐這個名字。」

「完全是有可能的，」桑丘說，「等他下馬之後咱們可以過去問問。」

那位先生下了馬，客棧的老闆娘安排他住進了底層的一間屋子裡，那屋子剛好在唐吉訶德所住房間的對面，裡面也掛著同樣的帶畫牆布。新來的客人換了身夏天的衣服，來到客棧門口。門口寬敞涼爽。他看見唐吉訶德正在那兒散步，於是開口問道：

「紳士先生，您這是去哪裡呀？」

唐吉訶德對答道：

「離這裡不遠的一個村莊。我是那兒的人。您準備到哪裡去？」

「我嘛，先生，」那位先生說，「回老家格拉那達。」

「好地方，」唐吉訶德說，「但是，在下冒昧地請問閣下的尊姓大名，本人很想知道，目前原因一時還說不清楚。」

「鄙人的名字是堂阿爾瓦羅．達爾斐。」那人答道。

唐吉訶德接著說道：

「沒錯，我想閣下一定就是《唐吉訶德第二部》中提到的那位堂阿爾瓦羅．達爾斐嘍。這本書剛剛面世，作者是個當代人。」

「正是在下，」那位先生說，「傳記的主角是跟我十分要好的朋友，是我把他從家鄉帶出去的。至少是我攛掇他去參加了薩拉果薩的比武，由於我正好要到那兒去。說實話，我幫了他這個大忙，這個人太過於魯莽了，是我讓他背上免挨了一劍。」

「堂阿爾瓦羅先生，請閣下告訴我：我跟您所說的那位唐吉訶德是不是有點兒像？」

「不像，一點都不像，」那人回答說，「一點兒都不像。」

「那位唐吉訶德，」我們的唐吉訶德問，「是不是帶著一個名字叫作桑丘的侍從？」

「對，倒是有這麼一回事兒，」堂阿爾瓦羅說，「儘管我聽說這個侍從很滑稽，卻從來沒聽他說過一句俏皮話。」

「這一點我完全相信，」桑丘插言道，「由於俏皮話並不是人人都會說的。紳士先生，您提到的那個桑丘大概就是乏味的大無賴、大騙子。我才是真正開口成趣的桑丘。我妙語連珠，不信您可以試一下，至少跟我待上一年，準會看到我妙語不斷的，大多數情況下連我自個兒都不知道這到底是怎麼一回事。不管是誰聽到以後，我想肯定會笑掉大牙的。您面前的這位先生，我的東家，才是真正的唐吉訶德。那個譽滿天下、智勇雙全、癡心多情、剷除強暴、扶助孤幼、保護寡婦、少女傾慕、心裡只裝著杜爾西內婭的唐吉訶德。除了他以外，再有唐吉訶德和桑丘的話那必定是冒名頂替的假貨。」

「天哪，我相信你說的，」堂阿爾瓦羅說，「因為剛剛你說了那麼幾句話就比那另外一個桑丘說過的所有的話都有趣多了。那個桑丘倒是吃的本事比說的本事大，甚至是愚蠢勝過了風趣。我看絕對是那些跟好人唐吉訶德作對的魔法師們想用這個壞蛋唐吉訶德來迷惑我的。但是我真不知道該說什麼好了，可以肯定的是我把他送進托雷都的瘋人院裡去治病了。結果怎麼會在這麼又冒出來一個唐吉訶德，並且還跟我認識的那個完全不一樣。」

「我是不是好人，我不清楚，」唐吉訶德說，「但是，我敢說自己不是一個壞蛋。作為證明，尊貴的堂阿爾瓦羅・達爾斐先生，我想告訴閣下，本人這輩子從沒有到過薩拉果薩，恰恰相反，正是由於聽說那個假冒的唐吉訶德參加了那個城市的比武，我才不想到那兒去了呢，以期能夠向世人戳穿那一騙局。因此我就徑直的去了巴賽隆納。

「那裡是禮儀之邦，是外來人的安身處，是濟貧處，是勇士的搖籃。它給受難之人以慰籍，給真正的朋友交往的場所，不管地勢或者風景，都是獨一無二的理想之處。儘管我在那兒的遭遇不僅是很不如意，而是可以說是相當悲慘的，但是我卻因爲見到了那座城市而沒感覺遺憾。總之堂阿爾瓦羅・達爾斐先生，在下就是名揚四海的唐吉訶德，而不是那個企圖盜我名聲、竊我思想的混蛋。閣下肯定是位紳士，我現在有一事相求，勞煩閣下向此地當局鄭重宣佈之前從沒有見過鄙人、鄙人不是《第二部》書中所說的那個唐吉訶德、鄙人的這位侍從桑丘也不是閣下認識的那個桑丘。」

「在下倒是很願意發表這個聲明，」堂阿爾瓦羅說，「在下竟然同時見到了兩個唐吉訶德和兩個桑丘，他們名字完全一樣但是做派卻又迥然不同，這實在是太奇怪了。我再說一遍，而且絕非戲言，本人從來沒有見過和經歷過這樣的事情。」

「毫無疑問，」桑丘說，「閣下也像我家女主人杜爾西內婭一樣中了魔法，希望老天保佑。就跟我現在在爲我家女主人做的那樣，如果我抽自己三千幾百鞭子就能幫助閣下解除魔法。我會爲閣下抽的，而且還分文不取。」

「鄙人不明白那抽鞭子是怎麼一回事。」堂阿爾瓦羅說。

桑丘說，這件事情說來話長，但是既然同路，那麼就可以在路上再慢慢講。吃飯的時間到了，唐吉訶德和堂阿爾瓦羅一起進了餐。

恰好在這個當口，村長帶著一名公證員來到了客店。唐吉訶德當即向那村長提出，爲了維護自己的權益，他想請求在座的那位紳士堂阿爾瓦羅·達爾斐先生當堂聲明自己從不認識他這位唐吉訶德：他也不是一個名字叫作什麼阿維利亞內達的人所著的那本題名爲《唐吉訶德第二部》的傳記中所說的那個唐吉訶德。

村長決定受理這個案子，聲明履行必要的程序。

唐吉訶德和桑丘十分高興，就好像那一份聲明同清楚地區分開兩個唐吉訶德和兩個桑丘以及他們的言行是一件多麼了不起的事情一樣。

堂阿爾瓦羅和唐吉訶德互相之間說了很多客套和願意效勞之類的話語。那位不凡的拉·曼卻人的睿智使堂阿爾瓦羅·達爾斐意識到了自己以前的謬誤。他也真的以爲自己中了邪祟，由於他的的確確是遇上了兩個截然不同的唐吉訶德。

當天下午，他們一塊離開了客店，走了約半西里路，來到一個岔路口，一邊是通往唐吉訶德的村子，一邊是堂阿爾瓦羅要去的方向。

在這段短短的路程上，唐吉訶德對堂阿爾瓦羅詳述了自己的挫折以及杜爾西內婭的中魔過程和祛魔秘訣。堂阿爾瓦羅又一次感到驚訝不已，擁抱了唐吉訶德和桑丘之後，就各走各的路了。

唐吉訶德接著自己的行程，當晚在另一片樹林裡過了夜，爲的是能讓桑丘有機會圓滿結束自己的功德。桑丘信守了自己的承諾，又跟前一天晚上一樣如法炮製，結果沒傷著自己的背，倒把幾棵山毛櫸的樹皮打得夠嗆。他對自己的皮肉可真是珍愛得很，即便是落上了蒼蠅，他也不會用鞭子去轟趕的。

始終蒙在鼓裡的唐吉訶德卻一絲不苟地記著鞭數，結果竟然發現了一件事情：加上前一天夜裡抽過的，總共才只有三千零二十九下。太陽彷彿也提前趕來觀看這場好戲似的。伴隨太陽的升起，主僕二人重又啓程了，一路上討論著堂阿爾瓦羅上當受騙的事情，以及幸虧讓他那麼鄭重其事地在當局面前發表了聲明。

他們走了一天一夜，一路上也沒遇到過什麼値得記敘的事情。因爲桑丘抽空補足了鞭數，於是唐吉訶德特別的高興。他期待著天趕快亮吧，由於說不定會在路上遇見已經擺脫了魔法的心上人杜爾西內婭，他深信梅爾林的秘方是絕對靈驗的。因而一路走去，每遇上一個女人就要仔細端詳一番，看看她是不是杜爾西內婭。

懷著這樣的心情和願望，他們爬到了一個山坡上面，站在那裡一眼就能看見自己的村莊，桑丘立馬跪倒在地，說道：

「我渴望已久的家鄉啊，你快睜開眼睛來看看吧，你的兒子桑丘回到你的懷抱中來了，他儘管沒有發財，不過卻挨夠了鞭子。張開臂膀歡迎你的另一個兒子唐吉訶德吧，他儘管敗在了別人的手下，可是卻戰勝了他自己，這可是一個人可以得到的最大勝利啊。我現在手裡有錢了。儘管我狠狠地挨了鞭子，但也算個體面的人物了。」

「別在那裡說蠢話啦，」唐吉訶德說，「咱們可以大搖大擺地進村了。回家好好想想，規劃一下如何開始去過咱們之前已經說好了的放牧生活吧。」

然後他們就緣坡而下，向著自己的村莊走去。

chapter 73 在村口見到的預兆

據熙德·阿默德說，唐吉訶德在村口看見有兩個半大孩子在打穀場上吵架，只聽其中的一個對另外一個說道：

「你死心吧，小貝德羅，這輩子你都別想再見到它啦。」

聽了這話之後，唐吉訶德對桑丘說道：

「那個孩子說：『這輩子你都休想再見到它啦。』你聽見了嗎？」

「他是這麼說的，」桑丘說，「怎麼啦呀？」

「怎麼啦？」唐吉訶德說，「要是把他那句話套到我的心思上去的話，意思就是說我再也見不到杜爾西內婭了，你怎麼連這都不明白？」

桑丘剛要說話，突然看見野地裡有一隻兔子正朝他們跑來，很多獵狗和獵人在後面追趕。兔子也嚇得東躲西藏，最後躲到了小灰的蹄子中間。桑丘伸手抓起兔子就遞給了唐吉訶德。唐吉訶德連聲說道：

「不祥之兆，不祥之兆。兔子跑，獵狗追，杜爾西內婭不見蹤影。」

「老爺您可真是奇怪，」桑丘說，「即便這隻兔子是杜爾西內婭，追兔子的獵狗可能是那些把她變成了村姑的混蛋魔法師吧。那麼現在兔子我逮著了，並且現在還交給了您老人家。您來抱著牠、護著牠，這有什麼不好的，又怎麼可以從這裡感覺到是不祥之兆呢？」

兩個吵架的孩子也跑過來看兔子。桑丘問其中一個孩子剛才爲什麼吵架。那個說了「這輩子你都休想再見到它啦」的人回答，他拿了另一個孩子的蛐蛐籠子，並且一輩子都不打算還了。這時候桑丘從衣服口袋裡摸出了四枚銅錢，從孩子手裡買下蛐蛐籠子交到唐吉訶德手裡說道：

「老爺，這麼一來，那不祥之兆就算破了吧。我儘管笨，卻感覺那兆頭就像是去年的雲彩一樣，和咱們的事情搭不上邊啦。如果我沒有記錯的話，貌似聽村裡的神父說過，篤信基督的人是不應該相信這種沒影兒的事兒的。您前幾天也跟我說過，相信兆頭的人都是傻瓜。[172]咱們不值得在這種事情上糾纏，還是先進村吧。」

獵人們趕上來討要他們的兔子，於是唐吉訶德還給了人家。主僕二人接著向前走去，在村邊的一小片草地上遇上了正在那裡祈禱的神父和參孫學士[173]。

172. 見本書第五十八章。
173. 教士在指定的禱告時間得誦經祈禱；參孫學士任教會裡最低的職位，所以也得念經。

在這之前，桑丘把阿爾迪西多啦起死回生當晚自己在公爵府中穿過的那件畫有火焰的麻布衫用作了小灰馱著的盔甲捆苫布，而且還把那頂高帽子扣在了這頭牲口的腦袋上，讓那頭毛驢變成了普天之下從未見過的新奇怪物。神父和教士立即就認出了他們，於是張開雙臂迎了上去。唐吉訶德下了馬，也緊緊地擁抱了他們。孩子們眼尖，馬上就發現了驢頭上的紙高帽，都跑過來看，並且還你呼我喊地：

「哥兒們，快來看啊，桑丘的驢打扮得真漂亮，唐吉訶德的馬現在可是比什麼時候都要瘦。[174]」

就這樣，主僕二人在神父和學士的陪同下，被一大群孩子簇擁著進了村子。到了唐吉訶德家的時候，早就得到消息的管家和外甥女也已經在門口恭候了。桑丘的老婆也已聽說，只見她披頭散髮、衣衫不整地拉著女兒跑出來找丈夫，一看他並沒有自己想像中的總督那麼衣冠楚楚的，便開口說道：

「我說老頭子，你怎麼會是這麼個德行？像是走路累斷了腿似的，一副倒楣相，怎麼看都不像個總督呀。」

「別說了，泰瑞薩，」桑丘說，「有晾肉竿的地方不一定總有醃豬肉。咱們還是先回家吧，你就等著聽新鮮吧。我帶著錢回來了。這是大事。錢是我想辦法掙的，並沒有害人。」

174. 出自十五世紀風行的諷刺詩裡，「比明弋還漂亮」變為成語。那孩子的話是雙關語，好像是指桑丘的驢、唐吉訶德的馬；其實是把兩人說成畜生。

唐吉訶德風風火火，立馬就把神父和學士拉到一邊，扼要地說明了自己如何吃敗仗，按講定的條件來說得在家裡待一年。他說他已經想好了，計畫當一年牧人。兩個朋友對唐吉訶德的這一新的荒唐想法大為震驚，可是想到這樣可以把他留在家鄉，因此也就接受了他這種牧羊生涯的癡想。

「這還不行，」參孫學士說，「大家都知道我已經是個駕輕就熟的詩人了，在咱們所到的那些偏僻角落裡，我都應該順手寫點兒田園詩、宮廷詩來供大家消遣。先生們，最關鍵的是，每個人都得想好一個女人的名字，一是為了在詩中對她加以稱讚，二是要把那名字刻到每一棵樹上去，不管那樹有多硬，這是那些癡情的牧人的一貫作風。」

「棒極了，」唐吉訶德說，「至於我，就不需要再假託一個女人的名字了。我已經有了舉世無雙的杜爾西內婭，她是這一帶河濱[175]湖畔的榮耀，這一帶草原田野的驕傲，她是美人的典範、婦道的楷模。總而言之，她是一個不管怎麼稱讚都不為過的女人。」

「這倒是實話，」神父說，「但我們還得為我們的牧羊女孩起幾個名字，即便沒有很合適的，也得找幾個差不多的。」

參孫學士跟著說道：

「要是實在想不出來，咱們就到滿世界都是的畫片和書籍裡面去找吧。什麼費利達、阿

175. 牧歌裡往往把沒有河的地方稱為河岸。

瑪麗莉、狄亞娜、芙蕾麗達、伽拉泰、貝利沙達等等，反正街上有的賣，咱們也可以去買，拿過來用就是了。要是我的女人碰巧名字叫安娜，在詩裡面我就用安娜達176；如果是法蘭西斯加，就用弗朗塞妮婭；如果是露西婭，就用陸莘達；若是桑丘也入夥的話，他可以用泰瑞薩依娜的名字來借指他的老婆泰瑞薩。」

唐吉訶德聽到這些名字也忍不住笑了起來，神父再次稱讚他的決定英明，表示如果不忙就來跟他做伴。

說完，神父就和教士一起跟他道別，並再三叮囑他要注意身體、好好保養。

他們三個人的談話正好讓外甥女和管家聽到了，因此那兩人一走，她們就跟唐吉訶德幹上了。外甥女說道：

「舅舅大人啊，這究竟是怎麼回事兒？您又想起了什麼餿主意，要當什麼牧羊人。」

管家幫腔道：

「老爺，您受得了野地裡那夏天的晌午、冬天的晚上，還有那虎嘯狼嚎嗎？我知道你肯定受不了的。您就老老實實留在家裡吧，管管家務，做做懺悔，幫幫窮人。如果這對您沒好處，您就拿我是問。」

「不要再說了，」唐吉訶德說，「該幹什麼，不該幹什麼，我心中都有數。我這會兒倒是

176.學士也像唐吉訶德那樣把西班牙名字化為義大利名字。

覺得有點不舒服，你們扶我上床吧。你們放心，無論我當遊俠騎士還是當牧羊人，我都會照顧好你們的，到時候你們就知道了。」

善良的女人們把他扶上了床，又給他弄了點吃的，把他照顧得十分周到。

chapter 74

唐吉訶德與世長辭

人世間一切事物，無不經歷了由興至衰並且到最後導致消亡的歷程，尤其是人的生命。唐吉訶德最後也沒能得天獨厚，他也不能阻止生命的進程，突然之間就走到了自己生命的盡頭與終點。

也許是由於他被打敗了，心中鬱鬱寡歡；也許是因爲造化早已註定，他高燒不退，一連在床上躺了六天。

在這些時間，他的朋友神父、學士和理髮師多次前去看望他，他的忠誠侍從桑丘更是一刻不離地守在床頭。

他們覺得，他是因爲自己的失敗和杜爾西內婭沒能如願擺脫魔法而積鬱成疾，因此就千方百計地勸解他。

學士讓他振作精神，立刻準備開始計畫中的田園生活。他說自己已經爲此寫了一首牧歌，簡直讓撒納沙羅[177]的全部作品都黯然失色；還說他已經自己掏錢從金達拿爾的一個牧主手中買下了兩隻名貴的牧羊犬，一隻叫巴爾西諾，一隻叫布特隆。可是，唐吉訶德的心情並沒有由此而得以寬解。

朋友們又爲唐吉訶德請來了大夫。

大夫把了脈，說情況不是太好，現在不管怎樣得先拯救他的靈魂，他的身體已經十分危險了。

聽完這話之後，唐吉訶德卻顯得十分靜，但是他的管家、外甥女和侍從卻不然了，他們傷心地哭了起來，就好像他已經死了似的。

根據醫生的說法，鬱悶和懊惱是他最終體力不支的根源。

唐吉訶德說，他想一個人待一會兒，睡一會兒覺。大家走後，也跟通常說的一樣，他一口氣睡了六個小時，以至於管家和外甥女都以爲他是再也醒不過來了呢。

終於他醒了之後，大聲說道：

「感謝萬能的上帝呀，給了我這樣的恩典。上帝慈悲無量，蓋過了世人一切的罪孽！」

外甥女認真琢磨了舅舅的言辭，認爲他好像比平時清醒了許多，因此便問道：

「舅舅啊，您老人家想說什麼呢？您是否又有了新的主意？那關愛、那罪孽又是指什

177. 義大利詩人、小說家，其作品對後世的田園詩歌和小說有過深遠影響。

麼呢？」

「我是說，」唐吉訶德說，「上帝並沒有因爲我的罪孽而就不再對我關愛。他恢復了我的理智，讓我不再受任何事情的干擾。以前，我老是讀那些該死的騎士小說，給自己罩上了無知的陰雲。現在，這些陰雲已經蕩然無存了。不過只可惜我省悟太晚，已經沒有時間再去讀些能夠開啓心智的作品以資彌補了。我也知道自己就快要死啦，只是想在臨死之前讓人們知道，綜觀我一生的行跡，還不至於斷定我就是個瘋子。我的確瘋過，但是卻不想作爲一個瘋子死去。

「趕緊去把神父、參孫學士和理髮師尼古拉斯這幾個朋友叫來，我要懺悔和立遺囑。」

沒等外甥女出門，這三個人就已經不請自到了。一看見他們，唐吉訶德就說道：

「尊敬的先生們，我有個好消息要告訴你們，我已經不再是唐吉訶德了。我重又成了那個由於爲人正派而博得『好人』名聲的阿隆索・吉哈諾啦。

「我現在已經恨透了阿馬狄斯及其綿延不絕的子孫了，瞭解了荒誕不經的騎士小說都是有害無益的。明白了我的愚蠢和閱讀那類書籍給自己造成的危害。感謝上帝慈悲爲懷，在身受其苦之後，我現在也已經對那類東西深惡痛絕。」

聽他這麼說了之後，那三位朋友覺得他又有了別的什麼瘋狂念頭，因此參孫就對他說道：

「唐吉訶德先生，我們剛得到杜爾西內婭小姐已經擺脫魔法的消息，您怎麼又說出這樣的話來了？再者說，現在咱們馬上就要去當牧人，過無憂無慮、無拘無束的生活了，您怎麼又要臨陣退縮呢？快別說了，不要再胡思亂想啦。」

「就是那些東西害了我一輩子，」唐吉訶德說，「依靠上天保佑，我要在這臨死之前變害為利。我知道自己已經是命在旦夕了。別再開玩笑了，就請神父幫我懺悔吧，再去請一位公證人來給我立遺囑。在這種時刻，一個人是不會拿自己的靈魂當兒戲的。因此求求各位啦，趁神父給我懺悔的工夫，趕緊去叫公證人吧。」

聽了唐吉訶德的講述，大家驚愕得面面相覷。雖然他們仍有所懷疑，不過還是願意相信這件事，料想是唐吉訶德快要死了，因此由瘋癲變得明智了。由於除了之前的那些言辭以外，他還說了別的很多清楚明白、符合常理人情的話語。人們最終打消了疑慮，確信他真的是恢復了神智。神父把眾人請出了房間，單獨留下來為他做了懺悔。學士也很快就把公證人找來了，並且還叫來了桑丘。桑丘已經從學士的嘴裡知道到了東家的狀況，一看見管家和外甥女淚流滿面，立馬就開始號啕大哭起來。

神父替唐吉訶德做完懺悔之後，走出來說道：

「好人阿隆索·吉哈諾確確實實是不久人世了，也的的確確是恢復了神智。可以進去聽他的遺囑了。」

神父的通報忽然之間令管家、外甥女和忠心耿耿的侍從桑丘眼中的淚水伴著發自心底的無限哀痛，如同泉湧一般奔湧而下。因為無論是當初只是好人阿隆索·吉哈諾的時候還是後來成了唐吉訶德以後，唐吉訶德都性情溫和，待人厚道，因此不光家裡人喜歡他，村裡所有認識他的人也都喜歡他。

公證人和大夥一起走進房間以後，先是在遺囑上面寫下了前言，唐吉訶德按照基督徒的所有程序料理了自己的靈魂之後，就開始口授條文，他說道：

「遺囑內容：我曾自願將一筆錢交給桑丘掌管。在我瘋癲的時候，他充當了我的侍從。現在，我們之間的帳目和糾葛我不會再追究的，他也不必再向我交代帳目。那麼要是償付我虧欠的份額之後還有結餘的話，那結餘部分也就歸他所有。數額雖小，希望會對他小有補益。在我瘋癲之時，我曾讓他出任島嶼的總督，現在我並不糊塗，要是可能的話，我將讓他出任一個王國的國王，他老實忠厚，受之無愧。」

他轉而對桑丘說道：

「朋友，請原諒我把你害得跟我和世界上所有的遊俠騎士一樣瘋瘋癲癲的。」

「唉！」桑丘哭著說道，「我的老爺，您老人家不要死啊。聽我一句勸，多活幾年吧。何況，您在那些騎士小說裡也見到過，一些騎士被另外一些騎士打敗是常有的事，今日敗，明日又會勝嘛。」

「確實是這樣的，」參孫說，「忠誠的桑丘說得非常有理。」

「先生們，且聽我說，」唐吉訶德說，「一朝天子一朝臣。我過去是瘋子，可是現在我的頭腦非常清醒；我曾經是唐吉訶德，如今只是好人阿隆索．吉哈諾。希望我的悔悟和真誠可以換回諸位從前對我的尊重。公證人先生繼續記錄吧。

「內容：我要全部財產留給我那此刻在場的外甥女安東尼婭·吉哈娜，不過她首先應支付女管家在我家做工期間應得到的一切報酬，外加二十艾斯古多衣服費用。扣除償清我所開列債務的數額，我指定在場的神父先生和參孫學士先生爲本遺囑的執行人。

「內容：要是我的外甥女安東尼婭·吉哈娜如要結婚的話，她必須嫁給一個經查明對騎士小說一無所知的人，如果明知其有所涉獵還是執意要嫁、並且真的嫁了，我將收回我的成命，由我的遺囑執行人把我的財產捐贈給慈善機構。

「內容：我還懇求我的二位遺囑執行人先生，如果有幸見到那位據說寫了題名爲《唐吉訶德的業績第二部》的傳記的作者，務必代我誠心誠意地請他原諒我於無意中給他提供了寫出書中那麼多荒誕不經的東西的契機。原因是在這即將棄世之時，我爲自己讓他動了寫作的念頭而深感不安。」

立完遺囑，唐吉訶德就昏了過去，直挺挺地躺在床上了。

大家七手八腳地連忙搶救，就這樣醒過來又昏過去地堅持了三天。

在這段時間內，昏厥已經是常事。整個家裡也已經亂作一團了，但是外甥女照樣吃飯，管家仍舊喝酒，桑丘還是那麼喜笑顏開，由於繼承的財產多多少少減輕了繼承者懷念垂死者的哀傷。

最後，唐吉訶德在做過那麼多聖事[178]和義正詞嚴地譴責了一番騎士小說之後，最終溘然長逝。

公證人當時恰好在場，他說他從沒有在任何一本騎士小說裡讀到過哪個遊俠騎士跟唐吉訶德一樣安然死在了自己的臥榻之上。

唐吉訶德就這樣，在人們的哀歎與眼淚中結束了生命。

看到這種場景，神父立即就請公證人證明：好人阿隆索·吉哈諾──亦即人所共知的唐吉訶德──已經過世，壽終正寢。

神父說之所以要這個證明，爲的是除熙德·阿默德外，不給任何人以欺世盜名讓他復活並沒完沒了地杜撰他的業績的可乘之機。

不可思議的拉·曼卻紳士就此了卻了一生，熙德·阿默德並沒有準確地講出他的家鄉故里，目的是想讓拉·曼卻所有的村寨去爭相認他爲自己的苗裔、把他據爲己有。就跟希臘有七個城市都說自己是荷馬的出生地一個道理。

桑丘和唐吉訶德的外甥女以及管家是怎樣哀哭，還有他墳前新鐫的墓誌[179]，這裡就不再詳述了，只想援引參孫學士的墓誌銘：

178.指懺悔、領聖油等臨終聖典。
179.第一部結尾已有墓銘，所以說是新的墓銘。

這裡安息著一位堅強的紳士，
他的英勇早已經是名揚天下，
死神可以說擁有著無限權力，
卻不能以獲得了成功來自誇：
他死了，卻把英名留給了後人。

他曾經沒把任何人放到眼裡，
他曾經令世界為他膽戰心驚，
他的命運居然是如此之多舛，
活著的時候始終都瘋瘋癲癲，
臨死之前的瞬間卻心海澄清。

精明絕頂的熙德．阿默德對自己的翎筆說道：「我不知你是有鋒的妙筆還是退鋒的拙筆，我且把你擱置於此。你將被掛在這個架子的鐵絲上，如果沒有自命不凡且又居心叵測的傳記作家將你摘下加以褻瀆的話，你將會在那兒千載長存。但是在他們玷污你之前，你可以警告他們，盡可能客氣地跟他們說：

無恥小人聽清楚，
切莫伸手觸碰該筆，
英明君主有令在前，
這事專由我來管。

「唐吉訶德為我而生，我也只為他而生；我幹事，我記述；我們倆是一體。氣死托爾台西利亞的那個冒牌作者，誰讓他居然膽敢用粗劣而又胡亂修剪的鴕鳥毛翎來記述我的英武騎士的豐功偉績，這可不是他能夠勝任的事情。他文思枯澀，不配寫這個故事。

「如果你見到了他，絕對要警告他，教他讓唐吉訶德那已經疲憊和朽爛了的屍骨在墓穴中安息吧。別妄圖違背死亡的法則，強行把唐吉訶德從墳坑中拖出來帶往咖斯底利亞。由於他確確實實直挺挺地躺在那裡，已經無力第三次整裝再去出征了。

「他兩次出征，已經讓人們把遊俠騎士的行徑嘲弄得淋漓盡致了，得到國內外人士一致讚賞。如果能勸住企圖對你不軌的人的話，也就盡了你基督徒的職責。而我的願望只有一個：讓人們厭棄騎士小說中那些胡編亂造的故事唐吉訶德的真人真事，已經使騎士小說受到衝擊，已經日趨衰落，並且最後必定會全軍覆沒的。我心滿意足，作者能這樣如願以償的，我是第一個呢。」

再會吧！

經典新版世界名著：10

唐吉訶德(下)【全新譯校】

作者：〔西班牙〕塞萬提斯
譯者：魏曉亮
發行人：陳曉林
出版所：風雲時代出版股份有限公司
地址：10576台北市民生東路五段178號7樓之3
電話：(02) 2756-0949
傳真：(02) 2765-3799
執行主編：劉宇青
美術設計：吳宗潔
行銷企劃：林安莉
業務總監：張瑋鳳

初版日期：2019年8月
版權授權：鄭紅峰
ISBN：978-986-352-722-0

風雲書網：http://www.eastbooks.com.tw
官方部落格：http://eastbooks.pixnet.net/blog
Facebook：http://www.facebook.com/h7560949
E-mail：h7560949@ms15.hinet.net
劃撥帳號：12043291
戶名：風雲時代出版股份有限公司

風雲發行所：33373桃園市龜山區公西村2鄰復興街304巷96號
電話：(03) 318-1378
傳真：(03) 318-1378
法律顧問：永然法律事務所 李永然律師
北辰著作權事務所 蕭雄淋律師

行政院新聞局局版台業字第3595號 營利事業統一編號22759935

定價：380元

國家圖書館出版品預行編目資料

唐吉訶德 / 塞萬提斯著. -- 初版. -- 臺北市：風雲時代,
2019.07- 冊； 公分
譯自：Don Quixote de la Mancha
ISBN 978-986-352-722-0 (下冊：平裝)

878.57 108009085